民国新闻专题史研究丛书

方汉奇题

倪延年　主編

第1冊

民國時期的新聞廣播業

艾紅紅 著

花木蘭文化事業有限公司

國家圖書館出版品預行編目資料

民國時期的新聞廣播業／艾紅紅著 — 初版 — 新北市：花木蘭文化事業有限公司，2020〔民 109〕

目 4+240 面；19×26 公分

（民國新聞專題史研究叢書；第 1 冊）

ISBN 978-986-518-118-5（精裝）

1. 廣播事業 2. 歷史 3. 中國

890.9208　　109010116

ISBN-978-986-518-118-5

民國新聞專題史研究叢書

第 一 冊　　ISBN：978-986-518-118-5

民國時期的新聞廣播業

作　　者　艾紅紅

叢書主編　倪延年

出　　版　花木蘭文化事業有限公司

發 行 人　高小娟

總 編 輯　杜潔祥

副總編輯　楊嘉樂

編　　輯　許郁翎、張雅淋　美術編輯　陳逸婷

聯絡地址　235 新北市中和區中安街七二號十三樓

電話：02-2923-1455／傳真：02-2923-1452

網　　址　http://www.huamulan.tw 信箱 hml810518@gmail.com

印　　刷　普羅文化出版廣告事業

初　　版　2020 年 9 月

全書字數　22145 字

定　　價　共 12 冊（精裝）新台幣 36,000 元

民國時期的新聞廣播業

艾紅紅 著

此項研究得到國家社會科學基金重大項目
「中華民國新聞史」（編號:13&ZD154）資助

民國新聞專題史研究叢書　書目

第 一 冊　艾紅紅　民國時期的新聞廣播業
第 二 冊　萬京華 等著　民國時期的新聞通訊業
第 三 冊　李建新　民國時期的新聞教育
第 四 冊　白潤生 等著　民國時期的少數民族新聞業
第 五 冊　方曉紅 等著　民國時期的新聞管理體制
第 六 冊　徐新平 李秀雲　民國時期的新聞學研究
第 七 冊　韓叢耀 等著　民國時期的圖像新聞業（上冊）
第 八 冊　韓叢耀 等著　民國時期的圖像新聞業（下冊）
第 九 冊　劉　亞　民國時期的軍隊新聞業（上冊）
第 十 冊　劉　亞　民國時期的軍隊新聞業（下冊）
第十一冊　鄧紹根 李興博 張文婷　編著　民國時期的外國在華新聞業
第十二冊　張立勤　民國時期的新聞業經營

《中華民國新聞史》學術顧問委員會

《中華民國新聞史》編纂委員會

主任委員

吳廷俊　華中科技大學二級教授，博士研究生導師，中國新聞史學會副會長暨新聞教育史分會會長。項目常設顧問。

執行主任委員

倪延年　南京師範大學教授，博士研究生導師，中國新聞史學會特邀理事，南京師範大學民國新聞史研究所所長。主編《中華民國新聞史》（第 1 卷），協助主任委員完成項目研究組織協調工作。

副主任委員

張曉鋒　南京師範大學教授，博士研究生導師，中國新聞史學會常務理事，中國新聞史學會臺灣與東南亞華文新聞傳播史研究會副會長，南京師範大學新聞與傳播學院執行院長。協助主任委員完成項目組織協調工作。

委員（以姓氏漢語拼音為序）

艾紅紅　中國傳媒大學教授，博士研究生導師，中國新聞史學會常務理事，主編《中華民國新聞史》（第 5 卷），負責全書「民國時期的新聞廣播業」特約專題稿和《民國新聞專題史研究叢書・民國時期的新聞廣播業》分冊撰稿。

白潤生　中央民族大學教授，中國新聞史學會特邀理事，負責全書「民國時期的少數民族新聞業」特約專題稿和《民國新聞專題史研究叢書・民國時期的少數民族新聞業》分冊撰稿。

鄧紹根　中國人民大學教授，博士生導師，中國新聞史學會副秘書長。負責全書「民國時期的外國在華新聞業」特約專題稿和《民國新聞專題史研究叢書・民國時期的外國在華新聞業》分冊撰稿。

方曉紅　南京師範大學教授，博士研究生導師。負責全書「民國時期的新聞管理體制」特約專題稿和《民國新聞專題史研究叢書・民國時期的新聞管理體制》分冊撰稿。

郭必強　中國第二歷史檔案館研究室主任，研究員，中國近現代史史料學會常務理事、副秘書長。負責協助有關史料的查閱和審核工作。

韓叢耀　南京大學教授，博士研究生導師。負責全書「民國時期的圖像新聞業」特約專題稿和《民國新聞專題史研究叢書·民國時期的圖像新聞業》分冊撰稿。

何　村　渤海大學教授。協助首席專家完成相關工作。

李建新　上海大學教授，博士研究生導師，中國新聞史學會常務理事。負責全書「民國時期的新聞教育」特約專題稿和《民國新聞專題史研究叢書·民國時期的新聞教育》分冊撰稿。

李秀雲　天津師範大學教授，博士生導師，新聞傳播學院副院長，中國新聞史學會常務理事。參加全書「民國時期的新聞學研究」特約專題稿和《民國新聞專題史研究叢書·民國時期的新聞學研究》分冊撰稿。

劉　亞　南京政治學院教授，博士研究生導師。主編《中華民國新聞史》（第 4 卷），負責全書「民國時期的軍隊新聞業」特約專題稿和《民國新聞專題史研究叢書·民國時期的軍隊新聞業》分冊撰稿。

劉繼忠　南京師範大學副教授，博士。南京師範大學民國新聞史研究所副所長。主編《中華民國新聞史》（第 3 卷）。

徐新平　湖南師範大學教授，博士研究生導師，中國新聞史學會常務理事。負責全書「民國時期的新聞學研究」特約專題稿和《民國新聞專題史研究叢書·民國時期的新聞學研究》分冊撰稿。

萬京華　新華通訊社新聞研究所研究員，新聞史論研究室主任，中國新聞史學會常務理事。負責全書「民國時期的新聞通訊業」特約專題稿和《民國新聞專題史研究叢書·民國時期的新聞通訊業》分冊撰稿。

王潤澤　中國人民大學教授，博士研究生導師，新聞學院副院長，中國新聞史學會副會長兼會刊《新聞春秋》主編。主編《中華民國新聞史》（第 2 卷）。

張立勤　華南師範大學副教授，博士。負責全書「民國時期的新聞業經營」特約專題稿和《民國新聞專題史研究叢書·民國時期的新聞業經營》分冊撰稿。

二〇一八年十二月

《民國新聞專題史研究叢書》序

倪延年

國家社會科學基金重大項目 2013 年度（第二批）「中華民國新聞史」自 2013 年 11 月立項以來，項目組全體同仁歷經五年奮力拼搏，終於如期完成了研究任務，交出了自己的答卷。項目最終成果可分兩個部分：即 5 卷本的《中華民國新聞史》和由 10 個專題 12 個分冊組成的《民國新聞專題史研究叢書》。本序主要就「民國新聞專題史」研究的歷史進程、研究對象、研究組織及研究原則等涉及全套《叢書》的相關問題作一個概括性介紹。

一

從孫中山領導在南京創立中華民國臨時政府（俗稱民國南京臨時政府）的 1912 年元旦，到我們撰寫定稿「民國新聞專題史」各分冊的現在（2018 年底），兩個時間點相距一百多年。回顧這一百多年「民國新聞專題史」研究的歷史進程，眞是讓人感慨萬千。這一百多年的歷史進程，從大的方面可以劃分爲中華民國時期（38 年左右）和中華人民共和國時期（建國已近 70 年）兩個階段；每一階段又可分成兩個小的階段——這兩個大的階段和四個小的階段，正好構成了「民國新聞專題史」研究發展的完整歷程。

一、「中華民國時期」的 38 年可以日本發動全面侵華戰爭而製造的北平盧溝橋「七・七事變」為節點劃分為兩個階段。

（一）從孫中山領導創建「中華民國」到「七・七事變」爆發是中華民國時期「民國新聞專題史研究」的第一個階段。

民國成立近十年後，中國共產黨正式誕生並迅速走上國內政治舞臺。由於社會主義蘇聯的牽線搭橋，以馬克思主義爲指導思想的中國共產黨和孫中山重新解釋「三民主義」改組執行「聯俄、聯共、扶助農工」三大政策的中國國民黨，合作開展反帝反封建大革命運動，並一起發動了以打倒北洋軍閥、推翻北洋政府爲目標的「北伐戰爭」。就在國共兩黨合作的北伐戰爭勢如破竹推進，共產黨領導組織的上海工人第三次武裝起義成功之後，國民黨右派勢力代表蔣介石、汪精衛等從 1927 年 4 月起先後製造了上海「四・一二政變」、「武漢七・一五政變」，依仗軍隊血腥鎮壓曾經共同反對北洋軍閥的合作夥伴共產黨人。嚴峻的政治環境迫使共產黨人要麼是轉入地下狀態堅持反對國民黨反動派的鬥爭，要麼是到國民黨鞭長莫及的偏遠山區開展武裝鬥爭。儘管共產黨誓言要推翻國民黨政府，但共產黨領導的工農紅軍不但弱小，且處於被國民黨軍隊追擊「圍剿」狀態，難以造成對國民黨統治的直接威脅。以蔣介石國民黨集團主導的「中華民國」獲得了一個相對穩定的發展時期，經濟、文化、教育及科學技術等得到較快發展。

或許因爲人文社會科學研究需要一定時間積累，所以在 1937 年之前的中國學術界，傳統人文社會科學領域對當朝「中華民國」的研究似乎還沒有全面展開。但也有例外。中國學術界在 20 世紀 30 年代中期就出版了一批研究「中華民國」憲政、立法及政治生活等方面的專著。其中最早的是著名歷史學家和法學家吳宗慈所撰《中華民國憲法史》，該書對從 1913 年《天壇憲草》議定到 1923 年《中華民國憲法》正式公布的 10 年制憲歷程做了詳盡記錄，描繪了 1923 年《中華民國憲法》從起草到完成的全過程。後來又先後出版了潘樹藩的《中華民國憲法史》（上海商務印書館，1935 年版），謝振民編著、張知本校訂的《中華民國立法史》（正中書局 1937 年版），吳經熊、黃公覺的《中國制憲史》（上海商務印書館 1937 年版）及郭衛、林紀東的《中華民國憲法史料》等一些著作。儘管中國法史學界出版了多種中華民國「憲法史」或「立法史」著作，但筆者至今沒有發現當時新聞史學界出版名爲《中華民國新聞史》的學術專著或「民國新聞專題史」方面的系列研究著作。或許是因爲新聞史比憲法（立法）史距社會現實政治略遠了一些？或許是新聞史學界研究人才和學術積澱還沒具備出版《中華民國新聞史》的條件？或許是受「新聞無學」慣性思維影響，人們還沒關注到「民國新聞史」學術研究？或許是新聞學人關注點還是在新聞報刊採編發售等「實用」技術總結，而無暇關注相對「虛」一些的「民國新聞史」理論研究？或許是新聞史學界受數千年「當代人不修當代史」文化傳統習慣制約和影響，認爲不應撰寫當朝「民國新聞史」等，筆者不得而知。儘管沒有明確答案，但可以肯定的是由於上述一種或數種因素的綜合作用，才出現這一階段尚未撰寫出版《中華民國新聞史》或「民國新聞專題史」系列專著的實際結果。

（二）從中華民族全面抗日戰爭爆發，到蔣介石指揮的國民黨軍隊在抗日戰爭勝利後的國共內戰中被共產黨領導的人民解放軍打敗並播遷到臺灣諸島為中華民國時期的第二個階段。

日本軍隊在中國北平盧溝橋製造「七・七事變」，發動了對中國的全面武裝侵略。中華民族爲救民族於危亡奮起抵抗，進入以國共合作爲標誌的全民族抗日戰爭階段。歷經八年的全民族艱苦浴血奮戰，中國的抗日戰爭暨世界反法西斯戰爭取得了勝利。抗日戰爭勝利後的國共兩黨關於和平建國的談判因多種因素破裂，兩黨軍隊兵戎相見，最後是國民黨的「國民革命軍」被共產黨領導的「人民解放軍」徹底打敗，一路播遷到中國東南沿海的臺澎金馬諸島。這一階段仍然沒有發現《中華民國新聞史》及「民國新聞專題史」研究系列著作問世。

抗戰時期的「中華民國國民政府」是世界大多數國家承認的中國中央政府。國共合作抗日後，共產黨領導的中國工農紅軍陝北主力部隊改編爲「國民革命軍第八路軍」，南方各省的紅軍游擊隊改編爲「國民革命軍新編陸軍第四軍」。共產黨在江西瑞金創建的中華蘇維埃共和國臨時中央政府長征結束後落腳的「陝甘寧革命根據地」，此時也改稱中華民國「陝甘寧邊區」。由於中華民族在奪取抗日戰爭勝利的同時也爲世界反法西斯戰爭勝利做出了重要貢獻，中國的國際地位得到明顯提高，國際影響力迅速增強。在第二次世界大戰結束前由美國、英國和中國等同盟國設計新的世界秩序並成立聯合國時，國民黨主導的中華民國成爲聯合國的五個常任理事國之一。抗日戰爭勝利後，全國各民主黨派和民眾希望國共兩黨能夠實現孫中山先生「和平建國」遺願。但蔣介石國民黨集團及其主導的「中華民國」政府依仗在抗戰時期撤到大後方保存下來的軍隊和美國巨額軍事援助，在自認爲各項戰爭準備到位之時，撕毀了國共兩黨簽署的《雙十停戰協定》，1946 年 6 月 26 日向中原地區的中共部隊發起進攻，拉開了國共兩黨軍隊公開內戰的序幕。這場內戰一打數年，直到「中華民國」首都南京被人民解放軍「佔領」，中華人民共和國中央人民政府在北京宣告成立，並於 1949 年 10 月 1 日舉行了開國大典。抗日戰爭前期，日本侵略軍依仗軍事優勢迅速向中國腹地推進，在佔領中國城鄉廣大地區的同時進行滅絕性的文化、文物、文獻及文人的掠奪。爲了保存實力堅持長期抗戰，也爲了保存數千年的文化遺產，中華民國政府在艱苦和匆忙的情況下，組織了大規模的「南遷」（從北方遷向南方）和「內遷」（從沿海遷向內地）。日本帝國主義侵略戰爭造成的巨大破壞和日本軍國主義的有組織掠奪及大規模遷移對文化、文物造成了難以估量的損失。大批年輕有爲的學者作家投筆從戎與外敵血戰，大批學養深厚的專家學者失去了基本的研究條件，大批年輕學生因戰爭和逃難失去正常的求學機會，無數文獻史料由於搬遷損壞或被日本人搶掠不能爲國人研究所用，包括新聞史研究在內的學術活動被迫停滯或中斷。在這種動盪和動亂的社會環境下，沒有《中華民國新聞史》和「民國新聞專題史」學術著作問世似乎也在情理之中。

二、中華人民共和國建國後的 70 年可以中共決定實行改革開放政策的十一屆三中全會召開為標誌劃分為兩個階段。

（一）從中華人民共和國中央人民政府在北京宣告成立到中共十一屆三中全會召開前的 30 年是中華人民共和國成立後的第一個階段。

在國共兩黨軍隊內戰中潰敗到臺灣的蔣介石國民黨集團，拒不承認「中華民國國民政府（總統府）」被共產黨領導的人民解放軍推翻（人民解放軍佔領了首都南京，解放了除臺澎金馬諸島以外的絕大部分國土）的現實，仍以「中華民國政府」的名義在臺澎金馬諸島施行統治。在聯合國大會 1971 年 10 月 25 日以壓倒多數通過阿爾及利亞等國提出的「關於恢復中華人民共和國在聯合國的一切合法權利，並立即將臺灣當局的代表從聯合國及其所屬機構中驅逐出去」的提案即「第 2758 號決議」前的相當長時間裏，國民黨臺灣當局在美國等西方國家的支持下用「中華民國」名義佔據中國在聯合國的常任理事國席位及合法權利。爲了鞏固在臺灣地區實行的「一黨統治」，蔣家父子及國民黨集團在臺灣實施了長達 38 年的「戒嚴體制」。一方面是臺灣地區的新聞史學研究者身處「中華民國」社會氛圍中，二是當局實施「威權體制」統制和禁錮人們的思想，加上傳統的「當朝人不修當朝史」的史學傳統，因而臺灣地區不可能出現斷代史性質的「中華民國新聞史」，當然也就不可能出版「民國新聞專題史」研究方面的系列著作。臺灣地區新聞史學者如曾虛白、賴光臨、李瞻等人所著（主編）的《中國新聞（傳播）（事業）史》中關於「中華民國時期新聞史」的有關內容則是作爲「中國新聞史」的一個「時期」予以介紹，而不是作爲中國歷史的一個「朝代」予以敘述。

中華人民共和國成立剛滿周歲就被迫進行抗美援朝戰爭，國民黨潰敗前潛伏的大批特務和不法地主資本家趁機興風作浪，在臺灣的國民黨當局高調宣稱要「光復大陸」並不時派遣武裝特務騷擾沿海地區；美國在侵略朝鮮的同時把第七艦隊開進臺灣海峽阻擋大陸解放臺灣，不斷在中國邊境地區和周邊國家製造局部戰爭和政治事件，企圖把人民中國扼殺在搖籃中；蘇聯的大國沙文主義做法和蘇聯共產黨在黨際關係上以「老子黨」自居的傲慢態度，使剛剛建國的新中國領導人爲維護國家利益和民族尊嚴據理力爭，最後導致矛盾公開化和激烈化。共產黨領導的社會主義中國與美國等西方資本主義國家在意識形態方面勢不兩立，共產黨領導下實行社會主義制度的中國大陸與國民黨蔣介石（蔣經國）集團管治下實行資本主義制度的臺灣地區在軍事政治方面勢不兩立，社會主義陣營內部又因堅決反對蘇聯的霸權主義和蘇聯勢不兩立。階級敵人時刻虎視眈眈，新生政權時刻受到嚴重威脅。爲此，共產黨在創建人民共和國後，通過鎮壓反革命、土地改革、三反五反、公私合營、知識分子改造、高校院系調整及專業改造等一系列政治和行政舉措，淡化和消除蔣介石國民黨集團在大陸統治時期的影響和痕跡，以鞏固共產黨和人民政權的執政基礎。「綳緊階級鬥爭這根弦」使一些人片面認爲研究「中華民國時期」歷史是意在爲蔣介石國民黨「樹碑立傳」、「鼓吹復辟」或「招魂」。在「階級鬥爭年年講、月月講、天天講」的社會氛圍中，人們對研究「中華民國時期新聞史」唯恐避之不及，生怕引火燒身，實際形成諸多學術禁區。在這種社會環境裏，中國大陸地區沒有出版《中華民國新聞史》及「民國新聞專題史」方面研究的系列著作也在情理之中。

（二）從中共十一屆三中全會召開到當前（二十一世紀前二十年左右），可暫且視為中華人民共和國成立後的第二個階段，這個階段還在繼續向前延伸。

中共十一屆三中全會後，中國大陸進入改革開放的「歷史新時期」，包括「民國新聞史研究」在內各方面的學術研究也隨之進入歷史新時期。由於數十年積壓下來的研究課題太多及思想解放的漸進性，直到 2007 年 8 月才在上海《新聞記者》（第 8 期）刊載的《研究民國新聞史的新資料——讀〈胡政之文集〉》（作者王詠梅）一文標題中出現「民國新聞史」這一名詞。儘管這僅僅是一篇介紹《胡政之文集》的書評，但因其在文章標題中率先使用了「民國新聞史」這一學術概念，同時開始了民國新聞專題史研究（民國新聞史人物專題研究）的探索，因而在「民國新聞史」研究的歷程上具有特別的意義。2008 年 12 月，胡小平所著《民國新聞史》由青海人民出版社出版，這是 1949 年後大陸學者撰寫出版的學術著述中最早在書名中出現「民國新聞史」概念的專著。全書 27 萬字。包括「第一編　北洋時期新聞業的成長」、「第二編　國民政府時期的新聞業」、「第三編　抗戰時期的新聞業」、「第四編　內戰時期的新聞業」）等四編；每「編」設「章」。其中第一編 12 章，第二編 8 章，第三編 10 章，第四編 5 章。「章」下不分「節」，更沒「目」和「點」，全書正文除「章」標題外，以自然段方式一貫到底。附有「主要參考書目」，記載有 21 種圖書有關信息。2011 年 3 月 26 日在北京大學舉行「成舍我與民國新聞史」國際學術研討會是目前所知在中國大陸舉辦的第一個由中國大陸地區學術團體（中國新聞史學會）、臺灣地區學術團體（世新大學舍我紀念館）和美國相關學術團體（柏克萊加州大學東亞研究院）共同主辦，大陸地區高校新聞院系（北京大學新聞與傳播學院）和學術團體（北京大學新聞學研究會）協辦的民國時期重要新聞史人物「成舍我與民國新聞史」的專題學術活動，也是大陸新聞史學界舉辦的第一個由中外學術界人士參加的「民國新聞史」專題學術活動，是中國新聞史學會舉辦的以特定新聞史人物（成舍我）爲研究對象的專題學術活動，把「民國新聞專題史」研究向前推進了一大步。

自 2011 年 1 月 10 日《安徽大學學報：哲學社會科學版》第 1 期刊載《論民國新聞史研究的意義、體系和實施》（倪延年）一文後，大陸地區學術刊物不斷有研究「民國新聞史」的論文發表。儘管一些論文標題沒有出現「民國新聞史」，但研究對象、主題或內容都屬於「民國新聞史」研究，其中大部分屬於「民國新聞專題史研究」。2013 年 6 月 10 日，全國哲學社會科學規劃領導小組辦公室（簡稱全國社科規劃辦公室）宣布「中華民國新聞史研究」獲准立項爲當年度「重點項目」；同年 11 月全國社科規劃辦公室宣布由南京師範大學作爲責任單位，中國人民大學、中國傳媒大學和新華通訊社作爲合作單位，及全國 20 多個學術單位 40 多位專家學者組成團隊參加競標的「中華民國新聞史」中標立項爲 2013 年度國家社科基金重大項目（第二批）（編號 13&ZD154）。設計的項目成果包括由 10 個專題 12 個分冊組成的《民國新聞專題史研究叢書》，這似乎是大陸新聞史學界「民國新聞專題史」方面第一次有計劃的系列研究。爲了增強學術界對「民國新聞專題史」研究的關注和重視，中國新聞史學會和南京師範大學聯合主辦，南京師範大學新聞與傳播學院和南京師範大學民國新聞史研究所承辦的「再現歷史探尋規律：首屆民國新聞史研究高層學術論壇」2014 年 5 月在南京師範大學順利舉行。會議籌辦方在所有應徵的論文中評審出 42 篇出版了會議論文集《民國新聞史研究2014》，海峽對岸的新聞史學者跨過臺灣海峽來到南京參加這次學術盛會，並以大會報告向與會同行介紹研究成果；2015 年 11 月舉辦了第二屆民國新聞史高層論壇，評審出 48 篇出版了會議論文集《民國新聞史研究 2015》；2016 年 11 月舉辦了第三屆民國新聞史高層論壇，評審出 40 篇出版了會議論文集《民國新聞史研究 2016》；2018 年 11 月舉辦了第四屆民國新聞史高層論壇，評選出 42 位學者在論壇進行論文演講交流——其中絕大部分是進行「民國新聞專題（人物、事件、媒介）史」研究的論文。我們相信，隨著思想解放不斷深入和研究隊伍的不斷擴大，「民國新聞史」專題研究肯定會繼續發展，並且肯定會發展得更快更好。

二

國家社會科學基金重大項目「中華民國新聞史」研究的總體問題是對在特定國際和國內社會環境下，民國時期新聞事業孕育、產生、發展和變化的歷史進程及其內在規律和經驗教訓進行學科的研究、歷史的總結和科學的評價。主要是探討這一階段新聞業發展變化的社會背景，思考新聞業發展對社會環境改變的作用，考察新聞業和社會變革的互動關係，再現民國時期新聞業發展和變化的歷史圖景，盡可能涵蓋完整的民國時期新聞業，包括新聞報刊業、新聞通訊業、新聞廣播業、少數民族新聞業、軍隊新聞業、圖像新聞業、外國在華新聞業以及新聞管理體制、新聞業經營、新聞教育、新聞學研究等諸多側面。

爲充分發揮新聞史學界集中力量辦大事的優勢，提高研究成果的整體水平，項目組在設計了完成最終成果《中華民國新聞史》（5 卷本）研究撰稿任務的五個子課題的同時，設計了對「民國時期新聞史」進行專門研究 10 個特約專門課題即：「民國時期」的新聞廣播業、新聞通訊業、少數民族新聞業、軍隊新聞業、圖像新聞業、外國在華新聞業、新聞教育、新聞學研究、新聞管理體制和新聞業經營。之所以確定上述專題作爲「民國新聞史」的特約研究專題，主要考慮以下幾方面因素：首先是這些「特約專題」在「民國時期新聞業」中有比較豐富的研究內容即「有內容可以研究」，它們的存在和發展對「民國新聞業」發揮社會功能具有獨特的作用；其次是這些「特約專題」的深入系統研究對構建完整豐滿的「民國新聞史」體系具有重要作用即「應當重點研究」。這些「特約專題」的深入系統研究可使這些民國時期新聞業中的重要領域得以更充分反映，展現更爲客觀全面的民國新聞史體系；三是這些「特約專題」領域已出現具有較深厚學術積澱、豐富研究經驗、較高水平成果並得到學界公認的領頭人即「有人勝任研究」，既爲深入全面研究這些「特約專題」提供了人才支撐，也使實施這一系列工程成爲可能。鑒於中國大陸改革開放後已出版如《中國近代報刊史》和《中國現代報刊發展史》等專門研究民國時期新聞報刊的著作，且作爲「民國時期的新聞報刊」在設計爲 25 萬字左右的《民國新聞專題史研究叢書》分冊中難以充分展開；再如復旦大學黃瑚教授 1999 年 8 月就出版《中國近代新聞法制史論》，主體部分內容就是「民國時期的新聞法制」；2007 年 6 月馬光仁出版的《中國近代新聞法制史》也是主要研究「民國時期的新聞法制」，2007 年立項的國家社科基金重點項目「中國新聞法制通史研究」最終成果《中國新聞法制通史》（6 卷八冊）中設有「近代卷」，也是研究「民國時期的新聞法制」（且已在 2015 年出版）。因此本項目就沒有把民國時期的「新聞報刊業」和「新聞法制」設計爲特約研究專題進行專門研究。

在國家社科基金重大項目「中華民國新聞史」設計的成果體系中，《中華民國新聞史》（5 卷本）是把「民國時期新聞業」放在當時特定的政治、經濟、軍事、科技、文化、教育等諸因素構成的社會環境背景下，探討其孕育、發生、發展、變化的歷史進程、內在規律及經驗教訓，從縱向對民國時期新聞業的發展歷程進行研究，以探討「民國時期新聞業」在不同歷史階段的發展變化及其主要特點，旨在體現新聞業與社會同進互動的思想。由 10 個專題 12 個分冊組成的《民國新聞專題史研究叢書》則是向新聞史學界集中展現民國時期新聞史中此前少有學者深入系統研究的若干側面的專門發展歷史。其研究成果首先是作爲《中華民國新聞史》（5 卷本）的學術支撐，《民國新聞專題史研究叢書》的分冊課題都是「中華民國新聞史」項目的「特約研究課題」。課題負責人角色定位首先是「中華民國新聞史」項目「特約撰稿人」，其次是《民國新聞專題史研究叢書》分冊撰稿人。「特約研究課題」成果的內容精華將以「特約專題稿」形式納入《中華民國新聞史》各卷，以提高《中華民國新聞史》（5 卷本）的整體水平。這些「特約研究課題」負責人都是在民國新聞史研究特定側面具有領先優勢的專家學者，他們在「中華民國新聞史」整體框架下對各自優勢領域進行深入的專題研究並撰成 20～25 萬字左右的獨立專著納入《民國新聞專題史研究叢書》統一出版，爲讀者深入系統瞭解民國新聞史的重要側面提供可資閱讀的文本。

《民國新聞專題史研究叢書》各分冊從中觀的橫向層面展現民國新聞史若干側面的發展進程，《中華民國新聞史》（5 卷本）則在宏觀的縱向層面展現中華民國時期新聞事業的起源產生以及在不同階段中發展、變化的歷史進程。《民國新聞專題史研究叢書》各分冊著作者在完成分冊書稿後，把該「特約研究專題」的研究成果撰成規定篇幅的「特約專題稿」，成爲 5 卷本《中華民國新聞史》內容的有機組成部分。之所以如此設計，目的是盡可能集中專家學者的集體智慧，提高國家社會科學基金重大項目成果《中華民國新聞史》（5 卷本）的整體水平，爲達到高起點、高標準、高水平、權威性的設計目標提供保障。

三

爲圓滿實現《民國新聞專題史研究叢書》的設計功能，項目組在全國新聞史學界範圍內選聘了一批具有深厚學術積澱、良好學術道德的專家學者，組成了《民國新聞專題史研究叢書》的強大著者團隊。他們（以姓名首字漢語拼音爲序）是：

艾紅紅（《民國時期的新聞廣播業》著者）。女，博士，中國傳媒大學新聞學院教授，博士生導師，中國人民大學新聞學院博士後，兼任中國新聞史學會常務理事。已出版《中國廣播電視史初論》、《新時期電視新聞改革研究》、《〈新聞聯播〉研究》《中國宗教廣播史》及《中國民營廣播史》等著作 5 部；與他人合著《中國廣播電視史教程》、《中國廣播電視圖史》（副主編）等著作 7 部；在《國際新聞界》、《山東社會科學》等發表《從黨派「營地」到民眾「喉舌」：民主黨派報刊屬性與功能之變遷（1928～1949）》、《民國時期基督教廣播特色初探》、《中國廣播電視的歷史發展及其動因考察》等論文數十篇。參與完成國家社科基金課題 2 項，其中之一《中國廣播電視通史》獲教育部科研成果二等獎、吳玉章獎一等獎。參與完成國家廣電總局重點課題 1 項、教育部人文社科重點研究基地重大課題 1 項。主持完成教育部人文社科項目「中國宗教廣播史研究」，參與教育部馬克思主義理論研究和建設工程第二批重點教材《中國新聞傳播史》編寫。

白潤生（《民國時期的少數民族新聞業》著者）。中央民族大學教授，兼任中國新聞史學會特邀理事、少數民族新聞傳播史研究委員會名譽會長、中國報協民族地區報業分會顧問。曾任中國高等教育學會新聞學與傳播學專業委員會第五屆理事會理事，教育部新聞學學科教學指導委員會第二屆委員，國家民委少數民族語言文字出版、翻譯專業高級職稱評定委員會委員。主持國家「十五」社科基金項目「少數民族語文的新聞事業研究」和北京市高等教育精品教材《中國少數民族新聞傳播史》項目。獨著（或第一作者）出版著作 15 部，五次獲省部級獎。《中國少數民族文字報刊史綱》1996 年獲北京市第四屆哲學社會科學優秀成果二等獎、1998 年獲教育部普通高等學校第二屆人文社會科學研究成果二等獎；《中國少數民族新聞傳播通史》2010 年獲國家民委第二屆人文社會科學成果獎著作類二等獎；2011 年獲北京高等教育精品教材；《當代中國少數民族新聞事業調查報告》獲教育部第六屆普通高等學校科學研究（人文社會科學）優秀成果三等獎。另外，2014 年出版的《守護好我們的精神家園——白凱文少數民族文化文選》獲 2016 年中國新聞史學會「新聞傳播學會獎第二屆組委會特別獎」。參與編撰的著作 14 部，任副主編的 3 部（其中有一部負責通稿）、任編委的 3 部，任特約撰稿人的 1 部、任第二作者的 1 部。發表 140 餘篇學術論文。其中《承載民族夢想：中國少數民族文字報刊的百年回望》譯成英文發表在《中國民族》（英文版）2017 年第 4 期上，這是我國學者第一次面向國外介紹中國少數民族文字報刊的歷史概況。這既象徵著白潤生治學「三十年如一日」的辛勤耕耘，更代表了一位學者在少數民族新聞傳播研究領域所能達到的學術高峰。自 1995 年開始《中國青年報》、中央人民廣播電臺、《人民日報》及《中國民族報》、《中國文化報》、人民網等國家級媒體先後發表《鬧中取冷白潤生》、《使歷史成爲「歷史」——訪韜奮園丁獎獲得者白潤生》、《薪火不斷溫自升——記少數民族新聞學學者白潤生》等專訪 10 餘篇，是中國少數民族新聞史研究的開創者和帶頭人。其生平被收入《中國新聞年鑒》（1997 年版）「中國新聞界名人」專欄及《中國新聞界人物》等 20 多部辭書。

鄧紹根（《民國時期的外國在華新聞業》主編及主要著者）。博士，中國人民大學新聞學院教授，博士生導師、中國人民大學馬克思主義新聞觀研究中心主任、中國新聞史學會聯席秘書長，長期從事中國新聞傳播史論研究，主持國家及省部級課題 10 餘項，參與重大課題 3 項；先後在《新聞與傳播研究》《國際新聞界》《現代傳播》《新聞大學》等新聞傳播學術刊物發表論文 100 餘篇，其中論文《論民國新聞界對國際新聞自由運動的響應及其影響和結局》（《新聞與傳播研究》2013 年第 9 期）榮獲「2012～2013 年廣東省哲學人文社會科學優秀成果論文類一等獎」；參與的教改項目《馬克思主義新聞觀指導下新聞人才培養「六結合」模式的創建與實踐》先後獲得「2017 年廣東省教學成果獎一等獎」和「2018 年國家級教學成果獎二等獎」；出版有《新聞學在北大》（增訂本）、《中國新聞學的篳路藍縷：北京大學新聞學研究會》《美國在華早期新聞傳播史 1827～1872》等學術書籍八部，其中《中國新聞學的篳路藍縷：北京大學新聞學研究會》（清華大學出版社 2015 年）獲得「第七屆吳玉章人文社會科學青年獎」。

方曉紅（《民國時期的新聞管理體制》主編兼主要作者）。女，復旦大學新聞學院博士後，南京師範大學新聞與傳播學院教授、博士生導師，曾任南京師範大學新聞與傳播學院院長兼任中國新聞史學會常務理事、教育部高等學校新聞學學科教學指導委員會委員、中國新聞教育學會理事、武漢大學媒介發展中心研究員、鄭州大學新聞傳播研究中心研究員、江蘇省新聞傳播學重點學科帶頭人。主要從事中國新聞史、大眾傳媒與農村研究。出版有《中國新聞史》、《報刊・市場・小說》、《大眾傳媒與農村》、《農村傳播學研究方法初探》等，獲江蘇省哲學社會科學優秀成果二等獎 1 項、三等獎 2 項。在《新聞與傳播研究》、《新聞大學》、《江蘇社會科學》等發表《抗日戰爭與解放戰爭時期中國報刊事業的特點》、《論梁啓超的報刊理論與小說理論之關係》等數十篇。主持完成國家社科基金項目 2 項、江蘇省社科基金項目 2 項，目前主持國家社科基金項目和江蘇省高校社科基金重點項目各 1 項。

韓叢耀（《民國時期的圖像新聞業》主編兼主要著者）。南京大學新聞傳播學院／歷史學院教授，博士生導師；中華圖像文化研究所所長，法國歐亞印象交流協會（ISASES）顧問。長期從事圖像史學與視覺傳播領域的研究與教學工作，在國內外發表專業學術論文 100 多篇，出版學術專著 20 餘部。代表性成果有《新聞攝影學》、《圖像傳播學》、《中國近代圖像新聞史》（6 卷）和《中國現代圖像新聞史》（10 卷）、《中華圖像文化史》（40 卷，主編）。獨立主持國家級科研項目 6 項，國際科研項目 2 項，省部級科研項目 10 項。主持完成國家社科基金項目 2 項：「中國近代（1840～1919）圖像新聞出版史研究」（07BXW007）和「中國現代（1919～1949）圖像新聞傳播史研究」（11BXW005）。國家社科基金重大招標項目「中國新聞傳播技術史」（14ZDB129）首席專家；以色列 SIP 研究項目首席專家；澳門「澳門視覺形象傳播譜系研究」首席專家。曾兩次獲得中國攝影金像獎；國家級教學成果二等獎。學術研究成果獲第四屆中華優秀出版物圖書獎、第七屆高等學校科學研究優秀成果獎（人文社會科學）二等獎。

李建新（《民國時期的新聞教育》著者）。上海大學新聞傳播系教授、博士生導師、上海大學國際新聞傳播教育研究中心主任、《棋友》雜誌社副總編、《中國新聞傳播教育年鑒》編委會副主任委員、長三角象棋聯誼會常務副主席兼秘書長、上海大學象棋協會會長。中國新聞史學會常務理事，中國新聞史學會新聞傳播教育史研究委員會副會長。工學學士、哲學碩士、教育學博士、新聞傳播學博士後，美國密蘇里大學新聞學院訪問學者。曾任太原理工大學學報編輯部主任、執行主編，兼任《中國改革報 · 新財富週刊》執行主編、《中國企業報 · 新聞週刊》副主編等職。在新聞史、新聞理論、新聞業務等新聞學三個主要學科領域有突破性、首創性研究成果，《人民日報》記者以「新聞學研究的全能專家」爲題進行過報導。學術成績被《人民日報》、新華社、《中國社會科學報》、《中國新聞出版報》、《文匯報》、《新華每日電訊》、人民網、光明網、新浪網等進行過報導。長期研究國內外新聞傳播教育，三次入選教育部新聞傳播教育研究的課題組；在新聞與哲學、新聞與社會、國家形象的塑造與傳播、中華文化的對外傳播、突發事件報導、文體報導、人物專訪、媒介戰略、新聞評論、企業媒介應對、媒介融合教育、新媒體環境下的新聞實務等方面均有獨到的研究成果。承擔國家社科基金重大子項目、重點及省部級項目多項；完成其他橫向課題 30 多項；發表學術論文 150 餘篇；獨立出版新聞傳播學專著 10 部，合作出版相關專著 9 部，在《人民日報》、《聖路易新聞報》等發表各類新聞類作品 300 多篇。獲得哲學人文社會科學省部級獎、全國優秀圖書獎、全國徵文比賽一等獎等 30 餘項。

李秀雲（《民國時期的新聞學研究》主要作者），女，歷史學博士，天津師範大學新聞傳播學院院長、教授、博士生導師、天津地方新聞史研究所所長，中國新聞史學會常務理事、中國新聞史學會地方新聞史研究委員會副會長。天津市「131」創新型人才培養工程第一層次人選、天津市宣傳文化「五個一批」人才、天津市高等學校學科領軍人才、天津市高等學校創新團隊帶頭人。長期從事中國新聞學術史、中國新聞思想史研究。主持國家社科基金項目《以學刊爲中心的新聞學術思想史研究》、《中國當代新聞學研究範式的轉換》，教育部基金項目《中國當代新聞學術史》，天津社科基金項目《民國新聞學刊與新聞學術》、《〈大公報〉專刊研究》等 12 項。出版《中國新聞學術史（1834～1949）》（2004）、《中國現代新聞思想史》（2007）、《〈大公報〉專刊研究（1927～1937）》（2007）、《留學生與中國新聞學》（2009）、《中國當代新聞學研究範式的轉換》（2015）等五本專著，在《新聞大學》、《國際新聞界》等期刊發表《黃天鵬對中國新聞學術研究的貢獻》、《梁啓超輿論觀之演變及其成因》等論文 60 餘篇。專著《中國新聞學術史》獲天津市社會科學優秀成果獎三等獎（2008）。

劉亞（《民國時期的軍隊新聞業》著者）。原解放軍南京政治學院軍事新聞傳播系教授，博士研究生導師。1975 年 7 月畢業於復旦大學新聞系。1984 年 6 月參加軍隊新聞教育工作，致力於新聞史教學與研究。講授大專、本科、碩士和博士研究生不同學歷等級課程。作爲第四完成者的《深化軍事新聞教學改革，全面構建輿論戰課程教學體系》獲國家級教學成果二等獎、軍隊級教學成果一等獎。發表《中國軍事新聞事業的產生與發展》《新中國我軍新聞事業 50 年》《加強軍事新聞宣傳的發展戰略研究》《20 世紀中國軍事新聞學研究》等 30 多篇論文。出版與參與編撰 10 部論著與教材。參加 5 項國家社科基金課題研究，主持的國家「十一五」規劃課題《中國人民軍隊新聞史研究》以全優結項。

萬京華（《民國時期的新聞通訊業》主編兼主要作者），女，新華社新聞研究所新聞史研究室主任，高級編輯（研究員），中國新聞史學會常務理事，長期從事新聞史研究工作。參與《新華通訊社史》第一卷、《新華社 80 年輝煌歷程》、《新華社烈士傳》、《中國名記者》叢書等重點圖書編撰。在國內學術期刊發表《毛澤東與新中國的新聞事業》、《周恩來與新華社駐外記者》、《鄧小平與新聞工作》、《解放戰爭時期新華社軍隊分社的創建與發展》、《從紅中社到新華社》等論文 140 多篇。參與國家社科基金重大項目 1 項，國家出版基金重點項目 1 項，新華社國家高端智庫重大項目 1 項。《在敵後抗日根據地創建的新華分社及其歷史貢獻》獲中直工委紀念抗戰勝利 60 週年徵文二等獎。參與編輯製作的十集電視紀錄片《新華社傳奇》獲第六屆「記錄・中國」三等獎。參與研究的 3 項成果先後獲新華社社級好稿、新華社社長總編輯獎等。

徐新平（《民國時期的新聞學研究》主編兼主要作者）。湖南師範大學新聞與傳播學院教授，博士生導師，傳媒倫理與法制研究所所長，兼任中國新聞史學會常務理事。先後主持完成國家社科基金項目「中國新聞倫理思想的演進」、「晚清時期新聞思想研究」，湖南省社科基金項目「新聞倫理學研究」、「中國近代新聞思想史」和「中國現代民營報人新聞思想研究」等，參與教育部人文社科研究基地重大項目「中國共產黨新聞思想史」的研究，遴選爲教育部馬克思主義理論研究和建設工程第二批重點教材《中國新聞傳播史》骨幹成員。已出版《維新派新聞思想研究》、《新聞倫理學新論》、《中國新聞倫理思想的演進》等專著，在《新聞與傳播研究》《新聞大學》等學術刊物發表《晚清時期中國對外新聞傳播思想》、《論維新派新聞自由觀》、《中國新聞人才觀的變遷》等新聞學論文 70 餘篇。有關論文被中國人民大學複印報刊資料《新聞與傳播》全文轉載。專著《維新派新聞思想研究》獲湖南省第 11 屆哲學社會科學優秀成果三等獎，參著《中國共產黨新聞思想史》獲第五屆吳玉章社會科學成果優秀獎。

張立勤（《民國時期的新聞業經營》著者）。女，華南師範大學新聞傳播系副教授，碩士生導師。武漢大學文學士，復旦大學媒介管理學博士。美國北卡羅來納大學教堂山分校訪問學者，南京師範大學民國新聞史研究所特約研究員。有過近十年的新聞從業經歷，曾任《南風窗》雜誌社記者，先後出版 3 部新聞紀實作品，在《中國青年報》、《南風窗》、《南方週末》等媒體發表了數十篇深度報導。2006 年至今從事新聞傳播教學與研究，對媒介經營管理、新聞史等領域有著持久的學術興趣。主持國家社科一般項目 1 項、國家社科重大項目子課題 1 項、省部級課題 2 項，已出版學術專著 2 部，曾在《國際新聞界》、《新聞大學》等核心期刊發表二十餘篇學術論文。

上述專家學者來自北京、上海、廣州、天津、長沙、杭州和南京等地 10 多個教學研究單位，其中既有德高望重的學術界前輩帶頭人如中央民族大學白潤生教授，又有一批「70 後」的朝氣蓬勃「新生代」學者，團隊主體則是從事新聞史教學研究數十年既有豐富經驗又有豐碩成果的「50 後」學者專家；他們中間既有來自國內著名高等學院的教授，也有國家通訊社研究單位的學者；既有擅長研究新聞廣播史、新聞通訊業史、新聞經營史、新聞學術史及新聞管理史的專家，更有擅長研究新聞教育史、少數民族新聞史、軍隊新聞史、圖像新聞史及外國在華新聞史等方面的專家，整個團隊專長互補、信息共享、精誠合作、攜手同進，爲特約專題研究順利推進及「特約專題稿」如期高質量完成和《民國新聞專題史研究叢書》分冊撰稿提供了堅實的保障。

四

在特約專題研究和《民國新聞專題史研究叢書》分冊撰稿過程中，特約專題負責人（分冊撰稿者）認眞貫徹實事求是的思想路線，堅持尊重歷史存在、尊重文化傳統、尊重不同學派的原則；遵循歷史唯物主義和辯證唯物主義原則和方法，既看到「民國新聞史上的確發生、存在過不少與現代文明和民主法制不合拍的歷史事實」，也看到「民國新聞業在科學技術普及、進步力量努力、世界民主潮流推動以及新聞事業規律的共同發力下有了長足的發展」的客觀存在；努力探尋「民國新聞業」有關側面在近四十年中的發展規律，以「新聞」、「新聞人」、「新聞媒介」「新聞活動」及「新聞事業」爲中心，突出「民國新聞史」的階段和時代特點，努力再現中國新聞業在「中華民國時期」近四十年間的發展概貌。以嚴肅認眞和對國家負責的態度，敬業踏實進行項目研究。

作爲國家社科基金重大項目「中華民國新聞史」特約研究專題負責人、《民國新聞專題史研究叢書》分冊撰稿者及項目首席專家，我們當然希望這套《民國新聞專題史研究叢書》能反映 21 世紀 20 年代新聞史學界「民國新聞專題史」研究和認識的整體水平，基本能滿足新聞史學工作者、新聞業務工作者及對這一段新聞史感興趣的讀者瞭解叢書所涉及民國時期新聞史不同側面較詳細歷史情況的需要。毋庸諱言，這套《民國新聞專題史研究叢書》肯定還有諸多不足和遺憾之處：首先是首席專家設計「特約研究專題」時考慮未必十分妥當，可能使一些更重要的民國新聞史「側面」沒有列入「特約研究專題」研究以致留下缺憾；二是各分冊由不同專家學者分頭執筆，各人表述習慣和行文風格不盡一致，整套叢書各分冊在行文及語言風格上難以完全統一；三是因爲各位執筆者的社會閱歷、學術積澱、人文素養及研究重點等不盡相同，在某些問題的認識全面性、分析科學性及表述嚴密性等難免參差不齊，甚至有些評價不一定全面正確，有些觀點不一定十分妥當；四是受各種條件限制，儘管各分冊著者都盡了最大的努力，但還是有些原始文獻和檔案資料未能充分利用，致使有些內容比較單薄，詳略不盡得當。我們衷心期待廣大讀者尤其是業內專家學者的批評和指正，以便在有機會再版或增訂時予以修改，使之不斷趨於完善。

二〇一八年十二月二十五日

目　次

導　語

> 二十世紀第一個十年裏無線電的發明，提供了一種不像報刊那樣依賴印刷和水陸運輸的遠距離交流工具，而且無線電是不一定要識字的聽眾也能聽得懂的。國家的領導人——特別是在發生危機的時候——很快發現了通過無線電可以直接向人民發表講話的好處，而不必等報紙來報導他們的發言。最初，收音機主要是一種娛樂交流工具；特別是，它造就了大批新的音樂和戲劇愛好者。不過，到了三十年代，使用無線電進行新聞報導開始變得重要起來，於是新聞業中出現了一個新的部門。[1]

聯合國教科文組織上述報告中對全球無線電廣播的描述，與本書研究對象——民國時期新聞廣播業的發展路徑大致吻合：從 1923 年 1 月第一座外商廣播電臺在上海問世，到 1949 年南京國民黨政府退出大陸，無線電廣播逐漸從娛樂工具發展成爲政府/政黨的宣傳利器和收音機用戶的消息來源；廣播新聞則從最初由各電臺自己編播報刊新聞，到全國電臺每晚聯播國民黨中央電臺的新聞和宣傳節目，新聞廣播的重要性日益凸顯。同時，由於政局動盪，戰爭連年，民國時期的新聞廣播業又呈現出階段性強、自主性弱，原創新聞少、時事演講多等時代特徵。

一

從傳播介質看，「廣播」可分無線廣播和有線廣播兩種；從傳播符號分，

1　肖恩・麥克布賴德等著，中國對外翻譯出版公司第二編譯室譯：《多種聲音，一個世界：交流與社會，現狀和展望》，中國對外翻譯出版公司，1981 年版，第 14～15 頁。

廣播又可分聲音廣播（Radio）和圖像廣播（television）兩種[1]。至中華人民共和國成立前，有線廣播在中國並不普及，也未有開辦電視，因而本書之「新聞廣播」不涉及有線新聞廣播和電視新聞廣播，僅指無線電波傳送的聲音廣播，也即專指以新聞爲內容，以無線電爲載體，以聲音爲符號的一種傳播活動與傳播方式。

新聞廣播並非與廣播同時產生，而是在廣播業發展的過程中逐漸分化出來的。「從實驗聲音傳播成功到試播新聞，這一過程歷時 10 年；到 KDKA 電臺正式播報新聞，則有 14 年。」[2]在廣播興辦初期，這一媒體主要是作爲一種娛樂媒介而被大眾認知。但第二次世界大戰的爆發，使這種「不要紙張、沒有距離」的媒介一躍而成爲參戰各國極爲倚重的新聞宣傳手段，由此也奠定了新聞廣播在廣播傳播中的支柱地位。這不僅體現在廣播電臺節目安排中新聞和宣傳類節目的數量及比重上，更體現在新聞節目的時段優勢上：一般電臺都習慣把新聞類節目安排在黃金時段，整點播出。而新聞廣播業所關聯的從事新聞廣播的機構、設施及相關的有組織、成規模活動，則逐漸分化爲區別於文藝廣播、教學廣播等而言的獨特領域，「具有不同於其他廣播領域的內容取向和社會功能。」[3]

正式的新聞廣播發端於美國，是在商業廣播爲主導的體制框架內興起的。1920 年 11 月 2 日，美國第一家、也是世界首家申領政府營業執照的 KDKA 商業電臺開播，當晚即播出了沃倫·哈丁（Warren Gamaliel Harding，1865 年 11 月 2 日～1923 年 8 月 2 日，美國第 29 任總統）擊敗詹姆斯·考克斯當選爲美國總統的重大消息，賓夕法尼亞州、俄亥俄州和西弗吉尼亞州的許多聽眾都收聽了這次節目，領略到廣播新聞跨越空間、即時到達的無窮魅力。同年第一次廣播演講發布後，聽眾反響熱烈，全國廣播站迅速發展到 220 個左右。1921 年 3 月，哈定總統的就職典禮也通過電臺廣播被大眾所熟知。「1923 年全國收音機數量已達 250 萬臺，成了美國千家萬戶生活的中心。人們安排時間，圍坐機前，欣賞各自喜愛的廣播節目」，[4]新聞廣播則在

1 參見趙玉明、王福順主編：《廣播電視辭典》，北京廣播學院出版社，1999 年版，第 79 頁。
2 吳縵、曹璐：《新聞廣播研究》，北京廣播學院出版社，1997 年版，第 8 頁。
3 吳縵、曹璐：《新聞廣播研究》，北京廣播學院出版社，1997 年版，第 8 頁。
4 【美】戴維·哈伯斯塔姆著，尹向澤等譯：《媒介語權勢：誰掌管美國（上卷）》，國際文化出版公司，2006 年版，第 14 頁。

幾年後成爲政府影響公眾、把美國人引入政治議程的重要手段，1933 年就職總統的西奧多・羅斯福甚至被稱爲「美國廣播業的第一喉舌」，由於他任職期間「越來越頻繁，越來越直接地利用宣傳機器，新聞界的影響與日俱增。他們逐漸擔負起國家發展過程的設計師角色」。過去主要承擔這一職能的報刊記者甚至對總統增加利用電臺，並與電臺記者談論不休的做法感到氣憤。[1]

隨著廣播時代的到來，美國新聞界的天平逐漸發生傾斜，廣播和廣播記者的社會地位迅速提升。在商營體制下，新聞廣播業的內在動力被激活，廣播記者們活躍在許多重大事件的現場，爲聽眾帶來大量富於個人色彩的前方報導，如愛德華・莫羅在二戰時期的「這裡是倫敦」現場報導，曾牽動了無數美國人的心。對美國聽眾而言，無論是在艱難困頓的經濟危機年代，還是淒風苦雨的二戰時期，收音機都是他們與外界聯繫的便捷媒介和日常生活的親密伴侶。1943 年，美國家庭的收音機每戶平均一臺以上。美國國家調查中心的一份報告證明，二戰期間，對美國大眾服務貢獻最大的新聞媒介是廣播，占 67%。「到 1936 年，(主要在美洲的) 22 個國家採納了靠廣告費支持的美式做法。」[2]

與美式商業廣播模式不同，社會主義國家蘇聯對廣播業實行統一的國家經營，由全國無線電化事業委員會管理和通盤規劃。1920 年，俄羅斯蘇維埃聯邦社會主義共和國在莫斯科建立起第一座無線電話發射臺，將政府新聞、外交照會及法令公告發送到國外，收聽效果極佳，連柏林也可以清晰收聽。1922 年 5 月 27 日，莫斯科中央無線電話臺建成並試播，發射功率爲 12 千瓦，是當時世界上功率最大的廣播電臺，承擔著政府交予的各種新聞宣傳和社會教育職責。至 1929 年，蘇聯擁有 500 瓦以上電臺兩座，300 瓦電臺一座，100 瓦以內電臺 70 多座。爲了將蘇聯中央的消息送達各地，從 30 年代中期開始，蘇聯又嘗試從莫斯科發放播音材料，「以期各省可同時播送」，同時「將重要節目，灌音於收音片上，然後分送各處電臺，依各地便利之時間播放之。」[3]

1 【美】戴維・哈伯斯塔姆著，尹向澤等譯：《媒介語權勢：誰掌管美國（上卷）》，國際文化出版公司，2006 年版，第 13 頁。

2 【英】湯姆・斯丹迪奇著，林華譯：《從莎草紙到互聯網：社交媒體 2000 年》，中信出版社，2015 年版，第 296 頁。

3 細仁：《俄國廣播事業之新方針》，《電友月刊》，1936 年第 12 卷，第 5 期。

既不肯跟美國廣播業那樣「近乎瘋狂」，也不願同蘇聯廣播業那樣被國家獨佔的英國，則在 BBC 總經理約翰．瑞斯的設計下，選擇了公營的廣播體制，並嘗試在類似政府與民間衝突這樣的爭議事件報導中保持「中立」。「這種『政治中立』不僅在廣播報導中被強調，漸漸地在其他領域也被不斷接受，它對英國政治產生了深遠的影響。」[1]第二次世界大戰期間，雖然報紙在英國擁有很大的讀者群，但廣播才是戰況的主要提供者，英國人總是先從廣播聽到戰況，然後再從第二天的報紙上閱讀相應文字信息。1944 年 6 月 6 日，英美軍隊在法國諾曼底登陸，開始大規模進攻，就是廣播最早報導了進攻的消息，當時廣播的收聽率達到了高峰。

德國的廣播業又是另外一種景觀。到希特勒執政時期，國家社會黨對於無線電廣播極爲重視，「20 年代出現的各種半商業性的地方電臺被國有化，合在一起組成了帝國廣播公司。禁止在廣播中穿插廣告，廣播內容多數是政治性的。」[2]廣播成了納粹政權「遠遠超出其他一切的最有效的宣傳工具，在改造德國人民、使他們適合希特勒目標這一點上，比任何別的宣傳工具都起著更大的作用。」[3]「每逢發表重要演說的時候，就命令各處接音，由黨指派黨內的無線電工作人員，分別出外視察，規定凡是工廠、公共場所與學校之中，都需裝收音機，以及公共演講播音的器具。由此每次播音的時候，全國至少四分之三的民眾，可以聽到同樣的演說。」[4]正是基於這一媒介定位，德國廣播獲得了飛速發展，廣播收音機的普及率極高。

總之，發端於西方國家的廣播事業，因各自國家的政治環境、經濟條件和對廣播媒體的不同定位，在起步階段就被納入不同的制度框架中。而各個國家、電臺對廣播新聞的不同理解，則決定了對新聞廣播的不同管控方式及新聞內容和形式的不同配比。

1 【英】詹姆斯．卡瑞、珍．辛頓著，欒軼玫譯：《英國新聞史》（第六版），清華大學出版社，2005 年版，第 98 頁。

2 【英】湯姆．斯丹迪奇著，林華譯：《從莎草紙到互聯網：社交媒體 2000 年》，中信出版社，2015 年版，第 296 頁。

3 【美】威廉．夏伊勒著，董樂山等譯：《第三帝國的興亡——納粹德國史（上）》，世界知識出版社，1979 年版，第 351 頁。

4 斯頌熙：《德國之廣播無線電》，《江蘇廣播雙週刊》，1935 年創刊號。

圖導-1　納粹時代宣傳「人民收音機」的海報（藏於瑪麗．埃文斯圖像圖使館/魏瑪檔案館）

二

廣播事業在西方風起雲湧之時，門戶開放的中國也迎頭趕上，經歷了由外商引進無線電廣播，到中國民間人士創辦，再到政治力量全面介入並將其塑造成新聞輿論主戰場的過程。

中國早在清朝末年就引進了無線電報業務。1905 年（光緒 31 年）秋，北洋大臣袁世凱在天津開辦無線電訓練班，聘請意大利海軍軍官葛拉斯任教，培養無線電報務人員，並購置無線電收發報機傳遞軍事情報。1906 年，清政府設郵傳部，內有電政司掌管電報電話事宜。1908 年，上海與崇明島之間的海底電纜毀損，江蘇省用公款購買無線電收發報機代替之，這是我國民用無線電報的開始。同年，上海英商匯中旅館私設無線電報機，開外國人在中國私設無線電臺之先河。此後，西方國家的使館、商人、殖民者爲了通信聯絡上的便利，競相在中國境內私自安裝無線電收發報機。清政府郵傳部雖曾多方交涉擬於取締，但收效不大。

1912 年中華民國政府成立後，政府設交通部，內置電政司，掌管包括有線電報和無線電報在內的電政事宜。1915 年，中華民國《電信條例》頒布，規定有線無線電報電話統稱電信，「由國家經營」。《條例》規定：

> 第一條，電報電話，不論有線無線，均稱爲電信。
>
> 第二條，電信由國家經營。
>
> 第三條，左列電信，經政府之許可，得由個人或團體私設：一、供鐵路礦山及其他特別營業之專用者。二、個人團體或官署，因圖遞送之便利，設於其所居之處，與電報局相接續者。三、個人團體或官署，專供一宅地範圍內通信之用者。四、船舶航海時所用者。五、供學術試驗上之用者。六、電話之通信範圍。

作爲無線電廣播出現前最高層級的無線電管理法規，《條例》對「電信」範圍和電信經營權的界定極爲明晰。其第三條「政府許可」個人或團體私設電信的條款中，不僅有六種情況可以例外處理，而且「其他特別營業之專用」因無指明範圍，等於是爲「私設」電信留出了很大餘地。而在上述條例中的「電報電話」顯然沒有包含後來的廣播事業——1915 年該條例出臺時，廣播業尚未誕生。新興的無線電廣播業屬於特殊的「電信」範疇，與個人或團體之間的「電報」和「電話」通訊有很大不同，屬於功效強大的大眾傳媒。而當法律制訂者無法預見幾年後才會出現的無線電廣播時，是不可能對其給出合適的法律規範的。

無線電是可以輕易跨越國門的現代通訊手段，需要國際間的齊抓共管。在這方面，中國政府較早參加了一些國際無線電組織，並參與了部分國際無線電規約的制訂工作。1920 年，中國政府應意大利之邀，加入國際無線電公會。1921 年，華盛頓限制軍備會議第十八決議案規定，各種無線電機非經中國政府允准，不得在中國境內經營或建設。上述無線電組織和相關議案的簽署，爲中國在處理國際間無線電關係方面確立了基本的法律框架，也贏得了一定的主動權。

對照上述條款，早期來華設立電臺的外國商人不僅違反中國法律，同時也違背了國際電信交往準則。但由於這些電臺都設在租界，由外國人創辦，屬外國人所有，使得這一行爲由於法律解釋的相互矛盾而在執法層面陷入了困境。

按照《現代漢語詞典》的釋義，租界是「帝國主義國家強迫半殖民地國家在通商都市內『租借』給他們做進一步侵略的據點的地區」。鴉片戰爭後，清政府被迫打開國門，並相繼開放了上海、廣州等沿海城市。英國最先於 1845 年在上海設立租界[1]，接著，美國、法國、等列強也相繼在上海開闢了租界。列強還強迫中國在漢口、天津、廣州、廈門、九江、鎮江、蘇州、杭州、重慶等地相繼開闢租界，對中國沿海的發達城市形成環繞包圍之勢。在上述租界內，逐漸集中了洋行、銀行、領事館等外國政治經濟組織。與被割讓的領土不同，租界領土在名義上仍屬出租國，自身不具備治外法權屬性。但歷史上租界使用國均是借由本國通過不平等條約取得了嚴重損害租讓國司法權的「公民領事裁判權」，即「本國僑民不受所在國法律約束，而由領事依其本國法行使司法管轄。」[2]換句話說，凡在中國享有領事裁判權的國家，其在中國的僑民不論發生任何違背中國法律的違法犯罪行爲，或成爲民事訴訟或刑事訴訟的當事人時，中國司法機關均無權裁判，只能由該國的領事等人員或設在中國的司法機構依據其本國法律裁判。也即租界內許可外國人（不僅是外交人員）進行任意不違反國籍所屬國的活動，哪怕這個活動是違反租借地所在國法律的，租讓國卻無權對其直接進行管理或干預。正是由於這類特殊地區的存在，近代以來，許多外國人出入租界，把一些中國政府轄區內不允許存在的西方器物、制度與文化也順便帶了進來。在五方雜處、中西交匯的租

1 1843 年 11 月 17 日，根據《南京條約》和《五口通商章程》的規定，上海正式開埠。1845 年 11 月 29 日，清政府蘇松太兵備道、上海道臺宮慕久與英國領事巴富爾（George Balfour）共同公布《上海土地章程》（也稱《上海租地章程》）（The Shanghai Land Regulations），設立上海英租界。此後，美租界、法租界相繼在上海闢設。1854 年 7 月，英、法、美三國成立聯合租界。1862 年，法租界從聯合租界中獨立。1863 年，英美租界正式合併爲公共租界。在租界中，外國人投資公用事業，興學辦報。租界當局負責市政建設，頒布一系列租界管理的行政法規。租界也成了中國人瞭解和學習西方文化的制度的一個窗口。

2 趙曉耕：《近代不平等條約與清末法制的變革》，《浙江社會科學》，1999 年第 1 期。

界地區，中國人眼見一幕幕鮮活的「西洋景」上演，親身感受到兩種文化的衝突與融合，體會到中西方的巨大差異，由此也形成了國人對租界認知和敍事的巨大反差：在民族主義敍事中，租界是恥辱；而在現代化敍事中，租界無疑又是展示西方文明的鮮活「櫥窗」。

正是在這一背景下，外國人在中國租界頻繁地開設無線電收發報臺，嚴重干擾了中國電政環境，政府雖屢次交涉，但收效甚微。「在華外人，深覺中國人之易欺，乃各自裝設電臺……或以軍用爲名，或借報告氣象爲辭，擅收電報，擾亂空間秩序，無所忌憚。其間迭經交涉，或則頑抗，或則狡辯，卒無結果。」[1]1923 年 1 月 23 日，外商在上海開設的國內第一家廣播電臺成功試播，顯然更是當時無序狀態的必然結果。

各地租界的廣播電臺不遵守中國政府法規的發展狀態，一直持續到抗戰結束後才逐漸結束。不過這種狀況到 1928 年南京國民政府建政後，就成爲廣播業發展的支流而非主流。

三

本書主要根據時間順序，考察新聞廣播業在民國時期（1923～1949 年）的演進，分析其自身發展與外部世界的內在關聯，內容包括廣播監管體系的變更，技術條件的限制和廣播業務體系的發展，廣播新聞節目欄目的設置，廣播新聞與社會、聽眾之間的互動及效果評價等幾個層面。民國時期，戰爭與政爭不止，區域分割嚴重，無論是北京政府還是南京政府，實際從未實現「中華民國」版圖意義上的統一。廣播事業發展也因上述原因而切分成幾個較爲明顯的階段，呈現出明顯的區域性、階段性特徵。本書章節劃分的主要依據即源出於此。

本書第一章爲 1923 年廣播問世到 1928 年南京中央廣播電臺成立前的新聞廣播業。1923 年，上海第一家廣播電臺開播，主辦者爲「美商＋美國在華報社」的複合身份，電臺展示的也是美式商業廣播的做法，並奠定了早期新聞廣播的「自由化」色彩。但由於外商廣播身份與中國政治大環境的違逆，這一模式只能在租界範圍內實踐，無法在中國政府的管轄區域落地。之後國人自辦電臺興起，雖然也借鑒了外商廣播的一些做法，但直到 1928 年南京國民黨中央電臺開播前，全國都沒有出現一座中央級電臺，沒有代表國家形

1 王崇植、惲震：《無線電與中國》，文瑞印書館，1931 年版，第 91 頁。

象的聲音，更沒有推行至全國的廣播規範，總體上只能算是廣播事業的幼年時期。

第二章爲 1928 年南京國民黨中央電臺成立至 1937 年抗戰爆發前的新聞廣播業。南京國民黨政府成立後，出於對廣播事業的高度重視，開始大力發展黨營/國營的廣播業。民營電臺也因獲得合法身份而在上海、天津北平等大城市有了較快發展。與前一階段不同，這一時期，以南京中央電臺爲代表的新聞廣播被賦予「黨國喉舌」、「宣傳利器」之重任，在制度建設和技術保障等方面都體現出這一職能性特徵。

第三章爲八年抗戰時期的新聞廣播業。抗戰爆發後，國內的政權分割愈加嚴重，無論是國民黨政府、共產黨抗日根據地還是淪陷區日僞當局，均把廣播宣傳納入戰略戰術範疇加以考量，廣播新聞中充斥了許多宣傳自己勝利、對方失敗的消息。魚龍混雜之下，廣播新聞的眞實性和社會信譽下降，但影響力卻持續提升。抗戰時期新聞廣播的另一個變化是功能的拓展。其中，多數電臺都直接參與了戰爭宣傳，有時是虛構戰事，迷惑敵軍；有時是爲自己造勢，打擊敵方士氣。還有的電臺爲戰機導航，借助名人演講爲中國爭取外援。新聞廣播的宣傳和輿論引導功能被放大，「廣播戰」成爲戰爭各方高度關注的議題。這也是廣播與報刊分化最爲明顯的一個時期：戰時報刊主要發行對象爲區域內讀者，但廣播卻可以面向被分割的區域外所有聽眾。僅此一點，就使兩種傳媒在對「自己人」傳播和對「外」傳播的定位上形成了巨大分野。也正是由於這一區別，使得各方勢力對廣播業更加重視，控制愈加嚴密。

第四章爲抗戰勝利後的國統區新聞廣播。抗戰勝利後，國統區的廣播事業一度發展迅速，但旋即走向大潰敗。這不僅表現爲廣播電臺數量的大升大降，還表現爲國民黨廣播信譽的迅速衰減。本章的結論與陳果夫先生觀點相反，認爲國民黨失去大陸，不是因爲不重視廣播，而是太重視廣播、對廣播太多的限制而使它徹底失去了活力，成爲國民黨腐敗統治的殉葬品。

第五章爲抗戰勝利後的解放區新聞廣播。抗戰勝利後，共產黨解放區一度有很大擴展，然而國共內戰初期因閻錫山部隊的強力進攻，延安根據地也曾暫時棄守。在這種戰爭狀態下，經歷了三次大轉移的延安新華電臺始終持續對外播音，傳遞著共產黨解放區的消息。之後的兩黨戰略決戰過程中，解放區新華廣播電臺開闢的《對國民黨軍廣播》等節目兼具新聞性與宣傳性；

既區別於報刊新聞，又迥異於國統區的廣播新聞，在當時發揮了極大的「心戰」作用。

作爲一種空間媒介，雖然無線電廣播本身只是一種中立的技術，但它提供了一種全新的大眾傳播手段和社會動員工具，可以使政治領袖直接越過任何障礙而直接訴諸民眾，這是之前從未有過的。南京國民黨政府較早認識到廣播的這一特性，在建政之後通過鋪設電臺、擴建收音網等強力干預手段，實現了無線電廣播信號（話語權）的大範圍統御；蔣介石等國民黨要人更是最大限度發揮了廣播媒體在整合社會、謀求共識、爭取人心等方面的作用。但也正是因爲這一空間屬性在當時特定條件下的凸顯，使新聞廣播從 1928 年南京國民黨建政後，就受到政治權力的高度制約，在信息量、時效性等方面都大打折扣，未能最大限度發揮廣播應有的新聞傳播功能。

第一章　民國北京政府時期的新聞廣播業（1923～1928）

1923 年 1 月上海「大陸報——中國無線電公司廣播電臺」的播音，開啓了中國廣播的序幕。此後上海、北京、天津等地又陸續出現數家廣播機構。這些電臺有的屬於外國人所創辦，有的則由中國人自主設立。到 1928 年南京國民黨中央廣播電臺正式開播前，國內廣播電臺和收音機數量較少，影響有限，新聞廣播則處在一種相對自由離散的發展狀態。

第一節　外商電臺與中國廣播

我國第一座廣播電臺並非國人所創設，而是由外商擅自引進上海租界的。外商電臺起初只用英語播報新聞和市價，其後才開始使用漢語及其他語種。在中國政府和民間人士設立廣播電臺後，漢語新聞廣播逐漸成爲主流。

初期的廣播節目在時段安排上，已體現出新聞在電臺廣播中的重要性；但囿於技術條件和人們對廣播的認識及外部環境限制，早期廣播新聞的製作手段、新聞內容和形式都較爲簡單，新聞的獨立性在電臺業務中並不突出。

一、租界外商開啓中國廣播序幕

1923 年 1 月 23 日晚，在上海四川路中華基督教青年會大樓禮堂饒伯森教授[1]自行裝配的一架收音機前，聚集了 500 多位中外人士。他們被告知，接下來的時間將聽到一場別開生面的音樂會。饒伯森教授在音樂會開始前發表了簡短講話。準 8 點時，他的講話被無線電傳出的聲音打斷了。從那時開始，一個多小時，一大批聽眾驚訝地坐著，對當代最新奇蹟又驚又喜。饒伯森教授的接收機裝配得很好，音樂會從頭到尾毫無故障地傳給了聽眾。[2]

這家開啓中國廣播先聲的電臺名叫「大陸報——中國無線電公司廣播電臺」（Radio Corporation of China），呼號 XRO，發射功率 50 瓦，臺址位於上海公共租界內最繁華的地帶廣東路大來洋行屋頂（Dollar Building）。該臺是由上海的英文報紙《大陸報》（The China Press）[3]和一家名爲「中國無線電公司」的美國公司合辦的，由《大陸報》提供播音員和新聞稿件，「中國無線電公司」提供設備和技術，設備是電臺經理、美國人奧斯邦（E.G.Osborn）1922 年底從美國運來的，他同時負責電臺的技術和工程維護工作。也正因此，這家電臺習慣上又被稱爲「奧斯邦電臺」。

奧斯邦電臺每晚播音一個多小時，以音樂演奏和唱片播放爲主，中間穿插《大陸報》記者拉里·萊爾巴斯（Larry Lehrbas，《申報》稱他爲「郎巴斯」[4]）先生用英語播報的《大陸報》政經新聞、路透社電訊稿和短篇滑稽小說。另據《大陸報》1923 年 1 月 27 日消息，「孫博士的宣言，和他將於星期六離滬的消息，與其他中外新聞一道，星期四晚上從《大陸報》暨中國無線電公司廣播電臺播出。」據稱，孫中山先生對此事極爲稱讚。他表示，「余切望中國人人能讀或聽余之宣言。今得廣爲傳佈，被置有無線電話接受

1 饒伯森教授（Robertson, Clarence Hovey 1871～1960），原任美國普度大學（University of Purdue）機械工程教授。1900 年來華，任天津青年會幹事，後去上海基督教青年會，前後在華時間長達 30 年。饒伯森擅長演講，曾到京津各校介紹西方近代體育之各項球類及田徑運動，宣講體育之作用，促進國內「各項體育活動鵲起」。他還曾經多次發表演講，支持無線電廣播事業的發展，並親自裝配收音機，在上海基督教青年會進行廣播實驗。

2 參見北京廣播學院、上海市檔案館、上海市廣播電視局合編：《舊中國的上海廣播事業》，檔案出版社，1985 年版，第 8 頁。

3 《大陸報》（The China Press）係美商密勒、費萊煦、勞合等人和中國人聯合組織創辦的。中美雙方各擁有一半股本，於 1911 年 8 月 20 日試刊，九天後正式出版。該報言論代表在滬美僑的利益，消息報導繁簡得當，迅速及時，文筆活潑輕鬆，爲上海最早的美國式編排的報紙，頗受讀者歡迎，發行量一度超過《字林西報》。1949 年上海解放後，該報停刊。還有材料認爲，奧斯邦的合作對象是旅日華僑曾君，創辦電臺的資本就是曾君提供的，「美商」只是個名義。

4 參見《申報》，1923 年 2 月 20 日第 15 頁報導。

器之數百人所聽聞，且遠達天津及香港。誠可驚可喜之事。吾人以統一中國爲職志者，極歡迎如無線電話之大進步。此物不但可於言語上使全中國與全世界密切聯絡，並聯絡國內之各省、各鎮，使益加團結也。」[1]當時上海除了幾百架私人安裝的無線電接收機外，在四川路中華基督教青年會大樓禮堂和租界最豪華的兩家飯店——理查飯店的格子房和卡爾登飯店內，也專設了收音放大設備，電臺晚間播音時，只要在兩家飯店就餐者即可收聽該臺節目。

上海的中文報刊也極爲關注這一新興事物，《申報》《新申報》等都對此進行了連續追蹤報導。因此，儘管電力小，音質差，兩大飯店中安置的「放大機工作得不夠好，致使千載難逢的演出美中不足」[2]，但這種以實地「廣播」演示無線電功效，以報紙報導和豪華飯店落地接收「三管齊下」的宣傳，很快被證明是一場成功的營銷策劃。一時間，無線電廣播成爲上海租界內西方上層人士的熱議話題，並興起了一股小小的無線電研究熱。但由於該臺的創辦未經中國政府允准，違反了中國相關法令，因此受到北京政府交通部嚴正交涉。三個月後，中國無線電公司發生人事變動，奧斯邦離職，由一位姓張（一說姓曾）的中國人與美國工程師迪頓繼續經營中國無線電公司，並繼續與《大陸報》合作管理廣播電臺。3月28日，交通部再次禁止裝設無線電機。4月中旬後，《大陸報》就沒再刊登關於該臺的任何消息。

1923年5月，位於上海南京路50號的一家美商公司新孚洋行（Electric Equipment Co.）又設立了一座功率爲50瓦特的無線廣播電臺，自當月30日起不定期播音，主要「用於實驗和向顧客示範該公司經售的收音機及其零件」，並打算把電臺的用途「擴展到那些希望隨時廣播自己的節目或廣告的組織和團體」[3]，同時亦有新聞及音樂。爲了吸引聽眾，新孚洋行還在公司底樓設置了樣品陳列室，到此參觀購物的顧客可以打開任一架收音機收聽節目。

外商電臺連續進行廣播實驗，引發江浙兩省的很多居民爭先購置收音機。

意識到形勢嚴峻的北京政府很快做出反應。1923年11月，北京政府發出禁止無線電機進口的命令，要求津滬各海關嚴行搜查。新孚洋行價值萬金的進口無線電機屢屢被海關扣押。遇此重挫，該洋行「大有不能維持之勢」，於

1　《孫逸仙博士祝賀〈大陸報〉廣播》，1923年1月27日上海《大陸報》。
2　《大陸報》，1923年1月24日報導，轉引自《舊中國的上海廣播事業》，第8頁。
3　《大陸報》，1923年5月30日報導，參見《舊中國的上海廣播事業》，第15頁。

1924 年 8 月「忽將全部電料及無線電機遷移樓上，退出臨街門窗轉租他人，一時營業驟形停頓，其樓上之播送站亦復於月初停止播送」。[1]

在中國經營無線電器材且盈利頗豐的美國開洛公司，也於此時趁機開設了一座廣播電臺。奧斯邦電臺停播後，開洛公司的上海經理迪萊（Delay）以每月租金 75 兩的價格租下這套設備，於 1924 年 4 月進行播音。電臺呼號 KRC，電力 100 瓦。後爲改換裝置，增加電力，電臺於當年 7 月 18 日停播，8 月 4 日擴充電力爲 200 瓦後繼續播出。1929 年 10 月 26 日，開洛電臺的電杆忽然折斷，以致難以發音[2]。之後再無該臺的其他消息。

與奧斯邦電臺相似，開洛公司廣播電臺屬於播出平臺性質，主要提供播音設備，內容則先後由《申報》、英文《大晚報》《大陸報》、巴黎飯店和日本神戶電器公司等輪番提供，其中既有上海土語廣播，也有英語和日語節目；既播放中國音樂，也有西方音樂。

開絡電臺還積極參與一些社會性事務，顯示出很強的新聞意識。如 1925 年 3 月 12 日孫中山先生因病在北京逝世後，開洛電臺爲表示悼念，即日起連續三天播送孫先生 1924 年 5 月應《中國晚報》留聲部之請所做的勉勵國民演講辭錄音；8 月 15 日，電臺又播送了西北邊防督辦馮玉祥將軍告誡軍官、士兵的演說留聲片，18 日續播。蔣介石的南京國民政府成立後，1927 年 10 月，「中華國民拒毒會」發起「全國拒毒周」運動，拒毒會總幹事當天下午即在開洛電臺發表「全國拒毒運動之使命」的數千言演講，由該臺傳播到全國九千餘家聽戶。[3]之後該臺每天都有相關的節目。

1925 年 1 月在天津日租界旭街（今和平路 251 號）開辦的義昌洋行電臺，則是津門首家廣播電臺，負責人爲日本岡崎家族中的一位企業家。[4]義昌洋行是一家經營無線電器材的商號，開辦電臺的目的是擴大該行影響，推銷無線電零件。電臺規模不大，主要轉播日本國內的日語廣播節目、音樂及少量廣告。「由於當時日商的無線電零件在貨源質量等方面與美國相比均有差距，故義昌洋行的廣播電臺並未給它帶來太多商業上的好處，它也就沒有發展成爲

1 張姚俊：《中國最早的外商電臺及其影響》，東方網。http://sh.eastday.com/m/20120620/u1a6640202.html

2 《開洛公司播音電杆折斷，一星期內可修竣》，《申報》，1929 年 10 月 27 日版。

3 《拒毒運動周之第一日》，《申報》，1927 年 10 月 3 日版。

4 參見《天津通志・廣播電視電影志（1924～2003）》，天津市社會科學院，2004 年版，第 77 頁。

正式的商業電臺，播音的時間常有變化，時斷時續。到 1927 年北京政府創辦的天津廣播電臺開播後，義昌洋行的廣播電臺才停辦。」[1]

作爲人類現代科技發展的結果，廣播這種由西方人發明並引進中國的媒介，在中國租界內落地生長，並在利益驅動下自覺選擇了中西合璧的節目樣式，等於是充當了溝通華洋的文化中介。借助這一看似「中性」的科技手段，外商廣播已在不著痕跡地引導中國人對之產生由陌生到熟悉以至欣然接受的文化心理變遷。

開洛無綫電台播音演說記　今覺

開洛公司爲在華首剏無綫電播音者。亦爲在華之惟一經理者。其播音台在徐家匯。而收音地點則在南京路十二號樓上。播音之遠。南被閩粵滇桂。北迄內外蒙古。東至日本高麗。凡有開洛電機之處。胥可聞聲清澈。其區域亦云廣矣。日前其經理曹仲淵君來致詞曰。敝公司除每日規定報告消息播送音樂外。仍隨時敦請名人演說各種重要問題。先生對於郵學。負有先知先覺之責者。敢請藉無綫電播音演說。爲敝公司宣傳。亦卽爲貴會宣傳。合之雙美者也云云。鄙人以職志所在。雖天時酷暑。不敢固辭。乃於七月廿四日午後四時開演。歷時三十分而畢。以意在引起羣衆興趣。非與專家討論者可比。故演詞專取通俗易曉。其稍涉奧賾者。皆

圖 1-1　《郵乘》雜誌 1926 年第 2 卷第 3 期刊載了今覺的《開洛無線電播音臺演說記》一文，詳細記載自己在開洛電臺演說的見聞及心得

二、外商電臺的新聞廣播

外商電臺身份和節目預設對象的特殊性，決定了其新聞節目作爲早期實驗之一種，必然與外商所在國家的廣播節目具有某種一致性，帶有所在國家的基因和樣貌。

起初，外商電臺的出現，打破了上海新聞界過去僅由報紙發布新聞的單

1　《天津通志·廣播電視電影志（1924～2003）》，天津市社會科學院，2004 年版，第 77～78 頁。

一格局。1927 年 4 月 8 日，《申報》刊登《開洛無線電話對於聽眾之貢獻》一文，指出「新聞事業，以滬埠為中心。值茲新潮彭湃，人事變化之秋，新聞關於人生之重要，固不待言。」「開洛播音電臺，每日擷取滬上各大報翔實新聞，用滬語及國語重複報告」「凡購開洛收音機者，不啻裝一順風之耳。雖有千山萬水，無復間隔。昔以開洛收音機代表最高尚之娛樂品者，實不知其為用之廣，不僅限於娛樂而已。」[1]

Tonight's Radio Program

Tonight will be "Astor Night" on the radio when Earl Currens' famous jazz band from the Astor House Hotel will play a number of snappy dance numbers and give solo numbers.

To all of those who have heard the Astor jazz-hounds tonight's program will be a splendid treat, and to those who have never heard them it will be a revelation in what science and music combined can do in the way of entertainment.

8 p.m. New bulletins broadcasted by THE CHINA PRESS.

8:15 Earl Currens' Astor House Hotel Orchestra.

8:30 "Chin Chin," a verbal pagoda of piffle, by Larry of THE CHINA PRESS. (The same 'column' will appear in tomorrow's paper.

8:45 Earl Currens' band again.

And in between a number of the latest Victor records received in Shanghai.

READ TOMORROW'S CHINA PRESS FOR TOMORROW NIGHT'S PROGRAM—MORE GOOD THINGS ARE COMING.

圖 1-2　1923 年 1 月 24 日《大陸報》報導的奧斯邦廣播電臺的節目單

橘生南國為橘，生北國則為枳。早期外商電臺為了生存，很會順應時局做出相應的改變。比如廣播電臺會主動配合政府要求，把電臺編發的新聞提前交給相關政府部門去送檢。開洛電臺就曾主動請求淞滬商埠督辦公署及淞滬戒嚴司令部，遣派代表檢查其新聞報告：「惟該公司送音地域頗廣，且所

1　《開洛無線電話對於聽眾之貢獻》，《申報》，1927 年 4 月 8 日。

用新聞報告須持慎重態度，業已致函淞滬商埠督辦公署，請求依照檢查郵電例派員蒞臨播音臺檢查該新聞之可否傳播。」[1]隨後，商埠公署委派科員黃瑨笙爲檢查員，於 1926 年 9 月 18 日蒞臨開洛電臺對其新聞節目內容進行檢查。[2]1926 年 9 月 2 日至 10 月 10 日，武昌戰鬥爆發，交戰雙方爲國民革命軍與吳佩孚部隊。開洛電臺「報告新聞向來愼重，當此武漢風聲緊急之時，尤願與官廳合作，凡官廳方面認爲無須報告之新聞，該公司便不報告。」[3]外商電臺這種處理敏感新聞時之小心翼翼，力求不觸犯中國政府之禁忌，由此可見一斑。

不過，將新聞價值作爲電臺取捨新聞的重要標準，整點時間設爲新聞節目，顯然都是西式廣播理念在中國的移植。奧斯邦電臺如此，歷時五年的開洛電臺也是這樣。在奧斯邦電臺開播的第一天，晚 8 點爲介紹性廣播，第二天開始便在這一固定時間推出了《大陸報》製作的《新聞簡報》（New Bulletins broadcasting by the China Press）。第四天又傳佈時在上海的孫中山向黎元洪、馮玉祥、張作霖等還有各報館、全國國民的通電《和平統一宣言》，[4]受到孫先生稱讚。

開洛電臺設立後，在《大晚報》館、《大陸報》館、《申報》館等處都設立分站，在報館之中安裝發音室以利於報告新聞，「每日報告一切，係以便利本埠市民爲目的。」[5]這種節目設置方式，對後來的電臺廣播無疑起到了示範作用。

早期外商電臺聘用懂新聞的紙媒記者參與廣播新聞製作和播音，雖然是一種權宜之計，卻是一種很巧妙的借力之舉。這與西方發達國家類似，因廣播起初的技術平臺性質大於其業務單位功能，電臺人員多忙於技術維護，沒有精力去從事專職的新聞報導，因此普遍出現廣播新聞依賴報紙和通訊社的現象。但中國的新聞廣播與西方國家又不同。以最具典型性的奧斯邦電臺和開洛電臺爲例[6]。奧斯邦電臺的新聞百分百來自《大陸報》；至於開洛電臺，起初的整個節目系統都「外包」給了《大晚報》《申報》、日本神戶電器公司等

1 《開洛公司擬傳播各方戰事消息》，《申報》，1926 年 9 月 13 日第 13 版。
2 《商署派員檢查開洛播音臺》，《申報》，1926 年 9 月 17 日版。
3 《申報》，1926 年 9 月 9 日第 21 版。
4 《和平統一宣言》，《孫中山全集》（第七卷），中華書局，1982 年版，第 51 頁。
5 本報訊：《開洛公司廣播電臺申報館分館開始播音》，《申報》，1924 年 5 月 14 日第 2 版。
6 其他電臺的新聞節目內容至今未見相關資料。

機構，從 1924 年 4 月 21 日起，《大晚報》館開始於每日中午 13 點傳播新聞等類，每星期至少播送音樂一次，星期日停止。[1]同年 5 月 15 日，《申報》館開始借該臺報告新聞，並特設「申報館無線電話部」，由著名記者趙君豪[2]負責其事，並在報社五樓放置一臺對講電話，直通至廣播電臺[3]，每日播出兩次，上午 9：45 至 10：15 報告匯兌、市價、錢莊兌現價格、小菜上市等等，晚上 7 時至 8:30 爲重要新聞及百代公司留聲機新片。有時還有音樂和名人演說等。《申報》爲此發布消息，一方面爲開洛公司的各種無線電器材大做廣告，一方面又稱「本館每日報告一切，係以便利本埠市民爲目的，想國內不乏電學專家，如有以無線電話普通智識，有及趣味新聞，投函本館者，本館當爲分別披露於常識或自由談，並給薄酬，以增興趣。又海上如有名樂師欲獻藝而欲籍本館無線電話供同好者，可先期來函商酌，函面請書『申報館無線電話部收』即可。」[4]之後由於電臺時發故障，《申報》無線電話部開始不定期報告播音時間的調整情況，遠在大連的聽眾來信反映收到了其播音。

從 1924 年 8 月 15 日《東方雜誌》[5]刊載的開洛公司節目單看，除週日外，電臺每天播送四次，分別由《申報》館、《大晚報》館、新孚洋行和巴黎飯店承擔，週日則由日本神戶電器公司用日語報告一次新聞，並奏唱日本音樂。如週一上午 9：45 至 10：15，是《申報》館用上海土語報告匯兌、市價、船舶班期的時間；中午 12：00 至 13：30，是《大晚報》館用英語報告匯兌及市場消息並演奏音樂；下午 18：00 至 18：30，由新孚洋行用英語報告新聞並演唱歌曲；晚上 20：30 至 21：30，再由《申報》館用上海土語報告新聞並演唱

1 《大晚報新裝無線電傳聲器》，《申報》，1924 年 4 月 20 日。
2 趙君豪（1900～1966）江蘇興化人，著名新聞記者，學者。1920 年畢業於交通大學，翌年進《申報》工作，先後擔任過記者、編輯、編輯主任等職。1929 年兼任復旦大學新聞系編輯課教授。30 年代還兼任過中央大學、上海商學院、暨南大學教授。1932 年在滬創辦與主編《旅行雜誌》。上海淪陷後《申報》在滬暫時停刊期間，他寫成《中國近代之報業》，於 1938 年出版。「孤島」時期，《申報》掛美商招牌於 1938 年 10 月在滬復刊，他又返回報社，進行愛國抗日宣傳，被日僞特務機關作爲暗殺對象列入黑名單。1941 年到重慶，一度任職於國民黨中央秘書處專門委員會，將「孤島」時期愛國報人的抗日事蹟寫成《上海報人的奮鬥》一書出版。抗戰勝利後返滬，任《申報》副總編輯。1949 年上海解放前夕前往臺灣，爲臺灣《新生報》主持人之一。1966 年病逝於臺灣。
3 趙君豪：《記〈申報〉播音》，《無線電問答匯刊》第 19 期，1932 年 10 月 10 日版。
4 《本埠新聞：本館無線電話報告新聞》，《申報》，1924 年 5 月 14 日第 13 版
5 曹仲淵：《三年來上海無線電話之情形》，《東方雜誌》，第 21 卷第 18 號，1924 年 8 月 15 日。

歌樂；晚上 9:30 至 11：00，是巴黎飯店用英語報告新聞並奏演歌曲的時間。加上其後加入的《大陸報》，該臺等於是在三家報紙的支撐下維持著新聞節目的運行。

1924 年底，《大陸報》派出女記者艾琳・庫恩作爲電臺的播音員，庫恩因此對外宣稱，自己是「第一個過去在東方做廣播的女性，可能也是第一個做商業性廣播的女性。」在一篇回憶文章中，庫恩寫道，「我走到『麥克風』面前，把我的聲音傳到空氣中」。「這一小小工具的引進，用人類的聲音填補了文化的代溝，同時也改變了中國的整個未來」。「我們獲得了許多報導，華北、華南以及日本的崇拜者滿腔熱情地寫道，國內傳教士們用他們小小的廣播電臺就與世界接通了。」[1] 1925 年，《大陸報》又獨立承擔了該臺後段時間的新聞播報工作。後期開洛公司自己也製作播出節目，但重心不在新聞而是演講、娛樂等其他類型。也就是說，沒有一家廣播電臺獨立地承擔過新聞採訪和報導工作。新聞報導僅僅是廣播節目中一個實驗項目。

開洛電台這樣多語種播報新聞，顯然有利於吸納在華的外國聽眾。當時的上海，是世界最大的開放港口之一，也是外國人聚居的大型城市。1926 年，上海的外國人口二萬五千。當時有十萬中國人住在上海的外國租界地，但人力車夫就有 6 萬名，以至於被來華的共產國際代表達林稱爲「中國土地上的一個外國城市」。[2]開洛電臺這種多語種「混播」的模式，正是當時上海灘多族

---

1 據 Michael A. Krysko: American Radio in China－International Encounters with Technology and Communications，1919～41Palgrave Macmillan，2011P3 譯。原文如下：To serve as the program's announcer，he hired *China Press* reporter Irene Kuhn，who shared his enthusiasm for radio's future in China.「The possibilities of radio in China are beyond the wildest dreams of the most perfervid romanticist，」she wrote in one of her articles.「In his great country where thousands of people are living in the hinterlands，so far removed from even the fringes of civilization that they are as yet unaware of the fact that China threw off her monarchial from of government in1911，」she posited，「the introduction of a small instrument which can bridge the gap with the human voice can change the entire fortune of China.」On December15，1924，Kuhn did her part to spark that change over the new Delay station.「I had stepped before a 'mike，' and sent my voice into the air，」she recollected，「the first woman ever to broadcast in the Orient and probably the first feminine announcer in the business.」Her broadcasts were apparently a hit.「We got reports by the table，」she recalled.「Missionaries cut off from the outside world in their little stations in the interior，fans in North and South China，and Japan，wrote enthusiastically.」

2 【蘇】C.A.達林著，侯均初等譯：《中國回憶錄 1921～1927》，中國社會科學出版社，1981 年版。

群和多語言混居的反映。

最後，從形式看，整點播報、男女不同性別的播音員報告新聞、請名人演講等不同方式的實踐，都爲此後的國人自辦廣播提供了參考。

三、中國政府電信政策的調整

外商在中國政府無法眞正行使主權的租界開設電臺，給中國政府出了個不小的難題。按北京政府 1915 年頒布的《電信條例》，無線電只能由政府經營，民間不得涉足。租界出現的廣播電臺屬於無線電範疇，本應照此辦理，但由於歷史上租界使用國均是借由本國通過不平等條約取得了嚴重損害租讓國司法權的「公民領事裁判權」，即「本國僑民不受所在國法律約束，而由領事依其本國法行使司法管轄。」[1]也即凡在中國享有領事裁判權的國家，其在中國的僑民不論發生任何違背中國法律的違法犯罪行爲，或成爲民事訴訟或刑事訴訟的當事人時，中國司法機關均無權裁判，只能由該國的領事等人員或設在中國的司法機構依據其本國法律裁判。租界內許可外國人（不僅是外交人員）進行任意不違反國籍所屬國的活動，哪怕這個活動是違反租借地所在國法律的，租讓國卻無權對其直接進行管理或干預。同外國人引進的其他新鮮事物一樣，如果外商廣播電臺僅面向租界或其居留區內的外國僑民，即便未經中國政府許可，當局大概一般都會依循「慣例」，對其採取睜一隻眼閉一隻眼的容忍態度，頂多就是通過外交途徑協商解決，協商不成則只能聽之任之。近代以來，外國人在中國各地租界頻繁地開設無線電收發報臺，嚴重干擾了中國的電政環境，政府雖屢次交涉，但收效甚微。「在華外人，深覺中國人之易欺，乃各自裝設電臺……或以軍用爲名，或借報告氣象爲辭，擅收電報，擾亂空間秩序，無所忌憚。其間迭經交涉，或則頑抗，或則狡辯，卒無結果。」[2]但無線電廣播與無線電收發報機又有明顯不同。它是面向不特定受眾的大眾傳媒，任何人只要擁有一臺收音機（Receiver），即可以成爲廣播電臺受眾。外商廣播這種便利的「越界」傳播特點及「物非我有，權操外人，識者恥道之」的生存狀態[3]，顯然是中國政府所不能容忍的。

1923 年 3 月 7 日，北京政府交通部致電各地電政機關，要求查處外國人私設電臺。3 月 12 日，天津業餘無線電學會主席歐爾曼在回英格蘭途中來到

1 趙曉耕：《近代不平等條約與清末法制的變革》，《浙江社會科學》，1999 年第 1 期。
2 王崇植、惲震：《無線電與中國》，文瑞印書館，1931 年版，第 91 頁。
3 王崇植、惲震：《無線電與中國》，文瑞印書館，1931 年版，第 94 頁。

上海，會見了奧斯邦和《大陸報》編輯等人，告訴他們天津方面已請求北京政府交通部考慮修改現有的限制無線電法令，但迄無答覆。第二天，歐爾曼在奧斯邦電臺發表演講，要求所有業餘無線電愛好者竭誠支持津滬兩地的合作，以削弱中國政府限制使用無線電的政策。上海基督教青年會在饒伯森博士的支持下，決定從 3 月 12 日起開展「無線電周」宣傳活動。但時隔不久，江蘇特派交涉員即收到交通部咨請外交部的飭知，令其「嚴行取締上海西人所設之無線電學會及公司」，即上海國際無線電學會和中國無線電公司，包括奧斯邦所辦的廣播電臺。[1]但很顯然，租界當局並未立即對奧斯邦電臺採取行動。

1924 年 11 月，交通部頒發禁止無線電機進口的命令，分發津滬各海關嚴行搜查，規定非經特許，一律不准進口無線電機器，同時頒布通令，重申廣播無線電事業一律照《電信條例》定爲國有，「並擬在各通都大邑次第籌設廣播電臺，頒布領照條例。是將來有志研究者，不患無實驗機會。在此條例未公布之前，無論何人均不得私自購造無線電報接收機，籍以營業，或私自傳播。」[2]然而上述禁令在租界卻成爲一紙空文，「禁令之威嚴愈凶，機器之來路愈旺。中國官廳之權力，本不能加諸租界，遂至天線愈掛愈多，裝置者愈無限制。」[3]事實是，政府的各項通令僅在華人方面發生效力，對租界內外僑的影響卻極爲有限。

在外交途徑解決的同時，交通部還召集朱其清等專業人士，參考中外成法，研究和籌劃釐定廣播無線電管制規則。「深諳無線電話事業之重要」[4]的交通部，在 1923 年即擬就了內容詳備的無線電話裝置條例，但卻沒有及時向社會公布。

> 其所以未公布者，因須加以慎重之考慮。其困難之點，大概有四：一交部因無線電話人材，在中國尚屬缺乏，如一經公布條例，則此後經營之者爲中國人乎？抑外國人乎？如名爲自辦，而實權仍操於外人之手，不如不有是項無線電話事業之爲愈。二無線電話既

1　郭鎮之：《中國境內第一座廣播電臺始末記》，《新聞研究資料》第 34 輯，1986 年版。

2　曹仲淵：《三年來上海無線電話之情形》。

3　曹仲淵：《三年來上海無線電話之情形》。

4　《朱其清君之無線電話條例談交通部考慮之眞相》，《申報》，1924 年 6 月 15 日第 14 版。

辦之後，官辦抑商辦？亦爲一重要問題。官辦則一時無此鉅資，商辦恐仍有外股混入，亦非所宜。三無線電話播送機，將來需用尚少，收音機則銷數必大增，蓋無線電話事業，價廉而易辦，收音機將爲家家必備之娛藥品，目下中國尚少自製，如無相當準備，即將條例公布，恐購收音機者必紛至沓來，是不啻爲外人增一生產之路。如用其他方法，包與一公司或數公司承辦，但均有弊端，亦復不可。四交部對於裝有收音機者，將來必須徵稅，以資稽考，此層在華界不成問題，租界當局是否合作，亦一問題，故交部目下正在審慎考慮，不久將有具體辦法也。[1]

由此可見，政府最大的顧慮，就是中國的無線電製造尚在萌芽時期，一旦開放，將給外人提供新的在華貿易和盈利項目，進一步加劇電信主權的喪失。

歷史地看，這一顧慮雖有幾分道理，但這種靠堵而不是疏，即引進國外先進無線電技術，以此促進本土無線電發展的思路，實在是固步自封，也是一種懶政。如果大膽開放廣播事業，並在技術、傳播層面加以法制化管理，國產收音機的發展或會更進一步。

經反覆研究和權衡，北京政府政府交通部於 1924 年 8 月出臺了《裝用廣播無線電接收機暫行規則》，對廣播無線電接收機（收音機）裝用地點做了明確規定：「只限於通都大邑及繁盛市鎮，惟軍事邊防、海防及政府或地方官廳示禁之區域不得裝設」。《規則》還要求，裝設收音機者須申領交通部核發的執照，申請者除需將名字、住址、年歲、職業及商號性質如實填報外，「凡中國人民裝用接收機 receiver 者，應由其同鄉委任以上職官一人或六等以上殷實商號一家出具證書，以證明其請願書內所列各項均屬實在；凡僑華、外人裝用接收機 receiver 者，請願書內所列各項應由其本國公使、或領事、或同國籍之殷實商號二家爲之證明」。

這種實名製的廣播接收機管制措施，在當局可謂用心良苦，但其僅盯著治「標」——收音機，而不是著眼治「本」——廣播發射電臺的法理思路，在那個存在諸多「特區」的時代，未免顯得避重就輕，不得要領。一些人也因此將之解讀爲當局默許了設立廣播電臺和出售、安裝收音機的合法性存在。

1 《朱其清君之無線電話條例談交通部考慮之眞相》，《申報》，1924 年 6 月 15 日第 14 版。

實際上，早在 1921 年 12 月，中國政府就已經在小範圍內開放了民間的實驗廣播。當時的上海基督教青年會，「費九牛二虎之力，二百餘日之時，始領得此破天荒無線電話及無線電報之執照第一號」——「輕便試驗演講用無線電報無線電話局執照第一號」，明文規定「在該會上海試驗室建設無線電報無線電話聯合局二所，專爲實驗之用。或在中國境內得將該二局自由遷移，惟須在同一城內建設。其設立期限，每次不得逾十日，僅以向公眾演講爲目的。」[1]並規定該臺的最大天線電力爲 5 瓦特，最大通信範圍爲日間 5 海里，夜間 15 海里。執照由時任交通部電政督辦的祝書元親自簽署，1922 年，上海市基督教青年會幹事饒博森博士曾兩次試驗播音。[2]上海三育學校依此先例，得到了政府頒發的第二張執照。1924 年，天津日商義昌洋行申請開辦電臺，也順利獲得政府許可，說明在開禁民營廣播前，政府已允許非營利性的實驗廣播合法存在了。

這一時期，各派軍閥勢力你爭我鬥，此消彼長。一些地方勢力出於維繫政權的需要，也出臺了針對無線電廣播的法規，某種程度上彌補了北京政府《電信條例》的缺失。1926 年 9 月，東北無線電話監督處上呈「《廣播無線電條例》《裝設廣播無線電收聽器規則》《運銷廣播無線電收聽器規則》三個法規，得到鎮威上將軍公署的批准，同意頒行。」[3]三項法規共 44 條，其中規定「任何個人或機關不得在東三省境內私運、私售或私設無線電機器並經營廣播無線電事業。」[4]這就進一步確立了官辦廣播的唯一合法性。

而在廣東，1925 年 6 月 14 日，國民黨中央政治委員會第十四次會議決定，將原大元帥大本營改組爲國民政府。次日，國民黨中央執行委員會全體會議通過，由代理大元帥胡漢民於 27 日發布改組政府令。1925 年 7 月 1 日，第一屆國民政府宣告成立。《國民政府組織法》於同日公布。1926 年 9 月 25 日，廣州國民政府頒布《無線電信條例》。其中第四條規定：「廣播無線電話事業及廣播無線電話收音臺由政府設立，管理局另定規則管理之。」「第五條，除廣播無線電話收音機外，個人或團體機關如欲設立無線電發報或收報臺者，需先呈報建設廳。如有下列理由之一，經核准給予執照，方得設立。惟所給執照得隨時取消之。甲、行駛海洋及沿海各口岸之船隻爲謀航行上之

1　曹仲淵：《三年來上海無線電話之情形》，《東方雜誌》，1924 年 8 月 15 日。
2　《青年會將試演無線電音樂》，《新申報》，1923 年 3 月 6 日。
3　陳爾泰：《中國廣播之父——劉瀚傳》，中國廣播電視出版社，2006 年版，第 118 頁。
4　《遼寧省志・廣播電視志》，遼寧科學技術出版社，1998 年版，第 53 頁。

安全。乙、個人或教育機關爲研究試驗之用，其研究試驗之方法確與無線電學前途有重大關係者。丙、個人或團體機關因特殊情形經建設廳認爲有設立電臺之必要。」[1]

兩相比較，這一條例與北京政府的《電信條例》在法理思路上相近，但又有明顯進步，即明確了「廣播無線電話事業和廣播無線電話收音臺」及「廣播無線電話收音機」的設置和管理規則。但當時廣州國民政府的控制區域僅限廣東地區，法律適應面很小[2]，因此就全國而言，民營廣播業尚處在既不合法也難說非法（允許實驗性電臺存在）的灰色地帶。而由於北京政府缺少統御全國的能力，外人廣播的散點式生長和合法與非法並存也就在意料之中了。

第二節　本土新聞廣播的興起

中國本土的新聞廣播是在本國政府和民間的無線電專家、無線電愛好者共同努力下發展起來的。從經辦者身份看，可分爲官辦與民營兩種。

一、官辦廣播的肇始

鑒於西方「電學鉅子，工程專家，於實施廣播計劃，固無日不在研究考慮之中」[3]，中國無線電界早在廣播問世之前也已開始積極利用各種機會，向國人引介這一最新發明。其中，上海《東方雜誌》作爲「唯一一份將無線電報技術的傳播由晚清延續至民初的期刊」[4]，從 1920 年起即在「科學雜組」專欄中多次刊文，介紹「無線電話」（無線電廣播）[5]的技術原理和最新發展。其他如《電氣》（1914 年創辦）、《電氣工業雜誌》（1920 年創辦）等新辦刊物也多從技術視角切入這一議題。無線電廣播尚未登陸中國，這種技術性探討已

1　參閱「國家圖書館藏民國法律相關資料」電子資源。http://res3.nlc.gov.cn/roclaw/jj.jsp?bookid=Z-016004

2　1926 年 11 月 8 日，國民黨中央政治會議決定把中央黨部和國民政府遷往武漢。同年 12 月 5 日，國民黨中央正式宣布中央黨部和政府停止在廣州辦公，各機關工作人員分批前往武漢。廣州國民政府的歷史使命隨之結束。

3　王崇植、朱雷章：《廣播電臺在中國之價值及其將來》，《無線電月報》，1928 年第 1 卷第 4 期。

4　宋軼文、姚遠：《民初無線電報技術經由期刊在中國的傳播》，《西北大學學報》，2010 年第 1 期。

5　如《空中傳來之演說》（1920 年 5 月第 17 卷第 9 號），《用無線電傳達音樂及新聞》（1920 年 8 月第 17 卷第 15 號），《無線電最近的進步》系列文章（1922 年 6 月第 19 卷第 11 號）等。

爲其降臨做了充分的輿論準備。

奧斯邦電臺在上海租界問世後，1924 年 8 月，無線電專家曹仲淵發表萬字長文《三年來上海無線電話之情形》[1]，對上海無線電廣播業推源溯流，爲中國廣播的發展找問題，尋出路，是早期廣播研究的經典之作。1925 年，無線電專家朱其清發表《滬上廣播無線電事業概論》[2]、《無線電之新事業》[3]，介紹了當時美、法、日等發達國家對廣播業的管理經營方法和國內幾家外臺的情況，並從廣播發射、接收、廣播內容、政府廣播政策「四要素」入手，論述中國廣播未來發展的條件和可能性，認爲廣播事業「將取新聞紙類、留聲機等而代之，亦意中事也」。[4]兩位無線電專家運用西式思維和方法觀照中國廣播，研究問題時既有縱向梳理，也有橫向比較；既有技術性判斷，也有基於國內政治、經濟和文化的考量，高屋建瓴，舉重若輕，顯示出早期廣播研究的高起點和專業化特徵。正是在學界和無線電技術人員的共同努力下，中國政府經營的廣播無線電事業起步了。

中國政府利用廣播的最早記錄是 1925 年 3 月 12 日孫中山逝世後。爲了方便百姓緬懷孫先生，北京政府把他的靈柩停放在中央公園，供人民瞻仰遺容。3 月 26 日，治喪委員會借用了交通部北平電話東分局內的一座 500 瓦無線電話機，並向中國電器公司借得高三尺的巨型擴音器一具，用木杆架設於中央公園，連續播放孫先生生前錄製的演講留聲片。這是北京第一次利用無線電擴音設備。但由於此次廣播爲臨時性質，後來也沒有連續播出，更沒有定時定量的系統節目設置，因此還不算嚴格意義上的廣播。不過，在蔣介石政府敗走臺灣後，爲紀念這次創始性的時政廣播，還是將 3 月 26 日確定爲「廣播節」，並在每年的這個時間舉辦各種紀念活動。

此時，發跡於東北地區的奉系軍閥政府成了官辦廣播的接棒者。辛亥革命後，張作霖的奉系軍閥勢力逐漸崛起，他們在東北地區受到日本人發展無線電事業的啓發，奮起直追，創辦軍事工業，並注意延攬羅現代通訊人才。1922 年 4 月，直奉大戰爆發，「其時大戰已啓，山海關至九門口間，距離二十餘里，消息隔斷，軍事行動，深感不便。乃利用無線電以通消息，當時成效

1　曹仲淵：《三年來上海無線電話之情形》，《東方雜誌》，1924 年第 21 卷第 18 期。
2　朱其清：《滬上廣播無線電事業概論》，《電友》，1925 年第 1 卷第 6 期。
3　《無線電之新事業》，《東方雜誌》，1925 年第 22 卷第 6 號。
4　《無線電之新事業》，《東方雜誌》，1925 年第 22 卷第 6 號。

大著。是這無線電在東北發軔之始。」[1]同年華盛頓會議確定將各國在華廣播電臺全部設備移交中國接管，東三省保安軍陸軍整理處代表中國政府接管了坐落在哈爾濱市馬家溝中東鐵路局原屬蘇俄建造的無線電臺，改名爲東三省無線電臺。1923 年，設在奉天（瀋陽）的東三省無線電監督處成立，附設在東三省工務處內。1925 年，張作霖爲擴充東三省無線電事業，又將東三省無線電監督處改爲東北無線電監督處。此外，東三省還辦有無線電高等專門學校，學生共有百餘人，1926 年上學期即可以完全畢業。到 1925 年底，東三省已辦成奉天、哈爾濱、長春、營口、齊齊哈爾、滿洲里和延吉七座無線電臺。[2]作爲我國早期的廣播監管機構，東北無線電監督處主要負責籌建官方電臺以及管理無線電臺、制訂政策等業務。

東北無線電監督處還積極籌劃建立官辦的廣播電臺。1926 年 10 月 1 日，哈爾濱無線電臺宣布成立，並開始實驗性廣播，呼號 XOH，發射功率 100 瓦，每天播音兩小時，主要內容有錢糧行市、新聞、音樂、演講及報告等。這是中國官辦的第一座正式無線廣播電臺。1927 年 3 月，東北無線電監督處在北京、天津設立廣播無線電辦事處。同年 5 月 15 日，官辦的天津無線電廣播臺開始播音，發射功率 500 瓦，呼號 XOL，每日播音 7 小時，主要播出娛樂節目，包括北京開明和中和兩大戲院的戲劇及西樂等[3]。除播音外，還可拍發電報。9 月 1 日，北京廣播無線電臺開始播音，發射功率起初爲 20 瓦，後增至 100 瓦，呼號 COPK，每日播音 7 小時，內容與天津電臺相仿。兩座電臺還曾互相轉播過對方的戲曲節目。

1928 年 1 月 1 日，新建的哈爾濱廣播無線電臺開始啓用並正式播出，發射功率增大爲 1 千瓦，呼號更改爲 COHB，臺長劉瀚。作爲一個國際化都市，哈爾濱電臺節目設有漢語、俄語和日語三個語種，內容主要是錢糧行情、新聞、戲曲、音樂、氣象等，每天播音 6 小時。3 月 14 日，劉瀚呈文東省特別區行政長官公署「擬請簽署轉飭所轄各機關及地方商會一體裝用（收音機）」，各縣都買了一至三臺收音機。到年底，哈爾濱有收音機 1200 多臺。

在哈爾濱廣播電臺播音的同一天，奉天廣播無線電臺開始正式播音，發射功率 2 千瓦，相當於當時全國廣播電臺總功率的一半，是全國功率最大的

1　趙君豪：《東北屐痕記（廿）（八）》，《申報》，1929 年 7 月 11 日第 19 版。
2　元：《東三省無線電之大概》，《申報》，1925 年 9 月 10 日第 10 版。
3　《本館專電》，《申報》，1927 年 5 月 14 日第 5 版。

廣播電臺，呼號 COMK（1929 年，奉天廣播電臺改稱遼寧廣播電臺，後來又改稱瀋陽廣播電臺，與哈爾濱廣播電臺均由東北無線電監督處負責管理。）

至此，四分五裂的北洋（北京）政府，已擁有四座官辦的廣播電臺（見下圖）：

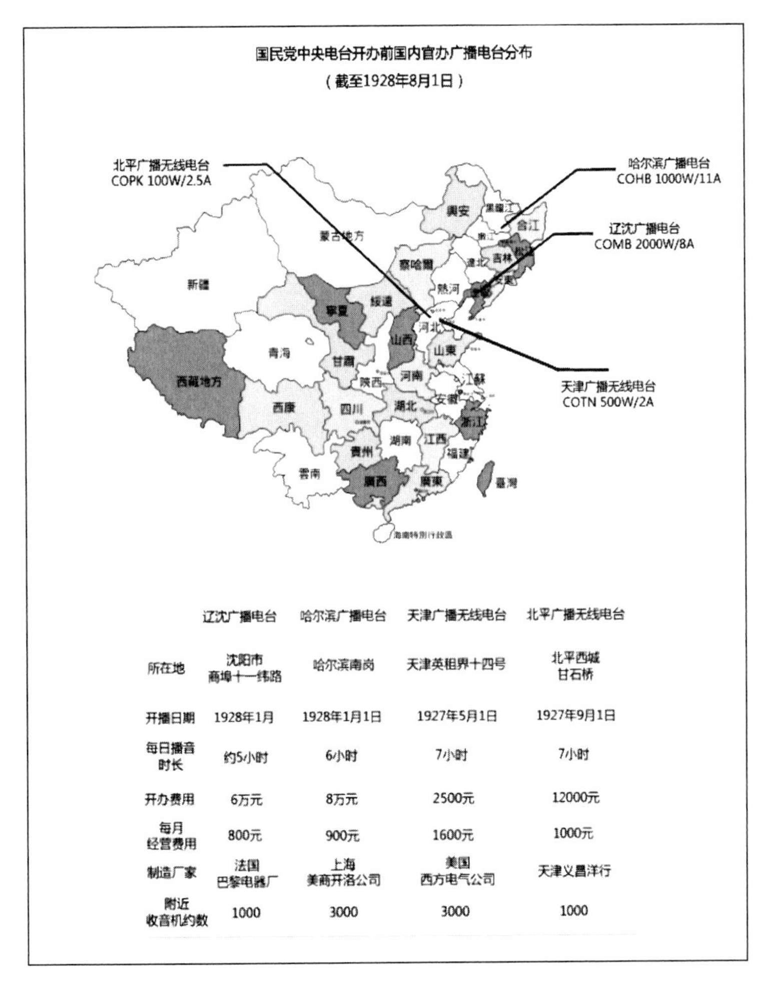

	辽沈广播电台	哈尔滨广播电台	天津广播无线电台	北平广播无线电台
所在地	沈阳市 商埠十一纬路	哈尔滨南岗	天津英租界十四号	北平西城 甘石桥
开播日期	1928年1月	1928年1月1日	1927年5月1日	1927年9月1日
每日播音时长	约5小时	6小时	7小时	7小时
开办费用	6万元	8万元	2500元	12000元
每月经营费用	800元	900元	1600元	1000元
制造厂家	法国 巴黎电器厂	上海 美商开洛公司	美国 西方电气公司	天津义昌洋行
附近收音机约数	1000	3000	3000	1000

圖 1-3　北洋政府時期官辦電臺分佈圖

上述官辦電臺均設於黃河以北地區。這也與當時北京政府的實際控制範圍基本侷限於北方地區相契合，由此也不難窺見早期廣播與政治版圖的密切關聯。

二、民間的廣播實驗

外商以廣播爲牽引，來中國銷售各種無線電器材，還在電臺中口傳親授收音機組裝原理和方法，向中國民眾普及無線電技術，於是上海、北京、天津、南京等地實驗和裝設收音機的人越來越多。其中，南京「中國科學社」1924 年的廣播實驗是在取得北京政府「諒解」的基礎上進行的。

中國科學社（1915～1960）是近代第一個民間綜合性科學團體，也是近現代史上規模最大、影響最廣的科學團體。它初名科學社，是由一群庚款留美學生 1915 年在康奈爾大學創辦，旨在「提倡科學，鼓吹實業，審定名詞，傳播知識」，主要發起人有任鴻雋、秉志、周仁、胡明復、趙元任、楊杏佛（楊銓）等 9 人，首任社長任鴻雋。1918 年，科學社自美國遷回中國，總社設於南京高師（現名南京大學）。1924 年 5 月，留美電機工程師方子衛學成歸國後，有感於美國無線電廣播已成爲「傳達各種消息之唯一利器」，於是向政府上書，條陳提倡無線電事業的辦法，並力主此項事業「不可由政府壟斷、宜由人民自由集資創辦、方可發達。」[1]6 月中旬，中國科學社理事會成立，推舉方子衛等五人爲委員，竺可楨任理事會書記，並議決立即組織研製無線電話機。

「中國科學社新近裝置無線電收音機一具，委員已推定張貢九、方子衛、胡剛復、子競、李熙謀五人，茲悉致委員函如次：逕啓者，本社置無線電接收機，官廳方面業已諒解，應即著手建築，茲經理事會公推先生爲裝設無線機委員，特此奉聞，並頌公綏。理事會書記竺可楨。」[2]

同年 7 月 10 日，中國科學社在南京開會，由朱其清試驗其剛剛建成的無線電話，方子衛則在上海借開絡公司電臺設備，向南京中國科學社作了題爲《無線電的趨勢與用途》的演講。首次試驗良好。由中國人自主設計的首臺無線電話機的建成[3]，極大地鼓舞了國內的無線電愛好者。

而上海蘇氏兄弟的廣播實驗雖係個人行爲，也未得到政府允許，但正是由於他們對無線電事業不懈的追蹤和研發，才爲此後中國最大的無線電收音機工廠——亞美無線電公司鍛鍊了人才，爲廉價國產收音機的生產創造了條件。

開洛電臺播音後，蘇祖國第一個給《申報》館主持廣播工作的趙君豪去

1 《方子衛昨日到滬》，《申報》，1924 年 5 月 18 日。

2 《中國科學社研究無線電》，《申報》，1924 年 6 月 16 日第 13 版，第 18433 期。

3 當時的無線電話，有時指無線電話發送機，即今天所講廣播電臺；有時又指無線電話接收機，即今收音機。聯繫當時的情形，此國人自主設計之產品，當爲既可發送也可接收聲音的無線電話機。

信，探討播音節目問題。趙君豪隨後登門拜訪，發現了他個人研製組裝的收音機，忍不住驚歎他是「非常之才」[1]。

蘇祖國（1904～1984）原籍福建永定，生於上海，父親蘇筠尚曾任上海縣商會副會長，母親曾澤新爲近代史上被譽爲「愛國老人」的曾鑄之女。蘇祖國兄弟姐妹六人，他排行第四。1922 年，蘇祖國高中畢業後就業於正利銀行，業餘時間則與兄弟蘇祖圭、蘇祖修研習無線電技術；1923 年考入美國萬國函授學校，攻讀無線電專科。同年蘇氏兄弟籌集資金在家中開設工場，次年在住宅花園裏建造廠房，添置機器設備，增添工人，生產無線電原件，另租賃江西中路 323 號三層樓房爲門市部，以英文「愛好者之家」（Amateur』s Home）的前三個字母 AMA 的諧音「亞美」爲名，開辦亞美股份有限公司，經銷無線電原件、材料、工具、儀表和無線電專業書籍。在「大陸報——中國無線電公司」和「新孚洋行」相繼開辦廣播電臺後，蘇祖國和蘇祖修兄弟又買來書籍和零件，自行裝設了一架能在耳機中收聽無線電訊號的礦石收音機。在組裝收音機的過程中，蘇氏兄弟發現，國外進口的諸多元件價格昂貴，實際卻易於製造，於是萌生了自己動手製造元件的念頭。隨後，兄弟幾人相繼研發出質量優良、價格相對低廉的電容器、礦石架、線圈等電子產品，並委託「新中華電氣公司」和「依巴德電料行」代售。蘇氏兄弟也因此成爲中國生產無線電原件的創始人[2]。

亞美公司不斷引進新技術、新工藝、新材料，以提高質量，降低成本，增強競爭能力。由於自產器材價格比進口貨低廉，引來眾多無線電愛好者購買，一時生意興隆。1926 年 3 月 20 日，上海滬江大學爲該校科學會發行科學年刊募捐，在該校舉行小規模的遊藝會，並在會上用亞美公司的收音機現場收音，「發音極清晰響亮」。[3]

同年，蘇氏兄弟又在上海中華路大南門附近自設 50 瓦實驗電臺，呼號 RAA，用滬語報告，播送音樂。[4]附近很多人都收聽到了電臺播音。

---

1 趙君豪：《記〈申報〉播音》，《無線電問答匯刊》，1932 年 10 月 10 日第 19 期。

2 蘇祖堯：《中國第一家電子工業——亞美機電股份有限公司》，引自中國人民政治協商會議上海市徐匯區委員會文史資料工作文員會編《徐匯文史資料選輯·工商經濟專輯》（第四輯），1990 年版，第 4 頁。

3 《滬大遊藝會記》，《申報》，1926 年 3 月 23 日版。

4 《上海又有新廣播無線電臺發現——吾國人所設，呼號爲 RAA》，《電友》（民國十五年七月出版），1926 年第 2 卷第 7 期。

中國人自主創設、且正式持續播音的第一家民營電臺爲上海新新公司廣播電臺。新新公司爲澳大利亞悉尼僑商劉錫基和李敏周於 1926 年創立，位於上海市最繁華的南京路中段，是民國時期上海著名的四大僑商百貨公司之一[1]，也是四家中唯一向中國政府註冊的百貨公司，經營的主打產品都是國貨精品。[2]之所以產生創辦廣播電臺的念頭，主要是爲了推銷本公司經營的無線電器材，同時也是爲了與其他百貨公司競爭採取的創新手段。在此之前，開洛電臺已播音近三年，「無線電話播音消息、音樂、歌曲等，頗爲社會人士所歡迎。」新新公司的無線電工程師鄺贊[3]有鑒於此，「獨出心裁，創製特式無線電發音機」[4]，用於公司的廣播實驗。廣播機是鄺贊用公司經營的無線電器材和開洛公司提供的無線電線路圖，用 211 式眞空管裝置的，一時在上海商界傳爲佳話。1927 年 3 月 18 日上午 9 時 30 分，新新公司廣播電臺正式對外播出。電臺呼號 XGX（後改爲 XLHA），發射功率 50 瓦，波長 370 米，每天播音 6 個多小時。除新聞和商情報告外，還有音樂、粵調、蘇灘等娛樂節目，京劇名演員、名票友也常應邀到電臺演唱。

與開洛電臺中西雜燴的節目風格不同，新新電臺的節目已完全是中國內容，中國趣味。不過在處事方略上，新新公司電臺也與開洛電臺一樣，積極配合政府從事各項社會運動的宣傳工作。如 1927 年，南京國民政府爲統一全國語言，成立了全國國語教育促進會，開展推廣國語的運動，並開辦無線電國語傳習會，於 7 月 18 日下午八時在上海新新公司無線電播音室舉行開幕式，播送《國語運動歌》，開講國語課程。[5]1928 年 3 月 24 日至 6 月 10 日，新新公司電臺又於每週二都定時播出國語傳習節目。第二屆傳習會於同年 12 月 13 日晚 8 點起在新新公司電臺開幕，之後每週一至五晚 8 時，都根據《無線電話新國語課本》教授國語節目。

1927 年底，北京也出現了一家民營的廣播實驗電臺，即燕聲無線電業社

1 四大百貨公司按照開業的先後順序，依次爲先施公司、永安公司、新新公司和大新公司。

2 四大百貨公司的創辦者皆爲澳洲華僑，且都是廣東香山人，但先施、永安、大新公司都是在香港向英國殖民當局註冊，永安公司後又改向美國註冊。

3 鄺贊（1892～1958），廣東台山人，中國著名電影技術家，電影事業家，天才的發明家。他不僅精通廣播技術，還醉心電影技術研究，曾成功試製電影錄音機「鄺贊通」，同時還發明了「鏡神經」等一系列方便電影拍攝的小裝置。

4 《新新公司無線電話今日播音》，《申報》，1927 年 3 月 19 日。

5 《電傳國語今日開幕》，《申報》，1927 年 7 月 18 日。

開設的燕聲廣播電臺。該臺呼號爲 XGKD，電力起初僅 15 瓦（1936 年增加到 150 瓦），主要靠廣告收入維持營業，日播音 12 小時，除了 80 分鐘的政治教育、新聞和宗教節目外，其餘均爲娛樂節目，中間還插播大量廣告[1]。

三、早期國人所辦電臺的新聞節目

關於國人所辦電臺中早期新聞的內容，迄今發現可供查考的文獻甚少。筆者推測，早期的廣播新聞應當也是以報刊新聞、通訊社消息爲來源。之所以得出如此結論，只要是基於早期電臺的工作人員極少，即使是官辦電臺，也只有幾名工作人員，業務範圍以技術爲主，不設專人外出採訪，因而不可能有電臺自採的新聞。

無論是官辦電臺還是民營電臺，雖然都意識到了新聞的重要性，但由於主客觀條件的限制，廣播工作者無法參與新聞的現場報導，只是以搜集和加工報刊新聞爲主，基本就是把報刊的新聞和相關信息重新整合。不過在新聞節目的形態上，早期的國人自設電臺中既有國內外時政要聞，也有市場行情，還有名人演講，並注意新聞的口語化處理，已初步顯示出區別於報刊新聞的一些特徵。

四、廣播初創期的收聽情況

雖然限於技術和經濟條件，初創時期的電臺廣播，「聲浪均不甚清晰，節目亦略顯枯窘。」[2]但初期的無線電廣播還是引起國人的極大興趣，一時間「滬地人民裝設頗廣」。當時「收音機持有者常邀請友人用自己的耳機聽廣播作爲一種時髦的招待。上海一位叫門那・西勒斯的歌唱演員在首次演播的激情中還創作了一首曲子——『聽廣播』，經播出後風行一陣。廣播接收機的數量很快增加到一千多臺。」[3]

廣播以聲音爲媒，架起了電臺傳播者與素不相識的聽眾之間的橋樑。在奧斯邦電臺首播不久，就吸引了一名位高權重的中國聽眾，他就是剛剛辭任民國大總統的黎元洪。據說，黎曾派秘書打聽如何收聽 XRO 電臺的音樂節目。

1 北京市地方志編纂委員會編：《北京志・新聞出版廣播電視卷・廣播電視志》，北京出版社，2006 年版，第 22 頁。

2 王崇植、惲震：《無線電與中國》，文瑞印書館，1931 年版，第 123 頁。

3 郭鎮之：《中國境內第一座廣播電臺始末記》，《新聞研究資料》第 23 輯，1986 年 8 月出版。

消息傳到奧斯邦那裡，他立即動手趕裝了一架「特製」收音機，以保證黎元洪在其北京的家中能夠收聽廣播。而在 1924 年開洛公司大張旗鼓廣播並借《申報》大作廣告後，該公司的收音機開始銷往很多地方，包括杭州、長沙、漢口等地。至 1925 年 5 月，僅上海「裝有收音機之人家，雖無確數，然約略計之，當在三千以上，吾人過修長之霞飛路，見兩旁樹木掩映，屋頂有線高矗者，均裝有收音機也，而狄思威路一帶，幾於家家戶戶，盡裝天線，成績尤可觀也。」[1]

同年萬國無線電會在上海虹口組織的一場無線電展覽會上，陳列了各式無線電收音機、放大器還有送電器等，並現場傳播音樂，參觀的人絡繹不絕。1927 年，有報導稱上海已有收音機一萬架。「城中運音機入口之商人，有 50 家，專營此業者，有 25 家。」[2]不過這些商行和收音機擁有者多為租界的外國人。

京津兩地的收音機市場也因官辦電臺和民營電臺的開播而活躍起來。1927 年 7 月，日商義昌洋行率先在北京售賣收音機設備及無線電器材，並在《晨報》大作廣告：

> 近來滬、連、津、京各地先後設立廣播無線電臺（即無線電話放送臺），逐日放送音樂、戲劇、歌曲、新聞、行市、演講等。本行（義昌洋行）為便利京中各界起見，在京首先發售各種最新式收聽器及其附屬零件等，並備有專門工匠包辦安裝天線、地線，各工程兼售一切普通電料，代辦各種電氣工程，價廉貨精，尚祈賜顧。[3]

但由於日本生產的收音機售價高昂，北京的收音機銷售狀況比上海要相差很多。1928 年 6 月底的統計數據顯示，北京市銷售收音機的商店有 45 家，但裝有收音機的只有 190 多戶。[4]

總體上看，廣播事業在我國興起的頭幾年，雖然聽眾對其興趣濃厚，但收音機的普及程度卻不像美國那樣，「城市居民無論矣，即農夫、走販之家，每喜裝置一收話機，依報所載，按時收聽，以供家庭娛樂。」[5]據 1929 年 12

1 芳芙：《無線電話》，《申報》，1925 年 5 月 27 日。
2 《上海無線電收音機之發展：裝置者已及萬架（錄交通日報）》，《會報》，1927 年第 30 期。
3 《無線電話收聽器來京發售啓事》，《晨報》，1927 年 7 月 22 日版。
4 參見喻山瀾：《從〈晨報〉看北京早期的無線電廣播》，《新聞研究資料》，1989 年第 1 期。
5 曹仲淵：《三年來上海無線電話之情形》。

月出版的《中央廣播無線電臺年刊》[1]附錄部分全國廣播電臺調查表顯示，當時的南京、杭州、瀋陽、哈爾濱、天津、北平、廣州七大城市附近收音機約數分別爲 300、100、1000、3000、3000、1000、100。顯然，與中國當時的人口數相比，這只是一個微不足道的數字。

至於爲何中西方廣播事業尤其是收音機的普及情況如此懸殊，當時的業內人士給出了符合實際的解釋。時任開洛電臺播音主任的曹仲淵認爲，西方無線電廣播的發達，是由於遵循「官許商辦及一種特殊之條例。商家遵此許可，人民循此條例，則播送站之踊躍，收話機之推銷，以及機器藝術之進步，皆不期然而然」；[2]而中國之所以不發達，甚至主權嚴重受損，很大程度上是由於政府的管制過嚴。他一針見血地指出，「故今日吾無線電界同志最急切之任務，即爲機器之製造。北京政府欲事事收歸國有，大而無當。若其有當，則民國九年四月間中華無線電公司督辦丁綿在滬大登廣告購地開廠之計劃早已實現，何致時至今日，北京當軸鰓鰓然尙有官辦無鉅資，商辦唯恐外股混入之考慮。」[3]

事實上，無線電器材在進口、安裝等環節的層層加價，也是中國本土收音機價格高昂、難以普及大眾的主因。由於起初的廣播無線電機件都是禁品，不能進口，上海「充滿無線電機件者，咸屬私運無疑。」4收音機不是一般家庭所能承受的。1923 年奧斯邦電臺開播時，「聞受話器（即收音機，筆者注）之價格，多少不一，大概不過五十元至二千元而已。家庭用者，可購二百元乃至四百五十元者，裝置約需五十元云。」[5]而同年清華學校和燕京大學對北京西郊成府村的抽樣調查顯示，每個家庭的一年實際用度平均爲 135 銀圓，即每月 10 圓 2 角。[6]也就是說，一臺收音機的價格，約等於當時一個普通家庭兩年的總支出。

1　《中央廣播無線電臺年刊》由中國國民黨中央廣播無線電臺 1929 年 12 月編印。全書分「論著」、「專載」、「紀事」、「報告」和「附錄」五個部分。

2　曹仲淵：《三年來上海無線電話之情形》，《東方雜誌》，第 21 卷第 18 號（1924 年 8 月 15 日）。

3　曹仲淵：《三年來上海無線電話之情形》，《東方雜誌》，第 21 卷第 18 號（1924 年 8 月 15 日）。

4　朱其清：《滬上廣播無線電事業概論》，《電友》，1925 年第 1 卷第 6 期。

5　《無線電話收音之成績》，《新申報》，1923 年 2 月 8 日第 10 版。

6　陳達：《生活費研究法的討論》，《清華學報》，第 3 卷第 2 期。

第二章　民國南京政府前期的新聞廣播業（1928～1937）

1928 年 8 月國民黨中央廣播電臺的開播，標誌著國家權力強勢介入廣播事業的時代蒞臨。利用從中央到地方的官辦廣播，南京國民政府「宣傳主義，闡揚國策，團結人心，抵禦外侮，輔助教育和促進文化」。與此同時，民營廣播事業也在相關政策鼓勵下迎來第一個黃金時期，商業電臺、宗教電臺開始在大中城市繁榮發展，輔助官辦廣播進行新聞宣傳。新聞廣播的地位穩步提升。

第一節　國民黨／政府廣播宣傳體系的營建

1927 年國民黨政府奠都南京後，爲強化其在民眾心目中的合法性地位，深感除了政治韜略和軍事鬥爭之外，「主義急於灌輸，宣傳刻不容緩」；而「目前廣播爲宣傳最迅速最有效的工具」，因此決定籌建黨營廣播事業，作爲黨國之喉舌。在國民黨中央監察委員、組織部代部長陳果夫的呼籲下，國民黨中央廣播電臺於 1928 年在南京落成。此後，國民黨政府一方面加強廣播事業的制度建設，一方面在全國推行黨營的廣播事業網。至 1937 年抗戰爆發前，國民黨官辦廣播已覆蓋全國大部地區。

一、黨營／政府廣播網的規劃與建設

與北京政府時期的治理思路一樣，國民黨南京政府建政後，對廣播事業的管控也涉及從播出到接收的所有環節；與北京政府不同的是，南京政府的

廣播事業建設中，不只包含電臺的設立，亦包含各地收音員的培養和接收設施的安置，甚至還有具體的節目內容安排，可謂事無鉅細，無所不包。

（一）大興官辦廣播

國民黨首先在首都南京建設了一座中央級廣播電臺，並於 1928 年 8 月 1 日正式播音。電臺全稱爲「中國國民黨中央執行委員會廣播無線電臺」，簡稱「中央廣播電臺」，隸屬國民黨中央宣傳部，呼號「XKM」（1932 年更改爲「XGOZ」），波長 300 米，發射功率 500 瓦。電臺開播當天，蔣介石、陳果夫等國民黨政要悉數到場，通過廣播發表祝賀演講。各地民眾第一次在收音機前聽到了時任北伐軍總司令的蔣介石本人聲音。

圖 2-1　1928 年《良友》25 期刊載的蔣介石利用無線電播音發表演講

這座電臺背後最有力的推動者和支持者，是國民黨元老陳果夫（1892～1951）。陳是浙江吳興人，陳其美長兄陳其業之子。受陳其美革命活動影響，陳果夫少年時代即加入同盟會。辛亥革命爆發後，他赴武漢參加了革命軍，後又隨陳其美參加討袁鬥爭。1918 年起，陳果夫在上海經商，與蔣介石等從事交易所投機買賣。1924 年廣州黃埔軍校創辦後，陳果夫負責在上海爲軍校招募新生兼採購必要的軍用物資。1926 年當選爲國民黨第二屆中央監察委員，任國民黨中央組織部代部長，掌管國民黨黨務。1927 年春積極參與蔣介石「清黨」反共，同年兼任國民黨中央政治學校總務主任。後曾幾度出任國民黨中央組織部部長，是第三、四、五、六屆國民黨中央執行委員、中央常務委員、中央政治會議委員，長期掌管國民黨黨務，是民國大陸時期國民黨的上層實權人物之一。他畢生關注和支持國民黨廣播事業的發展，在黨內有「廣播保姆」之稱。

圖 2-2　國民黨中央廣播電臺全景（上圖）和播音室（下圖），載《無線電月報》1928 年第 1 卷第 4 期

作爲南京蔣介石政權的核心人物之一，陳果夫最早體認到廣播的宣傳教化作用，不但積極動議國民黨政府創設廣播電臺，還直接參與了中央廣播電臺的籌建工作。1924年，時在上海的陳果夫在收聽美商開洛公司廣播電臺報告行市時，聯想到我國幅員遼闊，「邊隅首都，動輒萬里」[1]，廣播這一空中媒介可以較好地解決這一問題；尤其是宣傳方面，「如果本黨能有這樣一個工具，豈不是比辦報還要得力。」[2]他給在廣州的蔣介石寫信，談到對廣播的看法，並問是否需要收集無線電人才。蔣介石立刻回電說很需要，希望羅致。1926年10月15日，蔣介石連發兩份電報，一是令方鼎英[3]保舉無線電話人才；另一份則囑咐陳果夫物色無線電人才。受此鼓舞，陳果夫等人多方籌款，又廣泛搜尋無線電專家，最終在1928年春向美商開洛公司訂購了一座500瓦的播音機。整個過程中，陳果夫對「所有工程督導，與工款核定，均躬爲處理。」[4]不久，國民黨中央宣傳部委任陳的表弟徐恩曾爲電臺主任，負責籌辦電臺事宜。經過幾個月緊鑼密鼓的籌備，國民黨中央廣播電臺終於落成開播，「對北伐曾發生過很大的宣傳作用」[5]。一年後，「中央各委員亦已多數明瞭這一工具關係太大。」[6]

然而電臺開播初期，其本應發揮的「輿論中心」作用卻受到人員、設備、節目等諸多條件的限制，傳播效果遠不盡人意。一是全臺正式工作人員只有七人，還要分別負責節目搜集、謄抄、播送及技術維護等事宜，播出節目不易羅致，因此起初每日只播出兩小時，之後才陸續增加播出時間。二是由於

1 陳果夫：《黨辦廣播事業經過》，《陳果夫先生全集》（第一冊，教育文化），臺北市近代中國出版社中華民國四十一年（1952年）初版，中華民國八十年（1991年）影印發行，第282頁。

2 陳果夫：《關於無線電建設》，《陳果夫先生全集》（第一冊，教育文化），臺北市近代中國出版社中華民國四十一年（1952年）初版，中華民國八十年（1991年）影印發行，第279頁。

3 方鼎英（1888～1976），號伯雄，湖南新化人，國民革命軍中將，著名的抗日將領。曾任黃埔軍校入伍生部部長，進行諸多軍事教育改革，替北伐軍提供了無數精兵。九一八事變發生後他率部在東北堅決抵抗。中華人民共和國成立後，出任第二、三、四屆全國政協委員，熱心於兩岸統一，1976年在長沙去世。

4 徐詠平：《陳果夫傳》，臺灣正中書局印行，1978年1月第一版，1980年6月第二版，第813頁，「陳果夫先生年譜」。

5 陳果夫：《關於無線電建設》，《陳果夫先生全集》（第一冊，教育文化），臺北市近代中國出版社中華民國四十一年（1952年）初版，中華民國八十年（1991年）影印發行，第281頁。

6 陳果夫：《關於無線電建設》，《陳果夫先生全集》（第一冊，教育文化），第281頁。

電力過小，許多地方的收聽效果欠佳。據上海市國民黨宣傳部彙報，該部雖然裝設了收音機，卻沒有收到任何「中央消息」。1929 年，中央廣播電臺把一批經過訓練的收音員派往各省市縣黨部駐地，彙集當地的收聽反饋情況，發現山東、湖南、天津等地白天收聽時音質不良。1930 年後經過機件改造，上述情況有所改善。但在若干地區，包括漢口、河南、山東、福建、天津等地，仍夾雜有強烈電報，嚴重影響收聽效果。擴充電力的計劃再次被提上議事日程。

圖 2-3　1930 年《良友》第 52 期登載的國慶期間在發表廣播演講的陳果夫

1929 年春，葉楚傖[1]繼戴季陶出任國民黨中央宣傳部長。同年國民黨改變中央執行委員會系統，在中央執行委員會常務委員會下，設立宣傳部長、副部長，下設秘書二人，再下分設編撰科、指導科、國際科、徵集科、出版科、總務科、中央圖書館、中央通訊社、中央無線電臺、中央印刷所及《中央日

1　葉楚傖（1887～1946）國民黨官僚，政治活動家。原名單葉、宗源、宗慶，以字行，字卓書，另有葉葉、小鳳、湘君、老鳳、春鳳、之子、單公、龍公、屑屑、琳琅生、簫引樓主等名號。江蘇吳縣人（今崑山市周莊鎮）歷任國民黨中央宣傳部部長、江蘇省政府主席、國民政府委員、國民黨中央執行委員會常委兼秘書長、國民黨立法院副院長等。抗日戰爭勝利後，任蘇浙皖三省、京滬兩市宣慰使。1946 年 2 月 15 日在上海病逝，年 59 歲。民革中央原副主席李贛驅在「葉楚傖百年誕辰紀念座談會」上說：「葉楚傖先生是著名的愛國人士、孫中山先生的忠實追隨者，他是我國近代史上一位有影響的人物。早在葉先生少年時期，他就跟隨偉大的孫中山先生，宣傳革命，反對清廷，抨擊軍閥，喚起民眾，爲辛亥革命推翻帝制作出了貢獻。」

報》。很顯然，中央廣播電臺與中央日報、中央通訊社組成的「一臺、一報、一社」，位於國民黨金字塔式新聞體系的最頂端。

2 月 18 日，國民黨中央第 198 次常委會通過了戴季陶、陳果夫、葉楚傖提議並由陳、葉二人負責的《擴充中央廣播無線電臺計劃》，購進德國造 75 千瓦發射機。經無線電專家馮簡[1]等人的日夜努力，終於在 1932 年 5 月竣工。同年 11 月 12 日，也就是孫中山先生誕辰紀念日那天，這座號稱「東亞第一、世界第三」的中央廣播電臺正式開播，呼號 XGOA（這一呼號一直使用到 1948 年底），信號覆蓋範圍晝間可達 4 千里，夜裏可達 1 萬里，最遠達到伯力、緬甸、印度、澳洲、美加等地，一時執遠東之牛耳，也在根本上改變了東亞廣播的格局。

經國民黨中央核准，「中央廣播電臺」還從 1930 年 7 月起增加編制，設置「中央廣播電臺管理處」，直屬國民黨中央執行委員會。後因籌建 35 千瓦強力中央短波廣播電臺，工作日益繁重，1936 年 1 月又擴大改組爲「中央廣播事業管理處」，負起政令傳播、文化教育及新聞報導等任務，並於同年加入國際廣播公會。中央廣播事業管理處爲當時國內最大的廣播機構。

各省市黨部和政府經辦的廣播電臺也陸續建成。到 1937 年抗戰爆發前，國民黨政府的官辦廣播，已基本實現了其實際統轄範圍的傳播信號全覆蓋。

在隸屬國民黨中央廣播電臺的黨營電臺系統中，1933 年 10 月 16 日建成試播的福建廣播電臺是較早的一家（功率 250 瓦）。該臺爲 1933 年福建省政府以法幣 4.4 萬餘元價格委託上海亞洲電器公司設計，也是福建省內設立的第一座廣播電臺，臺址設在福州市東大路湯井巷。同年 11 月，國民革命軍第十九路軍發動「福建事變」，在福州成立「中華共和國人民革命政府」後，該臺被接管使用。翌年 1 月「閩變」失敗後，十九路軍撤離福州，該臺又歸福建省政府管轄；同年 3 月 1 日移交國民黨中央統一管理，定名爲「福州廣播電臺」。

其次是始建於 1934 年的河北廣播電臺。1935 年 6 月中旬，河北電臺奉國

1 馮簡（1897～1962），字均策，江蘇嘉定人。我國無線電研究的創始人。1913 年入南洋公學，1919 年以優異成績畢業。1920 年入美國康乃爾大學專攻無線電通信工程，獲碩士學位，並先後到美國奇異電氣公司及德國柏林大學進一步深造，又在德國 AEG 電氣公司工作。1924 年回國，執教於南京工專、蘇州工專等校，先後任東北大學電機系教授、北平大學 2E 學院電機系教授；1938 年擔任重慶大學電機系主任兼教授；1941～1949 年任重慶大學工學院院長；後任臺灣大學電機系教授。

民黨中央的命令結束播出，移至西安。1936 年 8 月，西安廣播電臺正式成立，電力 500 瓦，呼號 XGOB，後成爲張學良和楊虎城發動「兵諫」時的對外宣傳利器。

另外，湖南長沙也於抗戰爆發前建成一座廣播電臺。該臺建於 1936 年底，1937 年 5 月 5 日正式開播，呼號 XGOV，電力 10 千瓦。

由政府經辦的電臺也有數座，主要分布於中東部以及東南沿海地區。主要有 1928 年 10 月成立的浙江省廣播電臺、1929 年 5 月 6 日開播的「廣州特別市無線電播音臺」、1933 年開播的濟南山東電臺和青島市民眾教育館電臺等。另外，1930 年韓復榘出任山東省政府主席後，即倡議創辦山東省會廣播電臺，並責成省政府無線電管理處辦理籌建事宜。奉此命令，山東電臺於 1931 年開始籌備，1933 年 5 月 1 日正式建成播音，呼號爲 XOST，發射功率 500 瓦，頻率爲 857 千赫，臺址在濟南市經四路小緯六路。試辦一年後在全省二、三等縣配備了收音機和收音員，初步建成覆蓋全省的廣播收音網。此後，山東省政府各機關發布的政令消息，一般都由電臺播音員用記錄速度播出，各縣收音員按時抄收謄清，送縣長閱悉後寫在縣政府門前的黑板上，以示周知。而青島市民眾教育館廣播電臺也於 1933 年 6 月開播，呼號爲 XTGM，發射功率爲 100 瓦。它的前身是青島無線廣播電臺。1933 年 6 月，爲了傳播將於 7 月在青島舉行的第十七屆華北運動會的消息，青島政府投資一萬多元，在本市朝城路 7 號的民眾教育館內創設青島無線廣播電臺，呼號 XTGM，發射功率 100 瓦。這是青島官辦的第一家無線廣播電臺。運動會結束後，電臺由青島市教育局民眾教育館負責指揮監督。電臺的講演、戲劇、報告等節目由民眾教育館講演部編輯提供，經費開支由該館總務部辦理。爲了運作好這座電臺，1933 年 12 月，青島市教育局特制定電臺播音規則，規定其宗旨是普及社會教育，宣傳政治工作及公益事項，並將收音機分設在市內民眾教育館及滄口、李村、九水、陰島、薛家島各鄉區建設辦事處內。廣播音機由教育局派員管理，各處收音機由民眾教育館及各鄉區建設辦事處負責，各收音機聽眾秩序則由教育局函公安局轉所在地崗警維持。電臺每天廣播九小時，內容主要有中央各種報告、國內重要新聞、本市重要新聞、教育局重要報告、通俗講演、天氣預報、報告標準時間以及戲曲唱片等。1938 年 2 月，青島被日軍侵佔後，該臺停止播音。

1935 年，交通部上海電臺和上海市政府電臺也相繼開播，電力分別爲

2000 瓦和 500 瓦。在電臺林立的大上海，兩家電臺可說是鶴立雞群，不要說功率強大，技術先進，就是財力和人員配備也為所有民營電臺望塵莫及，交通部上海廣播電臺一開播，《字林西報》、電話公司、各大戲影院及中外各商行均已紛紛前往預定廣播節目，一時間給民營電臺造成了巨大壓力。

抗戰前全國官辦公營廣播電臺分布及電力情況

所在地	臺名	呼號	電子（瓦特）	周率（千周波）
南京	中央	XGOA	75000	660
	南京短波	XGOX	500	6820
上海	交通部	XOHC	500	1300
	市政府	XGOL	250	500
長沙	長沙	XGOV	10000	790
	湖南	XGOH	1000	590
福州	福州	XGOL	1000	1030
西安	西安	XGOB	500	1290
北平	北平	XGOP	300	950
成都	成都	XGOG	10000	560
濟南	山東	XGOF	500	852
山西	太原	XGOT	50	1000
開封	河南省	XGOQ	200	1070
鎮江	江蘇省	XGOZ	100	1150
無錫	江蘇省	XUI	75	790
徐州	徐州	XHIA	60	1410
淮陽	淮陽分台	XGOU	100	1350
杭州	浙江	XGOD	2000	990
重慶	重慶	XGOS	1000	711
南寧	廣西省	XGOE	1000	1300
南昌	江西省	XGOC	5000	1130
昆明	雲南	XGOY	250	6973
廣州	市政府	XOGOK	1000	750
漢口	市政府	XGOW	5000	1010
青島	市立民教管	XIGM	100	1210

在上述官辦電臺中，中央電臺起初隸屬國民黨中宣部。但 1931 年 7 月中央常會通過中央廣播電臺管理處組織，使電臺改屬於中央執行委員會。1932 年夏，管理處正式成立，下設總務、技術、傳音三科及報務、編譯兩室。1937

年 1 月，經中央決議，改稱爲中央廣播事業管理處，由中央執行委員會常務委員會領導工作。管理處以下除中央廣播電臺外，尙有福州電臺 XGOL、西安電臺 XGOB、長沙電臺 XGOV 及南京短波電臺 XGOX 及中央短波電臺籌備處。也就是說，類似西安廣播電臺、長沙廣播電臺這樣的名稱，卻是中央廣播電臺的分支機構。類似通訊社的駐外分支。這一點，從後面這些電臺的節目設置和人員配備等各方面均可得到進一步證實。

由交通部管轄的是北平臺、上海臺和成都臺。北平臺初創時只有 20 瓦，1934 年 5 月改由交通部管轄後，電力增爲 300 瓦，呼號 XGOP。由於北平舊劇昌盛，該臺每晚必播送各戲院的舊劇。上海臺前身是民營的外商美靈頓廣告公司廣播電臺，1934 年爲交通部收購，電力初爲 500 瓦，1937 年增爲 2000 瓦；成都臺則於 1936 年 11 月 1 日正式播音。其餘則各臺分別由各省市地方政府和國民黨地方黨部管轄，如山東電臺、山西電臺、河南電臺等。

官辦廣播的配套服務體系也是民營電臺望塵莫及的。以國民黨中央廣播電臺爲例，1934 年 10 月 1 日開始，中央廣播電臺開設廣告節目的同時，還在南京設立中國電聲廣告社，專理中央廣播無線電臺管理處各電臺播音廣告事宜，以服務各種企業及提倡國貨爲要旨，收費低廉，分普通和特種兩個等級。普通者每次兩分鐘，每次價格最低 4 元，最高 8 元；特種每次 20 分鐘，音樂或歌劇團則由廣告戶自備，價目最低 12 元，最高 24 元，如果連續播放，價格還會有一定折扣。由於該臺「效力宏大，取費低廉」，且意在提倡國貨，發展國內工商業，因此吸引了相當一部分國內客戶。

而江蘇省立電臺作爲「全省消息之喉舌」，在「設立之初，即列政令爲主要工作之一，」同時還承擔了爲下屬各縣訂購、代辦和設置收音機，開設無線電技術人員訓練班等任務，以便使他們到各臺工作後，除「隨時收聽本臺新聞政令及其他播音外，並須負責指導各該縣無線電事業之推進，及機件之修理等等，於每週塡送記錄表寄至本臺，備檢查考績之用」。此外，江蘇電臺還承擔了以播音訓練全省小學教師的任務。從 1936 年 4 月下旬起，每逢星期五都增設小學教師進修節目，由教育播音設計委員會編撰補充教材，聘請教育專家來臺播送，各縣政府所在地的公私立小學校長及全體教師均須收聽，並隨時記錄筆記。該臺還配合中學教育，「每週星期三青年教育時由設計委員會與本臺編輯稿件作爲中等學校學生課外補充教材，內容分爲非常時期之各科常識講話（包括軍事、政治、經濟、國際情勢等）、青年進修講話（包括修學方法、精神修養、健康衛生、勞動服務等）、青年問題解答、消息報告（包括有關青年學生之重要命令或消息等）四項。「凡本省各地省立中等學校全體學生均須悉心收聽，隨時記錄筆記，由教廳抽查其成績。」

（二）推行廣播網計劃，擴大收音範圍，完善收音員制度

廣播的傳受方式與報刊不同。報社與讀者接觸的媒體高度統一於報紙一身；電臺與聽眾的接觸卻是通過兩個完全不同的介質——電臺傳播者在電臺發出音波，聽眾需要借助收音機才能獲取；有時即使是電臺播音，聽眾也有收音機，但如果電波覆蓋不到也是徒然無效，「縱使電臺遍全國，節目力求優良，如對聾者宣講，徒見其老而無功爾。」[1]南京中央電臺開播之初，嚴陣以待的各地國民黨黨部都受命收聽該臺節目。九江、安徽蕪湖等處都收到了清晰的聲音，但上海這樣繁華大都市的黨部十幾天後也沒有收到任何來自南京的廣播之聲。[2]因此，加強節目覆蓋，提高收音機用戶的數量，成為國民黨政府廣播推廣工作的重中之重。

廣播網計劃是留美出身的吳保豐提出的，他在《建設全國廣播網計劃草案》一文中闡述了這個借鑒歐美，尤其是美國的廣播網制度：「廣播網之定則，為劃全國而成區，合每區各臺而成網，一網之間或網與網間，俱有相當之聯絡。凡值重要節目，全國各網，或全網各臺，得播發同一之節目，歐美早採用此種制度，稱謂連鎖廣播（Chain Broadcasting）」。這種多層次接續覆蓋的方法，有諸多益處：「（一）各臺間可以互換節目，減少徵集材料困難，節省費用。（二）各地聽眾，得用簡小之收音機，暢聆遠地播音。（三）便於行政管理，每網總臺承中央總臺之命，得辦理行政技術節目之指導監督，使整個廣播事業之組織，成一有機體，如人身血脈之聯絡，運用自如，絕無阻礙」。故區臺之最大任務，為：（一）於規定時間內，轉播中央臺節目，使一區內之聽眾，得普遍收聽；（二）平日對一區內各電臺，負有指導技術，管理節目之責。[3]

中央廣播事業指導委員會於 1937 年 5 月間，通過了該廣播網計劃。準備將整個中國廣播網劃為中央臺、區臺、省市臺、地方臺四個層級開始經營。

---

1 吳保豐：《十年來的中國廣播事業》，轉引自趙玉明主編：《現代中國廣播史料彙編》，第 133 頁。

2 《宣傳部》，《上海黨聲》，1928 年第 15 期（民國十七年八月十二日）。

3 吳保豐：《建設全國廣播網計劃草案》，載於《無線電》第四卷第 2 期，1937 年 4 月出版。

然而抗日硝煙將廣播網計劃最終止於「計劃」。

「廣播收聽網包括無線電廣播收音站和有線廣播收聽點——一個喇叭就是一個收聽點。」[1]收聽點和收音員是推行廣播網覆蓋的另一個重要環節。

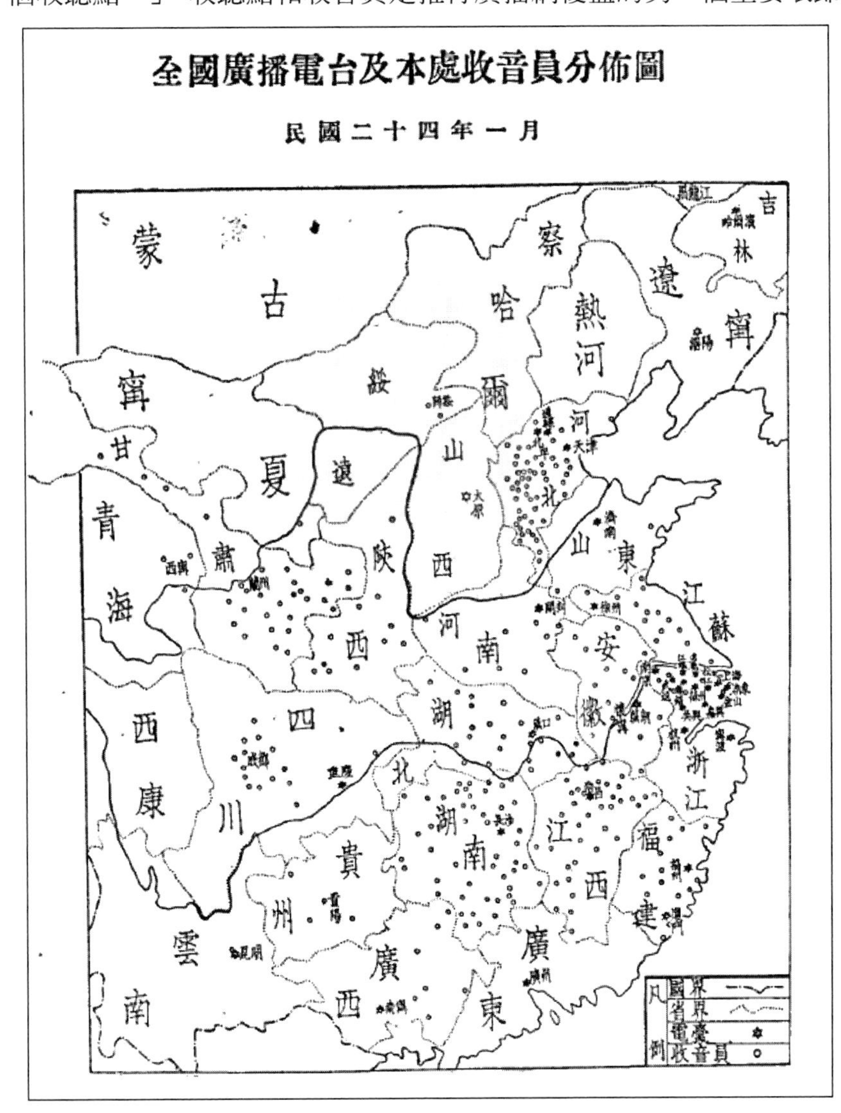

圖 2-4　全國廣播電臺及本處收音員分佈圖

本著「多一聽眾，即多收一分功效」[2]的原則，國民政府極爲重視收音機

1　章逸：《收聽廣播常識》，科學普及出版社，1958 年版，第 111 頁。

2　吳保豐：《十年來的中國廣播事業》（1937），選自趙玉明主編：《現代中國廣播史料選編》，汕頭大學出版社，2007 年版，第 133 頁。

的推廣和普及工作。從 1928 年開始，江蘇、江西、湖南、河南、安徽等省和北平市開始強制在各縣市政府裝設收音機。江西是要求各縣自己出錢，購置收音機。南京政府所在的江蘇省推廣最好，效果最顯著。到 1929 年，全省 22 個縣已經全部安裝了收音機。1930 年後，江蘇鎮江等市開始在公園等公共場所安設收音機。1932 年，南京市工務局、社會局和教育局聯合，特約市內繁華之處的商鋪代放中央無線電播音，並制定了具體辦法，凡是願意主動代爲播放中央臺節目的商戶，每月可領取政府津貼的電費和補助費。[1]其他省市也陸續實行措施，擴大收音機的受眾接觸率。而廣州市在開辦中央公園播音臺的時候，還舉辦了開幕典禮，在典禮上向黨旗國旗和總理遺像三鞠躬，並由廣州市市長在播音機內恭讀總理遺囑。開幕式當日觀者甚眾，聽眾不下數萬人。這座耗資 2 萬美金打造的收音臺，每日除了將中央廣播電臺的節目擴音播出之外，還按時宣講省市黨部工作要點及各種要聞。[2]借助各地在公共場所設置的收音機，國民黨政府的廣播宣傳陣地進一步擴大。

在擴大廣播收聽的過程中，國民黨政府還推出了頗爲有效的收音員制度。所謂收音員制度，就是以國家行政（實則是黨組織）命令的方式，由中央廣播電臺管理處、教育部及若干省政府舉辦收音員訓練班，各縣必須派員參加，對他們集中訓練各種收音技術，畢業以後分赴各地參加廣播的收音和收音機的維修等工作。1928 年中央電臺開設後，曾委託國民黨軍事委員會上海無線電機製造廠代爲訓練收音員 16 名。[3]1929 年，中央電臺呈准中央同意，舉辦第一期收音員訓練班，首批招收 14 名。之後中央電臺（中央廣播事業管理處）、浙江、江蘇、廣東、廣西山西、河南等省和教育系統都大力推進收音員培訓工作，先由華中、華北、西南、西北地區較大的縣市政府遴選高中以上畢業生保送赴南京，進行爲期五月的培訓，然後攜帶資源委員會上海無線電機製造廠出品的交直流兩用式六燈收音機返回原籍服務，任務是「於晚間收聽中央電臺節目，以新聞爲主，演講大意爲副，分別記錄、繕印、送交當地報館，於翌日刊出，同時張貼壁報，供附近民眾閱覽。」[4]截至 1934 年 12

1 南京市工務、社會、教育局會訂《特約鋪户代放中央無線電臺播音辦法》，《南京市政府公報》，1932 年第 102 期。

2 新聞：《中央公園播音臺開幕》，《廣州市政府公報》，1932 年第 328 期。

3 吳保豐：《十年來的中國廣播事業》，轉引自趙玉明主編：《現代中國廣播史料彙編》，第 125 頁。

4 吳道一：《建立收音員制度》，《中廣五十年》，臺北出版社，1978 年版，第 17 頁。

月，由中央廣播電臺管理處培訓期滿者有 423 人。[1]早期的收音員奔赴各地之時還會攜帶中廣處分配的收音機，但是後期由於支出龐大，收音機的費用都由各地方黨部和政府部門承擔了。

隨後地方政府和教育部也仿傚這一辦法，爲本地區或本系統培訓收音員，並爲他們在相應的場所配置收音機。截至 1932 年，山西省開辦的三期無線電學校畢業學生 300 餘人。[2]1936 年，教育部先後舉辦的無線電收音指導員訓練班和電話教育人員訓練班播音教育組人員達 88 人。[3]

抗戰前，這三個層次的收音員訓練班辦得比較有成效的是中廣處和教育部。中廣處前後共辦了四期培訓班，學員總人數爲 460 人，但到 1934 年 12 月調查時，只有半數以上的人還堅持在收音一線，這些收音員每日的主要工作，即將收音所得，供給當地報館新聞社，同時並以壁報，張貼公共場所，供民眾閱讀。教育部分發各地之收音指導員大約有 88 名，這些人指導民眾教育館及中等學校，按時開機收聽教育節目，並填寫工作報告，向主管機關呈報備查。[4]

這些收音員或是收音指導員的工作在當時發揮了一定的作用。「內地交通阻塞之區，對各地新聞，極爲隔閡，平時大都無報紙可讀，即有者，亦不過抄摘其他各地舊報紙之記載，早已失去時效。自收音工作成立以後，中央政情可以直達各地，中央與地方之情感，賴以溝通。各地報館及新聞社，可以得到極新鮮之消息，而民教館之聽眾及中等學校之學生，亦常能聆取名人言論以及常識課目，對於發展民眾教育，大有裨益」。[5]

上述兩項措施的交替推行，在廣播覆蓋率和收音機普及率都很低的當時條件下，意義重大，影響深遠，「邊遠地區民眾，獲益良多，因爲所有當地報紙的頭號新聞，重要通信，全係採用收音員所提供的中央電臺播出消息，自

1 吳保豐：《十年來的中國廣播事業》，轉引自趙玉明主編：《現代中國廣播史料彙編》，第 127 頁。

2 《要聞：各省建設要聞（二十一年十月份）：山西各縣裝設無線電收音機》，《山東省建設月刊》，193 年第 2 期。

3 吳保豐：《十年來的中國廣播事業》，轉引自趙玉明主編《現代中國廣播史料彙編》，第 128～129 頁。

4 吳保豐：《十年來的中國廣播事業》，載於《十年來的中國》，商務印書館，1937 年版，第 725 至 734 頁。

5 吳保豐：《十年來的中國廣播事業》，載於《十年來的中國》，商務印書館，1937 年版，第 733 頁。

然促使他們對於瞭解國策、統一信仰方面，逐漸加深。我們平常所冀望的宣傳目標無形中完成了一部分。」[1]1937 年，教育部還頒發《各縣市籌集小學及民眾學校收音機維持經費辦法大綱》[2]，並設立播音教育委員會，要求全國各小學及民眾學校從 26 年度（1937）起，必須裝設無線電收音機，並且以免費發放爲原則。因此至抗戰爆發前爲止，除了個別特別偏遠的縣份和省市以外，全國主要省市的黨部和公共區域都安裝了收音機，聽眾約有兩三百萬人，海外尚不在內。[3]著名美國學者王鼎鈞的回憶錄中提到，1937 年抗戰爆發不久，他就讀的山東臨沂蘭陵鎮小學校長從大城市裏買來了一架「飛歌」牌收音機，「小小的木盒子，有嘴有眼睛，蠶吃桑葉似的沙沙響，忽然一個清脆的女聲跳出來，喊著『XGOA』。我第一次知道那叫廣播，無線電廣播。」「晚上，老師收聽中央臺的新聞，記下來，連夜寫好蠟板，印成小型的報紙，第二天早晨派學生挨個散發」[4]，應該就是教育部推廣收音機的成果。

（三）廣播事業的制度建設

國民黨政府一貫重視廣播的宣傳和教化作用，因此對全國廣播事業的管理和控制也極爲嚴格，自 1927 年奠都南京後，相繼發布了一系列的政策法規。1927 年 5 月，南京國民政府交通部正式成立並運行。同月，交通部在上海設立電政總局，管理全國電報電話和無線電等事業。各省原有的電政監督一律裁撤。「關於國際電信事務，由上海電政總局直接交涉辦理。至商辦電話電燈電車各條例，悉行改訂新章。俟交法制委員會修正後，提交中央政府通過公布。」無線電管理機構的成立，爲相關法律法規的制定和出臺準備了必要條件。

民間的有識之士也在積極推動政府對廣播業管理的法制化。1928 年 2 月，《申報》刊載無線電專家方子衛給司法部的呈件，呼籲相關部門「從速編訂無線電法制，早日頒行，以資人民遵守。」他強調：「竊維無線電爲交通利器，平時遞送消息，戰時傳達軍情，效用偉大，已爲世界之所公認。故自歐戰以來，東西學者悉心研究，不遺餘力，一有發明，政府即優獎勵，以資提倡……獨我中國近十餘年來，軍閥專橫，內亂頻仍，對於此項重要事業，

1 吳道一：《建立收音員制度》，《中廣五十年》，臺北出版社，1978 年版，第 26 頁。
2 《播教消息：二、教育部頒發各縣市籌集小學及民眾學校收音機維持經費辦法大綱》，《播音教育月刊》，1937 年第 1 卷第 10 期，第 183 頁。
3《統計：我國的無線電事業》，《政治成績統計》，1936 年第 1 期。
4 王鼎鈞：《故鄉的雲》，生活·讀書·新知三聯書店，2013 年版，第 231 頁。

竟未加以注意……若不由政府出而提倡，急起直追，恐將遠落人後。爲今之計，亟宜羅致國內專門人才，設立委員會，從速編訂無線電法制……現在大局組定，建設方始，自應及早釐訂，以資管理。」[1]

時隔不久，1928 年 6 月，國民黨中央政治會議臨時會議決定，包括無線電廣播在內的無線電事業改由新成立的建設委員會管轄。8 月，建設委員會設立無線電管理處，管轄中國境內及國際間包括廣播電臺在內的全部無線電事業；同月，建設委員會公布《中華民國無線電臺管理條例》，規定廣播電臺「得由人民設立」。11 月又頒行《中華民國無線電臺呼號條例》，宣布根據 1927 年華盛頓國際無線電報會議的規定，中華民國治權所達之處，電臺呼號應在 XGA－XUZ 字母範圍之間。12 月 13 日，建設委員會頒布《中華民國廣播無線電臺條例》，規定「廣播電臺得由中華民國政府機關公眾或私人團體或私人設立，但事前須經國民政府建設委員會無線電管理處之特許，違者由當地負責機關制止其設立」。條例還把廣播無線電臺分爲兩種，一種是以營業爲目的，須向本地領有收音機執照之聽戶徵收收聽費的，這種電臺一地只能限設一座；一種是經費完全自給，不再向聽戶徵收聽費。條例申明，廣播電臺的業務範圍包括：「一、公益演講；二、新聞、商情、氣象等項之報告；三、音樂、歌曲及其他娛樂節目；四、商業廣告，但不得逾每日廣播時間十分之一」。「廣播電臺不得廣播一切違背黨義、危害治安、有傷風化之事項」，「政府如有緊急事件須即廣播者，私家廣播電臺應爲盡先廣播，不得拒絕，但得酌量收費。」「無線電管理處於必要時得收管或停止私家之廣播電臺」。「廣播電臺對於無線電管理處稽查員隨時入臺檢查時不得拒絕」。廣播電臺若兼營租售收音機件之商業，還需按照無線電品營業規則。」

可以看到，上述政策更多著眼於如何限制民營電臺的權利，而對政府權責範圍的界定卻較爲籠統模糊，司法者在實踐中不易掌握。這也就爲政府管理者隨意處置民營電臺提供了運作的空間。但《條例》在形式上把政府機關和「私人團體」申辦廣播電臺置於同樣地位，則顯示出時代的進步，也體現了政府欲以法制手段管理廣播事業的初衷。

頗具諷刺意味的是，當建設委員會的立法活動緊鑼密鼓地推進之時，交通部作爲過去主管電信事業的機關（此時仍管轄有線電信業務），卻在建設委員會接收無線電事業之初就採取了不合作態度。因爲直至此時，交通部組織

1 《方子衛請訂無線電法制》，載於《申報》，1928 年 2 月 18 日第 14 版。

法第六條「電政司掌管全國電報話無線電」的規定仍無任何變更。即按法律規定，交通部仍執掌全國無線電事業。這與建委會的新職能無形中構成了尖銳衝突。

對此，交通部一面延緩機構之間的各項交接，一面又大造輿論，公開與建設部唱對臺戲，並指責建設部「陽以建設爲名，陰做破壞之舉，紊亂系統，爭奪權利，竟以交部已設電局電臺之處另設無線電臺，專收商報。復恐難操勝算，不惜減價求售。馴至國家營業，被其摧殘，交通專權，驟見分裂。」[1]最終，由於建設委員會管理無線電的「法律基礎模糊，難以鑒定，人事關係紛雜，無線電技術不完善，並與數萬有線電人員的生計相關，面對一次次的請願和上書活動，1929 年 6 月，國民黨第三屆中央執行委員會第二次全體會議做出決定，建委會管轄的無線電交還交通部。」[2]

早在 1929 年 4 月，交通部無線電報話管理處已「未雨綢繆」，擬訂出了詳細的《廣播無線電臺機器裝設及使用暫行章程》和《廣播無線電話收聽機裝設及使用暫行章程》。「凡完全華商之公司或製造工廠，資本在 20 萬元以上設立廣播無線電臺以供廣播之用者」，均適用於《廣播無線電臺機器裝設及使用暫行章程》。《章程》要求，廣播無線電臺「除供作廣播新聞、宣傳、講演、商情、歌曲、音樂等項外，不得作其他任何通信之用。」《廣播無線電話收聽機裝設及使用暫行章程》則對裝設收音機的個人或團體有詳盡規定。「裝設收音機者爲中國人民時，應開具姓名、籍貫、年齡、職業、住址並取具殷實鋪保，呈請交通部註冊，核發執照及註冊證。」「裝設收聽機者爲外國人民時，應開具姓名、籍貫、年齡、職業、住址並取具該館領事證明書，呈請交通部註冊，核發執照及註冊證。」[3]

1931 年 4 月，交通部修訂《廣播無線電話收聽機裝設及使用暫行章程》，規定凡欲裝收音機者不僅均應登記，而且不得任意變更收音機內的裝置作發報或發話之用。

1932 年 11 月，交通部又頒布《民營廣播無線電臺暫行取締規則》，除對民營電臺的資質、呼號、業務範圍作出明確規定外，還附有相關的罰則。規定廣播電臺「不得擾亂或妨害國有陸海空及公眾通信電臺業務，不得播送虛

1 《江西全省同人電》，《電發》1929 年第 5 卷第 2～3 期。

2 張雲燕：《論 1928～1929 年國民政府建委會的無線電管理》，《河北大學學報》2006 年第 6 期。

3 《舊中國的上海廣播事業》，第 176～179 頁。

假及未經證實的消息或新聞，不得傳遞私人消息，不得播送危害治安或有傷風化的一切言論、消息、歌曲、文詞與擾亂其他廣播電臺的播音等等。其業務範圍有公益演講，新聞報告（必要時交通部得制止之），音樂、歌曲及其他節目，商業報告（不得逾每日廣播時間十分之二）等。」[1]

1936 年 2 月，交通部還下令一律不准民營電臺增加電力，理由是防止「發生電波互擾情事，整理困難，殊足以妨礙整個廣播事業之發展」。[2]

在國民黨執政者看來，無線電廣播作爲「宣傳之利器」，必須承擔起嚮導國民、文化教育等「載道」之職，更須主管機構成立專門機關，對其日常播出進行指導。爲此，1935 年底，由國民黨中央執行委員陳果夫和常務委員葉楚傖兩人連署，提請國民黨第五屆中央執行委員會第三次常委會決議，設立「中央廣播事業指導委員會」，並在 1936 年 2 月 6 日第五次國民黨中常會上通過了組織大綱，由國民黨中央廣播事業管理處、中央宣傳部、中央文化事業計劃委員會、軍事委員會、交通部、內政部、外交部、教育部各推代表組成中央廣播事業指導委員會，陳果夫任主任委員。該委員會於 1936 年制訂並由交通部頒布的《指導全國廣播電臺播送節目辦法》，從「編排節目」、「節目內容」、「播送時間」及「附則」四方面確立了廣播電臺的節目播出守則。在節目編排方面，要求各電臺須排定節目表並按期送審。每天播送節目的標題及播音員的姓名應將預定表（轉播「中央電臺」的節目除外）送「指委會」審閱。在節目內容方面，要求「(一) 播音節目之成分：關於宣傳、教育及演講方面，公營廣播電臺應占多數，民營廣播電臺亦不得少於百分之四十；其娛樂節目至多不得超過百分之六十，廣告節目應包括在娛樂節目之內，不得超過娛樂節目三分之一。(二) 各廣播電臺除娛樂節目外，對於宣傳、教育、演講節目應以國語播送爲原則，暫時兼用當地方言者，應另加教授國語節目。(三) 各廣播電臺不得播送有干禁例或偏激之言論、誨淫誨盜、迷信荒誕之故事及歌曲唱詞。」[3]

在此基礎上，1937 年 4 月 10 日，國民黨中央廣播事業指導委員會又頒布《暫定民營電臺播音節目時間標準表及說明》，對各電臺時間分配、節目安排、節目性質等皆有詳細要求：「節目內容成分之分配，計教育占 38%，娛樂

1　《舊中國的上海廣播事業》，第 185 頁。
2　《民營廣播電台不准增加電力　交通部訓令國際電信局知照》，《申報》1936 年 2 月 39 日。
3　《舊中國的上海廣播事業》，第 235 頁。

占 62%，故娛樂節目中插播商情、氣象、警策語或各種小常識，適足補教育節目成分之不足。」[1]兩天後，中央廣播事業指導委員會又公布《播音節目內容播查標準》和《民營廣播電臺違背〈指導全國廣播電臺播送辦法〉處分簡則》。《播音節目內容播查標準》共 10 條，規定了各廣播電臺的演說、歌曲、唱詞及廣告等所有節目中不得播放的禁止性內容。《民營廣播電臺違背〈指導全國廣播電臺播送辦法〉之處分簡則》共五條，規定了對民營電臺警告、停播、取消執照的處分標準。對不提前寄送審稿者、播音節目內容與審定稿本不符者，給予警告處分；對播送詆毀或違背政府法令，詆毀或違反國民黨主義的，給予停播一月或弔銷執照的處罰。

全面抗戰爆發前，國民黨中央廣播事業指導委員會還先後通過了《徵收收音機執照案》《推進收音事業案》和《加強舊臺電力添建新臺及抗禦播音侵略案》《教育節目材料標準》等。對新聞類節目，《教育節目材料標準》中明確要求，「國內外重要新聞均根據中央社稿或採用當地報紙上的『中央社電』或收錄中央電臺之廣播新聞」，即重要新聞信息的發布必須與國民黨中央保持高度一致。

依據上述法規，各地方政府也陸續出臺了一些針對民營電臺的管理法規定。在民營廣播最集中的上海，鑒於廣播電臺之多和背景之複雜超出任何地方，交通部遂於 1931 年 2 月在上海成立國際電信局，承擔起上海市廣播電臺管理之責。該局設置專門人員和機構，管理上海的民營廣播電臺，負責校正波長、查驗機件、審核節目、發給許可證等，並設專人守聽上海民營廣播電臺的波長、節目等事項，由王葆和、陳俊武、黎智展、袁匡仁、王光烈等人具體負責。1936 年，交通部國際電信局撤銷，上海方面的廣播電臺交由交通部上海電報局管理。至此，南京國民政府已形成較爲系統的管理廣播事業的法規體系。

至於官辦廣播，中央臺設立之初隸屬於國民黨中央宣傳部，後又改隸中央書記處。1931 年，根據國民黨中央常務委員會決議進行改組，於次年成立中央廣播無線電臺管理處，隸屬於國民黨中央執行委員會，負責人吳保豐，吳道一。中央廣播電臺管理處成立後，爲擴大廣播的影響，「先後舉辦了 4 期廣播收音員培訓班，約培訓廣播收音人員 440 名。這些人返回各地後，對於改變當地新聞通訊事業的落後狀況起了重要的作用。他們不僅天天抄收中央

1 《舊中國的上海廣播事業》，第 237 頁。

廣播電臺和中央通訊社的新聞廣播，供給各地報社，還直接創辦專載廣播新聞的報紙。據資料記載，30 年代中期，在江蘇泗陽，河南孟縣、西平等地都出版發行過『收音日報』或『電波日報』之類的報紙。」[1]

這一在廣播收音機不足條件下而採取的補救辦法，事實證明還是非常奏效的。此後因各地不少省市廣播電臺出現，爲加強統一管理，1936 年 1 月，中央廣播無線電臺管理處改制爲中央廣播事業管理處（以下簡稱「中廣處」），「中央廣播電臺」呼號不變，實際是處與臺合一。這種體制一直維繫到 1949 年國民黨統治結束爲止。

二、官辦廣播的新聞宣傳及全國新聞聯播制度的建立

在辦臺初衷和節目設置方面，「重在宣傳黨義、播發消息，而以教育音樂爲輔」[2]的國民黨官辦電臺，一掃此前廣播媒介的休閒娛樂品形象，成爲政府以新聞和宣傳性內容爲產品控制社會、訓導民眾的重要載體。

對於剛剛建立政權的國民黨政府來說，面臨的最大問題就是如何建設並鞏固新政權。「建設之首要爲心理建設，如果撇開心理建設不談，便去從事物質建設，必定失敗，心理建設最有效的工具當然要算廣播，黨內有敏銳眼光的人士早就看到這一層，所以就竭力提倡廣播。」[3]正如 1932 年電臺擴建後陳果夫在新臺開播典禮上的致辭所言：

> 此後中央廣播消息，不特遍及邊陲，抑且遠被全球，既便發施政令，又利闡揚主義。若用以提倡識字，促進文化，亦足以收宏效。而理論之闡揚，時事之報告，使國際簡明瞭我國之眞情，俾正義得伸於世界，尤非任何宣傳工具所可比擬。總理云，國民革命之目的在建設，建設不成功，革命即失其意義。本臺之建，殆亦建設中之尤要者歟。同時且爲吾國廣播事業奠一始基，以後發皇光大，使廣播電臺遍及全國，追蹤歐美，蔚成大業，尤願與諸同志共勉之。[4]

陳果夫把建設廣播事業列於國民革命建設「尤要者」位置，可見其對這一媒體之情有獨衷。在他的力主之下，國民黨廣播節目的宣傳教化功能始終

1　蔡銘澤：《中國國民黨黨報歷史研究 1927～1949》，團結出版社，1998 年版，第 48～49 頁。

2　吳道一：《中廣四十年》，臺北中國廣播公司，1968 年版，第 17 頁。

3　徐學鎧：《我國廣播事業的展望》，《影音》，1948 年第 7 卷第 3 期。

4　見《廣播週報》，1934 年 10 月 20 日第 6 期。

是其第一功能。

（一）作為「施政之喉舌」的國民黨官辦廣播

中央電臺成立之初，即確立了「施政之喉舌」定位，強調傳播內容的政治性和宣傳性。當時《中央日報》曾刊登《中央宣傳部中央廣播無線電臺通告第一號》宣稱：「嗣後所有中央一切重要決議、宣傳大綱以及通令通告等，統由本電臺傳播。除全國各省各特別市黨部由中央陸續各撥收音機一具以資聽用外，各地政軍機關如有需要收音機者，可呈明地點備價領用」[1]其強烈的政治色彩可見一斑。

從「闡揚黨義、傳佈政令、講述學術、報告新聞，以音樂陶冶聽眾性情，以科學增進人民常識」[2]的辦臺初衷出發，早期中央電臺的新聞性節目佔據了較大比重，播出時間占總時長的 30%，常識約 8%，演講約 10%，其他占 13%，傳遞消息的工作在這個時期佔據了重要地位。對此，中央廣播事業管理處的副處長吳道一解釋說，「因爲我國電信事業的發展，偏重於東南各省的較大都市，對於我國中部西部北部的廣大土地，以及東南各省的較爲僻靜的縣市，仍舊和前幾年的狀態差不多，並沒有什麼進步，所以對於收聽播音消息之需要，仍然很爲迫切。」[3]國民黨中宣部還要求，所有新聞稿件均由國民黨中央通訊社提供，宣傳內容則由國民黨中宣部交辦的新聞和教化節目爲主，並輔以部分音樂節目，沒有廣告，經費全部由國庫支撥。

1932 年前，中央電臺的新聞節目主要有《重要新聞》《國際要聞》（星期二用外語報告國內外要聞）和《通令通告》等。[4]由於電臺的工作人員配備較少，電臺的人事自主權又有限，因此起初並沒有設立專職記者，其國內新聞的來源「早上採自本京各大日報，晚間則播送中央社消息。」[5]1932 年 75 千瓦電臺正式開播後，中央電臺的新聞時長開始增加，節目類型日趨多樣，出現了每日早上 7：00《記錄新聞》和每週三晚 18：00 的《科學新聞》，還有《簡明新聞》及《國際時事述評》等。爲充實節目內容，中央電臺還編選上海《申報》《新聞報》《時報》的重要電訊。但在採信民間信息時，發生了與國民黨中央部署衝突的事情：1933 年 7 月，因電臺播出了一條從《申報》

1　《中央宣傳部中央廣播電台通告第一號》，《中央日報》，1928 年 8 月 1 號第一版。
2　吳保豐：《十年來的中國廣播事業》。
3　吳道一：《中央電臺服務的經過及今後的方針》，《廣播週報》，1934 年第 4 期。
4　參見《無線電問答匯刊》，1932 年 2 月 5 日版。
5　吳道一：《中廣四十年》，臺北中國廣播公司，1968 年版，第 36 頁。

選取的外國通訊社消息，涉嫌「洩露軍機」，被軍事委員會訊問，[1]之後電臺再也不敢擅自增用其他信息來源，「只用中央通訊社稿件，並經中央秘書長或中宣部長核閱簽字播發，如果兩位首長公出，則由中宣部秘書核簽，因之原節目表十九點四十分起的十五分鐘簡明新聞，有時因轉呈簽核關係，無法趕上，而留待二十一點三刻播出。記得那時除了軍事動態消息外，有關抗日反共字樣的新聞，亦因時機未熟有所顧忌而諱言，直到抗戰軍興，遷都重慶後，核稿制度，隨之廢止，但仍專用中央社稿，以免再蹈覆轍。」[2]

這一事件的直接結果，就是中央電臺對中央通訊社的消息更加依賴。據1935 年《廣播週報》記載，當時的中央電臺新聞「十分之七八係用中央通訊社社稿，而該社每日發稿時間分四次，第一次在十七時後，第二次在二十一時左右，第三次在二十三時左右，第四次在午夜二時左右。本臺簡明新聞用中央社第一次稿，如不足，則以其他新聞稿件補充之。至晚間二十一點四十分一節之新聞，係用中央社第一二次兩次稿中，擇具重要者報之，其播告方式乃用複句慢報，使各地報館收音員得以記錄無誤。本臺節目最後在二十三點停止，故中央社之第三第四次之二次稿件，即無法在當天報出，然有許多重要新聞，為慎重及待最後之證實起見，每在第三四次稿內發表，故將三四次重要新聞在第二天上午九時用慢報方式廣播之」。[3]某種程度上講，中央電臺成了國民黨中央通訊社的新聞聲訊播報平臺。

延續這一傳統，中央通訊社的國際新聞也成了中央電臺國際新聞的唯一來源。但當時中央通訊社的國際新聞，有的是花錢訂閱的國外廣播稿，有的是與國外交換的免費廣播稿，還有的則是直接剽竊德國日本等國家的廣播稿。[4]這種情況直到蕭同茲就任中央通訊社社長之後才有根本改觀。而「在那個時期的新聞節目中，有一種記錄新聞，播放很慢，供各縣收聽站記錄。包括簡明新聞在內的各種新聞稿件都來自中央社，由徵集股人員稍加圈改，交播音員照稿宣讀。」[5]這種新聞播報的目的，就是為了指導地方的新聞工作。

新聞節目的標準化生產、全國性播報，是讓民眾接受統一的民族國家概

1　吳道一：《中廣四十年》，臺北中國廣播公司，1968 年版，第 36 頁。
2　吳道一：《中廣四十年》，臺北中國廣播公司，1968 年版，第 36 頁。
3　傅音科：《小言》中介紹新聞節目一節。載於《廣播週報》（1935）第 65 期。
4　編者：《中央通訊社組織規程》，《中央黨務月刊》，1930 年第 22 期。
5　肖之儀：《在國民黨廣播電臺裏的見聞》，載《西安文史資料》第 3 輯第 122、123、125 頁，政協西安市文史資料研究委員會主編 1982 年 12 月內部出版。

念的大好時機。而作爲標準化新聞的傳播載體，統一標準的國語播報也顯得尤爲必要。中央電臺建立後，不僅精挑細選發音標準的新聞播音員，還聘請語言學家趙元任在電臺主持播講《國語廣播訓練大綱》；選拔播音員時，由他親臨現場進行口語把關。北京姑娘劉俊英自 1933 年以優異成績考入中央電臺後，因吐字清晰，音質圓潤，加上抑揚頓挫的標準北京語調（劉俊英是北京人），不僅深受國內聽眾歡迎，在東南亞、日本等地也享有較高知名度，被日本媒體稱爲「南京夜鶯」。但在很長的時間內，聽眾都是只聞其聲，不知其人。最後還是看了日本報紙記者的報導，聽眾才第一次知道她的眞名。

除了新聞，就是宣傳，尤其是以孫中山先生作爲精神領袖的各類宣傳。中央臺設有《宣傳報告》《中央紀念周》等固定欄目，從事「總理遺教」、「新生活運動」之類的主題宣傳。尤其是每週一的紀念周特別節目，起初是「在中央大禮堂現場發音，曾經一度規定，南京市區各機關紀念周，一律按時聚集該禮堂內，收聽中央電臺節目，並同時舉行儀式，後因技術上感到困難而中止」。[1]爲了塑造孫中山先生的精神領袖形象，鞏固和強化蔣介石作爲孫氏合法繼承人的地位，每當孫中山先生的誕辰和逝世紀念日，中央電台都會舉辦一系列的廣播講話。講話者們在麥克風前或慷慨陳詞，或悲憤難抑，或講經說法，頗受一般聽眾的歡迎。如 1928 年中央電臺的開播儀式上，蔣介石發表開幕致辭，就重點強調了電臺廣播對宣傳孫中山三民主義的作用：

> 今天，是中央宣傳部廣播無線電臺成立之日，又是中央五次全會第一次談話會日，又是追悼北伐陣亡將士第一日。廣播無線電臺，定能爲死亡將士發揮光輝，爲我們宣傳總理的三民主義，使之發揚光大。

1936 年元旦，蔣介石在中央電臺發表演講，與收音機前的聽眾以「兄弟」相稱：

> 今天是我們民國二十五年元旦，我們全體同胞，大家歡欣鼓舞同聲慶祝的一天。現在兄弟雖然不能親自和各位見面，但是可以在廣播電臺中，親自和各位講話，這是很可快慰的一件事情。現在兄弟藉此機會，將我們國家和全體同胞今年最緊要的工作，和各位同胞說一說。大家都知道，我們國家的情勢，現在很危險急迫，時時

1 《公告：本府在中央廣播電臺第六次施政報告》，《首都市政公報》，1929 年第 49 期，第 16 頁。

刻刻都在危急存亡之中，但是國家民族的命運，完全是由我們全體同胞自己來決定的。我們要挽救四萬萬同胞共同所有的中華民國，復興歷史文化最悠久最光榮的中華民族，我相信一定是有方法的。[1]

借助無線電廣播，民國政要與各界名流同民眾之間搭建起一個便捷的交流通道，聽眾恍如與領袖相聚一室，極大地拉近了彼此的心理距離，增強了普通民眾的政治參與感和民族國家意識。

而每週由內政部、軍政部、司法院、外交部、交通部、教育部、鐵道部等各部位輪流播出的「施政報告」，[2]則顯現出政府在政務公開方面的有益嘗試。

從國府對廣播事業的布局，也可看出其對日本侵略野心的警惕與防範。1929 年，日本已建起 10 千瓦中波電臺，直接干擾我東南沿海的聽眾。正是基於這一危險情勢，國民黨中執委才下決心開辦大功率電臺與之對衡。「九一八」事變後，新聞節目由原來「剿共」內容占重要位置，變爲主要報導抗日政局和前方戰況，並增加關於日軍侵華的特種報導；增設日語廣播，一面揭露日寇的陰謀，一面安定人心，鼓勵士氣，喚醒民眾。至「九一八事變」和「一·二八」淞滬抗戰期間電臺一度停止音樂節目，平時那種輕敲細打、喜慶升平的音樂節目，這時則被鏗鏘激越的軍樂所代替，充滿了戰鬥的氣氛。[3]國民黨內部的有識之士也曾利用廣播講壇，發出過民族自強、抗敵禦侮的吶喊，一些愛國志士、富有良心和正義感的知識分子都曾被邀請進入中央臺進行抗日救國的宣傳動員。每年的 9 月 18 日這一天，則被電臺定爲國恥紀念日，當天電臺的文藝廣播全部停止。

「一·二八」淞滬抗戰後，國府宣布遷往洛陽辦公。中央電臺奉命趕建洛陽電臺，同時攜去收音機 50 多架，分別放置於公私機關及熱鬧市區商鋪，供民眾收聽。電臺於每晚詳細抄錄中央電臺和中央通訊社消息，並重播暴日自「九一八」之後中央電臺製作的所有特種報告，揭露日本陰謀，並和南京中央臺一起，呼籲全國同胞參軍和捐獻，隨時送往上海前線。但是不久，這種抗日救亡宣傳的勢頭發生了微妙的變化。在日本方面「取締排日」的強大

1　蔣中正：《中華民國二十五年元旦告全國軍民同胞書，國民自救救國之要道》，秦孝儀編：《先總統蔣公思想言論總集·卷三十·書告》，中央黨史出版社，1984 年版，第 192 頁。

2　《聯合播音時間表》，載《無線電問答匯刊》，1932 年 2 月 5 日。

3　汪學起、是翰生編著：《第四戰線——國民黨中央廣播電臺掇拾》，中國文史出版社，1988 年版，第 20 頁。

壓力下，中央廣播電臺開始只提救亡而不言抗日，又重彈「剿共」老調，並把「剿共」納入救亡的範疇，宣傳「攘外必先安內」的「救國方針」。

中央電臺有如此基調，地方電臺則亦步亦趨。以浙江省廣播電臺爲例。1929 年 2 月 26 日，時居杭州的著名民俗學家和比較宗教學家江紹原在致周作人的信中，談到他所聽到的廣播節目，「有人自動願意給我裝一個無線電收音機，但我國所能收到的不外乎梅蘭芳唱的天女散花、黎明暉小妹妹的毛毛雨，浙江諸偉人反赤演說，和女同志用假官話廣播的省務會議報告——所以情願不裝。」應該指的就是浙江廣播電臺。1932 年，浙江省電臺設有《省政府決議案》《省政府各廳處施政報告》《省政府紀念周》《本省新聞》《浙省新聞》等固定欄目。

然而大敵當前，稍具愛國意識的人都不能無視暴日入侵這一險境，更何況是國家的宣傳機構。這一時期的中央電台同仁，大都表現了可貴的愛國主義精神和民族自強自立的意識，在條件允許的範圍內，電臺在激發國人抗敵救國的熱情方面進行了不遺餘力的宣傳。而與中央電臺一樣隸屬廣播事業管理處的福州臺、河北臺（西安臺）、長沙臺、南昌臺、漢口臺和南京臺，除經常轉播南京中央電臺的「時事述評」「簡明新聞全國氣象報時」「兒童教育」等節目外，還各自創辦了一些富有地方特色的節目。福建省因身處中國東南沿海，語言分歧，交通阻隔，且許多本省同胞遠赴南洋一帶謀生，無時不在思念故土，因此福建電臺承擔起了政府對海外僑胞傳遞祖國消息的特殊任務。根據傳播對象的語言特點，該臺分別採用了國語、福州語和廈門語播音，並每週播送國語教授三次，以收統一語言之功效。而西安廣播電臺（原河北廣播電臺）除一般的教育娛樂節目外，還有宣揚西北文物、開發西北交通實業，及播送西北本地風光的娛樂節目如秦腔等，「對內爲提高文化水準，激發民族意識，傳達中央意旨；對外則介紹古都文物，招徠開發西北之同志，其所負使命，至爲重大也。」[1]該臺開辦的《剿匪消息》節目，則是爲了配合國民黨政府對革命根據地的軍事「圍剿」而特設。

（二）國語新聞廣播和全國聯播制度的確立

國民黨政權強力介入廣播，試圖打造廣播媒介作爲意識形態工具的一個更直接證據，就是國語廣播和全國聯播制度的確立。

1　殷增芳：《中國廣播無線電事業》，燕京大學文學院新聞學系學士畢業論文（1939 年 5 月）。

中國地域廣，方言多，各地民眾因言語不通而互不團結，顯然無益於國家的強大。因此，語言統一就成爲現代民族國家建設的重要組成部分。1920年以來，以北京話（標準語音）和白話文爲基礎的現代「國語」在社會層面得到初步推廣。到南京國民政府時期，在學校教育和各種社會宣傳方式的推動下，近代國語推廣發展到制度化實踐階段。[1]當時很多人都主張，「凡放映有聲電影，表演話劇及廣播新聞或講演等必須採用國語，庶能普及人間」。[2]

從國民黨建立起中央廣播電臺的第一天起，利用國語進行宣傳就是其中的要義之一。對此，趙元任在《全國轉播中央廣播電臺節目對於促進國語統一的影響》一文中，詳細解釋了國語廣播的意義和作用，認爲「要建設一個統一而立得住的國家，統一的國語也是一個極要緊的條件，在各種促進統一國語的工具當中以無線電廣播的影響爲最廣」[3]。而全國電臺轉播中央電臺節目，就是基於這一認知而由當局力推的一項重要制度。

1933年3月29日，中國國民黨中央執行委員會第四屆第六十三次常會提出，「凡國府交通部各省政府各市政府所設之廣播電臺及交通部所管轄之民營廣播電臺，其電力滿 100 瓦特者，除播發本地新聞外，均應轉播中央廣播電臺之中央紀念周及重要新聞兩項節目，其時間由中央廣播無線電臺管理處規定通知之」。[4]這是迄今可以查找到的最早關於「新聞聯播」的行政規定。此後於1935年4月25日，國民政府交通部發布《通飭各廣播電臺用國語報告令》，以法令的形式，要求各廣播電臺使用國語播音。《廣播週報》則連續登載趙元任的《國語廣播訓練大綱》，宣傳、推廣和教授標準國語。

通過爲全國電臺統一提供「標準化」的節目，對國民黨中央來說是爲了擴大宣傳，增強國家的凝聚力，而對地方電臺來說，則有利於解決新聞節目的「稿荒」問題：作爲國辦單位，依靠中央和地方政府撥款生活的各級廣播電臺，其上級撥款數額基本決定了電臺的生存處境。因當時的很多官辦電臺都沒有廣告，有廣告的也僅僅夠補貼之用，起不到決定作用，更無法塡補電臺自採和自發新聞的資金缺口。一些地方電臺很早就轉播中央電臺的節目，

1　黎錦熙：《國語運動史綱》，（民國叢書）（第二編 52），上海書店，1934 年影印版。
2　黎錦熙：《國語運動史綱》，（民國叢書）（第二編 52），上海書店，1934 年影印版。
3　趙元任，《全國轉播中央廣播電臺節目對於促進國語統一的影響》，《廣播週報》，1936 年第 91 期，第 19 頁。
4　《中國國民黨中央執行委員會函國民政府——各機關及民營之廣播電臺應轉播中央電臺之中央紀念周及重要新聞兩項節目，請分飭遵辦》，載於《中央黨務月刊》（中國國民黨中央執行委員會秘書處編）第 56 期，1933 年 3 月，第 1332 頁。

如山東省廣播電臺1934年就採取了這一做法。1936年4月20日，國民黨中央廣播事業管理處呈請行政院發布飭令，要求全國各地所有的公私營廣播電臺除星期日外，每晚8點至9：05必須一律轉播中央臺節目，包括「簡明新聞」「時事述評」、名人演講、學術叢談、話劇、音樂等六項。「各民營電臺無轉播設備者，應於此節時間暫行停播，以杜分歧，務使意志集中，收效宏速。」[1]中國廣播電臺全國聯播制度的正式建立即肇始於此。

這種用行政命令推行全國廣播電臺「並機」播出同一節目的做法，在當時社會條件下無疑具有積極的意義。

首先，它解決了地方電臺新聞節目的匱乏問題。實際在這一政策推行前，不說三兩人勉強維持生計的民營電臺，就是功率較大的官辦電臺都不設專職記者。以北平電臺爲例。1933年改名爲交通部北平廣播電臺後，雖然工作人員已有13名，但並沒有專職記者和編輯，每天兩次「緊要新聞」播報，「白天由工程師根據《華北日報》圈選，晚間則從《世界晚報》上選擇，交由『報告員』依次報告，次日由事務員把報告稿黏簿存查。」[2]屬於勉力維持的狀態。而轉播中央電臺的節目，則無疑是快速提升地方電臺新聞節目質量，確立電臺權威的有效手段。因而這種「雙贏」的制度推行後，在官辦電臺中未遇任何阻力。商營電臺則因涉及廣告和時段佔用等問題，一些電臺延遲執行，還有一些租界外商電臺則拒絕執行。交通部遂在全國民營電臺中進行了多次檢查，對於不遵照執行者給予停播等嚴厲處罰[3]，而遵照執行的電臺則予以表彰。

其次，各地方言分歧，全國語言極不統一，交通、通訊條件也極不便利。國民黨中央廣播電臺的新聞節目使用標準國語，無疑給全國聽眾提供了學習國語的機會，這對推廣國語意義重大。「這是沒有辦法的，國語如打算統一，唯有雜亂的方言來化入純正的國語，這是一種革命的工作，遲早都須做的重要工作。」[4]國民黨當局還擬訂計劃，向美國購買收音機10萬架，分配於中國各地區市鎮公共場所，專作統一語言、推進人民教育水準之用，也即大力

1 《舊中國的上海廣播事業》，第221頁。

2 趙玉明、艾紅紅、劉書峰主編：《新修地方志早期廣播史料彙編》（上），中國廣播影視出版社，2016年版，第28頁。

3 微塵：《電政要聞　國內之部：處罰不遵令轉播中央節目之廣播臺》，《電友》，1936年第12卷第3期，48頁。

4 《我們應當儘量利用新興廉價的文化工具》，《大公報》，1935年1月7日，轉引自《廣播週報》第17期，民國24年（1935年）1月20日版。

發展廣播的集體收聽業務。惜因中日戰爭爆發而中斷。

第三，全國聯播制度的推行，對於增強國民黨中央政權的輻射力，建構「一個中心、一個領袖、一種聲音」的政治宣傳目標也起到了積極作用。在當時技術和媒介條件下，如果其他省市電臺不轉播中央節目，本地收音機用戶就可能無法接收，或接收不好；而在這一時間全部停播其他節目，統一播送中央電臺的節目，就可以使中央的聲音傳至各地，成本低、易操作，無疑是當時社會條件下執政當局的首選。

最後，這一制度的確立，也爲國民政府統一調度資源，在全國範圍內開展運動開闢了一條最便捷、最直接的通道。如 1935 年 8 月南方水災，從 16 日開始，中央電臺把每晚的「時事述評」改爲賑災節目，逐日播講災情，還請國民政府賑務委員會在每週三 20：10 派員擔任報告，並將各地慘況及各受災區域抗災情況匯總播出，將捐款者名字和數額在電臺播出，吸引了海內外許多聽眾捐款捐物。

三、西安事變中的廣播宣傳

當蔣介石政府的大政方針不得人心時，即使其苦心經營的黨營廣播，有時也會發出與中央意志相反的聲音。西安事變時的廣播宣傳即爲其中一例。

「九一八」事變後，張學良不戰而逃，東北地區盡落敵手。之後日軍相繼在上海、濟南等地挑起事端，國內反日情緒空前高漲。在這種情況下，依舊幻想通過國聯調解的蔣介石卻一拖再拖，不想與日軍展開正面作戰。1936 年 12 月 12 日，國民黨駐西北將領張學良、楊虎城兩將軍爲了逼迫蔣介石抗日，毅然發動兵諫，扣留了從洛陽趕往西安親自督促「剿匪事宜」的蔣介石[1]，並宣布取消「西北剿匪總部」，成立抗日聯軍西北臨時軍事委員會，由張、楊分任正副委員長，並通電全國，提出抗日救國的八項主張，由此釀成震驚中外的「西安事變」。

對於這一極具爭議的重大突發事件，南京國民黨政府和張、楊二人所在的西安方面通過各自掌控的廣播電臺，展開了一場針鋒相對的輿論戰。

先看西安方面。如前所述，西安廣播電臺本屬中廣處管轄，理應以中央意志爲宣傳旨歸。在「西安事變」爆發當日的清晨，張學良和楊虎城準備發

1　蔣中正：《報告西安事變始末》，《先總統蔣公思想言論總集》，（卷三十七，別錄/中華民國二十六年），第 150～151 頁。

布事變對時局的宣言，掌握西安電臺的總負責人蔣斌臨時「叛變」，及時向南京方面透露了消息[1]，而當時的西安廣播電台臺長王勁，則是中央廣播事業管理處吳道一的同學兼老友，並未有任何反應。南京方面意識到形勢危急，命令禁止西安新聞界發聲，並對西安廣播電臺進行干擾。但西安廣播電臺仍是張學良、楊虎城向外界說明政變原因和政治訴求的主渠道。在扣押蔣介石後，張、楊兩將軍就下令接管了當時西安的報社和西安廣播電臺，創辦了《解放日報》和《西北文化日報》，並利用廣播電臺反復宣傳西安事變眞相或抗日救亡的主張。12 月 14 日和 15 日，張學良、楊虎城分別到電臺發表演講，報告了西安事變的原委，闡明抗日救國主張，揭露國民黨親日派造謠污蔑的可恥技倆。張學良在廣播講演中指出：現在南京方面把我們的電訊隔斷，並且給我們造了許多謠言。他們不願意國人知道我們在這裡做些什麼，眞是一件不幸的事。我們希望國人明瞭眞相。我們不願意任何人利用機會製造內亂，給侵略我們的帝國主義製造機會，我們只求有利於國家民族，至於個人的毀譽生死，早置之度外。[2]楊虎城的廣播演講也旗幟鮮明地表達了抗戰救國的立場：此次行動完全出乎救國救亡的熱情，願望是在抗日的旗幟下，全國同胞一致團結，不但不分派別，就是不抗日的，也希望喚醒他們來抗日。16 日，張學良又指派秘書長吳家象代表他發表廣播演說，再次向全國民眾報告西安事變眞相。

再看南京方面。針對西安臺夜以繼日的廣播宣傳，南京國民黨當局採取了種種對策，臨時變動南京、河南、山東三臺的頻率，延長中央臺的播音時間，甚至將南京臺的設備運往洛陽，擴大裝置，和西安電臺同一頻率，用來專司干擾西安方面的廣播。事變後的第一天，中央電臺便播出了南京政府的處理結果，宣布撤掉張學良的職務，軍隊交由何應欽指揮。12 月 16 日，中央電臺播出重大消息：「張學良背叛黨國，劫持統帥……政府爲整飭紀綱起見，不得不明令討伐。」[3]17 日晚 7 點，國民黨要人孔祥熙在南京中央臺發表演講，指責張楊二人「不惜破壞國家，陷民族於萬劫不復之地，這種犯上作亂的行爲，在國法上無可寬恕的」，鼓吹「無論如何，中央必能於最短時間，消弭陝變；望我國同胞，一致奮起，聲罪致討，擁護政府，迅速削平叛

1 本文所引只是其中一說，還有一說是蔣斌只負責發報，並不知其中詳情。
2 原載西安《解放日報》，1936 年 12 月 15 日。
3 載《申報》，1936 年 12 月 17 日第 3 版。

亂。」[1]18 日中央電臺又播出國民黨中央宣傳部的《告東北將士書》，指出對東北將士要「曉以大義，動以利害，並促其辨明順逆，悔罪反正，以免玉石俱焚」。[2]接著孔祥熙在南京中央電臺發表了措辭嚴厲的講話，同時電臺還全文播發《大公報》社論，給西安方面施壓，由此造成國內外輿論對張、楊二人行爲的一致討伐。埃德加・斯諾的《西行漫記》中，記述了這次廣播戰中自己的親身經歷，「南京切斷了與西北的一切通訊和交通，西北的報紙和宣言都被檢查官燒了。西安整天廣播，一再聲明不向政府軍進攻，解釋他們的行動，呼籲各方要有理智和要求和平；但是南京強有力的廣播電臺進行震耳的干擾，淹沒了他們說的每一句話。」[3]面對此情此景，斯諾認爲「在中國，獨裁政權對於一切公共言論工具的令人吃驚的威力，從來沒有這樣有力地表現過」。[4]

爲進一步澄清事實眞相，西安電臺播發了《解放日報》（西安版）的評論文章，如《張楊發表對時局宣言，八項主張要求全國採納，蔣委員長在兵諫保護中》等。包括西安電臺在內的西北新聞輿論界的宣傳工作初具成效，事變的眞相和張、楊二人的眞實用心逐漸被人們瞭解，輿論開始傾向於西北方面。面對這樣的情形，南京方面不得不重新商議事件的解決辦法。

西安事變期間，應張、楊兩將軍的電邀，中共黨代表周恩來等此時也到達西安。周恩來在與各方緊張協商解決西安事變的繁忙工作中，十分注意作好宣傳工作。當時由東北軍、十七路軍和紅軍方面組成的聯合辦公廳下設的宣傳委員會中成員大都是中共黨員和進步人士。周恩來親自審閱每週宣傳綱要，並指示中共地下黨員協助辦好廣播宣傳。當時的西安臺除辦有漢語節目外，還用英、俄、德、日語播報新聞，其英語節目由美國著名進步記者史沫特萊主持。

當時的西安臺功率只有 500 瓦，可機器的性能極佳，傳播很遠，特別是到深夜的時候，連南京、上海一帶都能收聽得到，上述廣播對澄清事變眞相

1 汪學起、是翰生：《第四戰線——國民黨中央廣播電臺掇實》，中國文史出版社，1988 年版，第 60 頁。
2 載《申報》，1936 年 12 月 17 日第 4 版。
3 埃德加・斯諾：《西行漫記》，董樂山譯，生活・讀書・新知三聯書店，1979 年 12 月初版，第 368 頁。
4 埃德加・斯諾：《西行漫記》，董樂山譯，生活・讀書・新知三聯書店，1979 年 12 月初版，第 368 頁。

起到了很大作用。

這場廣播戰一直持續到西安事變和平解決才告中止。而這種針鋒相對的空中輿論戰，在抗戰爆發後和國共內戰中曾數度重現。

西安事變，再次彰顯了無線電廣播中重大突發性事件中的獨特作用。事變後一位聽眾在給《廣播週報》的來信中寫到：

自陝變消息傳來，本縣人士，懮惶如喪考妣，日夜來此詢問消息者，絡繹不絕。惟聞貴臺（消）（注：此處原文空白，疑漏字）息，來自中央通訊社，人心方定。[1]湖南桂陽收音員何增興則在12日晚收到中央電台播出的西安事變消息後，連夜「將所收錄之播音消息，繕正油印，于翌晨分送各機關團體學校，並張貼於通衢要道。[2]

除了普通民眾對消息的渴求，新聞界更是依賴廣播。「各地無收報機之機關，消息全恃播音。在此嚴重時期，時局朝夕變化，新聞傳播，必使力求迅速」。[3]應該說廣播電臺節目的發展亦是由於巨大的社會需求而促成，廣播成了連接聽眾與國家的媒介，除了帶給聽眾所需消息以外，又促使聽眾參與國事，投身於社會政治活動之中。

第二節　民營電臺與黨營廣播的新聞聯動

從南京國民政府建政至1937年抗戰爆發前，不僅官辦廣播迅速發展，民營電臺也如雨後春筍，在一些大中城市蓬勃發展，成爲流行音樂、地方曲藝和商業廣告的重要載體。但從政府管理層面看，部門利益之爭導致了民營電臺的規管不順，政府權限過大則使民營電臺在受到公權侵害時難以自保。一方面，違規設臺在上海等地屢禁不止；另一方面，合法電臺受到非法電臺和政府的雙重擠壓，生計艱難。

一、民營廣播迎來第一個發展高峰

中國民營廣播的發源地上海，也是民營電臺的最大集散地。1927 年 5 月，南京國民黨中央政治會議通過了《上海特別市暫行條例》，決定設上海爲特別市，直隸中央政府，不入省縣行政範圍，地位與省相等。7 月 7 日，

1 《廣播週報》，1936年第118期第60頁。
2 《廣播團報・聽眾意見》，1936年第119期第48頁。
3 《廣播週報》，1936年第118期第60頁。

上海特別市政府成立。到抗日戰爭爆發前，上海已發展成爲中國乃至遠東地區公認的商貿中心、金融中心和工業中心，是當時世界知名的大都會。1930年，上海總人口約 31 萬，1936 年則有 38 萬多。上海經濟的快速發展和人口數量的劇增，反過來刺激了民營廣播的發展。

1929 年 12 月 23 日，亞美無線電公司自建的一座廣播電臺正式播音，臺址位於江西中路 223 號亞美公司內，初名「上海廣播無線電臺」，亦稱「亞美電臺」。電臺呼號 XGAH，發射功率 50 瓦（後增至 100 瓦）。亞美電臺的開播時間是在開洛公司電臺停播不久，而當時的新新公司廣播電臺也因經濟原因暫時停播。在業內普遍感到前途渺茫之際，早有準備的亞美公司毅然成立「上海廣播無線電臺」，以提倡科學爲職志，每天間歇播音 4 小時，節目內容除報告新聞、商情及無償播送中國播音協會點播的節目外，還設有《學術講演》《無線電問答》等知識性專題。這是國人在上海自建的第二座廣播電臺，也是民營電臺中歷史最悠久、宗旨較純正的一座廣播電臺。之後上海陸續成立了多家廣播機構。到 30 年代初，當內地很多居民對廣播還心嚮往之的時候，上海的廣播卻「是一種腦充血的狀態，畸形不平均的發展。空中傳音，內地人民夢想未到，但上海的居民已經引起了一部分人的厭惡。」[1]1934 年，時居上海的作家鄭逸梅撰文稱，過去的 1933 年可以叫作「無線電年」，因爲「那蓬蓬勃勃任你什麼都不能相提並論，卻要算是無線電事業，那些電臺在這一年中，雨後春筍般地產生著，中產階級以上的人家，差不多家置一具無線電，什麼歌唱咧，說書咧，演講戲劇國學小說故事咧，聽得一般人們笑逐顏開，視爲唯一的消遣」[2]。到 1935 年，普通上海人如果擁有一臺收音機，一天中可以有 22 小時連續不斷地收聽到廣播節目。[3]據國民黨中央廣播事業管理處的一項調查數據顯示，至 1936 年 9 月，全國共有民營電臺（西人電臺除外）65 座，上海占 41 座，約爲民營臺總數的 66%。僅從電臺數量來看，上海在當時已居世界之冠。

1　曹仲淵：《從上海播音說到國際糾紛》，原載《無線電問答匯刊》，1932 年 10 月 10 日第 19 期，轉引自《舊中國的上海廣播事業》，第 246 頁。

2　鄭逸梅：《無線電年》，載《友聯二週年紀念播音特刊》（上海，1934）。

3　幼雄：《廣播無線電應有之改進》，《申報月刊》，1935 年第 4 卷第 2 期。

表：抗戰爆發前上海民營電臺的增減情況

年份	1930	1931	1932	1933	1934	1935	1936	1937
開設	1	2	13	33	4	2	1	0
關閉	0	1	0	0	0	12	0	10

從電臺成立的時間節點看，1932 年、1933 年爲民營電臺創辦的高峰期，僅僅兩年的時間，就新成立了 46 家廣播電臺。這些電臺有的設在百貨公司內，有的設在旅館中，還有的設在寫字間，多數設在弄堂中；「尤其應注意的，就是沒有一座設在新聞社。」[1]說明當時的民間新聞社還未有涉足廣播者。

1935 年，上海市宣布，本市無線電播音已許可設立 90 多處，周波已分配完畢，無法准許增設電臺。同年，華泰、東陸、利利、市音、華興、中西、鴻康等十餘家民營臺被分別取締或罰款，原因「有係於准予設立後，迄未依限成立者；有係機件不良，迭經令飭改善未能遵辦者；有係播送淫詞邪曲，復不遵令受罰者；有係私自轉讓頂替者。」[2]

1936 年以後，經過交通部整理並取締一部分電臺，上海民營電臺的數量大爲減少，但總電力反而增加了。

表：1932 年至 1937 年 5 月上海民營電臺數和電力總計

年份	電臺數	電力總計（瓦特）
1932	7	815
1933	42	3860
1934	50	5570
1935	51	5982
1936	41	6280
1937	36	6020

許多電臺設於租界，無形中增加了治理難度，一些規定在租界成爲一紙空文。在法租界，既有私自開辦卻不向中國政府申領執照的國人電臺；也有從不向中國政府登記的外國電臺，如「法國藝術和文化電臺就從未接受過中國政府的管轄，作爲一家法國電臺，它向法租界當局登了記，並設在法租界

1 任白濤：《綜合新聞學》，商務印書館，1941 年版，第 673 頁。
2 《交通部謀防止流弊整飭廣播電臺》，《申報》，1935 年 11 月 7 日。

內」[1]；還有拒不執行中國當局規定，不肯在規定時間內轉播國民黨中央電臺晚間新聞節目的電臺。[2]公共租界當局甚至公然宣稱，「任何時候都沒有承認過中國政府登記租界內廣播電臺的權利。」[3]

另一個令中國當局難堪的問題，是上海法租界公董局居然欲自行頒布條例，管理界內的廣播電臺。1932 年 11 月 29 日，《泰晤士報》刊載了上海法租界欲管理界內電臺之事。元昌電臺負責人張元賢先生聞訊親自向國際電信局彙報並轉呈交通部，咨請外交部交涉制止。爲此，交通部國際電信局致函法租界當局，措辭委婉懇切：「今報載各節，如係貴局爲整理廣播事業起見，有所研求而將其結果供諸交通部，以謀合作而資改進者，自所歡迎；倘欲將租界內電臺歸貴局辦理，則非特與我國政府明令及部頒章則有所衝突，即事實上亦有爲難之處。」[4]函文強調，「華界與租界毗連，天空秩序尤不能有界限劃分，倘不在同一管理機關之下，將來呼號、波長、電力等項衝突必多，騷擾難免。還祈貴局爲上海全埠廣播情形著想，開誠合作。」[5]

國際電信局態度誠懇客氣，法租界當局卻絲毫不給面子。交通部國際電信局只好自付廣告費，於 1933 年 1 月 30 日至 2 月 1 日在上海《申報》《晨報》《時事新報》《新聞報》封面發布通告，要求上海市各區域內民營電臺包括租界內民營電臺須向其重新登記。

中國政府屢次交涉，法租界當局仍置若罔聞。1933 年 6 月，法租界公董局擅自頒布管理界內私立無線電臺章程，提出管理界內電臺註冊及收費等細則，要求「申請設立無線電播音臺者，應預先向法駐滬總領事提出書面申請。」[6]對電臺廣播的節目內容，章程也有明確規定：「嚴禁各無線電臺有：1. 宣傳政治或廣播足以擾亂公共治安的新聞；2. 傳播違背道德的節目；3. 播送私人消息或函件；4. 擾亂他臺的聲波。」[7]不僅如此，法租界公董局還根據界內民營廣播電臺的功率大小，分別徵收每半年 10 元到 75 元的費用。

1 《舊中國的上海廣播事業》，第 293 頁。
2 聞：《華人電臺大致遵辦，西人電臺不轉播中央電臺節目》，《娛樂》（上海，雙週刊）1936 年第 2 卷第 17 期。
3 參見 1938 年 5 月 14 日工部局總辦處致總董報告。轉引自《舊中國的上海廣播事業》，第 316 頁。
4 《舊中國的上海廣播事業》，第 189 頁。
5 《舊中國的上海廣播事業》，第 189 頁。
6 《舊中國的上海廣播事業》，第 198 頁。
7 《舊中國的上海廣播事業》，第 198 頁。

而當交通部國際電信局出面再度進行交涉，要求收回廣播管轄權時，得到的卻是這樣荒唐的回答：「該項廣播電臺規則業經公布，原則未便撤銷」。[1]此後，法租界內的所有廣播電臺要在界內警務機關領取執照的政策一直執行到上海淪陷時期。

天津是中國最早的通商口岸之一，也是北方第一大商埠和工業重鎮，市內租界洋樓林立，外商也較爲活躍。1929 年秋，美國無線電公司（RCA）的中國獨家代理——天津中國無線電業股份有限公司在天津濱江道 112 號馬路對面的基泰大樓設置了一座廣播電臺，主要播出科技知識和文藝節目。電臺開辦一年後由於各種原因停辦。之後「仁昌」「中華」「青年會」「東方」四大民營電臺在租界相繼成立，迎來天津民營廣播史上的第一個繁榮期。

1934 年初，天津老字號仁昌綢緞莊經理王銘孫在法租界梨棧（今和平路東）慶豐里開辦了仁昌廣播電臺，機器設備爲原日商義昌洋行所擁有，初期功率 7.5 瓦，呼號 XQKC，臺長爲仁昌綢緞莊廣告部主任劉家祥。播音一年後，爲與其他電臺競爭，擴充電力爲 50 瓦，1935 年底再次擴充爲 200 瓦。1934 夏天，中華無線電研究社天津分社在法租界 4 號路設立中華廣播電臺。電臺成立時發射機功率僅爲 50 瓦，1935 年春改爲 100 瓦。中華無線電研究社是我國較早製造和銷售無線電零件的商行，設立電臺的目的是擴大該社影響，促進無線電零件銷售。由於該臺開播時功率較大，音質優良，節目的花樣繁多，因此在聽眾中反映不錯。同年 11 月，天津仁立毛紡廠、東亞毛呢紡織公司、正興德茶莊與盛錫福等工商業主聯手投資，在意租界的東馬路青年會（今市少年宮）樓上開設了青年會廣播電臺，一方面免費播報各自公司的廣告，另一方面還宣傳基督教青年會的各項宗旨，設有「宗教節目」「聖經金句」「警策語」「恭讀聖經及晚禱」等，臺發射功率起初 50 瓦，次年 9 月改爲 150 瓦，播音效果良好。1935 年春，位於法租界 32 號路（今哈爾濱道）的東方廣播電臺開始播音，5 月領取政府的執照和呼號。該臺發射功率爲 150 瓦，爲東方貿易工程公司所辦。天津由此形成四大商業電臺並立的局面。

四大電臺均以戲曲、曲藝和評書爲主，新聞節目極少。爲了招攬廣告，各臺不惜重金聘請名角支撐門面，評書、大鼓、相聲等具有濃鬱地方特色的曲藝藝術佔據了文藝節目的大部分。借助廣播電臺的推波助瀾，天津曲藝界

1 《舊中國的上海廣播事業》，第 196 頁。

一時名家輩出。如以曲藝廣告爲主的仁昌電臺經常邀請張壽臣（評書演員兼說相聲）、常連安（相聲演員，張壽臣師弟）、王佩臣（鐵片大鼓演員）等曲藝界名人到電台演播，或播放他們的演唱錄音。著名的京東大鼓表演藝術家劉文斌也常在仁昌電臺播報延壽堂的藥品廣告而逐漸爲人所知。當時天津平民百姓家有收音機的還很少，「那玩意兒主要是大商號用，但到了電臺說書的鐘點兒，買賣家爲了招攬生意，就在店鋪門口放上一個大喇叭，播放長篇鼓書，此刻人們都尋聲來到店鋪門前聽劉文斌的演唱錄音，有的手裏幹著半截子活兒也把活兒停下來聽書，也有正在生火爐子的，光顧聽書了，連爐子火滅了還不知道呢。」[1]

1934 年春，天津南開大學在校內設立了一座廣播電臺，功率 5 瓦，專爲學生實驗之用，同時供學校開展活動。1934 年 10 月，第 18 屆華北運動會在天津舉行，在天津北站體育場也設立了一座廣播電臺，用於轉播運動會實況。1935 年秋，天津中原公司（現百貨大樓）在五樓設立了一座小型廣播電臺，播送舞曲。另外，西沽工業學院（現河北工學院）、北寧鐵路局、《益世報》、社會局、教育局等也先後籌設無線電臺，但由於各種原因，均沒有正式播音。1936 年 3 月，《新天津報》社長劉髯公還曾在其家宅設立一座功率 15 瓦的廣播電臺，播出幾個月後停播；同年 4 月，17 歲的朱傳榘在家中設立了一座功率爲 5 瓦的電臺，冬天停播。1937 年 3 月，天津青聯廣播電臺成立，臺址在遼寧路與錦州道附近的常盤大樓上，當年下半年即停止播音。

天津繁榮的廣播市場還催生了相關的媒介產品。1935 年 7 月 16 日，天津市出版了一家四開四版的廣播行業報——《廣播日報》，這也是迄今發現的國內最早的廣播日報，社長爲天津新聞界名人袁無爲。該報「第一版主要是刊登時事新聞和廣播節目消息。另有三分之一的版面刊載廣告，第二版大部分版面是與電臺有關的無線電技術講座，包括無線電工程學、無線電修理技術等，另配有無線電和電器維修等廣告；第三版主要介紹仁昌、中華、東方、青年會等四家商業廣播電臺的節目，同時還刊載中央電臺、北平電臺的節目。」[2]「第四版除文壇信息外，主要刊登一些文藝作品，包括小說連載（如李燃犀的《換巢鸞鳳》）、幽默小品等。此外還刊載一些曲藝演員的照片

1　王宗徵：《劉文斌與京東大鼓》，《天津日報》，2009 年 11 月 1 日版。
2　侯福志：《鮮爲人知的〈廣播日報〉》，載《天津民國的那些書報刊》，上海遠東出版社，2009 年版，第 68～69 頁。

（如著名的西河大鼓演員馬增芬等）。」[1]作爲一份專業的廣播報刊，《廣播日報》在當時無疑具有首創之功，對於普及無線電常識、聯繫電臺與聽眾起到了很大作用。

1936年4月，天津還曾出版有另一家四開四版的《無線電日報》，地址在東馬路襪子胡同，社長翁一清，總編輯陸淚魂，編輯王孑庵等。

作爲民營廣播最爲發達的省份，抗戰爆發前，江蘇的蘇州、無錫、高郵、常州等地均出現了民營的廣播電臺，僅毗鄰上海並與之有著緊密貿易聯繫的蘇州一地，就先後成立了七家，包括1930年設立的陸辛生電臺、1931年設立的國華廣播電臺、1932 年開播的久大廣播電臺等，基本都是以娛樂和廣告爲主。無錫市也先後有六家民營的廣播電臺。

浙江省的杭州、寧波、嘉興、湖州、紹興等地也先後成立了一些民營廣播電臺。杭州最早的民辦電臺是 1932 年 4 月由浙江省政府批准成立的「亞洲無線電公司廣播電臺」，是由許建任獨資興辦的，機器設備也全部由該臺自行設計安裝。初期發射功率 15 瓦，後增至 50 瓦。辦有《當日金融》《法律常識》《學術講演》《無線電常識》《唱片及廣告》等節目，每天播音 8 小時。杭州淪陷前夕停播。同年開辦且不久即停播的另一家民營電臺名爲「杭州電臺公司廣播電臺」，呼號 XGYC，發射功率 15 瓦，臺址位於杭州市新民路 400 號。該臺全天播音 5 小時，節目有《中西音樂》《無線電問答》等。1933 年，杭州敬亭無線電商店經理邵敬亭創辦了杭州市第三家民營電臺——敬亭廣播電臺。電臺呼號 XLIQ，發射功率 50 瓦，用上海話播音。抗戰爆發後停播。杭州的第四家民營電臺是 1934 年由潘錫璋等合資開辦的宏聲廣播電臺，呼號 XLIR，功率 50 瓦，每天用杭州話和上海話播音 11 小時，辦有《國文教學》《錢市》《證券紗花行情》《電器常識》及戲曲音樂等節目。寧波的民營電臺則有 1932 年 5 月由寧波中國銀行職員潘也魯在磚橋寓所設立的「寧波實驗無線電臺」，發射功率僅爲 0.5 瓦，不久停辦。還有「上海電料行」老闆袁士川於同年創辦的「黃金廣播電臺」以及 1935 年由富商子弟李厚衷、林肯堂開辦的「四明廣播電臺」。爲了擴大電器生意影響，袁士川自己動手裝起一臺功率爲 15 瓦的廣播發射機，在商店樓上辦起這座試驗性的廣播電臺，兩三年後停辦。四明電臺呼號 XHID，發射功率爲 25 瓦，以播送

1 侯福志：《鮮爲人知的〈廣播日報〉》，載《天津民國的那些書報刊》，上海遠東出版社，2009年版，第68～69頁。

廣告和文藝節目爲主。這一時期，嘉興的「利聞廣播電臺」「久大廣播電臺」「挹芳堂廣播電臺」，湖州的「湖聲廣播電臺」和紹興的「越聲廣播電臺」「陶樂廣播電臺」也相繼成立。

北京不是沿海城市，卻是有名的歷史文化名城。1928 年 6 月，南京國民政府正式將北京更名爲北平，直隸改名爲河北省。抗戰爆發前，北平除燕聲電臺外，先後有通縣潞河中學廣播電臺、育英中學廣播電臺、亞北商業廣播電臺和英商增茂廣播電臺。潞河中學和育英中學都是美國基督教公理會創辦的教會學校，潞河中學廣播電臺約在 1932 年 4 月前開播，呼號 LVHO，爲基督教教會控制。育英中學廣播電臺於 1933 年 5 月 6 日晚試播，6 月末正式播音，呼號 XLKA。電臺經費的 1/3 來自學校和學生總自治會，其餘 2/3 由學生捐助，並同時向家長、教職員勸募。起初發射功率 30 瓦，1934 年因電力不足暫停廣播，1935 年秋恢復播音。節目安排爲每週二、四、六晚七時至八時半由學校擔任，三、五、日爲華北福音廣播社擔任。1937 年「七七」事變爆發後，電臺自行拆毀。1934 年，英商增茂洋行和北平電報局訂立合同，租用 280 瓦和 15 瓦廣播發射機各一臺，開辦增茂廣播電臺，每天播送廣告、英語節目和西方音樂等。1935 年 4 月，增茂電臺被國民政府交通部收回官辦，改稱「交通部北平廣播無線電臺分臺」，電力 300 瓦，後增至 1000 瓦，是抗戰前北平電力最強的廣播電臺。亞北商業廣播電臺約在 1935 年前後開播。1937 年初，華北最大的無線電業商行孔安商行爲「繁榮商業，宣傳文化起見，特向交通部呈請，設立五百瓦特電臺，現交部業已照准，發給執照。」[1]電臺初擬設在北平王府井大街，後又打算遷往天津，終因戰事繼起而未能按時播出。

在山東省府濟南，齊魯大學實驗廣播電臺於 1933 年底開始播音，呼號爲 XOCL，發射功率 7.5 瓦，爲齊魯大學無線電專修科創辦，設有《學術演講》《無線電常識問答》及《聽眾指定》等節目。1937 年底，日軍侵佔濟南，齊魯大學實驗電臺停止播音。此外，濟南還有民辦的長興源廣播電臺，發射功率 7.5 瓦，地址在濟南市估衣市街，爲長興源電料行創辦；福令克廣播電臺，功率 7.5 瓦，地址在濟南經七路小緯二路，是華僑無線電專家朱富寧創辦的。而在四川重慶以及安徽蕪湖、河北唐山、福建廈門和河北定縣等地，也曾設

1　鈞：《華北又將發現一最大民營廣播電臺》，《實用無線電雜誌》，1937 年第 2 卷第 8 期。

有民營的廣播電臺。由於這些電臺功率較小，大都在 100 瓦以下，還有一些甚至未取得政府執照，屬於非法運營，如重慶抗戰前出現的民營復亞、華記行、行功廣播電臺均未取得執照，因此這些電臺的影響範圍大多僅限於本地，且很多開辦不久就因各種原因停播。

此外，山東青島、湖北武漢也出現了民辦的廣播電臺。青島宏波廣播電臺由青島宏波電氣公司創辦，1933 年 7 月開始播音，發射功率先後爲 50 瓦和 100 瓦，辦有《新聞》《特別節目》等。漢口的華中廣播電臺於 1934 年秋成立，每天播音 12 小時，以傳播商情、文化娛樂爲主，設有《民眾教育》《常識談話》《兒童教育》《金融消息》《娛樂消息》等。

至 1937 年 5 月，全國共有廣播電臺 91 座，包括國營電臺 25 座，民營電臺 66 座，主要分布於江蘇、浙江、江西、山東、山西、河南、四川、廣西、雲南九省和上海、北平、成都、西安、漢口、廣州、福州等沿海和腹地城市。

可以看到，越是商業文化氣息濃厚的大都市如上海、天津、蘇州、杭州，民營廣播事業就越發達；越是東南沿海的開放城市，民營電臺的分布越稠密。而在廣大的西北內陸地區，如西藏、新疆、蒙古、寧夏、青海、貴州和陝西等地，抗戰前竟然沒有出現過一家民營的廣播電臺。

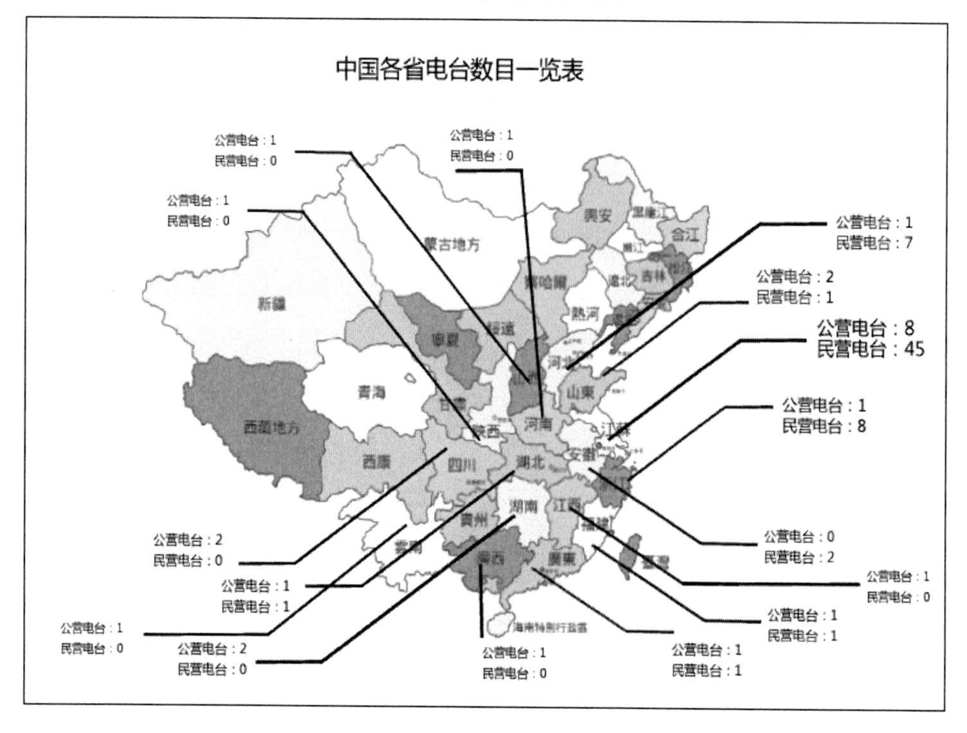

上述電臺的畸形分布，顯然是由民營廣播業的生存條件決定的。儘管官辦電臺也設於通都大邑，與民營電臺的分布類似。但對政府來說，把電臺設於任何地方都「非不能也，乃不爲也」。民營廣播與官辦廣播不同。對絕大多數民營電臺來說，廣告收入幾乎是其唯一的經濟來源。民營電臺要想維持並擴大經營，除非有大量的外資注入且不求回報，否則就只能依靠企業或商家的廣告。僅這一點，就把絕大多數工商業不發達的地區排除在外了。而相對穩定的供電系統和一定規模的受眾群也是民營電臺立身的必要條件。這在戰前也只有沿海和內陸的少數發達城市才能夠做到。

二、民營電臺的新聞節目

民營電臺由於創辦目的不同，其新聞節目的設置和面貌也有較大差別。對多數商營電臺而言，平時以盈利爲導向，自然不太重視需要較大投入的新聞。但在重大突發性事件時，各電臺不僅如實報導事件進展，還以實際行動參與救援和賑災，展現了可貴的愛國品質和責任擔當。

1931 年，日軍在東北發動「九一八」事變，第二年又在上海蓄意製造矛盾，挑起侵略戰爭，遭到駐防上海的國民革命軍第十九路軍奮力抵抗。戰事一開，上海及附近居民的生活受到很大影響，許多人惶惶不安，急欲瞭解前方戰況，「每個報館門前及公共揭示處都聚滿了黑壓壓的人頭，報紙一出版，則立時四處飛送，街頭巷尾，萬頭攢動，莫不人手一張，其瘋狂的狀態，其愛國心的沸烈，處處使人興奮感泣，尤其在上海戰地的居民，不但不逃，而且還笑著待著以求最後時刻的到臨，作光榮的歸宿。」[1]但各大報紙卻因交通阻隔，無法及時輸送到江蘇、浙江各縣。此時，十九路軍迅速組成宣傳部門，利用傳單、街頭話劇、演講等多種形式，向民眾進行戰時的各種應急性宣傳。但囿於各種條件限制，這些宣傳顯然不能及時傳達瞬息萬變的前方戰況，而且十九路軍也沒有想到利用無線電廣播這一新興媒體。[2]見此情形，上海的亞美、大中華、國華等民營廣播電臺除積極捐款捐物輸送前線外，還毅然選擇在敵機的盤旋下繼續播音，成爲當時江浙地區獲知戰況的第一渠道。戰爭一爆發，亞美廣播電臺就獲知並第一時間報導了這一消息，迅速跟國民黨中央廣播電臺、浙江廣播電臺、蘇州電臺建立了空中聯絡。滬地其他

1　華振中：《十九路軍抗日血戰史料》，神舟國光社發行所，1933 年版，第 438 頁。
2　華振中：《十九路軍抗日血戰史料》，神舟國光社發行所，1933 年版，第 417～423 頁。

七座民營電臺凌雲、大中華、李樹德堂、中西廣播電臺等隨即跟進。之後，上海國華、亞聲、鶴鳴、快樂、東方、大聲等也陸續加入，從早 7 點到晚 9 點滾動播發戰事消息，由此形成眾多民營電臺規模性播報戰況的局面。「當時日機轟炸，交通線路嚴重毀壞，汽車停開，鐵路運輸中斷，報紙傳遞受阻，傳送戰爭消息跟不上社會需要。在本市傳送也要延擱，運送外地則要耽擱幾天時間。廣播借助電子媒介技術，超越時空，能夠達到播報戰況與作戰現場幾近同步的效果；它的傳遞呈放射狀面向遠距離的多個聽眾的空間穿越，及時、快捷、便利的傳播特點，吸引了戰時民眾，引起社會廣泛的注意力」。[1]

在這次全民抗戰中，上海各民營電臺報導新聞，勸募捐款，聲援十九路軍的前線抗戰，贏得了極高的社會聲譽。江蘇常熟東張市私立的益眾圖書館每日按時收聽亞美電臺播送的戰事消息，聽者有千餘人。該館還將電臺所播發的消息記錄下來，隨時油印單張分發，使大眾明瞭眞相。當時停泊在寧波港的海輪「嘉禾號」的全體百餘名船員也自晨至深夜不停地收聽廣播，聞勝則喜，聞敗則憂。總之，在戰時形成了以上海爲中心的一條新聞信息通道，也成爲民眾及時獲悉抗戰信息的重要渠道。30 年代研究上海新聞史的胡道靜曾高度評價上海的電臺，「『上海事變中，廣播事業曾顯起報導的偉大功能』。電臺的戰況消息傳遞成爲溝通社會民眾的極爲有效的路徑之一。」[2]南京政府也高度重視民營電臺的傳播作用，曾特派上海政治要員汪精衛、宋子文通過大中華電臺發布消息。

此後，每年的「一二八」紀念日前後，各電臺都自覺舉行紀念播音。如 1933 年 1 月 23 日至 28 日，上海各界開展航空救國播音宣傳周活動，由上海市長吳鐵城及社會名流分赴亞美、中西、大中華電臺演講宣傳。亞美電臺在「一二八」抗戰一週年之際還策劃播出了系列廣播宣傳節目，內容包括 1 月 26 日（農曆正月初一）的《紀念播音開場白》及《「一二八」事變之始末》介紹，1 月 27 日的《「一二八」戰事每日大事記》及播音劇《恐怖的回憶》，1 月 28 日的特別節目《哭週年》，1 月 30 日的航空救國宣傳以及 1 月 31 日的紀念播音結束語等。1934 年 1 月 28 日，中外電臺一律停止娛樂節目，從 10 時至 20 時，由七位社會名流到各電臺作愛國演講。1937 年 1 月 28 日「一

1　汪英：《傳媒動員與一二百淞滬抗戰——以上海廣播電臺爲個案的考察》，《軍事歷史研究》，2007 年第 3 期。
2　汪英：《傳媒動員與一二八淞滬抗戰——以上海廣播電臺爲個案的考察》，《軍事歷史研究》，2007 年第 3 期。

二八」事變五週年之際，上海元昌電臺播送紀念節目，9 時播送警策語及防衛知識。15 時 30 分播送愛國劇《「一・二八」之夜》《李老大說夢》；22 時 30 分播送愛國劇《爭奪記》《收回》。

1937 年「八一三」抗戰前夕，上海各民營電臺再次同仇敵愾，大力進行抗日救國宣傳。

應該看到，作爲自負盈虧的商業電臺，上述愛國之舉也並非完全舍利取義。亂世中求生的民營商業電臺，無時無刻不處在運營資金的困擾之中。以亞美電臺爲例，在「一二八」事件中，該臺一面積極報導，用從早至晚滾動播出新聞的方式，最大限度地發揮廣播媒體優勢，一面又爲本臺呼籲，希望因交通阻隔而得不到報紙的聽眾能把省下的購報費用以移助電臺，那些靠亞美消息編發號外獲利者也給電臺一定的經濟補償。遺憾的是，電臺呼籲了幾個星期，多數聽眾卻以沉默對之，只有極少數聽眾表達了支持的態度。後來亞美電臺又徵求聽眾意見，若長期早晨報告新聞，就需聽眾年交四元費用。這一動議仍因應者寥寥而擱淺。1932 年 3 月 23 日，亞美電臺的早間新聞節目告停。

每遇重大突發性自然災害等情況，民營電臺還與官辦電臺一道，成了各方力量籌賑救災的主渠道。

近代以來，中國社會內憂外患，官方的救助和賑災力量卻十分有限，各種救濟不過是杯水車薪，難以從根本上解決問題。爲了彌補官方實際能力的不足和在賑災方面的制度性缺失，由民間發起的慈善事業實際發揮了救助災民、支持前線和穩定社會秩序的重要功能。在這些民間組織中，既包括前近代社會就已普遍存在的以地方士紳爲核心的慈善堂等傳統慈善團體，還包括近代出現的很多新的社會群體和組織，如孤兒院、紅十字協會等。現代大眾報業興起後，各民營大報如上海的《申報》、天津的《大公報》和北京的《世界日報》等也都自覺承擔起救災勸募等慈善事業的組織和宣傳工作。20 世紀 30 年代，民營電臺在大城市逐漸發達，成爲救災募捐的另一個重要渠道。各電臺不僅帶頭捐款獻物，還主動提供播音平臺，爲募捐活動宣傳造勢，以實際行動支持各地災民。

1932 年 1 月 28 日淞滬抗戰爆發後，亞美電臺通過廣播開展募集慰勞品、慰問金與賑濟金活動，有時早晨播音募捐，到中午就已將所需款項和物資收集齊全。住在上海戈登路（今江寧路）的 10 歲兒童致信亞美電臺說，他每天早晨上學前收聽廣播，知道「許多小同胞家內因爲受了日本人的炮火，無家可歸，眞正可憐，小生年小無力幫助爲恨，將所積壓歲錢購做絲棉馬夾 100 件，計洋 299.3 元，已送往前線。又請母親將小生舊棉衣、棉袍撿出，共 50 件，請轉送受苦的各位小同胞應用。」[1]從 1932 年 2 月 17 日到 3 月 17 日止，亞美電臺共收到捐款 21000 餘元，救濟物資無數，全部及時送往前方難民及傷兵處。爲此，第十九路軍總指揮蔣光鼐、軍長蔡廷鍇及淞滬警備司令戴戟聯名致信，向亞美公司廣播電臺表達感激之情：「中華民國二十一年一月念八日倭寇犯上海，光鼐等率十九路軍本守土爲國之義，禦之於吳淞、閘北，父老兄弟諸姑姊妹相與庀餱糧，輸財物，所以厚軍實，撫戰士者，無不至民族禦侮精神於以發皇。嗟乎，斬將搴旗已挫封豕長蛇之氣，節衣縮食深知仁人志士之心。謹識數言，永銘高誼。」[2]當時有聽眾評價說，「無線電在中國也盡過二次相當重大的責任的，就是『一二八』、『八一三』的二次戰事中，許多播音臺和播音從業員不辭辛苦地爲國家、爲民眾們效勞，他們在空氣中那樣大聲疾呼去喚醒在睡夢中的糊塗蟲！」[3]

由於亞美、大中華等幾家上海的民營電臺聯絡外部，報告新聞，組織募捐，表現十分活躍，上海廣播一時間深入人心，收音機銷數驟增。一個月的戰爭使廣播的積極作用得到了社會的普遍承認和讚賞，民營電臺大受尊敬。

1933 年，日本加快了侵略中國的步伐，4 月熱河全省淪陷，察哈爾部分地區也落入敵手，大量難民被迫流落南方。4 月 29 日，全滬民營廣播電臺爲救濟熱河、東北難民，組織募捐聯合播音，持續了 36 小時。

1935 年 7 月 3 日至 7 日，鄂西和湘西北山地東側發生了歷時五天的特大暴雨，導致長江中游出現區域性特大洪水，澧水、漢江遭受極爲慘重的洪水災害，14 萬多人被淹死。《申報》《大公報》等幾乎每日都報導這一事件的進展，不斷呼籲募捐和救災活動。上海播音業同業公會也發起宣傳賑災活動，利用各會員電臺擴大宣傳，爲當時的水災募捐。所捐款項的數額，每日下午八時由各電臺同時播音報告，「凡商號助捐 100 元者，得將廣告詞句三十份（以一百字爲限）連同捐款一併送交該公會，當由三十五家電臺免費報告一次；捐洋二百元者二次，多則類推。」[4]這種廣播模式吸引了很多聽眾，

1 《舊中國的上海廣播事業》，第 96 頁。

2 殷訥：《上海廣播無線電臺之經過》，《無線電問答匯刊》，1932 年 10 月 10 日第 19 期《廣播特刊》。

3 羅才清：《上海播音業的盛衰》，《上海人》，中華民國二十七年（1938 年）第 13 期。

4 《舊中國的上海廣播事業》，第 244 頁。

各大小商號無不踊躍捐款。各民營電臺還聘請文藝界名人到電臺講演和義演，收入全部捐獻給災民。天津四大電臺也在天津救災聯合會的統一協調下，每日報導災區情形，喚起市民注意。

民營電臺在重大事件中初露頭角，是民營電臺的努力結果，其實也是廣播媒體的屬性使然。可以說，作爲一種面向不特定受眾的新聞媒體，在條件允許的情況下，參與公眾關心的重大議題，幾乎是出於其生存本能的一個必選項。

而民營電臺與官辦電臺的新聞聯動，有時也會產生巨大的效應。尤其是在救災過程中，民營電臺與官辦電臺密切配合，隨時補充各地的捐款捐物，報導各地的救災進展，發揮了很好的溝通信息和瞭望社會的功能。

但遺憾的是，正如官辦電臺缺乏自主權一樣，民營廣播至全面抗戰爆發前雖有十幾年歷史，卻沒有建立起自己的記者隊伍，只是報紙新聞的轉播臺和各種商業信息的匯總站。當難以預知的突發性事件來臨時，各大報紙如《申報》《大公報》都紛紛派出記者，密切關注事態進展，以醒目標題或篇幅的報導以推動事件解決，但各民營電臺卻因普遍不設專職記者，沒有來自一線的實況報導，因此在大事尤其是重大突發性事中尚無法擔當「船頭瞭望者」（普利策語）的大任，只能成爲新聞信息的「二傳手」和社會動員的放大器。

第三章　民國南京政府中期的新聞廣播業（1937～1945）

1937 年 7 月 7 日夜間，在北平西南盧溝橋附近演習時的日軍藉口一名士兵「失蹤」，要求進入宛平縣城搜查，遭到中國守軍第 29 軍嚴辭拒絕。日軍遂向中國守軍開槍射擊，又炮轟宛平城。第 29 軍奮起抗戰。這就是震驚中外的「七七」事變，又稱「盧溝橋事變」，它是日本帝國主義全面侵華戰爭的開始，也是中華民族進行全面抗戰的起點。此後無論是國統區、淪陷區還是共產黨領導的抗日根據地，均將報刊、廣播等大眾媒介當成了輿論動員的主戰場。廣播也由此成了「戰爭的寵兒」，戰爭則因無線電廣播的介入而發展出諸如攻心戰、電波情報戰等各種新式戰術，形成了繼海、陸、空三大戰線之後的「第四戰線」。此時的廣播，不僅是參戰各方的喉舌，也成了民眾獲取新聞的重要來源。一些最新的前線戰事進展，包括蔣介石等政要都是首先通過收聽廣播而不是其他渠道獲知的。[1]

第一節　國民黨官辦廣播的挫折與重建

抗戰爆發後，國民黨官辦電臺隨戰局變化而在整體布局有較大調整和變動：有的隨政府遷移內陸；有的擴充電力，專注於對外宣傳；有的則不幸淪

1 1942 年，美軍進入中國後，一些軍事行動並不直接知會蔣介石本人，因此關於美日雙方在前方作戰的很多信息，蔣介石都是從廣播中才獲知的。參見蔣中正：《對史迪威參謀長有關指揮我軍作戰要領及對緬戰略之指示：中華民國三十一年三月十日接見史迪威參謀長談話》，《先總統蔣公思想言論總集》（卷三十八・談話），第 147 頁。

於敵手。大敵當前，各官辦電臺克服重重困難，保證抗戰廣播一天都不中斷。當時的收音機雖然沒有英美兩國那樣普及，但對國民黨政府而言，其即時傳播和無遠弗屆的技術特徵很適於在戰爭狀態下的輿論動員，因而必然成爲國家和民族抗戰的有生力量，「分擔了抗戰的沉重職責，分擔了隨抗戰而來的困苦艱辛」。[1]在一些特殊時期，「各軍師消息的來源，差不多完全仰賴中央廣播電臺與國際廣播電臺的廣播」[2]，廣播在戰時新聞報導方面的地位和作用進一步彰顯。

一、國民黨廣播的戰時布局

「七七事變」爆發不久，國民政府軍事委員會組建的戰地服務團就向社會發出了徵集收音機的請求，理由是「無線電收音機，已成爲全國人民生活之中心，對於負傷將士尤爲需要，蓋由無線電廣播之抗戰歌曲，既可使臥榻上之負傷健兒得一日常娛樂，以慰其心胸，又可使前線作戰消息，不斷傳入耳鼓，興奮彼等再起殺敵之精神，而我中樞要人及各界同胞勞軍代表，欲致慰問之詞，亦可籍廣播以達。」[3]。戰時傷兵需求的這一變化，可以說是無線電廣播的特性使然（如無需閱讀，內容豐富，傳播久遠等），實際也是廣播戰略地位提升和廣播影響力擴大的標誌。

抗戰初期，國民黨軍隊雖英勇拒敵，中間也曾取得幾次勝利但由於中日雙方武器和軍事力量的懸殊，日軍長驅直入，國民軍黨軍隊傷亡慘重。爲保存長期抗戰實力，1937 年 10 月 30 日，國民政府決定臨時遷都重慶。而原來位於南京的 75 千瓦中央廣播電臺，在過去作爲東亞第一、世界第三的大電臺，其主要節目對象和內容卻是華語聽眾。即使其馬來語節目，也主要針對的是居住在南洋的華人華僑。直到全面戰爭爆發前，國民黨中央電臺的常設外語節目只有英語一種。這種偏於內向的傳播格局，顯然不利於戰爭時期的對外宣傳。而且電臺發射設備也由於種種原因難以搬出，需要根據形勢需要重新進行廣播事業規劃。

1937 年 11 月 23 日，南京中央電臺在南京淪陷前夕的午夜播出「告別廣

1 吳道一：《勝利還都與我國廣播事業》（1946 年 5 月 5 日在南京中央廣播電臺廣播），載於《廣播週報》復刊第 1 期，1946 年 9 月 1 日出版。

2 蔣中正：《政訓工作與普通宣傳之要點》（1941），《先總統蔣公思想言論總集》（卷十八．演講），第 134 頁。

3 《戰地服務團徵集無線電收音機》，《新運導報》，1937 年第 11 期。

播」，長沙廣播電臺隨即以 10 千瓦功率臨時接替了中央臺。1937 年 11 月，上海淪陷；1938 年 10 月，廣州淪陷。上述城市淪陷後，由於時間倉促來不及轉移，這些原屬國民黨的廣播電臺設備先後都被日軍攫取。另外一部分地方廣播電臺，則不得不由過去的大中城市遷往偏遠的地區繼續堅持播音。其中，國民黨中廣處所屬的福州廣播電臺因福建省政府遷往永安而隨遷到此，1943 年後更名爲福建廣播電臺繼續廣播。西安臺則因 1938 年 3 月風陵渡失守，日機不斷轟炸先而遷往漢中的南鄭，改名爲陝西廣播電臺。隨著「國都西遷，南京中央大電臺停播」，「長沙臺更爲國中唯一之喉舌，抵制西方虛僞宣傳。」[1]1938 年底隨湖南省政府西遷沅陵後，電臺重建並更名爲湖南廣播電臺。江西省廣播無線電臺也因日軍對南昌的狂轟濫炸而於 1938 年 1 月由南昌遷往吉安。1937 年底日軍佔領杭州前夕，浙江電臺隨浙江省電話局遷到麗水，呼號依舊，電力卻減少爲 500 瓦。總之，抗戰爆發僅一年後，國民黨廣播電臺就只剩餘六七座，總髮射功率不到 11 千瓦，損失慘重。

1937 年 11 月，南京國民政府緊急遷往重慶。重慶自此作爲戰時陪都直到 1946 年 5 月還都南京爲止。1938 年 3 月 10 日，中央電臺在重慶開播，功率起初爲 10 千瓦，除漢語外，還有蒙語、藏語、回語廣播，後又借用重慶電信局 7.5 千瓦電報電話兩用機作短波廣播，增加了廈門語、廣州話節目。同年 8 月 28 日和 9 月 3 日，坐落於重慶沙坪壩的短波無線電機房和坐落於土灣的電力廠接連被日機轟炸，中彈十多枚，造成巨大損失。其後又多次遭遇日本飛機的地毯式轟炸。1940 年 1 月，根據蔣介石指示，位於重慶的國民黨中央廣播電臺短波部分移交國際宣傳處使用，同時更名爲國際廣播電臺（VOC，Voice of China）[2]。同年 9 月底，中央電臺和國際臺的機器遷入堅固的地下工事，主要的設備有了安全保證。

抗戰時期，國民黨政府還陸續在貴陽、西昌、蘭州等地籌辦起新的廣播電臺，使西南、西北等大後方地區廣播事業獲得了較快發展。戰前西部地區僅有五座廣播電臺，總髮射功率不過 10 多千瓦。而在中國的雲南省，1940 年 8 月 1 日正式播音的 50 千瓦的昆明廣播電臺（全稱「中央廣播事業管理處昆明廣播電臺」，呼號 XPRA），一度成爲抗戰時期國內功率最大的廣播電臺。配

1　轉引自趙玉明、艾紅紅、劉書峰主編：《新修地方志早期廣播史料彙編（下）》，中國廣播影視出版社，2016 年版，第 813 頁。

2　吳道一：《中廣四十年》，中國廣播公司，1968 年版，第 86 頁。

合前線作戰宣傳的需要,國民黨當局又於 1940 年創辦戰地流動廣播電臺,1943 年起又籌辦軍中播音總隊,並在各戰區建立分隊。流動電臺和軍中播音總隊均擔負對前線部隊和對敵廣播的任務。到 1943 年底,國民黨中央和地方系統的公營廣播電臺,大約共有 16 座。中央系統分爲中廣處,直轄的大約有 11 座[1],交通部僅有成都臺一座;地方大約有 4 座。儘管公營電臺數量比戰前少七座,但是發射總功率卻是戰前的 1.32 倍。[2]經過不懈的恢復和重建,據 1944 年 2 月統計,國民黨政府所辦對敵僞廣播的電臺已達 23 座,發射功率爲 154 千瓦,略超過戰前的規模。[3]

圖 3-1　抗戰期間堅守崗位的貴州電臺新聞播音員姜薇[4]

抗日戰爭後期,美國軍隊進入中國境內。1944 年 10 月,美軍在桂林、雲南驛(今雲南祥雲縣)、白市驛(在重慶境內)三地各建廣播電臺 1 座,供美軍收聽新聞和娛樂節目之用。1945 年 3 月,又在成都、陸良、羊街、沾益、

1 根據《十五年來我國廣播事業之鳥瞰》(載於《廣播通訊》(特刊第十期),中央廣播事業管理處刊行,1944 年 4 月 30 日出版,第 96 頁)中記載,廣處直轄的地方分臺還有西安廣播電臺。

2 根據《廣播通訊》(特刊第十期),中央廣播事業管理處刊行,1944 年 4 月 30 日出版,第 99 頁之《各臺業務概況》和附頁《中央廣播事業管理處沿革簡表》提供的數據統計而成。

3 吳道一:《中廣四十年》,第 97 頁。

4 姜薇:《一位播音員的日記》,《青年生活》(上海),1947 年第 13/14 期,第 254 頁。

瀘縣增設 5 座軍用廣播電臺。抗戰勝利後，上述電臺均隨美軍撤離而陸續停播。由於來華參戰的美軍和國民黨的官辦電臺保持著密切接觸，與雲南電臺、重慶電臺都有密切合作關係。當採取軍事行動時，美軍電臺和重慶、雲南電臺有時會直接被軍方徵用爲飛機導航。

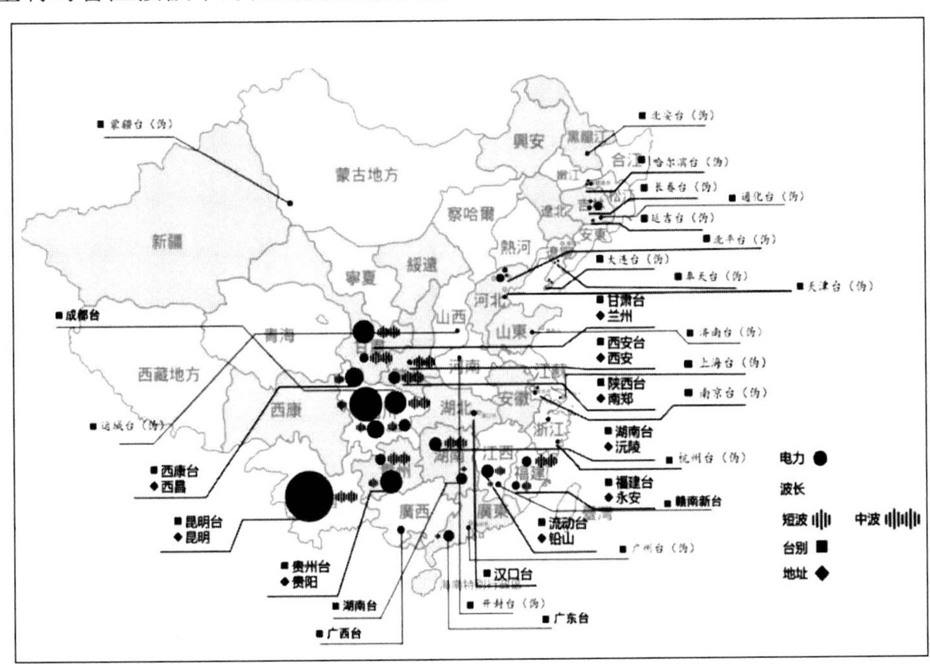

圖 3-2　全面抗戰爆發後廣播電臺的分布

從上圖電臺分布可以看出，抗戰爆發後，國流區廣播電臺的整體布局呈西遷之勢。這顯然與當時國內政治力量的重心西移分不開。

二、國統區的戰時廣播統制

基於戰時宣傳需要，國民黨政府對包括報刊、廣播在內的大眾傳媒都加大了管控力度，相繼頒布了《戰時新聞檢查辦法》（1939 年 5 月 26 日）、《對於新聞發布統製辦法》（1939 年 9 月 15 日）、《戰時新聞違檢懲罰辦法》（1939 年 12 月 9 日，1943 年 10 月 4 日再發）、《戰時新聞禁載標準》（1943 年 10 月 4 日）和《各省市新聞檢查規則》（1943 年 12 月 24 日）等條例或法規，對於新聞報導給予最高規格的事先審查。1943 年，蔣介石又親自下令，要求對廣播演講稿實行事先審查，「廣播講演之講稿，應由各機關團體出席廣播人員事先擬就，於三日前送宣傳部審查決定後始可播講，如其內容空泛，或不免千篇一律之弊，寧使謝絕不用。宣傳部應隨時準備廣播稿二三篇，以備臨時之需要。」[1]在共同一致的救亡大目標下，國統區各大民營報刊、廣播電臺和通訊社幾乎無條件服從了這些近乎嚴苛的規定。

遵循舊例，國民政府還要求擁有收音機者必須收聽中央廣播電臺，各級機關必須擁有收音機，政府機關須訂閱《廣播週報》，隨時關心廣播的消息。

針對收音機用戶「有時竟暗自接受平津等敵方播送之無線消息，相互傳告，至足搖惑民心，影響抗戰前途」[2]的現象，1939 年，國民政府曾經出臺過《廣播無線電收音機取締規則》，試圖取締民間的私人收音機。但這一措施顯然又與其發展廣播事業的初衷相悖逆，「且若國際廣播電臺設法擾亂敵方短波廣播而市民用短波收音機並不受限」，因此國民政府很快又推出《無線電收音機登記》政策，以登記代替取締；同時對於「裝置收音機之民戶，切實指導曉喻，以正聽聞」。[3]但這一規定似乎並未得到嚴厲貫徹，因爲同樣是在 1939 年，國民政府交通部還曾頒布了《裝設廣播無線電收音機登記暫行辦法》，規定「內部裝置不能隨意變更，作爲發報或發話用者」，[4]同時申明「凡裝戶所裝之廣播無線電收音機，其機器程式及波長範圍，暫均不加限制。」[5]也許正是由於這些原因，迄今尚未發現國統區有因收聽「敵臺」而受到懲處的報導。1944 年，《大光明》雜誌 1944 年還曾刊載《可發一笑的日本廣播戰術》，對日本虛假的廣播宣傳嗤之以鼻，顯然就是通過比較得出的結論。

抗戰中期和後期，國民黨政府都有恢復廣播網建設計劃的想法，在中央廣播事業指導委員會的會議上也幾次三番地提出審議討論。但是瞬息萬變的戰爭環境，以及抗戰之後內戰又起，廣播網計劃也就變成了根本無法改變廣播發展不平衡不廣泛的「紙上談兵」。

而從民間的收音機擁有量看，根據吳保豐《十年來的中國廣播事業》統計，1937 年前，全國收音機數不足百萬，僅占四億人口的 0.25%。1941 年，國民黨中央廣播事業指導委員會擬具《設立廣播收音網計劃》(1941 年 9 月)，認爲「抗戰西遷以後，各方均感覺收音之重要，迫切需求，但購裝已感困難，

1 蔣中正：《指示本黨宣傳業務應改進之事項》，《先總統蔣公思想言論總集》(卷三十七，別錄)，第 265 頁。
2 《訓令：湖南省政府訓令第九二零號》，《湖南省政府公報》，1938 年第 851 期，第 9 頁。
3 《審查收音機登記》，《廣東省政府公報》，1938 年第 395 期，第 79 頁。
4 《裝設廣播無線電收音機登記暫行辦法》，《進修》，1939 年版 (12)，第 16 頁。
5 《裝設廣播無線電收音機登記暫行辦法》，《進修》，1939 年版 (12)，第 17 頁。

價值更非昔比，非小康之家幾於無法設置」。[1]但由於當時的集體收聽制度，在重慶、昆明等大後方城市，被國民黨政府大力推行，因此實際的聽眾人數應該比收音機數多很多。

三、國民黨廣播的抗戰宣傳

在戰爭狀態下，相比報刊而言，「無線電的奇妙使得對敵宣傳工作的展開比以前更爲容易，從前所使用的從飛機和氣球上擲傳單的老法子，在地域範圍和影響力量兩方面，都受著極大的限制，但是無線電可以毫無困難地深入敵人的國土，事實上，無線電在每一秒鐘之內能繞遍地球七次」。[2]廣播電臺的數量和規模雖然一度受挫嚴重，但在恢復與重建的過程中，廣播的國內宣傳和國際宣傳卻都有了很大發展。

在國民黨政府的抗戰廣播計劃中，對內廣播的對象被細化爲「作戰區域的民眾與士兵」，即國統區、抗日根據地和淪陷區的民眾和軍人。針對國統區的廣大民眾，戰爭初期，以國民黨中央電臺爲首，各臺「除了新聞和演講外，其他專題節目全部停止；音樂節目只保留軍樂，但更多的是播放抗日歌曲。」特別是淞滬戰役開始後，電臺隨時播報前方戰況。「廣播節目裏戰火紛飛，軍歌嘹亮，這座電臺開始了一段令人振奮的悲壯歷程。」[3]如 1937 年 9 月 25 日，南京遭遇日本飛機的大轟炸，但中央電臺當天播出的卻是平型關大捷的消息，給尚在戰火中堅持的人民帶來了些許希望。不過電臺裏也並非都是勝利的消息，在日軍攻陷上海、常熟、太倉等地過程中，電臺中這樣的消息也是及時播出的。1937 年 11 月 20 日，中央電臺奉命廣播了一條重大新聞《國民政府移駐重慶宣言》，宣告政府爲長期抗戰著想，移駐重慶以做持久戰鬥，這則宣言的發布實屬無奈，但是宣言中表示的政府準備長期抗戰的決心，對於苦難中的軍民來說，卻是一種必要的心理安慰。

1938 年春夏，「保衛大武漢」的活動風起雲湧，蓬勃發展。馮玉祥、周恩來、彭德懷、郭沫若、邵力子、黃琪翔、張厲生等各方面代表人紛紛到電臺發表廣播演說，激勵民眾的抗日鬥志。4 月 7 日至 13 日武漢舉行抗戰擴大宣

1　《設立廣播收音網計劃》，全文來源於國民黨中央廣播事業指導委員會第十九次會議紀錄（1941 年 9 月 29 日）。中國第二歷史檔案館，全宗號 368：「國民黨中央廣播事業管理處檔案」；卷號 681：「中央廣播事業指導委員會會議紀錄（第 1～20 次）」
2　國民黨中宣部文件，1942。
3　《第四戰線——國民黨中央廣播電臺掇實》，第 96 頁。

傳周活動。8日，周恩來在《新華日報》上就如何進行抗戰宣傳發表專論強調指出，宣傳周要擴大到前線，首先利用每天的廣播講演鼓舞前線浴血奮戰的戰士。並且指出：「這次武漢抗戰宣傳周，應當成為全國抗戰宣傳的開始。武漢宣傳動員的成績，將成為全國宣傳動員的模範。」[1]11日，周恩來應邀到漢口廣播電臺發表了題為《爭取更大的新的勝利》的廣播演講。郭沫若領導下的國民政府軍事委員會政治部第三廳團結了大批文化界的愛國人士，他們利用廣播進行了新聞、講演、戲劇、音樂等多方面的抗日宣傳活動，在廣大群眾中產生了重大影響。尤其是郭沫若在武漢期間曾多次發表廣播講演，揭露日本帝國主義的侵略本質，呼籲全體人民團結起來，奮起抗日，爭取民族解放鬥爭的最後勝利。著名的日本友人綠川英子（長谷川照子）、鹿地亙等人則站在反侵略戰爭的正義立場，積極參加了反對日本侵略的廣播宣傳活動，表現了崇高的國際主義精神。作為一名漢口廣播電臺的日本播音員，綠川英子為她的母國發動的這場不義戰爭斷言：「這場侵略戰爭必將以日本帝國主義的失敗而告終。」她溫柔的嗓音發出的真理預言，引起日本侵略軍極大的恐慌和不安。

圖 3-3　保衛大武漢期間堅持對日播音的綠川英子

由於人力和設備的匱乏，加上許多報紙分散各地，各報的新聞進入抗戰相持階段之後大多比較貧乏。國民黨中宣部克服重重困難，制定了編發簡要

1　周恩來：《怎樣進行二期抗戰宣傳周工作》，《家華日報》，1938年4月8日第2版。

新聞的辦法，由中央社每日綜合國內外的新聞，變成明碼，免費廣播電訊，各省市黨部則轉告黨報和一般的報社簡報，給處於困境中的地方報業提供了很多新鮮及時的新聞信息。1942 年 5 月日寇侵佔滇西大片國土後，敵我隔怒江對峙達兩年之久，雲南由大後方變爲最前線。1943 年至 1944 年，中國駐印軍和遠征軍與盟軍發起緬北反攻和滇西反攻，昆明廣播電台的各類軍事報導日益增加，重慶方面指示如何宣傳國內外戰局情況的「宣傳戰情要點」「戰地宣傳通報」源源不斷寄來，幾乎每週都有。當時在雲南的遠征軍部隊，多有無線電員負責收聽國內外廣播，以作軍事決策參考。而功率強大的昆明電臺，則是收聽首選電臺。戰時的《雲南日報》《正義報》《掃蕩報》（昆明版）等報紙的戰事報導許多都來源於廣播消息包括昆明廣播電臺的消息。爲反映戰況，該臺還致函重慶國民黨軍司令部，以及美、英、法新聞處，請其提供戰區地圖，以資編選戰事新聞播出時參考。

國民黨廣播的抗戰宣傳，激發了國民的抗敵熱情。「七七」事變一爆發，遠在山東臨沂蘭陵鎮的小學校長從大城市買來一架美國「飛歌」牌收音機，晚上收聽國民黨中央臺新聞，記下來，連夜寫好蠟板，印成小型的報紙，第二天早晨派學生挨戶散發。[1]在日機轟炸期間，蘭陵小學學生停課後與大家收聽廣播新聞。「那時新聞中盡是傷亡與撤退，我們非但沒有沮喪的感覺，反而興奮得睡不著覺。不管眼前是勝是敗，中國動手打鬼子了，終於打起來了。」[2]國民黨廣播還針對淪陷區的政府和民眾做了一些重點宣傳。

有效的宣傳，必須有正確動人的資料，還要求新聞傳播的敏捷快速。只有先入爲主，才能把握輿論的主動。反之，消沉與遲緩才是新聞宣傳失敗的主因。對於淪陷區而言，原本一國的民眾，此時卻比鄰天涯。報紙是無法遞送進去的，而日僞的各種宣傳卻甚囂塵上，混淆著淪陷區民眾的視聽。當時國民黨中宣部國際宣傳處一面負責編發每日「敵方廣播新聞紀要」，供國民黨軍政領袖參考，並提醒收閱者「本紀中所載消息，皆含敵方宣傳毒性，千萬加以抹煞，勿引爲談話資料。」[3]另一方面還在國民黨中央宣傳部的工作週報上刊登「商討關於駁斥汪逆組織之廣播宣傳事宜」，[4]使得廣播討伐汪精

1　王鼎鈞：《昨天的雲》，生活・讀書・新知三聯書店，2013 年版，第 43 頁。
2　王鼎鈞：《昨天的雲》，第 44 頁。
3　中央宣傳部國際宣傳處編譯：《敵僞廣播新聞紀要》，民國 32 年 5 月 8 日下午十二時收錄，9 日上午 8 時發出（密件），重慶圖書館館藏資料。
4　《宣傳》，《中央黨務公報》，1940 年第 2 卷第 14 期，第 27 頁。

衛叛國行爲也成爲這一時期廣播宣傳的重要內容。針對日僞的一些反動宣傳，國民黨廣播進行了大量的反宣傳。爲此，國民黨中宣部專門設立了對敵宣傳委員會，由國際宣傳處的對敵科負責，工作主要是收集和研究日本對華宣傳的內容，制定反宣傳的廣播稿件以揭露日本的欺騙宣傳。該會在 1942 年 9 月中旬組織過「對敵廣播宣傳周」，邀請眾多研究敵情方面的專家和韓國、日本的反戰人士進行對日廣播演講，如「日本反戰同盟」成員青山和夫用日語播講的《「九一八」11 週年紀念告日本國民》，潘公展用上海話播講的《九一八 11 週年紀念告江浙淪陷區民眾》，韓國臨時政府外交部長趙素昂播講的《九一八與韓國獨立運動》等。此外還播送過如下影響力較大的稿件：《最近日寇的應戰掙扎》《敵僞強拉壯丁的詭計》《敵方增強生產的暗礁》《再談東條內閣局部改組》《敵寇所謂「國內決戰體制」之分析》《所謂東亞共榮圈的內幕》等。這些稿件旨在揭示日本的虛假宣傳，向敵佔區的民眾展示戰爭的眞相，增強他們抗戰必勝的信心。1943 年 7 月，墨索里尼的下臺引起了日本內閣的巨大震動，對敵宣傳委員積極的利用有利的時機，向日軍展開攻心戰，據國民黨中央宣傳部的指示：「敵寇對淪陷區民眾及東亞諸民族欺詐險毒之宣傳及懷柔政策應儘量予以揭破，其生產之失敗、政治危機之私服、人心之不安於本屆臨時會議中暴露無遺，敵人軍事政治同無前途。宜將此種大勢曉示淪陷區同胞，使其隱忍待機，爲國效力。」按照指示，對敵宣傳委員會編纂並播出了大量攻心廣播稿，主要有：《日本經濟的變相》《日本唯一的活路》《日軍後方運輸船舶隊員被虐待之實狀》《日寇法西斯政治的特質》《日寇的恐慌與掙扎》《最近時局與日寇之掙扎》《倭寇航空作戰的失敗》《中國戰場中日軍官兵的腐化》《同盟軍對日攻勢的展望》《最近日寇之戰略與技術》《揭穿日寇之假仁假義》等，這些稿件側重於心理戰，對於動搖在華日軍的心理及日本民眾的心理，喚醒他們反對軍國主義的情緒有著重要作用。

1941 年 7 月 1 日起，國民黨中央「以各淪陷區民眾，艱苦奮鬥，甚表繫念，深恐彼等無法獲得眞正消息，中央廣播電臺特於每日上午二時三十分至三時，對各淪陷區民眾廣播、聞繫於上月十九日開始、各淪陷區民眾、凡有收音機者、均可按時收聽。」[1]

然而即使是在非常時期，國民黨也對與之合作抗日的共產黨軍隊心懷芥

1 《中央廣播電臺對淪陷區廣播》，《申報》，1941 年 7 月 1 日版。

蒂。1941 年「皖南事變」後，國民黨中宣部擬訂的「特種宣傳綱要」中，明確提出要「揭露中共之流寇面目及漢奸本性」，並要求用實例揭發「中共在抗戰陣營中違背國家民族利益，妨礙抗戰之行爲。」「揭露中共之僞裝」。[1]廣播中不時充斥著抹黑中國共產黨抗日武裝的宣傳。

抗戰的全面爆發，也促使國民黨政府改變戰前重點對內的廣播策略，開始加強國際廣播的宣傳。

無線電廣播，尤其是短波廣播是戰時國際宣傳最便捷迅速的外宣機構，也是中國與日本爭奪國際話語權的重要平臺。抗戰期間到重慶中國國際廣播電臺發表演說的除國民黨官員外，還有一些堅決抗日、反對內戰的人士如宋慶齡、馮玉祥、郭沫若等。另外，許多外國駐華外交官、駐華記者以及到渝造訪的外國軍政、文化等代表團也是這裡的常客。尤其是每逢重大的國際紀念日，重慶國際廣播電臺還會舉辦一些特別的節目，如 1942 年 6 月 22 日，國際電臺隆重舉行紀念蘇聯衛國戰爭一週年的活動。時任國民黨立法院院長、中蘇友協會長孫科在致詞中高度評價了蘇聯對德戰爭，強調了中蘇友好合作和廣泛的國際團結。蘇聯大使潘友新則回顧了一年來蘇聯人民艱苦卓絕的鬥爭，控訴德寇暴行，並表明了抗擊法西斯的決心。他們的講話被譯成英、俄、中三種語言播出。在這次活動中，宋慶齡也以一口流利的英語表示對蘇聯人民英勇戰鬥的敬意。

日本反戰作家鹿地亙等人組織的「在華日本人民反戰同盟」及其前線的廣播喊話，也產生了一定的影響。正是在他們的影響下，一些戰俘主動或被迫到廣播電臺，用日語向國內同胞進行反戰宣傳。如 1938 年 5 月，被俘的日本空軍淮原三被請到國際廣播電臺，勸告日本人民勿作軍閥工具。另一位戰俘植進上尉也在廣播中向同胞喊話，強調「日本軍閥是日本人民的敵人」。一些戰場上俘獲的日軍日記及家屬來信的播出，也收到了較好效果。需要說明的是，雖然使用戰俘進行廣播宣傳違反了 1929 年的《日內瓦公約》，但這種方式在整個二戰期間極爲普遍，如日本也曾使用美軍戰俘對美國廣播喊話。

1940 年 5 月，殘暴的日本空軍開始執行《陸海軍 101 號作戰協定》，出動 608 架次飛機，投擲 419 噸炸彈，對重慶實行狂轟濫炸。在這場慘無人道的戰

1　《國民黨中央宣傳部擬訂的〈特種宣傳綱要〉》（1941 年□月□日），《中華民國史檔案資料彙編》（第 5 輯第 2 編・文化 1），江蘇鳳凰出版社，1999 年版，第 5～6 頁。

爭面前，宋靄齡、宋慶齡和宋美齡三姐妹不顧自身安危，應重慶中央廣播電臺及國際廣播電臺的邀請，一起用英語發表對外廣播演講，由美國 NBC 廣播網接收後再向全國播放。宋慶齡怒斥敵寇暴行，譴責缺乏正義和公道的國家，並聲明中國人民的抗戰決心；宋靄齡告訴世界，中國婦女也活動在抗戰的最前線；而宋美齡則主要是針對美國的國會議員和新聞界。她譴責了美國政府在「中立」的幌子下，向日本出口戰略物資的可恥行爲。

圖 3-4　抗戰期間在重慶中國國際廣播電臺參加對外廣播宣傳的宋美齡

抗戰期間，國際臺的節目除了新聞、演講、時評、戰訊、音樂和戲劇等普通節目外，還設有適應戰時需要的特別節目。「這是戰時國家宣傳的主體」，主要包括：「（1）廣播信箱，凡在中國自由區（大後方）之中美人士，均可利用作簡單通訊，由美方收聽，抄錄轉送；（2）雜誌論文：由在重慶以及各地的外國記者，就時事及地方新聞作報導，由美方收聽後再刊載於雜誌；（3）鄉情廣播：目標是南洋的僑胞、專用粵語廣播；（4）密碼廣播：海外部外交部對國外之指示，由國際臺用密碼播出至國外，由各地黨部及使領館收聽；（5）對遠東盟軍廣播：太平洋戰爭爆發後，由駐華美軍部及大使館在國際臺播送新聞樂劇等，由各地盟軍收聽。另外還有特約廣播：作戰後期，因敵方干擾太甚，有時音波不清，英美各地人士不能清晰收聽，特約美方

NBC、ABC、CBS、MBS 等廣播網及 WLW、WMRA、WHO 等廣播電臺代爲轉播，藉以增強盟國廣播戰線的局面。」[1]

這些以新聞報導和新聞述評爲主的節目，幾乎全部採用中央社電訊稿和《中央日報》刊登的新聞、評論，以及中宣部國際宣傳處和美國新聞處提供的稿件。與中央臺一樣，國際臺也沒有專職的記者和編輯，僅設國語、英語、緬甸語等幾個語種的播音員播送相關節目。其餘節目尤其是特約節目，皆由各國駐華記者到該臺自編自播。[2]如美國三大廣播公司 NBC、ABC、CBS 的駐華記者就可以通過國宣處的介紹，到國際廣播電臺播出自編的節目，並通過各自在美國的電臺屆時轉播。這種宣傳報導，多數是正面報導，因爲按照國民黨國際宣傳的邏輯，只有這樣才能爭取主動，提高中國的國際信譽。

爲了「正面報導」，中宣部國際宣傳處甚至發展到修改（審查）美籍專家教授稿件的程度。據《曾虛白工作日記選》介紹，1941 年 5 月 21 日，爲了響應美國中國救濟事業聯合委員會之工作，國宣處邀請了近二十位外籍專家與學者到成都臺和昆明臺作廣播演講，並對美國轉播。但是國際宣傳處副處長曾虛白認爲：「惟若干美籍教授及專家，以學者態度發言，雖立意不外援華，仍不免有暴露我後方眞相之虞，然彼等既由我特約廣播，其廣播稿自不能再加修改或刪除，此實爲頗費斟酌之問題。前經決定，成都方面由畢範宇[3]事前向廣播者示意，屬稿時請加審愼，然畢氏究屬外人，見仁見智容有不同，爲審愼計，又電囑畢氏及昆明廣播電臺，將所播各稿於播送前四日航送來渝。本處如發現有十分不妥之處，轉播時尚可求技術上之補救」。[4]

1945 年 8 月 15 日，蔣介石正是通過國際廣播電臺，向全國軍民及世界各地宣布了日本投降和中國人民取得抗戰勝利的消息的。

除了國民黨中央廣播電臺，昆明電臺也從成立之日起，與盟國的宣傳機構合作進行反侵略的電波戰和廣播文化交流。其中尤以同美國的合作最爲長久且形式多樣，包括開辦對駐華美軍廣播節目，播出美國新聞處編排的節目，

1　《廣播事業》，國民政府行政院新聞局 1947 年 11 月版，第 25 頁。

2　四川省地方志編纂委員會：《四川省志·廣播電視志》，四川科學技術出版社，1996 年版，第 23 頁。

3　畢範宇，（1895 年～1974 年），Francis Wilson Price, or Frank Wilson Price，美國美南長老會傳教士，漢學家，上海國際禮拜堂牧師。抗日戰爭期間曾做過蔣介石的顧問。孫中山《三民主義》一書英文本翻譯者，著有《金陵神學院史》。

4　中國第二歷史檔案館編：《曾虛白工作日記選》（一），載於《民國檔案》，2000 年第 2 期。

每週日晚 7:30 定時轉播舊金山電臺（KWLD）「對祖國報告」節目，以及中美合作演播，藉以獲得國際援助等。1941 年夏，由國際廣播電臺籌劃，中宣部副部長董顯光請中國紅十字會總幹事林可勝出面，邀請在昆明的美國紅十字會駐華總幹事貝克博士、副總幹事邁爾、基督教青年會幹事安汝智等 5 人到昆明廣播電臺連續播講，介紹中國抗戰形勢與重慶、昆明等地戰時狀況。該節目播出的同時，國際廣播電臺 35 千瓦短波發射機將信號轉播至太平洋彼岸，由中國駐美收音員收聽並灌製唱片，再由紐約統一援華募捐委員會分送美國各地電臺播出，以此向美國各界人士募捐支持中國抗戰。這類合作播出目的明確，任務緊迫，雙方均高度重視，因而傳播效果較好。1945 年夏，隨著美軍在太平洋戰場的進展加快，戰事逼近日本本土。美方要求昆明電臺每日提供 3 小時播出時間，播出美方編排的節目。此事經中宣部批准並在美方催促下實現。該節目 1945 年 7 月 20 日開播，有美國新聞處編排的日語、英語、越語、法語、泰語、華語等數種語言節目，主要播出戰事新聞、音樂等。

作爲抗戰傳媒的重要工具，昆明電臺還以其強大的播出功率和地處世界反法西斯戰爭中緬印戰場結合部的有利戰略地位，直接參加了抗戰軍事行動，在日機頻繁轟炸昆明的緊迫關頭，按照對日空戰要求，適時打開廣播發射機，播出昆明廣播電臺呼號，爲中國空軍和陳納德將軍的「飛虎隊」對日作戰導航，爲擊敗敵機，保護昆明做出了重要貢獻。如 1941 年 12 月 22 日，國民黨空軍第五路司令部派參謀周洪濤前來昆明廣播電臺聯繫，商請該臺按空軍總指揮部要求，適時打開廣播發射機播送該臺呼號，爲空軍作戰導航。雙方商定了廣播導航方案，約定了聯絡方式和廣播開機密碼等。[1]昆明電臺還經常與重慶的中央廣播電臺、國際廣播電臺互相轉播節目，而很多時候是中央電臺、國際電臺轉播昆明電臺的節目，在相當時間、相當程度上取代重慶兩臺從事抗戰宣傳。在「新聞類述」「簡明新聞」「國語新聞」「記錄新聞」以及時事述評類、外語和漢語方言節目中昆明電台報導反法西斯戰局和盟國形勢等軍事時政新聞佔了很大比重。

在雙方交戰過程中，國民黨官辦廣播遭受了不同程度的損失，但仍然堅持抗戰播音，其國際廣播的發展甚至超過了戰前水平。

抗戰時期，日本對重慶廣播的國際宣傳恨之入骨，稱其爲炸不死的「重

1 戴美政：《昆明電臺與西南聯大對抗戰廣播的重大貢獻》，2015「勿忘歷史：抗戰新聞史研討會」論文。

慶之蛙」。尤其是珍珠港事件爆發後，遠東盟國電臺盡入日寇之手，只剩下這隻「蛙」鳴不止。外國記者雲集重慶，用這隻「蛙」轉播、傳眞、發稿，把日寇侵略中國的罪行向全世界連續進行揭露和控訴。1937 年 12 日，宋美齡在南京通過美國廣播網向美國民眾介紹中國人民抗戰的艱苦情形，呼籲美國支持[1]。1943 年，宋美齡在美國參眾兩院及多個公開場合發表演說。借助美各大電臺和報刊的造勢，美國當年再掀援華熱潮。蔣介石、宋美齡夫婦也在美國集聚了很高的人氣，繼 1937 年被美國《時代》週刊評為年度風雲人物後，宋美齡還作爲戰時中國對外宣傳的總傳播員，用流利的英語廣播俘獲了很多外國聽眾的心。

爲了使中國的聲音實現海外「落地」，從 1938 年開始，國際宣傳處先後深入美國紐約、華盛頓、芝加哥、舊金山等地設立辦事處[2]，「國宣處美國辦事處成立之後，設立廣播部向美國電臺提供中國抗日宣傳資料；利用美國宣傳機構，發表中方抗戰的眞實情況和抗日文章，」[3]

四、戰火中成長的廣播人

在艱苦的抗戰中，國民黨中央電臺也在無意中培養起自己的記者。他就是被稱爲「中國最早的廣播記者」的陸鏗。

陸鏗（1919～2008），雲南保山人，1940 年畢業於國民黨中央政治學校，同年與同學樂恕人被分配到國民黨中央宣傳部國際宣傳處中國國際廣播電臺（The Voice of China）傳音科（即新聞部兼節目部）工作，後曾任國民黨《中亞日報》副總編兼採訪部主任。當時的國際電臺，每天用十幾種語言對外廣播，成爲戰時中國對外發出聲音的重要機構。時任助理編輯的陸鏗一開始的工作就是每天把中央通訊社的新聞寫成口語化的中文廣播稿，同時兼任國語播音員，常常在半夜兩點鐘播報中央社的「記錄新聞」，供應淪陷區的抗日志士和抗日前線的軍中文宣工作者發行油印報刊用。遇到疑難的字，還得作解釋，比如翁文灝的灝字，要說：「三點水加風景的景，旁邊再加頁碼的頁。」[4]

1　王曉嵐：《論抗戰時期國民黨的對外新聞宣傳策略》。
2　王曉嵐：《論抗戰時期國民黨的對外新聞宣傳策略》，《抗日戰爭研究》，1998 年第 3 期。
3　何揚鳴：《試述抗戰時期國民政府的對美宣傳》，《現代傳播》，1998 年第 6 期。
4　陸鏗：《中國最早的廣播記者》，《回憶與懺悔錄》，臺灣時報文化出版企業有限公司，1997 年版，第 40 頁。

爲保證中國之聲不斷播，當時無論是停電還是日機轟炸，凡從事電臺播音工作的包括國際友人都風雨無阻，按時播音。戰時的英語播音員馬彬和（Pin.ho MA；英文名 J.A.Mac Causland）先生是一位熱愛中國、放棄英國籍加入中國籍，參加中國抗戰事業的國際友人。他是蘇格蘭人，出身牛津大學，英文造詣高，中文修養深。參加播音工作風雨無阻，從不遲到。但當時的中國廣播事業還只有播音員，沒有記者（全國範圍包括延安皆是如此）。於是陸鏗和樂恕人商量向國際電臺傳音科科長彭樂善提出，希望做廣播記者，直接採訪新聞。彭樂善於是向董顯光先生報告，經董顯光統同意後，又請國際電台臺長馮簡在二人的報告上批了「准予試作訪員」的呈文。「訪員」是民國初年對記者的稱呼，但正是由於他這一批示，陸鏗等便印了「中國國際廣播電臺記者」的名片，四出採訪新聞。

圖 3-5　董顯光（1887～1971）

1942 年，曾任美國共和黨的總統候選人威爾基帶著《天下一家》（One World）的著作到重慶訪問。同年 10 月 3 日，宋氏三姐妹在范莊舉行晚會歡迎。陸鏗事先已經跟中央電臺傳音科長何柏身、中國國際廣播電臺傳音科長彭樂善講好，要做一個聯播節目。當威爾基先生由宋美齡、宋慶齡、宋靄齡陪同在晚會上出現時，陸鏗就將一個帶座的麥克風連著線拉到臺子上，向宋美齡說：「Madame! I am correspondent from the Voice of China（我是中國之聲的記者）」接著用中文說明希望以今天的晚會做一個特別節目。蔣夫人於是向周圍跟隨的人示意：「讓他，讓他！」於是陸鏗對著麥克風向聽眾介紹說：「今天是重慶各界人士歡迎曾爲美國共和黨總統候選人的威爾基先生的園遊會。蔣夫人宋美齡女士、孫夫人宋慶齡女士和孔夫人宋靄齡女士都出席了大會。現在是現場實況廣播。」從這以後，中國才開始有了實況廣播，廣播新聞也才比較受肯定。他也因此被英國 BBC 稱爲「中國第一個廣播記者」。[1]

1943 年 12 月 8 日的重慶，已經離開中央廣播電臺到《僑聲報》任記者的陸鏗和樂恕人在僑聲報館宿舍睡得正熟，忽然被原在廣播大廈結交的一位工友小楊叫醒，因爲當時的廣播大廈距離僑聲報社極近。小楊匆匆忙忙地說：「彭樂善（《中國之聲》的傳音科長）剛剛聽到 BBC 廣播，日本偷襲珍珠港，太平洋戰爭爆發。」彭科長興奮得叫了起來，他正打電話報告董副部長（指董顯光），我就跑來告訴你們。」反應迅速的《僑聲報》馬上印出了五百多份十六開大小的太平洋大戰號外。晨六時號外印好後，擔任《僑聲報》經理的高怡倫以及周培敬、樂恕人和陸鏗馬上分兵幾路，當街大叫：「號外！號外！」免費分送給路人，轟動了山城。過了一陣，《中央日報》《大公報》《國民公報》也分別印發了號外。

太平洋大戰爆發是世界歷史的轉折點，這麼驚天動地的新聞，在中國竟然是由一張小小的三日刊首先發布，而來源還是收聽廣播，可見廣播作爲一種新型媒介在當時所發揮的獨特作用。當時收音機尚未普及，聽廣播的人較少，聽國際廣播的尤其少。重慶的國內廣播機構和國際廣播機構雖在同一大廈，除特別聯播節目外，一般缺乏聯繫。儘管國際臺已得到這個消息，作爲國內臺的中央臺仍姍姍來遲。而國際各大通訊社的新聞當時是按合約由中央社轉發。中央社電務部雖每天廿四小時抄收國際電訊，十二月八日凌晨三四點鐘時已經抄到有關消息，但值班的報務員限於英文程度，看不出這是驚天動地的新聞，所以陰錯陽差讓陸鏗和樂恕人兩個初出道的年輕記者有了這一幸運。這也充分展示了無線電廣播在重大突發事件中的特殊作用。

與陸鏗的幸運不同，在堅持播音、拆遷轉移的過程中，中央電臺工程師蔣德彰、江西電臺工程師侯恩銘、福建電臺的臺長鍾震之等人，卻先後因敵

1　陸鏗：《中國最早的廣播記者》，《回憶與懺悔錄》，臺灣時報文化出版企業有限公司，1997 年版，第 38 頁。

機空襲，以身殉職。[1]1937年8月14日，日軍挑起松滬戰爭的第二天，就動用轟炸機向南京瘋狂投擲炸彈，把雨花臺軍區炸得稀爛。此後日軍長機經常侵襲南京，並將重點轟炸目標鎖定為中央電臺江東門的發射臺。8月24日，當日機再次轟炸南京東郊軍區時，炸彈落到靈谷寺附近的南京短波廣播電臺工地，致使該地負責人、青年工程師蔣德彰不幸中彈身亡。蔣德彰為上海交大培養的電機碩士，1936年5月被派遣到英國倫敦，監造中央電臺訂購的35千瓦短波發射機，在那裡度過了8個月。回國不久就進入東郊工地，主持500瓦短波電臺工作，不想卻成了廣播界首位殉難於抗戰中的專業人員。1939年底，江西廣播電臺隨省政府移往吉安，1942年又將廣播電臺移交中廣管理處接辦。工程師侯恩銘接受任務後，在從重慶前往江西路上為躲避敵機空襲，失足墜落贛江而殉職。

1943年2月15日，重慶國民黨當局頒布《新聞記者法》，規定適用於本法的「新聞記者」是指「在日報社或通訊社擔任發行人、撰述、編輯、採訪或主辦發行及廣告之人。」而只有具備下列條件之一者，才有資格申請新聞記者證書：「一、在教育部認可之國內外大學或獨立學院之新聞學系或新聞專科學校畢業，得有證書者；二、除前款外，在教育部認可之國內外大學、獨立學院或專門學校，修習文學、教育、社會、政治、經濟或法律各學科畢業，得有證書者；三、曾在公立或經立案之大學、獨立學院、專門學校任前二款各學科教授一年以上者；四、在教育部認可之高級中學或舊制中學畢業，並曾執行新聞記者職務二年以上，有證明文件者；五、曾執行新聞記者職務三年以上，有證明文件者。」[2]這一法律文件表述完整清晰，反映出政府意欲對記者隊伍實行規範化管理的意圖。但其中也有一個明顯的缺陷，就是沒有包含在各廣播電臺尤其是官辦電臺實際從事記者工作的人，更沒有給從事影像新聞的記者一席之地。

這自然招致了廣播界的不滿，陸鏗為此撰文表示異議，認為「上面這種解釋，未免是太偏狹了，因為現代的完整的新聞事業，決不應亦不能所限於報業（包括通訊社）一端，而應該是報紙、廣播、電影三體合一的新聞事業。」在此後不久召開的中國新聞學會成立大會上，陳果夫先生也曾以名譽會員的

---

1 關於抗戰期間以身殉職的三位廣播人，請參見吳道一：《殉國三烈士》，《中廣四十年》，第74～75頁。

2 劉哲民編：《近現代出版新聞法規彙編》，學林出版社，1992年版，第520頁。

資格發表演說，大聲疾呼注意廣播記者的培養，善待廣播事業，「為中國新聞事業史開一新紀元」[1]。1948 年，上海民營電臺同業公會還曾向相關部門上書，要求電臺從業者享受新聞記者的配給標準，但最後不了了之。這也說明，即使是在戰火紛飛的時代，在世界各國都重視廣播事業，以其作為宣傳主陣地的時代大背景下，中國廣播仍未擺脫「報紙傳聲筒」的附屬地位，沒有受到應有的重視。

第二節　上海民營電臺和「蘇聯呼聲」的戰時生存

抗戰爆發後，上海民營電臺同仇敵愾，加入救亡圖存的宣傳中。但不久上海淪陷，民營電臺只能退守「孤島」，苟且偷安。此時與日本尚未宣戰的蘇聯卻以本國商人的名義，在上海開辦了一座「蘇聯呼聲」廣播電臺，巧妙傳遞來自外界的最新消息。

一、抗戰初期民營電臺的救國宣傳

抗戰初期，上海幾十座民營電臺積極配合廣大群眾的抗日救亡運動，投入到募捐救助和抗日救國的宣傳中。短期的共同目標，使政府對民營廣播電臺的新聞報導採取了降低控制的特殊政策。

1937 年 7 月 22 日，上海市 500 多個團體共同發起成立了上海市各界抗敵後援會。「為統一步驟，集中力量起見」[2]，8 月，上海各界抗敵後援會與播音業同業公會共同擬訂了戰時廣播電臺統一宣傳辦法，並組成播音組，對各民營電臺節目的內容和時間進行統一安排，要求各廣播電臺「一律以下列各項為播音主要節目：1. 時事報告（取材申、新、時事、大公、時事午刊、新聞夜、大公晚、申晚）；2. 勸募救國公債；3. 勸募慰勞物品及其他徵集事項；4. 各類常識指導；5. 外國語言演講及時事雜評；6. 抗戰歌曲演唱；7. 名人演講；8. 遊藝勸募或宣傳」。[3]同時規定第一項節目可由各電臺自由播送，惟須以受新聞檢查所檢查之報紙為限；第二項節目由宣傳委員會擬定宣傳稿件，並送各電臺播送；第三項節目由宣傳委員會依照慰勞委員會所需之物品

1　陸鏗：《談廣播記者》，《廣播通訊》，1943 年 1 卷 6 期。

2　《抗敵後援會宣傳委員會擬訂戰時廣播電臺統一宣傳辦法》，《舊中國的上海廣播事業》，第 265 頁。

3　《舊中國的上海廣播事業》，第 265 頁。

及其他徵集事項，擬就稿件，通知各電臺播送；第四項至第八項節目一律由宣傳委員會特派人員播送。宣傳委員會還特別指定了五處電臺爲監察電臺，隨時監察、糾正各電臺的廣播宣傳工作，並針對敵方的廣播宣傳，干擾敵臺的音波。從 8 月 10 日開始，上海各界抗敵後援會組織的籌募救國捐廣播演講陸續播出。吳蘊齋、黃金榮、張嘯林、嚴獨鶴、潘公弼、王芸生、潘公展、陶百川、曾虛白、董顯光、杜月笙等 80 餘人都參加了這次募捐廣播演說。9 月，上海市各界抗敵後援會與中國特種教育會聯合舉辦無線電名人抗日救亡廣播演講，每日兩次。上海文化界救亡協會則從 9 月 11 日到 11 月 15 日，請文化界名人在交通部上海電臺作救亡播講 50 多次；10 月 30 日至 11 月 7 日，又舉辦「保衛大上海宣傳周」，113 個團體組織的 930 個宣傳隊共計 4690 人參加了這一活動。這是上海各界救亡團體第一次大規模行動。在其組織下，每日都有幾十位輪流到各民營電臺發表抗日救亡的廣播演說，號召人們募捐救國。

爲了讓世界瞭解日本帝國主義侵略中國的實質及中國人民的抗戰決心，爭取國際社會的同情和支持，抗敵後援會宣傳委員會國際宣傳部還擬訂外國語宣傳大綱，針對日本國民、英美政府與人民、蘇法政府與人民，分別制定了不同的宣傳內容。自 1937 年 9 月初開始，每晚 19 時開始，分別用英語、法語、德語、日語、俄語、韓語進行 45 分鐘的對外廣播，直到上海淪陷。英語和日語播音每天都有，其餘時間爲其他外國語播音。尤其是對日本廣播，每日下午都安排日語演講，圍繞中日關係、中國的立場、中日親善的基本條件、中日戰爭的起因、中日戰爭的影響等多個方面，向日本聽眾擺事實，講道理，說明日本的侵略戰爭與中國的自衛戰爭區別，要求日本人民明瞭戰爭是其國內軍閥對中國的侵略戰爭，非日本人民與中國的戰爭；凡日本愛好和平的人民都應該一致起來拒納捐稅，拒認公債，拒服兵役，反對戰爭。著名法學家吳經熊，滬江大學校長劉湛恩、上海各界救亡協會主席溫源寧、著名反法西斯戰士王安娜和她的丈夫王炳南等都先後到電臺演講。在上述節目播出時，上海市所有民營電臺一律放送。抗敵後援會下設的宣傳委員會廣播組還動員民眾利用收音機，把收聽到的抗戰消息或記錄下來編印成壁報張貼，或在親朋好友中進行傳播，以此來激勵廣大群眾堅持抗戰的信心和勇氣。有的民營電臺則將報紙內容以說書的方式向聽眾報告，便於不識字者及時瞭解國事。

上海的曲藝、戲劇、電影、音樂界救亡組織和愛國人士，也紛紛利用廣播電臺進行抗敵募捐宣傳。「八一三」滬戰一爆發，上海曲藝界救亡協會即分別在中西、華東、富星等電臺舉行募捐宣傳播音三天，參加播音的劇種有蘇灘、甬劇、越劇、滑稽、話劇、申曲、平劇（京劇）、彈詞等。9 月 24 日，上海戲劇界電影界聯合國難後援會爲募集救國公債及慰勞前方將士舉行了平劇大會串播音，梅蘭芳、周信芳、李少春、高百歲等參加了這次演出，播音持續三天，募集捐款 13000 餘元。

在全民抗戰的熱潮中，上海市各民營商業電臺不僅放棄廣告收入，參加義務播音募捐，各臺還踊躍捐獻獻物，支持前線抗戰。上海電器公司開辦的友聯電臺捐獻 1000 件棉背心，並在每件棉背心裏寫有不同的激勵話語，其中一則寫道：「親愛的將士！我們眞不知該怎樣對你們表示感激，但只對你們作心內的感激是不夠的，我們應在後方給你們種種的援助。親愛的忠勇將士！你們安心地幹吧！你們不用後顧，你們前方需要的東西，我們都能盡力輸送。你們放心大膽地前進吧！直到把敵人全部趕出我們國境。」[1]而各民營電臺爲捐助前線發起的募徵雨衣 5 萬件和募徵寒衣活動，也得到了全社會的大力支持。

就在萬眾一心支持抗戰的時候，卻有個別民營電臺趁機牟利，甚至侵吞捐款。亞聲電臺 33 歲的臺主黃菊隱，假借爲傷兵募捐名義，侵吞 8000 餘元（一說 9000 元）現金及一些金銀飾品，造成極壞的社會影響。經調查屬實，淞滬警備司令部以軍法判處其死刑，於 1937 年 10 月 26 日執行槍決，理由是，「黃犯所爲，原屬觸犯普通侵佔罪，但當此愛國人士正在救國倡捐，而爲不肖者所侵沒，雖不因此而阻其愛國熱腸，而憤恨敗類，殆人同此心。況在全面抗戰，前方將士正浴血拼命，後方接濟，不單爲國民應盡職責，也爲良心所驅使。黃犯昧著良心，其行爲顯係擾亂後方，依戰時軍律，自應處以極刑，以謝全市民眾，並使不肖之徒，知所警惕。吾知經此嚴懲，愛國人士，出錢必將更加踊躍，捐款救亡工作，將愈見順利。」[2]

1937 年 11 月 12 日，中國軍隊全部撤離上海，只留下租界暫未落入敵手，一些原來在界外的民營電臺紛紛搬入租界，希望得到庇護。到太平洋戰爭爆

1　莫：《抗戰中的廣播電臺》，《救亡日報》，1937 年 10 月 3 日。
2　徐志耕：《淞滬會戰大募捐時杜月笙爲何走在最前列？》。轉引自「鳳凰網讀書頻道」http://book.ifeng.com/shuzhai/detail_2010_11/04/3005499_5.shtml。

發，「孤島」淪陷前，除了極少數電臺如大亞和大光明電臺仍堅持了一段時間的抗日宣傳外，絕大多數民營電臺都不再播出涉及抗日的政治性內容，而成了單純以娛樂和廣告爲主的商業媒體。

但民營電臺救濟難民的募捐工作還在繼續。1938 年 11 月 1 日，上海難民救濟協會勸募委員會成立，各民營電臺主任及遊藝界知名人士均爲義務宣傳勸募委員。同年 12 月 26 日，全市播音界、遊藝界舉行聯合播音勸募認養難民活動，號召市民每月節省 2 元即可認養 1 名難民。1939 年 6 月 7 日至 25 日，中國職業婦女俱樂部等團體還曾在大陸電臺、新新電臺舉行多次慈善義賣播音，募集經費，救濟難民和支持新四軍。

抗戰期間，宗教電臺也表現出強烈的民族氣節和愛國情懷。上海淪陷後，日本侵略者在上海南京路哈同大樓設立「廣播無線電監督處」，勒令民營電臺限期前往登記。租界內的上海民營無線電播音業同業公會成員在王完白主席的帶領下，拒絕登記，福音電臺也轉由教會中的美籍人士向美國領事署登記，以求保護，實質上仍由上海基督教廣播協會主持，一直持續到 1941 年太平洋戰爭爆發。積極參加福音電臺的各項活動並曾在電臺發表抗日演講的滬江大學校長劉湛恩，則因一貫的反日立場而在 1938 年被日僞特務暗殺。而廣大中國天主教徒，甚至是一些西方在華的教會人士，也同情並支持中國人民的抗日戰爭。1937 年 12 月 20 日，羅馬教皇駐華代表馬利奧・蔡寧總主教發表「耶誕節獻詞」的廣播演說，勸告國人「應該犧牲我們自己，獻身社會，以謀求中華民族的福利」，並號召「由東西各國來中國傳教的天主教、神父、全國的教友，協同中華國家共同合作，以期達到中華民國國家和民族幸福之目的」[1]。天主教人士的抗日廣播演說，在號召天主教徒投身抗戰救國方面起到了重要引領作用。

佛教界人士也積極投入到抗戰募捐的宣傳中。淞滬抗戰爆發後，上海佛教界組織了在佛音電臺的大規模播音募捐活動，爲前線提供物資援助。1937 年 9 月 21 日至 23 日，上海慈善團體聯合救災會和救濟災區委員會特邀戲劇界、電影界、話劇界在佛音電臺舉行大規模播音募捐。24 日至 26 日，佛音電臺參與了上海伶界聯合會、國難後援會爲籌集救國公債及救護傷兵、救濟難民、慰勞將士等款項而舉辦的平劇會串播音節目。佛教界人士還積極參與抗

1 陳金龍、傅玉能：《中國宗教界與抗日戰爭》，《長沙電力學院學報》（社會科學版），1999 年第 4 期。

戰演講，黃涵之居士和王一亭居士曾在大中華電臺發表演說，呼籲大家踴躍捐款支持前線抗日。通過佛教組織和高僧們在電臺和報刊的大聲呼籲，很多佛教徒開始明白自己不能置身事外，作爲出家人，爲保衛國家而殺賊是不違反戒律的。一些青年愛國僧侶更是滿懷殺敵護國的熱誠，邁出佛門，走向抗戰的第一線。

二、短暫的「孤島」抗戰宣傳

1937 年 11 月，國民政府軍棄守上海，上海除租界地區外，全部落入敵手，而蘇州河以南的公共租界和法租界卻因日本尚未向英、美、法宣戰而暫時保持「獨立」，市政之權仍握在租界當局手中。從 1937 年 11 月 12 日上海淪陷，到 1941 年 12 月 8 日日軍主掌租界前，前後共 4 年零 27 天的時間，被史學界稱爲「孤島」時期。「孤島」的範圍，東至黃浦江，西抵法華路（今新華路）、大西路（今延安西路），南達民國路（今人民路），北近蘇州河。華界淪陷，幾萬名難民一下湧入了相對「和平」的租界，導致人口劇增，消費市場火爆。「蘇州河一水之隔，一邊是炮聲震天，一邊是笙歌達旦，每當夜幕降臨，租界內徹夜通明的電炬，透過幽暗的夜空，與閘北的火光連成一片，映紅了半邊天。」[1]借助租界當局的庇護，「孤島」的民營廣播一度極爲繁榮。但「孤島」淪陷，日寇進駐租界後，民營電臺通通被封。

早在上海淪陷前夕，公共租界和法租界當局即意識到形勢的嚴峻，爲不觸怒如虎狼環飼的日軍，已經加強了對界內電臺的監管。1937 年 8 月 16 日，上海公共租界工部局發布了《爲取締無線電臺濫播消息事》的「緊要布告」，指出「在此嚴重緊急時期，最易使人恐慌驚惶。茲爲公共利益計，特行通告所有廣播無線電台臺主，切勿播送任何未經該管當道證實之消息，否則當由本局警務處將各該電臺立時封閉。」[2]接到上述通知後，民營無線電播音業同業公會次日即致函工部局，對這一布告提出抗議，強調「本會各會員電臺所報新聞，均根據滬上各大報紙。在報紙上既能披露，則在電臺方面想無不能宣布之理也。」[3]不僅如此，民營電臺同業公會還提醒租界當局，日本人才是擾亂上海廣播空間秩序的元兇，因爲「日人在虹口設立之電臺，頻頻有擾亂

1　轉引自吳曉波：《跌盪 100 年——中國企業 1870～1977》（下），中信出版社，2012 年版，第 3 頁。

2　《舊中國的上海廣播事業》，第 280 頁。

3　《舊中國的上海廣播事業》，第 280 頁。

特區秩序之報告。」[1]

但在強權面前，公理也蒼白無力。1937 年 11 月 27 日，日軍宣布對上海郵政、電報和廣播實行管制。次年 4 月 1 日，日軍在哈同大樓設立的廣播無線電監督處開始「接管原來交通部和中央執行委員會所進行的廣播管理工作」，[2]並通知上海 20 多家電臺於 4 月 15 日前申請登記，領取新執照。在此前後，租界內的大多數民營電臺都因「拒絕與日本人合作而寧肯犧牲自己的利益」，播音工作處於時播時停的狀態。

鑒於日軍意欲控制和接收租界內民營電臺的企圖明顯，1938 年 4 月 11 日，租界內 20 家電臺包括華東電臺、大陸電臺、華興電臺、利利電臺、國華電臺、航業電臺、元昌電臺、東方電臺、中西電臺、華泰電臺、佛音電臺、明遠電臺、李樹德堂電臺、富星電臺、友聯電臺、東陸電臺、大中華電臺、新新電臺、福音電臺和建華電臺等業主，聯名簽署了呈遞兩租界當局的請願書，強調「敝電臺等自設立以來均係民營性質，素無政治作用。當上海戰事西移，敝電臺等鈞奉局咨照，對於政治事件尤爲愼重避免，迄今尙無不幸事件發生。惟查近日各電臺均有廣播無線電監督處名義來函二件，並限期於本月十五日前申請登記。查敝臺等皆處租界地域，此事一旦實行，或將引起其他不良事件之發生。」[3]鑒於此，公共租界當局不得不派出巡邏隊，對所有電臺加以保護，以防遭遇不測。

對日方的各項指令，租界當局表現得敷衍塞責，同時與日方展開談判，不斷周旋，試圖以讓步換取日軍的諒解。但日方態度蠻橫，不僅中斷了與工部局在電臺登記問題上的磋商，還給工部局一份備忘錄，表示不承認工部局對無線電廣播具有行使管理的權利，且無意與工部局共同進行管理，並不放棄對中國廣播電臺實行登記。一言以蔽之，就是「決不讓工部局僭取監督權」[4]。5 月 4 日，日軍監督處又發出第四號通令，要求各電臺最遲 5 月 5 日前必須登記，否則將嚴禁繼續播音。隨後日方當局即禁止未登記電臺播音，並聲明不承認新電臺或新過戶的電臺，甚至對擬搬到公共租界內的富星電臺也橫加阻攔，表示如租界當局同意遷入，「日本當局將不得不採取某種措施」。

無奈之下，租界當局對界內電臺的播音內容審查愈加嚴格。1938 年 5

1 《舊中國的上海廣播事業》，第 281 頁。
2 《舊中國的上海廣播事業》，第 382 頁。
3 《舊中國的上海廣播事業》，第 295 頁。
4 《舊中國的上海廣播事業》，第 286 頁。

月 14 日，公共租界工部局下令租界內所有民營電臺均需遞交保證書，內容是「鑒於上海地區目前的特殊請況，本電臺自即日起自願不廣播工部局警務處認爲有妨礙的一切政治性的戲劇、歌曲、演說等節目。」[1]同年 5 月 16 日，法租界公董局也頒布《管理無線電話及無線電報章程》，要求停播所有政治性節目。

日方得寸進尺，步步緊逼。1939 年 6 月 10 日，日方廣播監督處又發出通知，要求各電臺通知播音遊藝員於 6 月 20 日之前向該處登記，獲得該處頒發的登記證，否則不許播音。

租界當局表面上對日方的肆無忌憚百般遷就，實際卻極度不滿。他們認識到，「日本人已經決定不顧中國主有的老電臺的權利和享有治外法權的外國人的種種權利，獲取廣播局勢的控制權。」[2]他們也非常清楚，從法律上來說，無線電臺的控制權是屬於國民政府的，日本人宣稱「接收」租界廣播管理權，不僅未受到租界當局承認，「也未被在華享有治外法權的各國政府所承認。」[3]但租界當局同其所依託的國家一樣，在自身利益未受到嚴重侵害時，只能屈從於日方的種種挑釁，縱容日軍的作惡和囂張。

在前景不明的拉鋸戰中，最先犧牲的就是民營電臺的利益。抗戰爆發前，上海的民營電臺有 40 多家，到 1938 年 4 月 15 日日本當局的截至登記日期前，電臺數目銳減，只有 20 多家。爲了自保，明遠等十餘家電臺還不得不詳盡列出電臺設置情況，向租界當局登記備案。十餘家電臺均宣稱自己的主業是宣傳營業及廣告。後迫於日方壓力，工部局通知租界內的各電臺前往登記。「由誘惑而神經錯亂之結果，有六個中國民營電臺向該局登記，而其餘之各臺，至通告限期屆滿之日均停業，但不久又有意志薄弱之八個電臺重新廣播。」[4]此時，曾被國民政府交通部弔銷執照的「同樂」「周協記」「敦本」「安定」「新聲」「惠靈」「市音」「華光」等八家電臺向日方監督處請求更名復業。之後，一度停播的「建華」「福音」等二十餘家也登記播音。但是，「歷若干時已向管理局登記之電臺亦漸入於痛苦不自由之境界。未幾即有一電臺，被迫變更意志，爲敵人做昧心之宣傳。」[5]

1 《舊中國的上海廣播事業》，第 286 頁。
2 《舊中國的上海廣播事業》，第 343 頁。
3 《舊中國的上海廣播事業》，第 343 頁。
4 《上海廣播之現狀》（譯稿），《廣播週報》，1939 年 9 月 14 日第 176 期。轉引自《舊中國的上海廣播事業》，第 492 頁。
5 《上海廣播之現狀》（譯稿），《廣播週報》，1939 年 9 月 14 日第 176 期。

鑒於租界的特殊地位，日僞當局無法像對付華界電臺一樣隨意佔領或取締，於是用各種卑劣手段，逼迫租界內的民營電臺就範；對那些漠視或不理其通告的電臺，則想方設法迫使其停播。1938 年 6 月 1 日，位於法租界的東方電臺恢復播音，但拒絕向日方監督處登記。該臺經理陳韌春爲上海本地人，1932 年創辦東方電臺後，即以「宣揚文化，使播國策，服務社會爲宗旨，關於慰勞救濟等事宜，恒爲同業之先導。」[1]對其不肯向日僞低頭的行爲，日方監督處立刻採取報復行動，將東方電臺正在使用的 1080 千赫波長劃給了一座新建的漢奸電臺永生臺，使東方電臺失去廣播效能。東方電臺被迫更改波長爲 1220 千赫。由於此波段靠近波段末尾，聽眾人數減少，因而電臺收入銳減，經濟損失巨大。但日方仍不肯罷休，12 月 6 日又將東方電臺的新波長劃歸新成立的美聲電臺，終於將東方電臺徹底逼上了絕路，於當月停止播音。另一家同樣位於法租界的華東電臺，也因不理會日方的登記要求，於 1938 年 6 月 12 日被日僞特務在門口投放一枚手榴彈，所幸並未爆炸傷人。1938 年 12 月，東方電臺和華東電臺被迫出售給了一名英國人。大陸電臺同樣因拒絕登記，所使用的 1320 千赫被日方廣播監督處劃歸楊氏電臺，最後不得不改變波長，致使電臺廣告收入銳減。1939 年 1 月，日本人發給日籍公民定次宮原的雷通電臺波長，則同法租界一直都在播出的大中華電臺頻率相同。佛音電臺也因自認節目既無政治意味，更無商業性質，內容僅爲經聲佛號，「實無登記之必要，故拒絕登記」[2]。於是日方設立了一座 XQMW 電臺，用與佛音電臺同一周率的周波加以干擾。日方還裝置了電波干擾設備，備有 5 架 100 至 200 瓦的播送機，用來製造噪音，擾亂聽眾收聽。「更常用劫掠手段將電臺機件完全劫去，巡捕房對此種非法舉動，未能加以阻撓或制止。」[3]一些寧死不屈的民營電臺負責人只好另謀生路，如元昌電臺的負責人張元賢，就曾被日軍抓捕，受盡酷刑，出獄後被迫以經營雜貨攤爲生。而大中華電臺負責人周廉清及其屬下兩名員工也被敵僞憲兵隊逮捕，重刑審訊，幽禁數月，荼毒慘痛，無以復加。

這一時期，鑒於租界內特殊的政治和經濟環境，連平素本就嚴謹規範的宗教電臺也小心翼翼，儘量不觸碰戰爭等敏感問題。福音電臺的播音時間明

1 湯筆花：《抗戰期間八家電臺》，《勝利》週刊第 17 期，1946 年 5 月出版。
2 《上海廣播之現狀》（譯稿），《廣播週報》，1939 年 9 月 14 日第 176 期。
3 《上海廣播之現狀》（譯稿），《廣播週報》，1939 年 9 月 14 日第 176 期。

顯縮短，新聞節目只有兩檔，且全部用英語播報，以顯示其「外國人」辦臺的身份和聽眾定位。

亂世之中，福音電臺仍一如既往地關注衛生教育和婦女兒童，在1938年冬季出版的《福音廣播季刊》第三卷一、二合刊中，專門闢出了《收音機畔的女信徒》板塊，其中有王完白的介紹文章，「就通信和會面的聽眾看起來，多數固屬男性，然而女界收聽受感的，確乎占著很高的數目，因爲家庭中日常能坐在收音機旁的，似乎女性居多，無論識字與否，無不易於領受，我以爲電臺勝於報紙的地方，這也是很有力的一點。就本社已出版的八期季刊中，檢查女界信主的記載，已經不少，現在專就已經知道的女信徒，再提出十位，證明主的奇妙救恩。」[1]

福音電臺還以曲折的方式，表達自己不屈從日僞當局的立場。1934年至1949年，蔣介石政府曾發起「新生活運動」；1938年，竺規身牧師在福音電臺發表演講，支持「新生活運動」，並尊稱蔣介石爲國家的「領袖」，他說，「我國領袖，自從信主耶穌以後，每晨讀經祈禱，他受了聖經的話感動，年來竭力提倡新生活運動。這是我們中國最大的希望。這新生活，換句話說，就是要棄舊換新，『作新人』。」[2]演講看似在談基督宗教，談人格完善，實質又表達了該臺一貫的政治立場。聯繫到租界當局嚴格限制政治性節目的播出，違者將被關閉電臺這一背景，福音電臺的這種政治「擦邊球」，實際也是需要很大勇氣，承擔一定風險的。

總體上看，由於戰爭導致的人們出行等問題上的滯礙，加上普通人對戰爭的恐懼心理，孤島時期的上海人，只能沉溺於各種安全的室內娛樂，尤其是收聽電臺的節目中。電臺播放的各種娛樂節目，恰好迎合了這種社會情緒，也滿足了部分聽眾的需求。但對具有清醒家國意識的知識分子而言，這種歌舞升平的景象，無疑更增添對時局的失望。

三、「蘇聯呼聲」電臺的開播及其新聞節目

抗戰爆發前，蘇聯在上海設有領事館，塔斯社在上海設有分社，並出版中文《時代》雜誌。1941年蘇德戰爭爆發後，蘇聯爲加強在上海的宣傳工作，以蘇商名義創辦了「蘇聯呼聲」廣播電臺，呼號XRVN，1941年9月27日

1　《福音廣播季刊》第三卷第一二合刊，中華民國二十七年（1938年）秋冬兩季。
2　《福音廣播季刊》第二卷第三期，中華民國二十七年（1938年）1月至3月。

開始播音，使用漢語（包括上海話和廣州話）以及俄、英、德語播送新聞節目。該臺由塔斯社上海分社領導，臺長伐林，中文部主任克利明柯、音樂部主任普利陪特哥娃，均爲蘇聯人。華語男女播音員爲岳起（樂嘉樹）、桂碧清。李德倫和黎頻兄妹參與音樂和文藝節目的播出，衛仲樂教授主持中國音樂節目。

介紹蘇聯呼聲廣播電台

這裏我們很誠懇地向諸位介紹『蘇聯呼聲廣播電台』。

是的，『蘇聯呼聲廣播電台』在諸位也許原來就很熟悉的，本無需我們的介紹。但是他們最近在新聞報道方面或是娛樂節目方面，都有新的精益求精的改進。我們當然不能說他們已經盡善盡美的了，然而他們這種孜孜爲聽衆服務的精神是值得我們在這裏提一提的。

在新聞報道方面，他們向來是以最忠實最可靠的消息報告給聽衆，並且在各方面顧到聽衆的方便。以前他們新聞祇有國語，上海語在每日上午，下午，晚上向聽衆報告。最近又在每日下午四點一刻到四點半用粵語向聽衆報告新聞。除了每日各節新聞以外，現在他們在每星期六下午六點半到七點增加時事評述一節，來介紹蘇聯觀察家對於每週蘇德戰爭的觀察，報告很簡潔明瞭，並且常有非常扼要的評論。這樣對於聽衆關於時事的認識是很有幫助的。尤其是關心蘇德戰爭的聽衆，這樣可以在時間上很經濟而得到整個蘇德戰爭的精確而完全的輪廓。

在娛樂節目方面，他們的態度是絕對嚴肅的。他們雖然極力在多方面顧到聽衆的興趣，可是同時他們又嚴格地維持他們一定的水準。換句話說，他們的娛樂節目極力希望做到大衆化，然而絕對不使它們流於庸俗或是低級趣味。這是他們根本不變的主張，當然這是吃力不討好的事，然而也眞是難能可貴之

圖 3-6　1942 年《時代》刊文介紹「蘇聯呼聲」廣播電臺

該臺的新聞節目主要是報導蘇聯人民反法西斯鬥爭的消息和評論、蘇德戰爭公報、蘇維埃國家建設和人民生活情況等。每天上、下午各播音一次，期間每天傍晚爲特別節目。「每天以最新之德蘇戰爭信息，向全滬中國友人作最迅速、最忠實、最詳盡之報導，並配有優秀娛樂節目，以娛樂聽眾」。[1]

1　匝開莫主編：《時代》，1941 年第 13 期。

「人類之命運，世界之局勢，遠東之安危且深且巨！是以蘇德戰場上的每一舉止，每一得失，每一動靜，均須得各位密切注意」。[1]「蘇聯呼聲」電臺創辦之初，消息主要來源於塔斯社電訊，每天用國語、上海語（滬語）播報新聞。每天下午固定節目有《新聞報告》《中國音樂》《中國故事》《兒童節目》《古典音樂》《莫斯科報評述》等，新聞報導主要內容是蘇德戰場情況、蘇聯前線戰況、蘇聯人民反法西斯戰爭的消息和評論等。在這一階段，電臺播音時間較短，新聞報導較少，影響力也不大。

「孤島」淪陷後，28 家中國民營電臺全部被封閉，英、美等國對日宣戰，這些國家在上海的通訊社人員都只能撤回本國，電臺也被作爲敵產接收，只剩下日本、意大利、德國的通訊社人員。當時蘇聯尚未對日宣戰，塔斯社一時成爲堅持反法西斯戰爭報導的唯一窗口，而「蘇聯呼聲」電臺也因此能正常播音。此時電臺的作用和影響才逐漸顯現出來。

1942 年伊始，「蘇聯呼聲」實行節目改革，多語種新聞播報明顯增加，每天中午、晚上等重要時段播報新聞，其餘時間由風格多樣的娛樂節目填充，成爲抗日戰爭時期上海居民獲取新聞信息的中堅力量。這一改革備受歡迎。上海《申報》就在一年內六次報導該臺情況，足見其受重視之程度。

表：《時代》雜誌 1942 年第 9 期刊載的「蘇聯呼聲」節目單

星期一	6:30～7:00	歌唱（巨輪社）	
星期二	6:30～7:00	國樂（衛仲樂教授）	
星期三	6:30～7:00	話劇（美聯劇社）	
星期四	6:00～7:00	蘇德戰爭故事（張小姐）	
星期五	6:30～7:00	國樂（衛仲樂教授）	
星期六	6:00～7:00	蘇德戰爭故事（張小姐）	
星期日	6:00～7:00	中國音樂（唱片）	
星期一、二、三、四、五、六：3:15～4：00　三國志			
星期一、二、三：4:00～4:30　蘇聯小說（金小姐）			
星期四、五、六：4:00～4:30　發明故事（梁小姐）			
日間廣播		晚間廣播	
11:45	歐洲音樂	7:00	華語新聞報告
12:30	華語新聞報告	7:30	德語新聞報告

1　參見匝開莫主編：《時代》，1941 年第 13 期。

12:45	俄語新聞報告	7:45	俄語新聞報告
1:00	英語新聞報告	8:00	俄語英語及德語莫斯科報紙評述
1:15	德語新聞報告	8:20	藝術節目
1:30	華語（滬語）新聞報告	9:00	音樂節目
1:45	中國音樂	10:00	俄語新聞報告
3:15	中國故事	10:15	德語新聞報告
4:00	華語兒童節目	10:30	輕鬆音樂
4:30	俄語兒童節目		
5:00	歐洲音樂		
6:00	中國音樂		

1943 年，「蘇聯呼聲」又增加了粵語新聞。同時該臺設有《時事評論》欄目，介紹蘇聯觀察家對於每週蘇德戰爭的觀察，報告簡單明瞭，並且常有非常扼要的評論。「這樣對於聽眾關心時事的認識是很有幫助的，尤其是關心蘇德戰爭的聽眾，可以在時間上很經濟而得到整個蘇德戰爭的精確而完全的輪廓。」[1]

爲了能夠在日軍的眼皮底下繼續播音，「蘇聯呼聲」十分注意利用蘇日的特殊關係，儘量避免或減少蘇日矛盾；在宣傳內容上，絕不涉及中國的抗日戰爭、亞洲問題及太平洋戰爭等，而主要報導蘇聯人民反法西斯鬥爭的消息和評論、蘇德戰爭公報、蘇聯經濟建設與人民生活情況，目的在於增強各國人民抗戰救國的信心和決心，擴大國際反法西斯統一戰線。在萬馬齊喑的上海，「蘇聯呼聲」廣播雖然儘量不觸怒日本，但由於這一異類電臺的存在，也使當時的民眾瞭解了更多外部世界的新消息，增強了中國必勝的信心。

1945 年 8 月 8 日，蘇聯對日宣戰，出兵東北之際，「蘇聯呼聲」臺才遭到日軍的查封。但過了幾天，日本帝國主義宣布無條件投降，該臺隨即恢復了播音。

第三節　淪陷區日僞廣播的發展

「七七事變」的挑起者日本，在短時間內對中國實行攻城略地後，即精心布局廣播電臺，逐漸對中國全境形成電波「包抄」之勢——除東京率先開

1　匝開莫主編：《時代》，1942 年第 52 期。

播漢語節目外，日軍佔領區的中國境內電臺也次第啓動了針對中國人的廣播宣傳：1937 年 7 月 13 日，大連 10 千瓦廣播電臺開始用滿語報告新聞；9 月 1 日，新京電臺開始滿語廣播。1939 年，僞滿首都新京（長春）20 千瓦的短波廣播建立起完全的雙語廣播體制。隨著越來越多的國土淪陷，日僞政權的廣播業「不但數量上遠超過中國的官辦廣播電臺，而且發射功率也十分強大，僅僞滿廣播的發射功率即達 300 千瓦左右」[1]。

一、「七七」事變前日本在東北和臺灣地區的廣播活動

日本經營在華廣播事業並非始自抗戰時期，而是更爲久遠。在被佔領的臺灣和東北地區，差不多與日本國內的廣播事業同步，日本佔領當局已開始經營爲其國家利益服務的廣播。抗戰爆發後，隨著淪陷區版圖的擴大，日本在華廣播也隨之擴張。

日本侵略者深知廣播宣傳效力強大，將其視爲控制人民思想和塑造意識形態的重要工具，因此在佔領一個地區後即迅速對該地區的廣播業實行嚴密管控，並建立起服務於其奴化宣傳體系的廣播網。從日僞統制最久的東北和臺灣廣播業之發展便不難管窺這一特徵。

（一）東北的日偽廣播

東北的僞滿廣播事業可以追溯到日本 20 年代在大連建立的放送局（日語「廣播電臺」）。大連是一座工業、港口和旅遊城市，工業門類齊全，港口四通八達，自然風光秀麗。自 1840 年鴉片戰爭後，帝國主義列強就覬覦大連的戰略地位，曾數度入侵大連沿海。1894 年中日甲午之戰後，沙皇俄國以「租借地」名義霸佔了遼東半島。1905 年，日俄戰爭以俄國戰敗告終，日本竟強迫清政府把遼東半島的租借權讓與日本，同時又強迫清政府開放長春、吉林、哈爾濱、滿洲里等十幾個城市作爲日人通商、居住之地。日本帝國主義的勢力逐步滲入東北地區。當時，日本把遼東半島改稱爲「關東州」，設立殖民機構，作爲進一步侵吞東北、進而滅亡中國的前哨陣地。

爲實現永久霸佔大連的目的，從 1924 年起，日本政府就著手運用無線電廣播這一現代化宣傳工具，強化對華的思想文化侵略和統治，頒布了《放送用私設無線電話規則》。1925 年 8 月 9 日，由關東遞信局管轄的大連放送局開始播音，呼號爲 JQAK（第一個英文字母 J，按當時國際有關條例規定

1　趙玉明：《日本侵華廣播史料選編》，中國廣播影視出版社，2015 年版，第 278 頁。

爲日本無線電臺的標誌），發射功率爲 500 瓦。這是日本帝國主義在中國設立的第一座廣播電臺，也是我國東北境內的第一座廣播電臺。而這座廣播電臺的建立，距離日本國內開辦廣播事業僅僅 4 個月。當時即使在日本本土，也只有東京和名古屋兩座廣播電臺，而大連放送局的設施完全不亞於其國內的電臺。尤應注意的是，日本第一座廣播電臺的呼號爲 JOAK，大連廣播電臺的這種呼號命名方式，似乎無形中成了它的「姊妹臺」。

「九一八」事變後，日本關東軍迅速佔領了東北全境奉系的無線廣播電臺，並從日本放送協會抽調專門技術人員趕赴相關地區，修復因戰爭破壞的廣播設備。繼 1931 年 10 月 6 日將奉天廣播電臺交由日本和登商行經營後，26 日，日本關東軍「特殊通訊部」控制下的僞「奉天放送局」開始進行對外廣播。12 月，日本又進行了「日滿聯絡廣播」實驗。1932 年 2 月，哈爾濱廣播電臺被日軍佔領，7 月，日僞當局成立哈爾濱放送局，電臺的呼號沿用過去的 COHB，使用漢語、日語和俄語三種語言繼續播音。至此，國人在東北自辦的廣播事業全部被日軍攫取。

對僞滿當局而言，如何在短時間內讓人民承認這一新的政府，接受被殖民統治的現實，是眼前最迫切的事。而「廣播能夠快速反映社會變化，整合價值觀。尤其是『一戰』後，各國民族主義抬頭，在中日戰爭這一『非常時局』中，必須讓滿人明白『國家主義專政』的意義，而『宣傳國策有賴於廣播的擴張與聽眾的增加』，這是『國家宣傳』重要組成」。[1]1933 年 8 月 31 日，由日本政府、僞滿政府、滿鐵、日本放送協會和朝鮮銀行出資合辦的滿洲電報電話株式會社正式成立（以下簡稱「滿洲電電」），隨後即壟斷了東北的電話、電報和廣播業務，成爲擁有 6500 名員工的大型電信壟斷企業。

「滿洲電電」成立之初，下轄大連、奉天、新京、哈爾濱四大放送管理局。1934 年，日本又出資 100 萬日元，在新京也即長春建設了 100 千瓦大電臺，這是亞洲發射功率最大的電臺，極大提高了僞滿廣播信號的輸送能力[2]，也標誌著「滿洲的廣播已經進入先進國家的行列」[3]。

在廣播節目中，僞滿電臺延續多語種播送的傳統，極力營造「五族共和」

1 滿洲電信電話株式會社：《滿洲放送年鑒》，1940 年版，第 13 頁。

2 川島眞：《僞滿的廣播政策》，《近代中國東北文化國際學術研討會》，2004 年版，第 3 頁。

3 關於百萬千瓦廣播開始的經過，參見日本放送協會編《昭和十年ラジォ年鑒》，日本放送協會，1935 年版，第 305 頁。

假象。1936 年 11 月，僞滿日語和漢語雙重廣播正式開播，同年日本、僞滿、朝鮮和臺灣實現了「交互放送」。侵華戰爭全面爆發前，日僞廣播已基本覆蓋整個「滿洲國」國境，日本借助廣播已將其本土與殖民地鏈接爲一體，成爲其宣傳「滿洲國」「王道樂土」的主要工具。但對身受殖民統治的東北地區人民來講，表面上的順從並不代表內心的認同。據《申報》報導，「日來滬方消息，此間只恃少數裝有無線電之家數，偷聽南京每夜之廣播而已。」[1]一些不甘受奴役的電臺工作人員，甚至還隱晦地做了一些影射性宣傳。

（二）臺灣的日偽廣播

臺灣於 1895 年甲午戰敗後被清政府割讓給日本，自此成爲日本實踐其殖民統治的試驗場，廣播事業也在日本統治臺灣的機構——總督府的扶植和監管下孕育並發展，呈現出鮮明的壟斷性、殖民性特証。

1925 年 6 月 17 日，借「臺灣始政三十週年紀念」之機，臺灣總督府交通局遞信部在臺北市榮町的總督府舊廳舍內設置一部 50 瓦小型放送機，並在臺北新公園展覽會和萬華龍山寺等 16 個地點設置收音機，進行了爲期十天的試驗廣播，節目內容有新聞、演講和音樂表演等，由此拉開了臺灣殖民地廣播的序幕。

1928 年 11 月，總督府交通局遞信部設在臺北的「實驗放送所」1 千瓦電臺（呼號 JFAK）開播。[2]電臺起初用日語播出，服務對象爲在臺的日本人，這也是由於最初裝設收音機的家庭基本都是日本僑民。但基於強化殖民統治的需要，臺灣當局必然會把廣播事業納入其殖民統治體系，希望最大限度利用廣播的共時性特徵，培育本土臺灣人的臣民意識，營造宛如一家人的政治氛圍——「將來廣播事業建立全國性組織時，全體國民就可以像全家團聚一樣一起收聽廣播節目，屆時全國用同一種語言，所謂『宛如一家人』的理想就可以實現了。」[3]

1929 年，臺灣殖民當局著手推進電力 10 千瓦的廣播電臺，1930 年底完工。1930 年 1 月，發射功率爲 10 千瓦、呼號 JFAK 的臺北廣播電臺開始啓用播音的同時，「社團法人臺灣放送協會」也正式成立。這一電臺代表日本

1 《日軍支配下哈爾濱之現狀》，《申報》，1932 年 3 月 15 日第 6 版第 21172 期。
2 一說是 12 月，見黃天如：《臺灣廣播事業之概況》，《無線電》，1936 年第 3 卷第 1 期。
3 轉引自張曉鋒：《扶持與統制：日本殖民統治時期臺灣地區廣播事業的歷史考察》，《新聞與傳播研究》，2014 年第 12 期。

在華利益，宣揚日本國策，成爲其在臺灣地區的重要喉舌。如「九一八」事變後，「臺北廣播電臺發揮其全機能，速報新聞；另設演講、講座、詳細報告滿洲、蒙古情形，宣傳擁護日本侵略國策，以資助日本國論之統一。」[1]爲了擴大收聽效果，1932 年 4 月，放送協會又增設呼號爲 JFBK，天線輸出電力 1 千瓦的臺南放送局，1935 年 5 月增設呼號 JFCK，天線輸出電力 1 千瓦的臺中放送局。到全面抗戰爆發前，日本殖民當局在臺灣地區的廣播基礎建設已初具規模，臺北、臺南和臺中三個放送局的廣播信號基本覆蓋全島。

同樣是出於殖民統治的需要，臺灣總督府極爲重視收音機的推廣工作，通過設立專門機構、在指定場合設置收音機、收取執照費等多種方式，增加收音機的民間普及，提高電臺的收入，成效顯著。民眾如想裝設收音機，就要到附近的放送局去索取請求證，「塡妥送局後，由各局匯送放送協會核准，始得裝設，每機每月納費一元，近處由各局派員收取，遠處則由郵局匯寄，如有私設之發現，除沒收全部機件外，尙須得以二百元至千元之罰金，或判六月至一年之拘禁云。」[2]當時，臺灣初等學校教育的一個重要工具就是收音機，而收音機在學校主要就是用於集會和做操，中餐時還請高年級同學收聽新聞。據調查，在學生喜歡收聽的節目中，新聞報導排在娛樂節目之後，居第二位。[3]

二、「七七」事變後日僞廣播的擴張

「七七」事變後，僞滿新京的中文廣播已完全覆蓋東北全境。哈爾濱則在原有俄語廣播的基礎上又增設蒙古語播音。僞滿廣播旋即按照日本宣傳的整體戰略布局，對南京國民政府和蘇聯廣播展開電波戰，在國際上宣傳僞「滿洲國」的「國際正義和正當立場」的使命。

（一）東北淪陷區廣播

全面抗戰爆發後，隨著淪陷區的擴大，日僞當局開始著手建立「統一」「聯合」的廣播宣傳網，以服務於其針對佔領區的奴化宣傳和針對國統區廣

1 【日】北見隆編著：《中華民國廣播簡史》（上冊），神農廣播股份有限公司，2008 年版，第 36 頁，轉引自張曉鋒：《扶持與統制：日本殖民統治時期臺灣地區廣播事業的歷史考察》，《新聞與傳播研究》，2014 年第 12 期。

2 黃天如：《臺灣廣播事業之概況》，《無線電》，1936 年第 3 卷第 1 期。

3 轉引自何義麟：《日治時期臺灣廣播事業發展之過程》，《跨越國境線——近代臺灣去殖民化之歷程》，臺北稻香出版社，2006 年版，第 91～116 頁。

播的電波戰。他們先是把新京、哈爾濱、大連和奉天四座電臺升格爲「中央放送局」，隨後在延吉、通化、黑河、佳木斯、海拉爾、營口、安東等地建立小型廣播電臺，於 1937 年 7 月 17 日在大連開設針對華北和華東地區播出的中文短波廣播節目，8 月在天津和華北的僞政權廣播電臺相繼建成，9 月 6 日，「滿華」實現「交換放送」。兩地分別播出了張煥相的《告華北民眾書》和高凌蔚的《滿洲與華北》，此後每週五和週六兩天，滿洲和華北之間相互進行廣播聯網播出，內容包括「治安宣撫、名士演講、教育、治安、產業、經濟、商業和文藝」。借助廣播，僞「滿洲國」向華北地區實況轉播了溥儀的「天長節」講話、「鄭孝胥葬禮」，而華北則向滿洲輸送了「奉祝滿華聯絡放送一週年」、「殷汝耕演講」等內容。借助在通州、唐山、山海關、奉天中繼站的轉播，無線廣播將華北與滿洲兩大日本殖民地鏈接在一起，彌補了「七七」事變之後日本在華北宣傳能力的不足。

日軍妄圖通過「電電」將僞滿廣播事業壟斷起來，使僞滿廣播之聲彌漫東北上空。對來自蘇聯的廣播，則極力加以干擾。發現收聽外臺者，則予以鎮壓。據有關材料記載，1940 年，日軍曾以收聽外臺爲由，在東北地區一次逮捕 19 名外國人士。

爲了與國民黨中央廣播電臺的 75 千瓦廣播對抗，僞「滿洲國」緩衝日本購置設備，增強電力保障，提高了「中繼站」的信號強度，對內實現了哈爾濱和牡丹江的廣播聯絡。此間，「滿洲電電的聽眾人數已從成立之初的 5896 名上升至 71355 名，增長近 15 倍，其中中國收聽人數達 16550。在個別地區如大連、新京、蘇家屯、甘井子等其廣播每百戶擁有率以超過 20%。」[1]

僞「滿洲國」的廣播對於當地的中國人影響有限，但對在「滿」的日本人來說，廣播對他們日常生活的滲透和時空意識的建構作用巨大。當時建立的廣播與街坊鄰居制度的結合，是一個很重要的媒介使用和推廣手段。

> 1941 年 3 月，街坊四鄰的居民小組與廣播的連結關係已被討論，不過「每個月一號對街坊鄰居定期大會的廣播已被播放，但是，關於指示籌畫這個廣播都已經是四月的時候了」，變成制度化是到了五月的時候。而「晚上七點新聞結束後，聽到廣播中傳出『今晚七點半開始有定期大會，請各位集合出席』這樣的訊息，居民前往輪

1　大連 27.3 户，新京 24 户，蘇家屯 30.3，甘井子 23.9，參見滿洲電信電話株式會社：《滿洲放送年鑒》，1940 年版，第 39 頁。

到值月班的人家中開會。而形成這樣的情況是在昨年的 1941 年 10 月 1 日」，「除了每個月 8 號召開的街坊鄰居一同朗讀宣戰詔書、時局詔書的聚會，就連街坊鄰居的協商、執行問題等都是透過廣播來進行，這加深了街坊鄰居居民與廣播的聯繫感」，街坊鄰居與廣播的關係急速地連結在一起。廣播透過街坊鄰居制度把「公共的官方的」情報滲透到民眾裏，並且廣播被作爲統一時間的手段，創造出「被身體動員的群眾」。[1]

（二）加強島內外宣傳的臺灣殖民地廣播

殖民地臺灣也在抗戰爆發後加強了面向島內的廣播宣傳，同時利用臺灣的廣播電臺，面向大陸和東南亞、東亞其他國家進行有利於日本的宣傳，廣播同樣淪爲戰爭宣傳的工具。

戰爭時期，臺灣對華南南洋地區的廣播對象不只鎖定日本人，而是整個區域的所有種群。而民眾出於對時局的關切，收音機的購買量也有很大增長。因爲一般的知識分子，都是通過收音機獲得最新的戰況。日本殖民當局本希望通過日語教育加速臺灣的去中國化，但鑒於中國民眾對於廣播收音機的需求和實際聽眾的年齡與教育程度等限制，1937 年後，臺灣廣播中開始增加臺語（閩南話）節目的新聞，大大增加了臺灣原住民對廣播的興趣，每晚臺語新聞播出時都有一群黑壓壓的人群聚集在店頭。「1943 年，全臺灣廣播收音機用戶超過 10 萬戶，平均每 10 戶或每 60 人就有一臺收音機，收音機普及率很高。」[2]「如果將收音機普及率作爲近代化的指標，臺灣社會中收音機的畸形分布與高普及率可稱爲殖民地式近代化之特色。」[3]同年 500 千瓦的嘉義放送局啓播。1944 年，100 千瓦的花蓮放送局設立。至日本戰敗、臺灣交還中國政府前，總督府已建成了全島性的廣播網。

爲了用電波對抗南中國福建及南洋諸國的領空，配合日本軍部進行大東亞戰爭宣傳，臺灣放送協會還先後開闢了福建話、北京話、廣東話、越南話、英語、馬來語等廣播節目，增廣宣傳播送範圍。而這些新聞報導的節目增加，目的就是爲了要讓海內外的聽眾瞭解戰況。1937 年臺灣放送協會發行的《廣播時報》中指出：「以外國語向外國播送正確的新聞，可以對抗中國方面的

---

1 川島眞：《僞滿洲國的廣播政策》，《近代中國東北部文化國際研討會》，2004 年版。
2 何義麟：《日治時期臺灣廣播事業發展之過程》。
3 何義麟：《日治時期臺灣廣播事業發展之過程》。

卑劣宣傳，向諸外國宣揚日本正義的立場。這是吾輩在維護東洋的和平與完成國家的政策上的重大使命。」由此可見，海外廣播的一個重要任務就是在於端正國際視聽，向外播送日本自己認爲是「正確的」信息，強調自身的正義和正當性，刻意貶低對方的價値，藉此以美化國家所進行的侵略行爲。

1940 年，臺灣民雄放送所正式開播。總督小林躋造親自主持開播式，強調「臺灣的廣播事業爲達成聖業的一部分，透過廣播將皇軍的英勇戰績傳達給全島人民，並使人民對時局徹底認識、瞭解國家政策，以提振國民精神。」配合戰爭宣傳的進程，廣播中增加了新聞比例，以營造輿論氛圍。放送協會大量壓縮和減少原先的教育和娛樂節目，增加每天新聞播報的次數，從戰前的一天二次增加到一天五次，到 1939 年時報導性節目已經接近半數。新聞報導類節目總量的提升，反映了統治者當局認爲戰爭時期必須讓民眾瞭解戰況的演進、時局的演變與國策的推行，特別是國際電波戰如火如荼之際，爲了避免民眾受敵人謠言的影響，更要讓民眾清楚地瞭解到國家在整個戰局中所處的情勢，以維護民眾對國家的信心。因而，新聞報導的增加對於總督府的戰時輿論引導，尤其是對「國家輿論之統一」具有實質意義。同時廣播中還極爲重視輿論導向。隨著戰局的擴大，政府控制下的廣播電臺，重點安排各種與國內外政策情勢相關的宣傳節目，以「指導國民，統一輿論，強化後方的團結」。1941 年太平洋戰事爆發後變化最大，播報的新聞幾乎都是以戰局發展爲主，新開闢了《軍事報導》《總力戰の時間》《今日戰況》《一周戰局》以及針對特定對象的《戰時家庭の時間》《國民學校放送》《少國民の時間》等大量欄目。當時的媒體報導幾乎是一邊倒地宣傳日軍在戰場的勝利，以提振士氣。「其節目內容除散佈若干日本軍國主義思想外，就是爲日軍的侵略戰爭打氣，並作虛僞的勝利宣傳。至於其他娛樂或社教、文藝等節目至爲貧乏，可以說完全是爲日政府宣傳的一種大眾傳播工具而已。」[1]

（三）華北淪陷區的日偽廣播

在華北地區，「七・七」事變後，北平、天津、太原、青島等地相繼淪陷，廣播電臺也淪入日軍之手。日本侵佔北平後，取締了市內各廣播電臺，並於 1937 年 12 月在北平拉攏一夥漢奸拼湊成立了所謂「中華民國臨時政府」，不久又將「北平」改稱「北京」，北平廣播電臺也改爲「北京中央廣播

1　此處臺灣廣播部分，主要參照了何義麟：《日治時期臺灣廣播事業發展之過程》一文。

電臺」，並於 1938 年 1 月 1 日，僞「臨時政府」舉行所謂「就職典禮」之日開始用日語、漢語廣播。在日本廣播協會插手之下，北平、天津等地的廣播電臺陸續恢復播音。1938 年 12 月 29 日，漢奸汪精衛發表「豔電」，叛國投敵。1940 年 3 月，在日本侵略者的策劃之下，南京汪精衛僞「國民政府」成立。此後，北平僞「臨時政府」改稱「華北政務委員會」。同年 7 月，該會控制下的「華北廣播協會」成立。

在「華北廣播協會」成立後，日本廣播協會名義上把華北地區的廣播電臺移交其「專營統制」，但眞正掌權的仍是日本人。當時該會管轄的廣播電臺有 8 座，分布在北平、天津、濟南、青島、石家莊、太原、唐山和徐州等地，總髮射攻率爲 100 多千瓦。1938 年，日本侵略者將綏遠和察哈爾省（今河北省和山西省的北部及內蒙古中部地區）稱爲所謂「蒙疆「地區，並建立了所謂「蒙疆自治政府」，以張家口爲其「首府」。隨後又成立了控制這個地區廣播事業的僞「蒙疆廣播協會」，並先後在張家口、大同、厚和（呼和浩特）、包頭等城市辦起廣播電臺。

從 1941 年起，日軍在華北地區五次開展「治安強化運動」。日本華北方面軍參謀部制定的《「治安強化運動」實施計劃》中強調，得用廣播來宣傳「東亞新秩序的觀念」，並規定「華北廣播協會向管內及敵地區進行廣播，並由地方各電臺作爲本地新聞進行廣播」。爲了所謂「治安肅正」有關的廣播宣傳，日軍還特別支持「華北廣播協會」廣播發射設備和對重慶廣播的定向天線，用來「對重慶進行廣播宣傳攻勢」。

日本侵略軍在華北地區也同在東北地區一樣，強制推銷廉價收音機，據統計，僅北平一地就銷售了四萬多架。他們還下令登記收音機用戶，強令剪去可以收聽短波廣播的設備，迫使聽眾只能收聽當地的日僞廣播，發現收聽非日僞廣播者則以「國事犯」論處。僞「北京特別市政府」宣傳處還於 1944 年初要求在北京各繁盛中心安設擴音器，「訂定時間傳達功令，俾使一般市民全能收聽」。[1]

（四）其他地區的日偽廣播

在華東地區，1937 年 11 月，日本侵略軍在佔領上海之後，立即「接管」了原國民黨的兩座廣播電臺，並利用其設備成立起日僞「大上海廣播電臺」，

1 北京《市政公報》，宣傳處文電：北京特別市政府宣傳處函：逕啓者本處奉市長交辦於本市各繁盛中心安設擴音器，《市政公報》，第 220～222 期，1944 年版，第 42 頁。

作為日本佔領軍的喉舌。1938 年 3 月，日偽「上海市廣播無線電臺監督處」成立，強令上海各電臺進行登記，聲稱各臺均須「重加認可，方准營業」。上海的民營廣播電臺在日寇的重重壓力下，日益趨於分化。

1938 年間，日本在南京設立偽「南京廣播電臺」，用來宣揚日本侵略軍的「戰績」，並對江蘇及其附近的中國居民進行「中日親善」、「建立東亞新秩序」的欺騙性宣傳。汪精衛叛國投敵來到南京之後，偽「南京臺」又成為他鼓吹所謂「和平運動」的工具。1940 年 3 月，在日本侵略者的策劃下，在南京成立的汪偽「國民政府」在形式上把華北偽「臨時政府」、華中偽「維新政府」以及偽「蒙疆自治政府」和汪精衛集團等南北傀儡熔於一爐，由汪精衛自任代理主席，還上演了「還都」南京的醜劇，發表了所謂的「還都宣言」，與日本首相作了「交換廣播」，但實際上很多事情仍然是日本人在背後操縱。第二年 2 月，汪偽政權建立偽「中國廣播事業建設協會」。在其《組織章程》中宣稱，「本會以集中全國官民力量以及聯合友邦熱心人士，倡導社會協助政府發展廣播事業，加強廣播宣傳，以促進國家建設、東亞復興為宗旨」。該協會的理事長雖然是中國人，但實際權力仍掌握在日本人手中。偽廣播協會聲稱，將「負責接收各地日軍電臺」。這種所謂「接收」實際上就是說利用漢奸來辦廣播，這比日軍直接出面辦廣播對中國人民來說具有更大的欺騙性。這個偽組織制定的《廣播無線電臺計劃》還提出要「統一管理」淪陷區的廣播電臺。1941 年 3 月 26 日，在南京又上演了一齣日本軍方將廣播事業「交還」汪偽政權的醜劇。汪偽協會在「接收」之後，為了混淆視聽、蒙蔽輿論，將偽「南京廣播電臺」改稱「中央廣播電臺」，呼號也定為 XGOA，與重慶國民黨中央臺的臺號和呼號完全一樣。

汪偽「中國廣播事業建設協會」控制下的廣播電臺，根據 1941 年統計，除汪偽「中央臺」外，尚有上海、漢口、杭州、蘇州和蚌埠等地的廣播電臺。除日偽廣播電臺外，汪偽政權規定在其統治範圍內「民間不得再有廣播電臺」。為了推行「反共睦鄰」的投敵賣國政策，汪偽政權竟然把日本侵略者稱為「友邦」，並鼓吹聘請日本「技術顧問」、「技術專員」來發展廣播事業，從南京偽「中央臺」到偽地方臺，都表示「歡迎」日本團體和專家在技術上、經營上參加合作。為了充當日本殖民宣傳的喉舌，還設立了所謂「中日廣播節目聯絡委員會」，協調廣播內容。

在宣傳上，汪偽廣播秉承日本帝國主義的旨意，完全為汪偽政府的親日反共政策效勞。一方面頻繁地開展所謂「清鄉運動」、「新國民運動」，另一方面還從政治上、思想上麻痺和毒害中國人民。汪精衛等漢奸頭面人物紛紛到廣播電臺發表廣播講演，鼓吹「中日親善」「共同反共」「經濟提攜」「和平、反共、建國」，「完成大東亞聖戰」等反動賣國謬論。1943 年 6 月，汪僞政府炮製的《戰時文化宣傳政策基本綱要》中更進一步提出，要「強化中國廣播事業建設協會，嚴厲取締敵性廣播，並謀對外宣傳之積極與強化」。同時還要求由有關機構派出檢查人員，實施廣播節目的「嚴格審查」，聲稱要「採積極指導方針，不僅在消極方面刪除違反國策之文字，尤應在積極方面指導符合國策之思想」。

1938 年 10 月，日本軍在廣東惠陽大鵬灣登陸，隨即廣州淪陷，日軍廣東放送局即利用原廣州市播音臺的天線鐵塔，重新設立廣播電臺，臺名改爲廣州市無線電廣播電臺，節目內容安排全部由日本人控制，極力宣傳「東亞共榮圈」。

日軍對其控制下的廣播，還有著嚴密的統一調度。其中第一個辦法是成立各種放送協會以及不同區域、不同電臺之間的「交換放送」。

總之，相較中國政府治下的廣播事業，日僞電臺的設施和功率均佔據絕對優勢。同時日占區的收音機社會擁有量也明顯高於國統區和共產黨的抗日根據地。

三、日僞廣播的宣傳與管控

爲了給罪惡的侵略戰爭尋找思想和現實的掩體，日軍在佔領一片區域後，很快就扶植當地漢奸，成立傀儡政權，先後於 1932 年扶植清王朝的末代皇帝溥儀在長春成立了僞「滿洲國」政權；於 1935 年 11 月扶植原國民黨冀東行政專員殷汝耕在河北通縣成立僞「冀東防共自治政府」（1938 年併入僞「華北臨時政府」）；又於 1936 年 5 月扶植蒙古王族德穆楚克棟魯普，成立僞「蒙古軍政府」（1939 年 9 月改稱僞「蒙疆聯合自治政府」）；1937 年 12 月 13 日，在北京成立僞「中華民國臨時政府」；1938 年 3 月，在南京成立的僞中華民國維新政府；1940 年 3 月，扶植汪精衛在南京成立僞「中華民國國民政府」。日軍還在上述地區搶佔、新辦報紙、雜誌和廣播電臺，利用各僞政權的政客和文人，在媒體上大肆推銷「東亞文化」和「王道文化」，宣稱「誠篤親善，共同協力」，以實現「東亞和平」和「大東亞共榮」，爲其殖民統治尋找合法依據。尤其是老少咸宜的無線電廣播，更是成了日僞政權對中國人進行思想收買和政治奴化的不二選項，連電臺歌曲中都充斥著「保衛東亞」之類的宣傳內容。

而具有很強人際交流意蘊的廣播演講，自然成了日僞電臺青睞的宣傳手段。當時的日僞電臺中，除了新聞「報導」和各色娛樂節目外，便是大量知名人士的廣播演講。

爲了最大限度地發揮廣播宣傳優勢，從 1940 年 8 月開始，汪僞政府宣傳部每週三都邀請僞政府高官和著名漢奸文人到「中央」廣播電臺舉行定期演講。1942 年 9 月參加定期演講的有：[1]

演講題目	演講者
肅清英美侵略勢力必須強化軍事力量	劉郁芬（僞軍委會參謀總長）
管理物資與物價值根本方針	袁愈佺（僞實業部常務次長）
九一八的回顧與新認識	褚民誼（僞外交部長）
歡迎答訪使節與協力大東亞戰爭	郭秀峰（僞宣傳部常務次長）
如何協力大東亞戰爭	鮑文樾（僞軍政部長）

圖 3-7　載於 1941 年第 6 卷第 9 期《華文大阪每日》中「於南京廣播電臺廣播「保衛東亞」之歌的遠東劇團一行

1　《汪僞政權全史》（下），第 915 頁。

以溥儀、殷汝耕、汪精衛、李士群爲代表的僞政權高官是當時廣播演講的主力。每當有大事或重要節日、重要活動時，都會有僞政權的頭面人物親自出馬，到電臺發表「特別演講」，爲日軍侵華及其後實施的各種統治措施背書。如僞「滿洲國」皇帝溥儀的「天長節」廣播講話、僞「冀東防共自治政府」委員長殷汝耕的《冀東的防共使命》廣播演講、僞南京「國民政府」主席汪精衛的《對全國國民廣播》等。其他如僞中華民國維新政府司法行政部長許修直，汪僞政權宣傳部長林柏生、南京市特別市長周學昌、僞外交部長褚民誼、僑務委員長陳濟成等，也都曾在電臺發表演講。如 1941 年 12 月，汪僞政權舉行特別演講的有[1]：

時　間	演講題目	演　講　者
12 月 1 日	締約一年來交通事業之調整及其進展	彭年（僞社會部常務次長）
12 月 2 日	締約一年來軍事方面之進展	楊揆一（僞參謀本部部長）
12 月 18 日	對全國國民廣播	汪精衛
12 月 22 日	東亞的解放與中國的立場	褚民誼（僞外交部長）
12 月 23 日	再進一言	林柏生（僞宣傳部長）
12 月 26 日	爲大東亞戰爭爆發告青年	羅君強（僞邊疆委員會委員長）
12 月 27 日	弱小民族的解放戰爭	樊仲雲（僞中央大學校長）
12 月 28 日	大東亞戰爭與中國民族自覺	周學昌（僞國民黨中央黨部副秘書長）
12 月 29 日	豔電三週年	汪精衛

而汪僞南京市政府特別市市長周學昌僅 1942～1943 年就在僞「中央廣播電臺」發表八次對全國廣播演講。[2]1943 年 4 月 18 日，59 歲的日本聯合艦隊司令山本五十六在視察部隊途中座機被美軍飛機擊落而斃命，5 月 4 日東京爲其舉辦國葬典禮。汪僞宣傳部長林柏生通過南京「中央廣播電臺」向其致哀。

一些日僞當局操控的「民間」組織也成了廣播演講的常客。如成立於 1938

1　余子道、曹振威、石源華、張雲：《汪僞政權全史》（下），上海人民出版社，1996 年版，第 915 頁。

2　包括：1942 年 2 月的《戰時文化廣播事業》、1942 年 8 月的《新國民運動與青年訓練》、1942 年 10 月的《訪日感想，大東亞廣播詞》、1942 年 11 月的《大東亞戰爭一週年紀念大東亞共榮圈市長交換廣播》、1942 年 12 月的《聲援印度獨立》《新市特別市成立十週年紀念廣播祝詞》《青年的自覺與自治》，以及 1943 年 11 月的《中日同盟與中國之獨立解放》。

年 7 月的大民會就是日僞廣播的寵兒。該會宣稱其宗旨是「一振興實踐『民德』主義，確立新中國國民精神；二政教普施，民情上達；三革新生活強化民力，四中日提攜以圖東亞之自主興隆。」[1]。但實際上，汪僞政權成立前，大民會的活動經費全部由日本軍特務供給，既不像一個政黨，也不是一個民眾團體，而是一個連自己都承認爲「畸形而特殊的組織」[2]。維新政府成立後，大民會的活動經費改由「友邦日本軍特務部和維新政府各任其半[3]」。南京汪僞政權成立後，由政府行政院財政部撥給巨額經費，具體工作由日本軍特務部濱田中佐和和軍報導部馬淵大作「指導」，身份卻變成了更爲隱蔽的「民眾團體」。但正如大民會自己坦承的那樣：

> 本會的創立當初，大部分是出之於友邦日本人士之意思的。這種意思，我們相信，目的在乎要中國的民眾走上親日和平的路線。這一個目的，可以說，完全和我們的意思相同，所以，本會的機構雖然改組了，但是依舊是要使中國的民眾走上親日和平之路線的。我們深信，在世界政治的現勢之下和東亞整個大局著想，惟有中國要親日，日本要親華，中日要和平，才能求兩國的各自獨立和兩國民族的相互永久生存。……本會今後的方針，不但本身要走向親日之路線，而且，進一步的，還要領導中國的多數民眾，以大亞洲爲基礎走向親日的目標。」[4]

從 1938 年 8 月開始，大民會「本救亡圖存之決心，實行思想建設精神建設，喚醒一般前被蔣政權麻醉之同胞，努力復興禮教民德，群起反共倒蔣，倡行東亞自主興隆之主義，以期拯民於水火，收效於萬一，」[5]先後在上海和南京僞「中央」廣播電臺進行了數百次廣播演講。

而此時極爲活躍的另外一個組織、同樣是受日方操控的「北京華僑協會」，也在北京、南京等地的日僞當局廣播電臺頻頻發聲。其會長許修直身先士卒，在日本和汪僞政府簽訂同盟條約後，於 1943 年 11 月 15 日在北京「中央電臺」發表演講，認爲這是「空前平等的條約」。[6]另外一個會員梁亞平則發

1　《大民會綱領》，《僑聲》第一卷第三期，1939 年版。
2　趙如珩述：《中國大民會的過去及將來》，1940 年版，第 8 頁。
3　趙如珩述：《中國大民會的過去及將來》，1940 年版，第 4 頁。
4　趙如珩述：《中國大民會的過去及將來》，1940 年版，第 10 頁。
5　《大民會播音演講集（第一集），序》，大民會宣傳部，1939 年編印。
6　許修直：《慶祝中日同盟，擁護大東亞宣言》，《僑聲》，1943 年第 5 卷第 12 期。

表了《信賴盟邦，協力友軍完成大東亞戰爭》的演講。[1]

與大民會和北京華僑協會甘心附逆不同，很多民間組織和個人是在身不由己的情況下做了日僞的宣傳工具。如青島淪陷後，日僞當局曾幾度邀請市商會會長鄒道臣到電臺發表演講。後在愛國民眾的強大壓力下，鄒道臣被迫逃到外地，不敢再爲日僞當局服務。還有如 1942 年日僞當局發起「治安強化運動」後，曾組織中學生到電臺發表演講，要求學生們協助當局的治安強化運動，實現「求學要刻苦化，服務要勤勞化，行動要紀律化，思想要純正化」[2]。1943 年，在日本和中國的僞政權向英美宣戰的背景下，僞上海廣播電臺還組織舉辦了「中國青年打倒英美辯論廣播大會」，選定中等學校、大學或專門學校學生或一般男女青年，由上海特別市政府、上海特別市教育局嚴格審定其論點、論調和態度後推薦。[3]

爲了協助日僞政權建構所謂的「大東亞文化」，營造「日滿協和」、「日中友好」的輿論氛圍，贏得淪陷區民眾認同，各路廣播演講者可謂使盡渾身解數。他們從國父孫中山先生言論中尋找「東亞共榮」、「日中親善」證據，從國民黨政府的抗戰失敗中尋找日僞當局執政的合法性，並顛倒黑白，爲日僞當局的一系列暴行塗脂抹粉。一個個有名有姓、有頭有臉的人物相繼到廣播電臺發表演講，爲日僞當局搖旗吶喊，無形中營造了一個萬民擁戴日僞統治的虛假輿論環境。

汪精衛作爲僞「中華民國國民政府」主席，可謂廣播演講的行家裏手。從 1937 年到 1942 年期間，廣播演講甚至成了汪精衛政治生涯的組成部分。全面抗戰爆發不久，汪精衛就在 1937 年 7 月 29 日發表《最後關頭》的廣播講話，散佈抗戰失敗主義的論調。1939 年 7 月 9 日，汪精衛又在上海發表題爲《我對於中日關係之根本觀念及前進目標》的廣播演講，劈頭就是孫中山先生那句「中國革命的成功，有待於日本之諒解」。他以孫先生遺言引起話題，是爲了表明自己才是總理遺教的繼承者。接著他又說，「如果要強盛起來，日本必然要知道中國的強盛對於日本會發生什麼影響，於日本是有利呢還是有害？如果有利，日本當然願意中國強盛，願意與中國爲友；如果有害，日本必然要將中國強盛的動機打消了去，決定與中國爲敵。以一個剛剛謀強

1 載於《僑聲》，1943 年第 5 卷第 12 期。
2 《怎樣革新我們的生活》，《三六九畫報》，1942 年第 17 卷第 15 期。
3 《上海廣播電臺主辦中國青年辯論大會，二月七日午後九至十時舉行》，《申報》，1943 年 2 月 2 日，第 5 版。

盛的中國與已經強盛日本爲敵，勝負之數，不問可知。」他接著啓發聽眾思考，「試問以一個剛剛圖謀強盛的中國，來與已經強盛的日本爲敵，戰的結果會怎麼樣？這不是以國家及民族爲兒戲嗎？」順著這一思路，他強調戰必亡國；言下之意，只有跟著他投降和投靠日本才有出路。他甚至混淆概念，拿滿清政府的消亡與國民黨政府的抗戰相比較，說：「甲午戰敗，是一件極不幸的事，然而當時的滿洲政府，還算是有愛國心的，戰敗了，就承認戰敗，講和的結果，雖然割地賠款，卻還保住大部分未失的土地人民主權。如今呢，戰敗不承認戰敗，和一個賭鬼似的，越賭越輸，越輸越賭，寧可輸個精光，斷斷乎不肯收手。這不是比起當時的滿洲政府還沒有愛國心嗎？」演講把賣國投降行爲說成「愛國心」，把「全民族抗戰」比喻成了「賭鬼賭博」。他還信誓旦旦地表示，「我時時刻刻準備著以我生命，換取同胞的生命；以我的自由，換取同胞的自由」。[1]

之後，每當有重大事件，汪精衛都有在電臺的精彩表演。1940 年 4 月 16 日，汪僞國民政府舉行「還都」典禮，汪精衛發表對日廣播詞，聲稱支持日方提出的「建設東亞秩序」，與日方「善鄰友好，共同防共，經濟提攜。」[2]同年 6 月 24 日，訪日期間的汪精衛又在東京 NHK 廣播電臺對日本全國廣播，表達與日本之間的深情厚誼。汪僞「國民政府」「還都」一週年時，他再度發表廣播演講，強調「和平反共建國之根本方針」[3]。汪精衛顯然很明白，與野蠻殘忍的日本侵略者合作，是要被世人唾棄的。爲了擺脫在輿論上的不利地位，他充分發揮了他能言善辯的優長，通過廣播苦口婆心地闡釋僞政府的意見和主張，解釋本屆政府的所作所爲。他口口聲聲是繼承總理遺教，強調大東亞共榮的概念和理想與孫中山遺教、與中國傳統文化和道德的同質性、連續性與繼承性，試圖在道義上和法理上顯示出某種正義的特徵。

通過對電子宣傳工具的全面掌控，汪精衛的廣播演講產生了廣泛影響，對於他的形象塑造也起到了一定作用。當時，他不止受到日本人尊崇，而且在國內也有很多擁躉，這與他頻頻利用廣播等大眾媒體塑造自己的公眾形象

1　汪精衛：《我對於中國關係之根本觀念及前進目標》，《時代文選》1939 年第 5/6 期。

2　汪精衛：《國民政府還都對日廣播詞》，《汪主席和平建國言論集》，中央電訊社編印，民國三十三（1944）年九月出版，第 115 頁。

3　汪精衛：《國民政府還都一年——國府還都週年紀念於國府大禮堂對全國廣播演詞》，《汪主席和平建國言論集續集》，宣傳部編印，中華民國 31 年 12 月出版（1942），第 103 頁。

是分不開的。他的演講對國統區聽眾顯然也有不小的衝擊。重慶國民黨政府爲此數度出書、刊登報紙文章，發表廣播演講，揭露和反駁汪精衛的言論，希望清除汪精衛漢奸言論的影響。

圖 3-8　圖左爲北京新街口宣傳部標語，右爲中宣團廣播車

與汪精衛類似，各地僞政權官員的廣播演講，也多圍繞著時政與經濟話題而展開。如當日僞當局發動清鄉運動後，「思想清鄉」同時發動，汪僞政權隨即在江蘇、浙江、上海等地電臺開闢了「清鄉講座」特別節目，向民眾灌輸「清鄉」意識。他們邀請專人到電臺，講述這一運動的目的與意義，呼籲當地民眾支持。各地開展的治安強化運動，也都邀請會長等相關政府要員親

臨電臺，向聽眾闡釋其意義。[1]

以汪精衛爲代表的僞政權高官言論畢竟代表的是官方。其言論之可信度和權威性，主要依存於執政者在民眾心目中的形象。要想眞正「代表」民眾，就需民眾自己開口。日僞當局不惜花費血本扶植大民會等「民間」團體，就是希望借這些所謂的「民眾」之口，表達自己的意見和主張。從大民會廣播演講的題目，即不難看出其主題和內容之所指：《自私禍國的蔣介石》《共產黨的陰謀》《反共倒蔣的意義》《我們需要和平》《救國必先救民》《蔣介石自相矛盾》《一黨專政的禍國》《國共兩黨的合作勢力必破裂》《蔣政權所操縱的亡國輿論》《蔣政權的罪狀》《中國人的責任》《國人對日本認識的錯誤及應有的改正》《愛國同胞的任務》《大戰後中日工業上之合作》《武漢陷落後中國同胞應有的覺悟》《怎樣救國》《建立中央統一政府》《各地賢明之士應出負建立新中國的責任》《希望新興政權共同團結起來反共》《理想的新中央政權是怎樣的？》《我們應當嚴密注意共產黨的陰謀與活動》《共產黨更進一步的愚弄蔣政權》等。這些演講者以自己或親友的經歷，來說明國民黨執政的種種不堪，表明日僞執政的成就和日中友好的必要性，無疑具有很大的迷惑性和煽惑力。

在日僞電臺演講者的敍述中，堅持抗戰的蔣介石是「自私禍國」，國民黨政權則是「絕對殘暴」[2]。演講者還以親身經歷，把民國以來的連年戰亂歸結於國民黨的暴政，把日本侵略說成是國民黨政府的責任。他們還污蔑共產黨是「窮兇極惡的大燒大殺」，[3]是「勾結蘇聯出賣民族利益」等。而對於日軍的入侵，各演講者卻又充分發揮其顛倒黑白的本事，極力美化日軍形象，爲其野蠻侵略尋找藉口。如他們把日本在東北發動的「九一八」事變稱爲「東北更生」，並說是由於「東北邊防軍的一隊，在瀋陽西北破壞南滿鐵路，攻擊日本守備隊。這種挑釁的舉動，完全不顧國際的信義和睦誼，卻是荒謬已極。」「因爲張學良是一個無知的小兒，仗著他的父親張作霖的力量，盤踞了東北，一味地只知道胡鬧。對俄對日，任意挑尋，把國事當作兒戲。當時日本關東軍，忍無可忍，並且深切地知道，這些擾害百姓，破壞東亞和

1　《關於舉行第五次治安強化運動請會長廣播演講的函》，青島市檔案館館藏資料，檔號：B0038-001-01106-0164，時間：1942～10，責任者：青島特別市宣傳處。

2　《自私禍國的蔣介石》，《大民會播音演講集》（第一集），第1頁。

3　《共產黨的陰謀》，《大民會播音演講集》（第一集），第4頁。

平的軍閥。假若不把他們加以廓清，則東北的人民，是不能夠得見天日的。所以忍痛本著武士道的精神，幫助東北的老百姓，趁著這個時候，開始把萬惡的軍閥驅除了。」[1]

這些廣播演講者還從與日本同文同宗、孫中山的革命曾得到日本人幫助等角度，強調兩國不應開戰，日中應當「親善」。

爲了更好地實現廣播宣傳效果，侵華日軍不僅緊緊地控制著廣播權，還把僞滿和其他殖民地、淪陷區電臺鏈接起來。1937 年 9 月，「滿華」實行「交換放送」後，每週五和週六兩天，都有「名士演講」廣播互播，把演講節目傳播到更遠的地方。

日本侵略者還把僞滿、汪僞政權等控制區域的廣播事業作爲一個宣傳共同體，並試圖通過「東亞廣播聯絡會議」等方式，加強彼此的關聯，實現宣傳口徑的統一。如在 1943 年召開的第二屆「東亞廣播聯絡會議」中，就是由僞宣傳部日本大使館及陸海軍報導部聯合召集，參加者包括 35 個單位 70 多人，包括僞「中國廣播協會」「華北廣播協會」、日本、朝鮮、臺灣、各地的「放送協會」「滿洲電信電話株式會社」「蒙疆電氣通信設備株式會社」香港，廣東，廈門各地放送局等廣播團外，還有日本陸軍省報導部、參謀本部、大東亞省情報局、總司令部及華北、華南、上海、香港和各地報導部，各部隊報導班，日本大使館，上海，北京，漢口，廣東，廈門，張家口事務所，海軍武官府，滿洲國大使館等機關官員參加。汪僞宣傳部長林柏生在這次會議上講話，精準地傳達了戰時日僞的廣播觀：

> 廣播事業在思想建設上，在平時已經重要萬分，在戰爭的時候更加是加倍的重要。一切戰爭意義之普及，戰爭情緒之提高，以及戰爭狀態之報導，無不需要以電波來傳達這一切，來達到戰爭的最後目的。在每個國家的宣傳政策上，固然不能不把廣播放在最重要的一環，在國家的集團中間，在協力戰爭一點上，更是要以一致的精神互相密切的配合起來，形成一個保衛國家集團的電波戰綫。怎樣才能使彼此發生密切的連繫，怎樣才能鞏固這一條電波戰綫。這一點，正是我們今天舉行廣播聯絡會議的最大意義，必須竭誠商討的，而我們在商討和聯絡中間所需要特別注意的，不只是技術方面

1 《九一八更生紀念日大民會告全國同胞書》，《大民會播音演講集》（第一集），第 20 頁。

的，並且在廣播的內容上必須取得一致的意見。[1]

而每當有汪偽頭目的廣播講話，各地偽政府當局就「強行組織學校、機關、團體的人員，集合於指定場所，集中『收音聽訓』」。[2]這些演講與日偽電臺有利於自己的新聞節目和其他節目一起，很大程度上蒙蔽了淪陷區人民的視聽。雖然極少數的高級官員和上層社會的人家能瞭解國際局勢，但大多數民眾卻被日軍的宣傳蒙在鼓中，以至於日軍戰敗的消息都是最後一刻，日本天皇自己發表《終戰詔書》後才如夢方醒。

四、淪陷區民營電臺的覆滅

侵華日軍對廣播事業極爲重視，將之視爲「德政和統治」的首選工具。[3]對於民營電臺則實行滅絕政策，不許民間自由經營。

天津淪陷後，四大廣播電臺中的東方電臺最先遭殃，電臺的器材設備被日本軍事當局強行買走。仁昌、中華、青年會電臺又繼續廣播了一段時間，但生意日漸蕭條。1939 年冬，幾家電臺全部停播。

1937 年 11 月 27 日，日方宣布對上海的郵政、電報、廣播實行管制。日軍首先「接管」了交通部上海廣播電臺和上海市政府電臺，並利用其設備，建立起日偽的「大上海廣播電臺」，用高薪誘使中國人爲其服務。如負責用廣東話播出新聞的鷗守機，16 歲左右即通過考試，入職大上海廣播電臺，「每月工資有 70 元軍用票，當時敵汪時期是用儲備票，一元軍用票可作五元儲備票。」這筆收入在當時是相當可觀的。

利用這座電臺，日偽當局「對於中國及外國任意做種種荒謬之宣傳，所用之語言，有國語、廣州語、英語，任意捏造事件淆惑聽聞；而國語節目並做極端反英宣傳，如稱其軍隊係驅逐英國及其他各國勢力於中國之外等謬論。但中外多數聽眾，凡有常識者，並不致深受影響，徒增敵人之煩悶而已」。

1938 年 3 月，「由於日本軍隊在華中活動的軍事需要」，日方在上海南京路 233 號哈同大樓 316 房間成立無線電廣播監督處，並宣布自 4 月 1 日起管理上海市所有的無線廣播電臺，如逾期不往登記者，將以某種手段實行接收

1 《東亞廣播聯絡會議，林宣部長蒞會演講，全體代表將來滬繼續會議》，《申報》，1943 年 6 月 20 日第 2 版。

2 《汪偽政權全史》（下卷），上海人民出版社，2006 年版，第 914 頁。

3 滿洲電信電話株式會社：《滿洲放送年鑒》，1940 年版，第 15 頁。轉引自齊輝：《試論抗戰時期日本對華廣播侵略與殖民宣傳》，《新聞與傳播研究》，2015 年第 9 期。

或封閉。其後又延長期限至 27 日。日方聲稱，成立無線電廣播監督處的目的是「防止上海及其周圍地區廣播電波的混亂，同時也爲了限制可能擾亂社會治安或妨礙日軍軍事行動的廣播節目」。日方威脅說，如果民營電臺逾期還不肯登記，廣播監督處「即認爲各廣播電臺自行拋棄登記所享有之一切權利。」同年 7 月 15 日，廣播監督處公布了《私人無線電發射臺管理條例》，規定任何人慾設立廣播電臺須先向廣播監督處提出申請，獲准後才可以進行裝設工作。

在此情況下，上海的民營電臺雖然剔除了反日的政治性內容和不利於日方的軍事消息，但仍朝不保夕，因爲只要不向日方登記，便屬於「禁止播出」的範圍。雖然在 1938 年 4 月 15 日前日方廣播監督處還未干涉過民營電臺的日常工作，但各民營電臺仍如履薄冰，除少數電臺出於各種考慮，向日方登記並獲准繼續播音外，停播觀望者占居了大多數。1937 年 12 月 1 日，亞美電臺和華美電臺宣布拆機停播，以避免爲敵所用。但蘇祖國和蘇祖圭此後還是因爲有抗日思想，且曾爲供給政府留滬各機關通訊材料的關係，被日本憲兵隊拘禁，受盡了酷刑。1938 年 4 月，元昌電臺宣布停播。同年停播的還有富星電臺和佛音電臺。1938 年 5 月，上海的日文報紙《上海每日新聞》刊登日方廣播監督處主任（一說處長）淺野一男少佐的聲明：「十五家電臺，其中包括新成立者，已在本處登記，我們準備更換中國交通部頒發的全部舊執照；不過從有利於管理的角度看，電臺數目減少至此，我們頗感滿意。」短短半年時間，上海民營電臺即銳減至此，可見其承受外部壓力之大。

太平洋戰爭爆發後，「孤島」淪陷。日軍報導部和憲兵隊專門組織接收隊伍，查封了一切利用租界庇護從事「敵性宣傳」的廣播電臺。日軍報導部平民少佐指揮第一班，接收了跑馬廳的華美電臺；松田少尉率領第二班，接收了華懋飯店四樓的民主電臺；淺野少佐帶領第三班，去博物院路 12 號接收了假託美商開辦的福音電臺；淺野中尉指揮第四班，接收了靜安寺路之電訊電臺。憲兵隊第一班，接收了法租界天主堂路 28 號之奇民電臺；第二班接收了愛多亞路 17 號之大美電臺。對被接收的各電臺，先行查封，禁止播音，然後清查財務，全部沒收，並建立起大東、東亞、黃埔三座日僞廣播電臺，統歸汪僞「中國廣播事業建設協會」管轄。1941 年 12 月 5 日，日僞報刊《新申報》又增設中文廣播電臺。啓事稱，「茲爲謀更進一步敏捷廣泛之報導，特於南京路哈同大樓屋頂設置最新式大擴音機，自本日（15 日）起，隨時廣播時局重要新聞，務期全市民眾，先聞爲快」。日僞還在「統一廣播事業」的口號下，通令全市民營電臺一律停播。

自此開始至抗戰結束前，敵僞的法西斯廣播就壟斷了上海的電波空間。

爲了混淆視聽，蒙蔽輿論，汪僞「中國廣播事業建設協會」還把僞「南京廣播電臺」改稱「中央廣播電臺」，呼號也與重慶國民黨中央臺的呼號一樣。對此，重慶國民黨中央廣播事業指導委員會進行了深刻的揭露和批判。

沒有永遠的戰爭，卻有永遠的民眾生活。戰爭期間收聽電臺廣播，無疑是舒緩精神壓力並與外界保持溝通的重要方式。但對日僞當局來說，中國人收聽外界的反日廣播，卻不利於其愚民統治。爲此，日僞當局不僅對淪陷區民營電臺大加摧殘，還將注意力轉移到了收音機用戶身上，一系列限制收聽的措施陸續出臺。

以「確保戰時治安及防範反動宣傳」的名義，汪僞政權和日軍在全國的淪陷區內大肆取締短波收音機，限制收聽來自外部的廣播，並強迫市民拆除收音機的短波線圈，規定七燈以上的收音機除特許外，一律不得使用或持有，收音範圍不得超出周波數。1941 年 6 月 26 日，《武漢報》刊載了無線電收音機限期登記的告示，稱「遵照日前發表的漢口特別市管理無線電收音機規則，對全市無線電用戶限期進行重新登記，逾期不登記者將照章處罰。」1942 年 4 月 16 日，汪僞宣傳部公布施行《裝設無線電收音機登記暫行辦法》，廢止國民黨政府交通部頒布的《收音機登記暫行辦法》。6 月 25 日，上海方面日軍最高指揮官通令上海地區無線電收音機用戶，不論國籍，均應於 7 月 1 日至 8 月 31 日向當局申請登記。12 月，日本侵略者又以駐華派遣軍最高指揮官、中國方面艦隊最高指揮官的名義，頒發了《取締無線電收報收音機布告》，嚴禁民間「製造、使用、持有或轉讓」「七燈以上眞空管」或「可收 550 千周至 1550 千周以外之周率」的高級收音機，違者「以軍法嚴懲不貸」。12 月 18 日，汪僞政權宣布實施《修正無線電收音機取締暫行規則條例》及《施行細則》《各地違禁收音機特許委員會組織辦法》及《違禁收音機使用持有特許標準》，對收音機的型號、收聽波長範圍、內部裝置進行了嚴格規定。「未經許可製造、使用、持有或轉讓違禁收音機者，處一年以下有期徒刑拘役或三千元以下罰金，並沒收其全部有關之設備及機器。」按照這一條款，大量民間擁有的收音機成爲「違禁」用品，需要到僞政府指定的電料行進行設備「改造」，並分別支付 25、30、35 元不等的「改造費」。如果有演奏唱片設備的，則須加收 15 元。不到指定地點改裝的，還需到指定地點檢查認可，同時提交檢查費 15 元。1943 年 1 月 13 日，上海日軍憲兵隊長頒發告示，重申對於違反取締違禁收音機布告規定者，「不問其國籍將採取嚴峻措置，切望未辦手續者，從速於限期前辦理。」1 月 18 日，汪僞上海特別市政府通告實施取締違禁收音機。7 月，汪僞機關經過縝密調查，發現上海市「違禁收音機不許可收聽者」名單共計 46 號，其中包括意大利新聞社等中外人士；而許可擁有短波收音機的用戶名單 44 號，包括陳群、丁默邨等人和一些特殊機構。

與此同時，日僞政權還以行政訓令的手段，在淪陷區大肆推廣簡裝的日式收音機，以達到普及廣播，推行奴化宣傳的目的。1942 年 9 月，汪僞行政院訓令說，「中國廣播事業建設協會」已購置一批日本「優良收音機，以最低廉價出售」。1944 年，日僞華北廣播協會在北京成立「華北廣播協會收信機工廠」，採用日本運來的全套組件，開始以工業方式組裝三燈和五燈的電子管收音機。

不僅如此，汪僞政權還強制收音機用戶交納收聽費，以達到「擴充設備、充實廣播內容、完成重大使命」的目的。以上海爲例，1943 年 9 月，汪僞宣傳部公布實施收音機裝置許可制，並准許僞「中國廣播協會」自 10 月 1 日起得與收音機所有人締結《收聽契約》，按月收取聽費中儲券 10 元。第二年，上海的收聽費價格上漲到 100 元，改裝費則漲到了 300 元。1945 年 3 月 11 日，僞「中國廣播協會」發布通告稱，對未交付收聽費的 30 家收音機用戶，即日起取消其《收聽契約》，並將收音機沒收。

日僞當局通過剝奪民營電臺的經營權、限制聽眾的收音權等辦法，意圖達到控制輿論、愚化民眾的目的。1943 年，日軍天津陸軍聯絡部向天津市政府再次強調提出，「因敵方宣傳愈巧愈妙，鑒於我方宣傳陣防衛及治安確保起見，非再加強禁用短波收音機不可。」[1]然而，「抗戰八年，淪陷區同胞與內地隔絕，惟有廣播電波，仍可每日照常收聽。日寇雖力事禁止，然聽者自聽，道者自道。八年來維繫同胞，人心不死，廣播的功績是不可磨滅的。」「雖然遭受敵人統制，不得用短波廣播機收聽重慶廣播，可是稍具國家觀念的人，都在設法秘密收聽。爲收聽重慶廣播而被入獄受刑的民眾，時有所聞。政府在戰時的若干決策，淪陷區的民眾完全是從廣播中得來，就是勝利的消息，也是由重慶中央電臺首先傳播到淪陷區的」[2]換言之，即使是在政治和軍事高

1 張仁蠡：《準天津陸軍聯絡部函爲短波收音機徹底禁止使用訂定適當辦法希於辦理完竣後將經過情形報達等因仰查照辦具報以憑轉覆由》《天津特別市政府公報》，194 年第 3 期。

2 麥克瘋：《崩潰前夕的黨營廣播事業（1948 年 9 月）》，趙玉明：《現代中國廣播史料選編》，汕頭大學出版社，2007 年版，第 260 頁。

壓之下，廣播收音機裏依然可以聽到對戰雙方的不同表達。據業餘無線電專家吳觀周回憶，他在淪陷時期也曾「私裝一隻短波收音機，每晚收聽舊金山電臺的新聞評述廣播，使在陷處的我，知道抗戰的實況不少。」

第四節　戰火中降生的延安新華廣播

當國民黨政府的廣播事業和民營電臺受到侵華日軍重創之際，中國共產黨在抗日根據地延安創辦起了廣播電臺。

一、延安新華廣播電臺的籌辦與開播

中國共產黨對無線電技術的應用還是很早的。1927 年蔣介石公開叛變革命後，開始在各地大肆屠殺共產黨員，黨在各城市的工作被迫轉入地下，組織與黨員之間的聯繫受到很大限制，急需無線電報等新的技術手段支持。在此背景下，1929 年冬天，周恩來領導中共早期的無線電專家李強[1]和張沈川[2]，在上海秘密安裝成功了一部 50 瓦的無線電收發報機。利用這部小功率電臺，李強和張沈川不僅可以與其他業餘電臺互相通報，還抄收美國舊金山的英文新聞電碼和蘇聯西伯利亞的俄文新聞電碼，供領導部門參考。之後隨著革命形勢的發展，中共中央先後在江西、延安等地建立了無線電聯絡設備。在整個紅軍長征期間，無線電通訊設備成爲紅軍的千里眼和順風耳，有效地指導了紅軍前進的路程。但限於各種條件，直到抗戰爆發，國共再度牽手合作，共同抗日，共產黨領導的抗日根據地依舊沒有建立起一座廣播電臺。

1940 年春，中共中央決定成立廣播委員會，領導籌建廣播電臺，作爲「各抗日根據地目前對外宣傳的最有力的武器」[3]。廣播委員會是廣播電臺的最高領導機構，編制上屬於中央軍委三局，業務上由新華社廣播科負責提供廣播稿件。由周恩來擔任主任，成員有中央軍委三局局長王諍、新華社社

1　李強（1905～1996），江蘇常熟人，南洋學堂土木工程專業畢業，早期中國共產黨的著名無線電專家。1929 年接受周恩來委託，在上海自製成功了中共第一部地下電臺，也培養了中共歷史上第一批無線電人才。中華人民共和國成立後被聘爲中國科學院院士。

2　張沈川（1900～1991），湖南慈利縣人，土家族，是中國共產黨無線電通信事業的創始人之一。1928 年，張受周恩來的指派，到上海學習無線電技術。1929 年，張沈川與李強一起創建了中國共產黨第一部地下無線電臺，後舉辦了中國共產黨的第一個無線電訓練班。

3　《中共中央宣傳部關於電臺廣播的指示》，1941 年 5 月 25 日。

長向仲華等。1938 年底，周恩來受中央委派，赴重慶主持中共南方局工作，具體建臺的領導工作交由朱德主持。當時，日軍的主力開始向延安集中，國民黨頑固派也在加緊推行所謂的防共、限共和反共政策，但是延安卻除了在國統區的少數報紙外，缺乏與外界溝通的得力工具。

1939 年 7 月，在去中央黨校做報告時，周恩來因騎馬不慎摔傷右臂。由於延安的醫療條件欠佳，中央安排他於 8 月 27 日去蘇聯治療。在莫斯科期間，共產國際領導人季米特洛夫將延安缺乏廣播器材的事情向斯大林做了彙報。最終蘇聯決定以共產國際的名義，援助延安一臺蘇式的廣播發射機。1940 年 3 月，周恩來乘火車離開莫斯科，蘇聯捐獻的廣播發射機也被拆卸裝箱空運到了新疆，然後通過汽車運輸，經過蘭州、西安等地後輾轉運到了延安。這成了建設延安新華廣播電臺的核心硬件基礎。

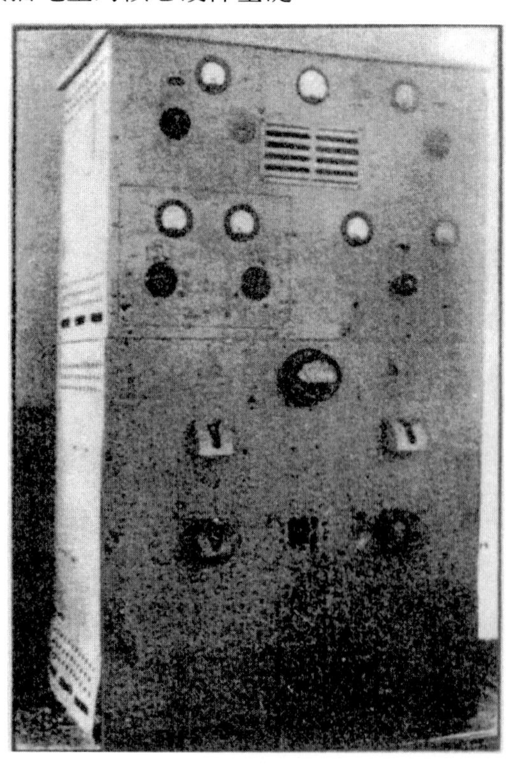

圖 3-9　延安新華廣播電臺的廣播發射機

承擔具體建臺任務的是當時的中央軍委三局九分隊，隊長傅英豪，政委周浣白，成員有湯翰璋（丁戈）、唐旦等共計 30 餘人，其中只有少數是技術人員，多數爲普通戰士。九分隊的技術人員對這架發射機進行了多次改裝和調試，終於使它能夠適合語言廣播使用。建臺初期，正是抗戰最艱苦的時候，條件極爲艱苦，經三局多次勘察，最後確定在延安西北 19 公里處的王皮灣村，這個村子很小，只有 30 多戶人家，九分隊在延河支流西川南岸的半山腰中開鑿出兩個石窯洞，作爲廣播電臺的機房和動力間；又在西川北岸的溝口打了兩孔土窯洞作爲播音室，將播音的舊話筒放置於一張木桌上，用羊毛氈作門簾兼作隔音用。爲了防止敵人破壞，還特意在王皮灣村駐守了 30 多名保護廣播電臺的武裝戰士。至於電力供應，則是利用汽車引擎來帶動發電機轉動，利用燒木炭產生煤氣的辦法來代替汽油作燃料，又把三根大木杆連接起來，用「木塔」代替鐵塔，架設起來作爲發射天線。經過近一年的艱苦努力，1940 年 12 月 30 日，中國共產黨領導的第一座廣播電臺——延安新華廣播電臺開始播音，呼號 XNCR——當時按照國際有關規定，我國無線電臺的呼號第一字母爲 X，NCR 係英文 New Chinese Radio 的縮寫，意爲新中國廣播。電力 300 瓦，使用短波廣播，廣播稿是由新華社廣播科編寫的。這個日子也因此成了中國人民廣播創建紀念日。

當時的新華社位於延安城東的清涼山上，距離王皮灣約 20 公里，稿件由通訊員每天騎馬送過來。廣播科科長起初是李伍，1941 年，原毛澤東主席的行政秘書周浣白又被調來擔任政委，領導電臺工作。1945 年元旦，陳克寒調任廣播科任科長。1945 年 2 月，廣播科改組爲編輯科，下設國內、國際、英文、口播四組，陳克寒仍爲科長，副科長爲李伍。起初播音員沒有男性，均爲女性，最早的是徐瑞璋（麥鳳）和姚雯，後來又有蕭岩和孫茜等，編輯人員主要有劉克剛、李伍、陳笑雨和王唯眞等。[1]由於條件艱苦，廣播信號和電力時斷時續，開播後的延安新華廣播電臺「播音次數和時間多次變更，最初每天一次兩小時，後來增至兩次三小時和三次四小時。」[2]電臺開播不久，中共山東地區出版的黨報《大眾日報》於 1941 年 1 月 16 日報導了該臺於 1940 年 12 月 30 日開始播音的消息，並要求「山東各軍政機關，民眾團體，備有收音機者，可趕快按時收聽，藉以收羅一切正確眞實之新聞材料，並可粉碎投降派所進行之欺瞞國人之一切虛妄宣傳」[3]。隨後，中共中央機關報《新中華報》《新華日報》（華北版）等也都先後報導了延安新華廣播電臺的波長、播音時間和主要廣播節目。

1　《中國廣播電視大事記》，北京廣播學院出版社，1987 年版，第 1 頁。
2　趙玉明：《中國廣播電視通史》，第 74 頁。
3　《陝甘寧邊區每日廣播》，《大眾日報》，1941 年 1 月 16 日版。

圖 3-10　延安新華廣播電臺及最早的播音員之一蕭岩（右）

二、延安新華廣播電臺的新聞宣傳

延安臺剛開播時，每天一次 2 小時，後增加到兩次 3 小時和三次 4 小時。播音內容除中共中央重要文件外，還有「《新中華報》《解放》週刊及《解放日報》的重要社論和文章，國際國內的時事新聞」[1]等。

1　《新修地方志早期廣播史料彙編（下）》，第 1050 頁。

在艱苦的環境下，延安新華廣播電臺的編播和技術人員發揚革命樂觀主義精神，戰勝重重困難，堅持對外傳播黨和人民的聲音。在一首爲延安臺專門創作的歌曲中，熱情歌頌了延安廣播的宗旨和第一代廣播工作者的工作豪情：

> 我們是新中華的戰士，是共產黨的喉舌。我們工作學習，赤膽忠心，團結一致，不怕困難，用堅強的雙手，雄健的呼喊，向全國的人民，向世界的工農，傳播黨的主張，指導神聖的抗戰，粉碎親日派的陰謀，推動時代向前，驅逐日寇出境，重建祖國河山。我們是新中華的戰士，我們的崗位在最前線。我們是共產黨的喉舌，我們的崗位在最前線。[1]

除了日常轉播新華社的新聞稿件外，在一些重大事件發生時，延安臺會及時地將相關消息向外發布。如 1941 年 1 月，葉挺、項英率領的皖南新四軍軍部在北移過程中，受到國民黨軍隊的突然襲擊，新四軍戰士犧牲數千之眾，軍長葉挺被俘，副軍長項英和參謀長周子昆在突圍後遇難，政治部主任袁國平犧牲。這就是震驚中外的「皖南事變」。事變發生後，蔣介石竟然顛倒黑白，污蔑新四軍是「叛變」，聲稱要將葉挺交付「軍法審判」，還宣布取消新四軍番號。面對這一突發事件，重慶《新華日報》冒著極大風險發表了周恩來的「千古一葉，江南奇冤。同室操戈，相煎何急」題詞，及時揭露事變眞相和國民黨當局的險惡用心，引發中外讀者的極大關切。延安新華廣播電臺也衝破重重封鎖，接連向全國人民播發了中共中央的系列決定和講話，還全文播出了毛澤東起草的爲皖南事變發表的《中國共產黨中央軍事委員會發言人對新華社記者的談話》，揭露了國民黨親日派配合日寇侵華，製造皖南事變的陰謀。4 月 30 日，延安臺又在廣播中報導了新四軍軍長葉挺被俘後拒絕反動分子誘降的消息。葉挺表示，「新四軍是人民抗日軍隊，共產黨是人民抗日黨派。我是新四軍軍長，我始終負責到底！今日要打、要殺，皆由你們；要我屈服，是不能的！」[2]上述義正詞嚴的表態，有力地駁斥了國民黨意圖抹黑葉挺將軍的謊言。延安臺的廣播，引起了重慶國民黨當局的驚恐和不安。從保存下來的國民黨廣播機構偵測延安臺廣播的歷史檔案中可以看到，在國共合作共同抗日的形勢下，國民黨有關部門在其內部往來函電中，

1　延安《通訊戰士》地 2 卷第 1 期，1941 年 10 月。
2　《新華廣播電臺（四月）三十日廣播》，《新華日報》（華北版），1941 年 5 月 5 日版。

竟然污蔑延安廣播是「反動宣傳」，並妄圖偵查到電臺的地址後再「予以取締」。當時，國民黨中宣部曾令中央廣播事業管理處「每日指定專員收聽，逐日俱報」廣播內容，還布置河南廣播電臺「就近干擾」延安廣播，甚至策劃利用「中統」「軍統」特務偵察臺址，陰謀破壞。但是國民黨當局的陰謀並未得逞。延安的紅色電波衝破「新聞封鎖」繼續傳向四方。

爲進一步鞏固邊區，堅持長期抗戰，增進邊區軍民的政治參與意識，提高邊區武裝部隊的戰鬥力，1941 年 5 月 1 日，陝甘寧邊區中央局發布了《陝甘寧邊區施政綱領》21 條。延安新華廣播臺根據中央的指示反覆廣播這一文件，其他解放區則根據電臺的內容予以抄收。山西沁縣出版的《新華日報》（華北版）於 5 月 5 日全文刊登了根據延安新華臺播出的這一重要文件。該報編委會還在文末特別聲明，「按陝甘寧邊區施政綱領，係收自新華廣播電臺，播音偶有中斷，致綱領有中缺之處。」[1]當時，陝甘寧邊區正在進行第二屆參議會參議員的選舉工作。延安臺及時廣播介紹陝甘寧邊區各種靈活有效的選舉經驗，包括各種紮實到位的宣傳工作，以提供給其他根據地作爲類似工作時的參考。

延安臺還注意緊密聯繫國際大局，推出相應的節目組合。1941 年中國的抗戰正酣，蘇聯卻和日本在 4 月間簽署了嚴重損害中國權益的中立條約，遭到國統區輿論的強烈譴責。爲此，延安新華廣播電臺幾次播出中國共產黨的意見，認爲不應該改變過去的團結合作抗戰方針，而應該繼續爭取蘇聯援助。同年「五・一」國際勞動節期間，延安臺又先後播出《偉大的國際勞動節》《爲加強中國工人階級統一而鬥爭》等文章，呼籲全世界工人階級和勞動人民堅決反對戰爭、力爭世界和平。中國工人階級和全國人民要動員一切力量，堅持抗戰、堅持團結、堅持進步，以求得中華民族的解放。[2]「七・一」建黨節前夕，延安臺播出了張如心撰寫的原載於《解放》週刊的一篇題爲《在毛澤東的旗幟下前進》的文章。其中談到，「馬克思主義在中國問題上的發展，最主要、最明顯的代表，是我們黨的領袖毛澤東同志。」[3]同年 11 月 7 日，延安臺又播出了毛澤東的廣播講演稿「號召全國人民加強團結，驅逐日本強盜出中國；呼籲全世界人民團結起來，把世界反法西斯的鬥爭推

1　轉引自趙玉明：《中國廣播電視通史》，中國廣播影視出版社，2014 年版，第 77 頁。

2　《新華日報》（華北版），1941 年 5 月 9 日版。轉引自趙玉明：《中國廣播電視通史》，中國廣播影視出版社，2014 年版，第 77 頁。

3　轉引自趙玉明：《中國廣播電視通史》，中國廣播影視出版社，2014 年版，第 77 頁。

向更高的階段。」[1]

爲了加強對日宣傳，1941 年 12 月，延安新華廣播電臺推出了每天半小時的日語廣播節目，主要目標聽眾爲在華日軍和日本民眾。1940 年 4 月到達延安的日本共產黨員野阪參三直接參與了電臺的對日宣傳，日裔播音員原清志則成爲第一個外語節目的播音員。野阪參三提出，對日本兵的宣傳要注重對事實的播報和心理的研究，主張「新聞要短，只講事實，不加評論。日本的習慣是新聞只講事實，如果夾敘夾議，給人的印象就不客觀」。[2]因此他要求，「寫評論或述評時，不講或少講某一次戰鬥的勝利有多大意義，要考慮日軍的心理。日本軍隊的建制，都是按士兵來自某一地區編制的。哪一個部隊駐在什麼地方，日本國內知道，國內日軍家屬最關心的是前方的親人是否安全。軍隊死了人就給家屬發紅包，證明此人被打死了。我們的廣播要具體說明在一次戰鬥中打死了多少日本兵，增加這些家屬的憂慮，激發、鼓勵日軍的思鄉、厭戰情緒。」[3]

延安臺的播音，由於設備簡陋，機器經常發生故障，有時甚至不得不暫時停止播音。在時斷時續一直堅持播音至 1943 年春天時，終因鬥爭環境越發艱苦，無線電器材來源不能保證，播出的音質差，收聽效果不好，而宣告暫時停止播音。對此，曾參與延安臺籌建，後來出任張家口新華廣播電臺主任的傅英豪認爲：

> 客觀原因中，除物質條件困難外，在敵佔區，敵人對無線電器材控制的很嚴，收音機都是些性能很差的中波三燈機，沒有短波段，這樣只能收聽本地日僞的廣播。我們的波長是短波 60 米，敵佔區人民幾乎收聽不到。在蔣管區，人民的收音機雖有短波段，但延安臺電力小，60 米的波長嫌長了些，及遠的能力弱，收聽效果也不好。從主觀原因來看呢，主要是因爲我們政治和業務水平都很低，因而在波段的選擇以及機器的改造上都缺少考慮和辦法。[4]

儘管如此，延安新華廣播電臺在一定程度上克服了上述困難，堅持三年播音。從當時電臺收到的爲數不多的解放區、國統區、淪陷區的聽眾反饋看，延安新華廣播電臺的廣播產生了一定的影響。在解放區方面，少數擁有收音

1 轉引自趙玉明：《中國廣播電視通史》，中國廣播影視出版社，2014 年版，第 77 頁。
2 傅英豪：《第一座紅色廣播電臺》，《人民日報》，1961 年 12 月 31 日。
3 傅英豪：《第一座紅色廣播電臺》，《人民日報》，1961 年 12 月 31 日。
4 傅英豪：《第一座紅色廣播電臺》，《人民日報》，1961 年 12 月 31 日。

機的抗日根據地如晉東南、晉察冀、晉綏等十幾個根據地的黨政軍機關，經常收聽延安的廣播，「都說收聽情況不錯，音量爲『尚好』，音質清晰。」[1]並且通過各種途徑，把收聽效果轉告給延安臺，幫助他們改進節目。《新華日報》（華北版）所在的山西根據延安臺的廣播，抄錄了不少從延安發出的重要政策、文件和社論。

延安的廣播在大後方也產生了一定影響。國民黨軍事委員會設立專人對延安臺節目逐日進行監聽和上報，還企圖干擾電臺的播出，阻止電臺繼續開辦下去。但一位國統區聽眾卻在寫給延安臺的信中表示，自己正是因爲聽了延安的廣播而增強了抗戰必勝的信心。1942 年春，延安臺收到昆明學聯的信也說，昆明的進步青年常常秘密收聽延安臺廣播，並說延安臺是「黑夜中的一盞明燈」。一些人通過收聽廣播而加深了對中國共產黨、對革命的瞭解，有的青年就是從延安廣播中受到教育，提高了覺悟，毅然跨過封鎖線，離開國統區而走進抗日根據地的。

延安廣播在淪陷區也不乏聽眾。北平一位收聽延安臺播音的聽眾寫信說：「你們多播一點吧，每天至少播它十二個鐘頭。」而在日語節目開播後，「從 12 月 3 日起，每星期五的 17 點到 17 點 30 分……用日語對日本廣播一次。根據對日廣播頻率附近突增的干擾推測，這種廣播已有相當的成效。」[2]據擔任專門教育被俘日軍的工農學校校長趙安博回憶，「當時被俘日軍中有不少人聽，他們有收音機。有的士兵聽了之後反正過來。我記得有個叫南××的日本士兵就是這麼投降過來的。名字記不清了。當時，太平洋戰爭爆發，日本的士兵情緒低落，集體投降八路軍的人不少，我們的廣播在這中間也起了作用。」[3]

1 傅英豪：《第一座紅色廣播電臺》，《人民日報》，1961 年 12 月 31 日。

2 中國人民解放軍通訊兵大事記 1941 年記載，轉自中國國際廣播電臺網站 http://www.cri.com.cn/2014-1-14/d818de0a-4aa4-99b8-7d83-558d7278cea3.html

3 傅英豪：《第一座紅色廣播電臺》，《人民日報》，1961 年 12 月 31 日。

第四章　民國南京政府後期的國統區新聞廣播業（1945～1949）

抗戰勝利後，國民黨政府一面加緊收復原淪陷區的敵僞廣播電臺，同時大力擴張官辦的廣播事業；一面又通過查封和登記民營電臺的廣播設備等方式，力圖重新爲民營廣播釐定規則，確立方向。借助復原和接收，國統區的官辦廣播迅速擴張。各城市原有的民營電臺陸續復業，一些新辦電臺也紛紛成立。然而好景不長，1947 年以後，由於國共內戰的全面拉開及國民黨政府各項改革的失敗，經濟狀況和民眾生活不斷惡化，國民黨的廣播逐漸萎縮，最後全部退出大陸。民營廣播也受到很大打擊，逐漸從繁榮走向沒落。在這個大衝突大轉折的非常時期，廣播中的政治與軍事消息成了民眾的首要關切。

第一節　大起大落的國民黨政府官辦廣播

1945 年 7 月 26 日，中、美、英三國共同發表《波茨坦公告》，敦促日本無條件投降。雖然日本當時敗局已定，但卻拒絕投降。8 月 6 日，美國向日本廣島投下第一顆原子彈。9 日，蘇聯紅軍越過邊境，進攻位於黑龍江密山的日軍築壘地域。11 時 02 分，美軍投下的第二顆原子彈在長崎爆炸。在當天召開的東京內閣緊急會議上，日本首相主張接受《波茨坦公告》，向同盟國投降，內閣文官大臣紛紛表示贊同。但陸軍大臣等軍方將領卻堅決反對。最終天皇裕仁裁定接受同盟國條件，並於 10 日通過瑞士和瑞典政府，分別向中、蘇、美、英四國發出照會，表示接受《波茨坦公告》。消息伴隨著電波，很快傳遍了全球。當天下午 5 時許，重慶的盟軍總部收到了關於日本接受《波茨坦公告》的電報，旋即通報國民政府。中央電臺的播音員靳邁也於當天趕到播音室，播送出了這條消息。在靳邁和另一位播音員潘啓元在輪班反覆播送日本投降消息的中間，還從戰俘營「大同學園」找來一個日本兵，讓他用日語進行廣播。這個日本兵一邊顫抖著一邊念完了播音稿，走出廣播室就嚎啕大哭。兩人繼續播送著消息，直到第二天凌晨 5 時。

圖 4-1　日本戰俘在收聽有關日本投降的廣播

一、抗戰勝利日的廣播

8 月 15 日上午 11 時（東京時間正午 12 時），日本電臺播出裕仁天皇宣讀的《終戰詔書》，宣布正式接受《波茨坦公告》決定。9 月 3 日，日本在南京向中華民國政府遞交投降書。八年的浴血抗戰，終以我國的勝利而結束。日本宣布投降的消息，很多人都是最先通過廣播收聽到的。從重慶到延安，聽到這一消息的民眾無不喜極而泣。蔣介石在中央廣播電臺的演講，何應欽在日本投降簽字儀式後的廣播演講，使廣大聽眾對領袖與國族產生了不同以往的體驗。在這一歷史性的時刻，收音機成了最閃耀的角色，大江南北，從重慶到北京、南京、上海、臺灣甚至延安，許多人聚集在收音機前，分享著勝利的喜悅。

在上海，雖有日軍的嚴厲管控，但依然沒有阻止信息的傳播，8 月 10 日晚 9 時許，在白俄聚居的霞飛路上率先響起了爆竹聲。原來是白俄先從俄語廣播中得知了日本投降的消息。8 月 15 日，同盟國向外宣布，日本無條件投降；接著日本天皇裕仁通過廣播發布《投降詔書》。同一天的重慶時間（中華隴蜀時）上午 10 點，蔣介石在中央電臺發表勝利日演說，表明了中國政府的立場和他對戰後國家建設的憂慮：

> 「我們中國在黑暗和絕望的時期中，八年奮鬥的信念，今天才得到了實現。我們對於顯現在我們面前的世界和平，要感謝我們全國抗戰以來忠勇犧牲的軍民先烈，要感謝我們爲正義和平而共同作戰的盟友，尤須感謝我們國父辛苦艱難領導我們革命正確的途徑，使我們得有今日勝利的一天。……
>
> 戰爭確實停止以後的和平，必將昭示我們，正有艱巨的工作，要我們以戰時同樣的痛苦，和比戰時更巨大的力量，去改造，去建設。或許在某一個時期，遇到某一種問題，會使我們覺得比戰時，更加艱苦，更加困難，隨時隨地可以臨到我們的頭上。」[1]

在他演講的同時，大批群眾自發地聚集在廣播大樓外面。蔣介石個人的政治聲譽至此達到頂峰。

圖 4-2　8 月 15 日在中央電臺演講的蔣介石

二、漸趨失序的黨國廣播管制

經過戰爭的洗禮，蔣介石和國民黨政權更加重視廣播事業的建設。在他

1　《先總統蔣公思想言論總集》。

看來，「廣播與報紙同等重要。然就中國戰後之環境而論，發展廣播事業，尤爲先著。」[1]爲了填補抗戰期間黨國廣播在淪陷區的空白，延長國民黨對新聞事業的壟斷，國民黨政府在日本投降當月即發出通令，決定各地敵僞新聞廣播出版電影等文化事業的接收工作，應由各地國民政府機關統一負責。[2]這種接收已不是單純的恢復，而是別有企圖的擴張。

勝利之初，國民黨中廣處迅即擬訂廣播復員計劃，後根據形勢發展的需要，改爲「廣播計劃當前應行趕辦事項」進行接收。同時「指派接收專員，分赴京滬、武漢、平津、廣東暨東北等地，依照預擬計劃，分別辦理各該地廣播的一切接收事宜。在未出發之前，即經先電昆、築、陝、甘、湘、閩、贛各臺，發布勝利消息，加緊對淪陷區宣傳，撫慰民眾，穩定僞軍，同時並急電淪陷區各廣播電臺工作人員，囑其乘機立功贖罪，努力自效，並妥慎保護機件，靜候接收」。[3]國民黨政府以國家正統的名義，利用已有國營電臺的宣傳優勢，名正言順地佔了「接收」的先機，並將共產黨領導的八路軍、新四軍和其他人民武裝排斥在了接收之外，獨佔了日僞廣播事業。

1945 年 8 月 27 日，國民政府交通部江蘇省江南區電信規劃處處長郁秉堅簽署布告，稱「國軍即日到達上海，嗣後廣播宣傳極關重要。合行令仰該處長即日前往，將所屬各上海電臺及所存材料等一律暫行接管使用。」[4]9 月 20 日，國民政府行政院發布《管理收復區報紙通訊社雜誌電影廣播事業暫行辦法》「訓令」，規定「敵僞機關或私人經營之報紙、通訊社、雜誌及電影製片廠、廣播事業一律查封，其財產由宣傳部長會同當地政府接收管理。但其中原屬未附逆之私人及非帝國人民財產而由敵僞佔用者，經查明確實，並經中央核准後，得予發還。」隨後行政院「收復區全國性事業接收委員會」又擬定「廣播事業接收三原則」，即「一、凡廣播電臺原係國營或敵僞設立者，由中央廣播事業管理處接管運用；二、凡廣播電臺原係省（市）經營者，由各該省（市）政府接管運用；三、凡廣播電臺原係民營者，暫由中廣處會同原主接收。」同一天，國民黨中央廣播事業管理處派馮簡任特派員，主持京

1 蔣中正：《對世界新聞事業之發展極爲重要》（1945），《先總統蔣公思想言論總集》（卷三十八，談話），第 181 頁。

2 高郁雅：《國民黨的新聞宣傳與戰後中國政局變動（1945～1949）》，臺灣大學歷史學研究所博士論文，2002 年版。

3 《廣播事業》，國民黨行政院新聞局編印，1947 年 11 月，第 6～7 頁。

4 《舊中國的上海廣播事業》，第 497 頁。

滬等地的廣播接收事宜，並任命葉桂馨爲京滬區敵僞廣播電臺接收專員，由上海電信局局長郁秉堅具體負責，開展清理和整頓工作。

在接收原敵僞地區廣播電臺的過程中，由於政出多門，各行其是，各派系之間不斷上演分贓不均的「劫收」鬧劇。原日僞控制的上海市幾家電臺中，功率最強、波段最好、聽眾最多的大上海電臺（呼號 XGOI，電力 10 千瓦），按規定應由中央廣播事業管理處馮簡負責接收，但上海市公用局卻因在「上海市黨政接收委員會內，地位較佳，竟不讓該會發給本處接收命令，形成僵局。」[1]一個地方接收委員會成員爲了自身利益，公然與中央廣播事業管理處派駐的接收專員發生衝突，不僅反映出利益爭奪之激烈，也動搖了中央機構的權威。而接收機關自身不遵守相關規定和條例，勢必又造成其他部門的傚仿。

一些軍政單位也渾水摸魚，趁亂「接管」部分電臺設備，並利用這些設備自行設臺，播放節目，謀取廣告利益。而在電臺的「管轄方面，因多機關牽制，至今未見劃一，以致各電臺廣播節目中荒誕不經者有之，誨謠敗風者有之，競以低級趣味迎合聽眾心理，似有積極加以糾察之必要」。但實際情況卻仍然每有各地軍政當局及有關機關各以立場及觀點不同，分競接管，且有的還要在中廣處接收後猶請移撥者，致使相關機構之間函電交馳，案牘盈尺，殊費周折。

戰爭期間因各種原因停播的民營電臺紛紛呈請復業，一些以前不曾辦過電臺的社團、學校和個人也申請設立電臺，令相關機構「甚感無法應付」。在上海，民間開放設立廣播電臺的呼聲一日高過一日，但因「市公用局和廣播管理處均欲預聞其事」，[2]相關部門之間扯皮不斷，政府系統未管先亂。

在政府遲遲不發執照的情況下，1945 年 10 月，上海青年廣播電臺、勝利廣播電臺、建成廣播電臺未經批覆即自行播出節目，並大張旗鼓地經營電臺廣告。按理，這種違規行爲應得到懲處，但幾家電臺卻因係「黨軍方面出面主辦」（事實上一些電臺是假借黨政軍名義的私營電臺）而有恃無恐，導致相關部門「制止困難」。前有車，後有轍。是年底，「黨政軍社團及外商所設立者，或曾函請備案，或竟自由設置，迄今已播音者有十三臺，在籌備者有七臺。」1946 年 1 月，公開營業的廣播電臺達 43 家，有的多家電臺使用同一個

1　《舊中國的上海廣播事業》，第 509 頁。
2　《舊中國的上海廣播事業》，第 545 頁。

周率播音，電波紛擾不已，收音雜亂無章。30 年代初上海廣播界曾經普遍存在的混亂局面再度上演，甚至有過之而無不及。在天津、北京、蘇州等地區，戰後也有一些電臺未經審批即開播，民營廣播處在一種失序狀態。其在政府管制真空地帶的虛假繁榮，再次倒逼著政府加快立法，控制這一局面。

1946 年 2 月 14 日，國民政府交通部公布《廣播無線電臺設置規則》。規則第三條對「公營」廣播電臺和「民營」廣播電臺做出了明確析分：「公營廣播電臺——凡中華民國政府機關所辦廣播電臺，除交通部所辦者係屬國營電臺外，其餘均稱爲公營廣播電臺。」「民營廣播電臺——凡中華民國公民或正式立案完全華人組織設置之公司、廠商、學校、團體所設廣播電臺，均稱爲民營廣播電臺。」第四條又規定，「凡外籍機關人民、非完全華人組織設置的公司、廠商、學校、團體，一律不准在中國境內設立廣播電臺。」規則還明確表示，凡欲設立廣播電臺者，需填具申請書登記表，並敘明申請人情況、設臺目的、電臺名稱、組織概算及經費來源、發射機和播音室情況，送請交通部審核通過後方可架設。《規則》在民營電臺的設置、分布、數量、發射功率及節目內容等方面也有詳細規定：廣播電臺的執照有效期爲一年；申請核發、換發、補發廣播電臺許可證者，需交納證書費 500 元，外加印花稅 5 元；申請核發、換發、補發廣播電臺執照者應繳納 2000 元，印花稅費 5 元。「凡公營廣播電臺，如係地方政府所設者，應以供所轄區域內公眾收聽爲標的，其電力以 100～5000 瓦特爲限；民營廣播電臺應以供所在市縣內公眾收聽爲標的，其電力以 50～500 瓦特爲限。」第十八條又規定，廣播電臺之分布，每省不得超過 10 座，並以散佈各市縣爲原則；特別市除上海市不得超過 10 座外，其餘每市不得超過 6 座。民營廣播電臺在上列各項數目中不得超過半數。[1]

無論從資源配置還是媒體屬性來說，一個城市的電臺不超 6 座的規定是較爲合理的。但對兩類電臺功率上限的規定，不僅在政策上顯示出對公營電臺的傾斜和對民營電臺的歧視，也從技術層面限制了民營廣播發展壯大的權利。此後的實踐也一再證明，這一《規則》既缺乏前瞻性，也不符合當時現實，因此在各個城市均未得到切實執行。

除了在建臺方面嚴格管控，政府還在收聽方面連續出臺一系列法規。1948 年 2 月，國民政府交通部公布修正後的《廣播無線電收音機取締規則》，

---

1 《舊中國的上海廣播事業》，第 570～571 頁。

要求「無論是購自廠商或自行裝配零件而成，」只要是用於「收聽無線電廣播新聞講演、音樂歌曲等項而裝設廣播無線電收音機，均應向交通部所轄電政管理局或指定電政機關登記。」而「管理局對於各收音機之裝置及收聽情形得隨時派員檢查或調驗，查驗收音機人員備有身份證明文件。裝戶應隨時詳所答詢，不得攔阻」。並且規定收音機用戶只能收聽「本國及友邦合法廣播爲限，非經批准不得收聽其他電臺。」這種從發射端到接收端兩頭實行嚴格管控的治理方法，顯示出政府對廣播事業的高度重視，也表明這一法律體系的專制本性。

嚴格的立法還需到位的執法來保障貫徹實施。據統計，1946 年初，上海的民營廣播電臺就已達 43 座，遠遠超過了戰前規模；同年 5 月交通部統計的上海電臺總數 108 家，比年初增加了一倍多。6 月，交通部開始整理上海電臺。上海《鐵報》6 月 14 日發表署名「白太官」的文章《廣播電臺鬥法》，對這次整理行動頗有微詞：

> 整理上海廣播電臺問題宣傳了好久，至今沒有具體的辦法。現在調查全上海廣播電臺是一百零六家，這一百零六家都有周波，都在播音，既然説廣播電臺有限制的數目，那麼，何以准許這 100 多家電臺播音呢？據最近的消息，交通部電信管理局將請上海警察局從事取締，除 22 家之外，其餘都不准播音，所以這幾天電臺老闆都在起忙頭，四處奔走門路，希望不在取締之列。自然中國的事情，只要有面子，一切都不成問題，且看這一百零六家電臺，誰的道法高，便是誰的苗頭足。

整理電臺的收效立竿見影。據上海《時事新報》6 月 23 日報導，上海各類電臺數目 73 座，數量比一個月前鋭減 30 多家。7 月，上海市經政府核准並發予執照的民營電臺只有亞洲、九九、民聲、合作、青年和金都六家。一向遵紀守法，沒有像其他民營電臺那樣擅自開播的原播音業同業公會下屬九家老電臺，包括大中華、上海（亞美）、元昌、東方、華美、福音、鶴鳴、麟記、大陸電臺卻還在苦苦等候政府核發執照。

7 月 26 日下午，上海 40 多家未被批准的民營電臺負責人集會商討辦法。由於交通部要求 8 月 16 日起未曾核准登記領照之廣播電臺一律停止播音，這些被取締的電臺召開新聞發布會，並派代表赴首都南京請願，理由是「其他行業均可改變辦法，處理善後，惟廣播事業機器無法改作他用。以電臺爲職業者，依附電臺爲職業者，均無以爲生，希呈政府愼重考慮」。[1]但交通部態度強硬，不肯收回成命，除要求本市 80 家（實際播音者 54 家）「不合格」民營電臺 8 月 9 日零時起停止播音外，並由淞滬警備司令部及上海市警察局各派出四名警官、四名警士，會同上海電信局派出的四人，從當天開始，分頭查封「不合格」電臺，在電臺的電源開關機按鈕上貼具封條以示封閉。

在著手查封「非法」電臺的同時，上海電信局也在加緊爲「合法」電臺核發執照。「1946 年 3 月，上海申請登記創辦廣播電臺的有 60 餘家，經核准的只有 7 家，7 月申請登記的有 70 多家，獲得批准的只有 16 家，54 家被淘汰。1947 年 3 月，申請登記者 100 餘家，僅核准 18 家，到年底增加到 22 家，」[2]遠超出了《廣播無線電臺設置規則》規定的數量上限。上海電信局於是又採用幾家民營電臺合用一個周波頻率的辦法，對民營電臺進行查驗，根據電臺機械的優劣程度·分爲 A、B、C、D、E 五個等級，條件較好者兩三個廣播電臺合用一個頻率，差的三四個電臺合用一個頻率，輪流播音。對於未經批准擅自播音者則嚴加取締，並課以重罰。但由於取締與審批的標準不一，一些被取締的民營電臺不服裁決，與政府管理部門之間的矛盾進一步加深。

一些非法電臺還與執法機關之間玩起了貓鼠遊戲，取締的風聲越緊，非法電臺越多。1946 年 11 月，上海電信局承認，「本市電臺眾多，背景複雜，此仆彼起，訖難徹底整理，納於正規。」[3]是年底，交通部上海電信局再次發布通告，要求除交通部核准的亞洲、合作、中華自由、亞美麟記等 18 家電臺輪流播音外，「其餘各電臺未經核准，統限於 12 月 31 日前停止播音，並將電臺撤除。」[4]但此後仍有許多電臺擅自啓封，繼續播音。在北平、天津、蘇州等工商業發達的地區，戰後也多有屢禁不止的「非法」電臺。

在甄別與篩選民營電臺資質的同時，國民黨政府還把相當的精力投入到對廣播節目的管控方面。1946 年 6 月 28 日召開的國民黨中央廣播事業指導委員會第 29 次會議指出，鑒於「上海現有二三十家廣播電臺，任意造謠生事，流弊極大，應由中央廣播事業管理處會同交通部擬具管製辦法，以杜流

1 《舊中國的上海廣播事業》，第 603 頁。
2 馬光仁主編：《上海新聞史（1850～1949）》，復旦大學出版社，1996 年版，第 1069 頁。
3 《舊中國的上海廣播事業》，第 637 頁。
4 《舊中國的上海廣播事業》，第 645 頁。

弊」。[1]會議出臺了管制上海廣播電臺的辦法細則：在節目編排及人員安排上，應遵照交通部規定，送請中央廣播事業指導委員會核准施行；各廣播電臺播音節目時間內，應照交通部之規定，轉播中央廣播電臺播音。其暫無轉播設備者，得報明停播；凡遇中央廣播電臺有特別重要節目，經中央執行委員會廣播事業指導委員會認爲有轉播之必要時，得隨時通知辦理之；民營電臺應承擔的教育演講及新聞報告職責，並應以國語播送爲原則；不得播送有干禁例或偏激之言論、誨淫誨盜、迷信荒誕之故事及歌曲唱詞。依據上述法規，上海市一些播送不合規定節目的電臺受到了懲處。新新公司五樓裝設的凱旋電臺就被上海市警察局以節目中有觸犯宋美齡的言辭爲由，在 1947 年 12 月 20 日強行封閉。

從法制建設的角度看，戰後國民黨政府在立法層面的工作還是有一些貢獻的，但在執法層面的成就卻乏善可陳。1948 年 2 月 26 日，國民黨《中央日報》就曾刊載署名「朱炭」的讀者來信，痛斥廣播界的亂象和政府的不作爲[2]

> 記得去年鄙人曾經投函貴報，對當時本市廣播電臺周波之凌亂表示遺憾，並建議電信局加以取締。一年來，倒也幾次看到電信局的文告，每次終（總）說不合法的電臺即將取締，但是樓梯是響了一年，人是始終不見下來。事實擺在我們耳朵裏，現在每天在刻度盤上可以收聽得到的電臺，比之電信局正式核准的無疑的要多上一倍有奇。

廣播界越管越亂的情形，一直持續到國民黨撤出大陸各城市爲止。

三、官辦廣播的擴張與失範

己身不正，難於正人。戰後廣播界的各種亂象，除因政府的立法和監管存在嚴重問題外，一些黨政軍機構不經申報，擅自創設電臺，甚至大肆播放廣告，與民爭利，也是一個重要原因。它不僅嚴重擾亂了空中的電波秩序，也降低了法律法規在民眾中的威信。

日軍投降後，國民黨政府利用「接收」之機，迅速控制了原淪陷區的絕大多數廣播機器設備。在華東「接收」了南京、上海、蘇州、杭州、廈門和

1 《舊中國的上海廣播事業》，第 584 頁。

2 《無線電裏下流廣告有傷社會道德，電信局何以充耳不聞？》，轉引自《舊中國的上海廣播事業》，第 697 頁。

臺灣等地的一批日僞電臺，其中除上海的黃埔臺、東亞臺原係美商所辦，轉交原主處理外，其餘大都改建爲官辦電臺。在華北「接收」了「華北廣播協會」下轄的北平、天津、濟南、青島、石家莊、太原、唐山、保定、開封、運城和北戴河等地的廣播電臺，以及日僞「蒙疆廣播電臺」。在華中先後「接收」了廣州、漢口兩處的日僞廣播電臺。到 1946 年 5 月，國民黨當局一共「接收」日僞廣播電臺 21 座，大小廣播發射機 41 部，總髮射功率 274 千瓦。這些接收而來的電臺設備，大多被國民黨當局重新利用，建成官辦的廣播電臺，如 1945 年 10 月 10 日復播的「北平廣播電臺」，就是在接收日僞北京中央臺設備和人員基礎上開辦起來的。1946 年 5 月 5 日國民黨政府「還都」南京後，國民黨中央廣播電臺隨即由重慶遷回南京繼續播音。

國民黨中央廣播事業管理處還制定了一個「龐大而周密的全國廣播網」計劃，並成立了「中央廣播電臺擴充工程處」。在國民黨中廣處處長兼中央台台長吳道一看來，抗戰結束，意味著「一個新的、開始建國的時代已經展現在眼前，廣播事業之於建國的使命也就格外重大。必須配合建國工作的展開，與其他部門齊頭並進。因此，充實、改進和擴展我國的廣播事業，是我們當前重要的願望和工作的目標。」[1]經過一年多建設，據 1947 年 12 月底統計，國民黨中央廣播事業管理處所屬電臺增加到 42 座，總髮射功率 423 千瓦。

在經營管理方面，早在 1943 年，國民黨中央廣播事業管理處即開始醞釀對黨營廣播事業實行企業化股份制改革。國民政府還都南京後，經陳果夫多方洽談，1946 年 12 月初，國民黨中央委員會從「協助及服務廣播事業 15 年以上者」與「目前和將來有聯繫必要者」中，挑選出 17 人作爲股權代表，於 12 月 20 日國民黨中央委員會在南京湖南路 18 號召開「中國廣播股份有限公司（以下簡稱『中廣公司』）創立會議」，通過了《中國廣播股份有限公司章程》，並將其送交國民政府經濟部立案。會議公推陳果夫向國民政府洽辦供應節目事宜，但一切任務仍交中央廣播事業管理處負責。1947 年 1 月 10 日，中廣公司與國民政府行政院簽約；4 月 18 日國民政府經濟部核准《中國廣播股份有限公司章程》，發給中廣「設字第 3629 號」執照。中廣公司除包括中央廣播事業管理處外，還擁有「修造所」（總所設在上海，分所設在北平與重慶）、唱片廠（設在上海）與 39 個廣播電臺，成爲國內實力最強的廣播公司。中央電臺也進入歷史上最大的擴張時期。1948 年底，國民黨中央廣播事業管理處

1　轉引自汪學起，是翰生主編：《第四線戰——國民黨中央廣播電台掇實》，第 179 頁。

還依據國際電訊會議的要求將中央廣播電臺的呼號改爲 BEA2，一改 16 年沿襲使用的 X 字首呼號用法。[1]

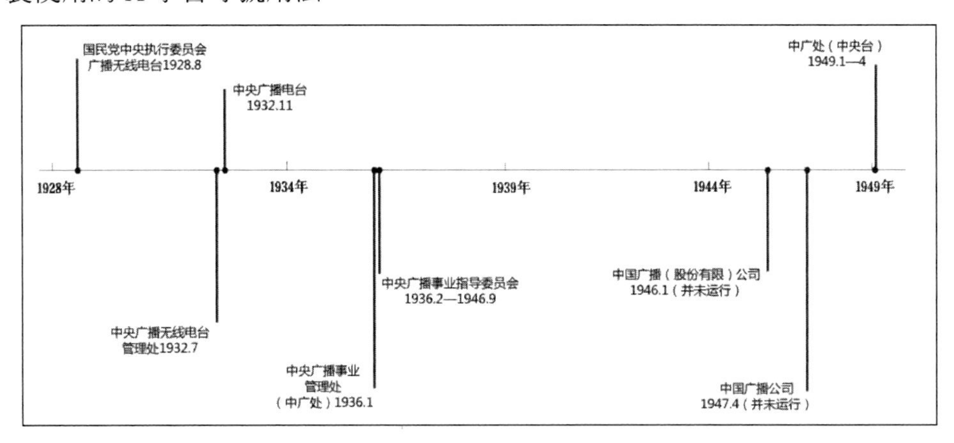

圖 4-3　國民中央電臺的機構變化

依照合約，國民政府從 1947 年起每月補助中廣公司經費國幣 20 億元，相當於 20 萬美金。但由於國統區物價飛漲，貨幣急遽貶値，中廣公司每月都入不敷出，當年 5 月，政府撥款增加到 30 億元，8 月又增至 80 億元，到年末竟增加到 240 億元。1948 年，國統區的物價比抗日戰爭前漲了幾百萬倍。6 月，中廣處以「緊急支付，以資救濟，而維廣播」爲由，一次申請撥款 1500 億元。儘管表面上廣播經費像天文數字般的不斷增加，實際上仍是杯水車薪，無濟於事，甚至辦了十幾年的《廣播週報》都無法維持，被迫宣告停刊。種種跡象表明，國民黨的黨營廣播已到了「崩潰前夕」。[2]

不僅中廣公司資金匱乏，其他官辦電臺的經費也嚴重不足，有的電臺靠聽戶的註冊、執照費和廣告費維持，有的則把廣告當作主要經濟來源。1946 年 10 月，國民黨中央廣播事業管理處在偵聽上海廣播節目時，發現交通部上海廣播電臺的廣告時間過長，且大量播放靡靡之音，於是要求整改。但上海廣播電臺卻在致中廣處的信函中強調，「至於樂而不淫之歌曲，縱其唱法屬於靡靡之類，仍不能立時取消，否則影響廣告收入極大。」[3]這在當時實際是公營電臺的一個普遍現象。「各臺節目內容，大都倒因爲果，非特民營電臺頗多側重商業節目，即公營電臺私播商業節目者亦不少。」[4]既然官辦

1　《中央廣播電臺呼號 BEA2》，《報學雜誌》，1949 年第 1 卷第 10 期，第 21 頁。
2　麥克瘋：《崩潰前夕的黨營廣播事業》，1948 年版。
3　《舊中國的上海廣播事業》，第 634 頁。
4　郁秉堅：《上海各廣播電台管理狀況》，《電影與播音》，1948 年第 7 卷第 2 期。

廣播都不肯爲了廣告收益而取消靡靡之音，又豈能要求民營電臺遵紀守法，全部播放格調高雅的節目？而官辦廣播大量介入廣告經營，對民營電臺的生存無疑又構成了巨大壓力。

國民黨各黨政軍機構私自開設的廣播電臺，也以播放低級趣味的娛樂節目和大量商業廣告謀利。抗戰勝利後，一些戰前和戰爭期間忠貞不阿、守法經營的上海老民營電臺如亞美、元昌等，雖一再申請復播，但政府卻遲遲不予批覆。相反，上海市的一些黨、政、軍、社團卻不經申請，大肆辦臺。1946 年 8 月上海電信局決心整理電波並一舉取締了所有未經審批的電臺後不久，這些電臺就死灰復燃，且扯上了各類公權機關做後臺。上海電信局徒喚奈何，只好與上海警備司令部、國防部和中央廣播事業管理處聯合「執法」，但依然無法徹底禁止。其中，國民電臺、海員電臺、海聲電臺、青年電臺均是上海市黨部或三青團未經審批所創辦，交通部認爲這些電臺不合格，並按照國民黨中常會第 39 次及第 41 次會議議決，要求撤除上述四臺。但決議發出後，上述四臺卻拒不執行，照常播出。在交通部封閉上述電臺後，一些電臺又擅自啓封播音。1947 年 6 月，上海電信局在呈報交通部的電文中稱，整頓滬市的廣播電臺之所以困難重重，一個重要的原因就在於權力部門的帶頭違紀和相互掣肘。

> 查上海現在播音之電臺，除大部核准之十八家外，尚有國防部第二廳飭淞滬警備司令部暫緩執行之十臺……此例既開，群起效尤者又有……等十臺。……其他如新運電臺雖經奉准設置，但機件設備尚未查驗合格，呼號、周率亦未頒發，竟已擅自播音，最近由三方共同制止，並由該臺具結，但仍播送廣告節目如故。新都電臺前奉院令准予市參議會開大會時播送會議新聞，一俟閉幕即應撤除，但亦不遵規定，仍舊經營廣告。[1]

尤爲荒唐的是，當相關機構前往取締這些違法的官辦電臺時，竟然遭到公權機關的暴力抗法。1948 年 3 月 25 日，在交通部上海電信局整理電臺的行動中，發現國民黨上海市黨部執行委員會頂風違紀，擅自設立國民廣播電臺，內容除普通平劇、歌曲唱片外，還有銷售鷹牌火油等商業廣告節目。爲愼重起見，上海電信局致信國民黨上海市黨部，詢問是否爲不法商人而爲，

1 《上海電信局關於陳報整頓滬市廣播電臺困難情形的電》（1947 年 6 月 9 日），轉引自《舊中國的上海廣播事業》，第 667 頁。

同時上海淞滬警備司令部亦已查明，該臺爲非法播音，於是電信局前往取締，結果「當馳往執行取締時，該臺竟召武裝人員倔強反抗，經軍警方面主動加派警員，始將全部機件拆運本局。」[1]事後上海市黨部方面派人前往電信局，堅持要求發還機件。上海電信局只好在要求對方答應其三個條件後發還了機件設備。1948 年 10 月，國民政府國防部還法外施法，以「戡亂」宣傳需要爲名，准許上海 16 座「軍營」電臺播音，將下屬的非法電臺合法化。

一方面是公權機關任意設臺，取締困難，另一方面官辦電臺又不守規定，播放廣告，與民爭利。這對依仗廣告收入維持生計的民營電臺來說，無疑是雪上加霜。1948 年 11 月，上海民營電臺公會接到國民政府交通部通知，要求「値茲戡亂時間經濟改革之際」，各電臺務必於每晚中原時間 9 時至 9 時 30 分，一律轉播中央電臺所播新聞。上海市民營電臺公會下屬的會員臺不顧營業損失，迅即在規定時間內一律轉播，以期全國人民瞭解時事信息。但中央廣播事業管理處下轄的公營上海電臺和軍用電臺卻在同一時段大肆播放戲曲音樂，並插播各種廣告。民營電臺爲此受到廣告客戶的責難和聽眾的誤解，損失慘重，百口莫辯，最後憤而上書交通部上海電信局局長，指出，「民營電臺全賴營業收入以維持，今令一律轉播新聞，而該管理處之上海電臺及公營、軍用等電臺則播送營業廣告與民爭利，實屬不當。」[2]官辦廣播的失控和失範，從一個側面反映了國民黨政權腐敗墮落、綱紀廢弛的現實。

國共內戰爆發後，國民黨憑藉軍事優勢一度佔據上風，共產黨解放區範圍曾大幅縮減。在國民黨軍隊「重點進攻」延安時期，延安新華廣播電臺爲便於隨大隊轉移輕裝，把部分笨重的機械設備堅壁清野埋藏在山中，後被進佔延安的國民黨軍隊發現。1947 年 4 月 8 日《申報》頭版的一篇報導說：

> 〔本報延安六日電〕國軍五日克復瓦窯堡東之吳家寨時，截獲共方延安廣播電臺與解放日報全部機械鉛字若干，紙張三十噸，汽車二十四輛，是項物資均因國軍進駐清澗，共方無法撤向綏德。[3]

國民黨軍隊獲得這些機械後曾以「陝西廣播電臺」的名義進行宣傳廣

1　《舊中國的上海廣播事業》，第 700 頁。

2　《廣播電臺商業同業公會關於陳報公營及軍用電臺兜攬商業廣告的呈》（1948 年 11 月 22 日），《舊中國的上海廣播事業》，第 759～760 頁。

3　《中共延安電臺已被國軍截獲，解放日報機器亦在內》，《申報》，1947 年 4 月 8 日第一版。

播。1947 年 3 月 5 日《申報》的一篇報導顯示，陝西廣播電臺於 4 日開始對延安定期播音，以後每星期六晚七時舉行。四日午首次播音者爲共產當一二九師一旅三團投誠團長王之亭。[1]

四、日漸失信的國民黨廣播宣傳

抗日戰爭勝利後，國民黨的新聞廣播獲得快速的發展。但是在短暫的面貌一新後即迅速下跌，引起民眾普遍不滿。

（一）對內廣播

勝利之初，國民黨廣播事業頗有一番欣欣向榮的氣象，也做了一些節目上的改變。比如，戰時遠征的軍人和離家的百姓很多，戰後都想著怎樣回到老家去。中央電臺於是增設了《廣播信箱》節目，幫助聽眾尋找戰亂中失散的家人，一時間尋人的信件和尋到人的感謝信如雪片飛來。

順應國民政府的政治改革需要，官辦廣播中也不時出現呼喚民主的聲音。實際上，早在 1945 年的元旦廣播演說中，蔣介石就表達了戰後結束訓政實施憲政的決心。1946 年元旦，蔣介石又在中央電臺發表元旦演說，受到舉國關注。晉冀魯豫軍區在編發《鞏固和平與民主改革》小冊子中，也收入了蔣介石的演說稿。

然而在表面和平的背後，內戰的陰雲卻驅之不散。蔣介石一心想消滅共產黨，並借助自己的軍事力量推進國內的政治統一。抗戰勝利後，人民渴望和平，不願再打仗。蔣介石利用民眾的普遍籲求，於 8 月 14 日、20 日、23 日向延安的毛澤東連發三封電報，邀請毛澤東赴重慶「共商大計」。毛澤東曾是蔣介石通緝的共黨要犯，他料定毛澤東不敢來重慶，如若那樣，毛澤東和共產黨就會背上拒絕和談、蓄意內戰的罪名，自己則會在政治上處於主動和有利的地位；如果毛澤東眞的來了，無非是給他們幾個虛職，然後再逼他們交出解放區，交出軍隊。而更重要的是，他可以藉此拖延時間，將遠在西南、西北地區的主要軍事力量從容地調運到華東、華北及東北各地。

但 8 月 28 日，毛澤東卻如約來到了重慶，並與蔣介石國民黨展開數十天艱苦談判，一時吸引了眾多媒體的關注。在國民黨毫無誠意，且未有充分準備的情況下，中國共產黨卻提出明確訴求，圍繞解放區政權和人民軍隊問題反覆談判，於 10 月 10 日兩黨代表終於簽署《國民政府與中共代表會談紀要》

1 《陝西廣播電臺昨開始對延安廣播》，《申報》，1947 年 3 月 5 日第一版。

（即《雙十協定》）。但在《雙十協定》正式公布的第三天，也就是 1945 年 10 月 13 日，蔣介石就發布了剿共密令，告誡各級軍人：對共產黨「若不速與剿除，不僅八年抗戰前功盡失，且必遺害無窮，使中華民族永無復興之望」[1]。抱著這一成見，1946 年 6 月 26 日，蔣介石終於撕毀了停戰協定，向各個解放區發起全面進攻，國共內戰全面爆發。

此後國民黨的廣播宣傳主調由「和平建國」變為「戡亂剿匪」。不止在官辦電臺的新聞廣播中播出大量「剿匪」新聞，還組織民營電臺進行文藝宣傳，包括廣播相聲、話劇和滑稽等，並在南京各大院校學生中舉行廣播座談會，營造舉國上下，同心協力「剿匪戡亂」的局面。1947 年 8 月，行政院新聞局還制定了修正「剿匪」總動員宣傳計劃綱要，確定了「剿滅朱毛、肅清共匪」等十四個口號，明文要求「加強廣播」，由中央廣播事業管理處每日就國務會議決議及主席七七廣播詞要義加以釋明，令各電臺不斷播送，還約請名流播講，編採共產黨「禍國殃民暴行」的話劇在各電臺播講。

1947 年 1 月馬歇爾調停失敗離華後，國共矛盾進一步激化。3 月蔣介石把對解放區的全面進攻改為重點進攻後，13 日調動胡宗南部隊 14 萬大軍進攻延安，19 日共產黨軍隊撤退後胡宗南軍隊佔領了延安。為擴大戰果，國民黨政府策劃了一齣派中外記者到延安現出採訪當地居民「歡欣鼓舞」迎接「解放」的新聞專題。1947 年 4 月 30 日早晨，中外記者團 55 人搭乘三架空運大隊的運輸機，由南京飛到西安，休息一晚後，隔日再飛延安。這個團由南京國防部新聞局副局長卿汝楫率領，其中有國民黨中央電臺記者潘啓元、《大公報》記者周榆瑞和《中央日報》記者龔選舞等人，蔣介石的英文秘書沈昌煥則以中央社記者的名義一道前來。到達延安後，由胡宗南安排的光復延安的全國新聞宣傳活動從這裡正式展開。為了誇大戰果，胡宗南還安排手下官兵假扮共產黨軍隊的戰俘，包括讓一名國軍軍官假扮被俘的共軍旅長，模擬共產黨的硬漢作風，提供中外記者採訪。這種欺上瞞下的行為並沒有蒙蔽目光敏銳、經驗豐富的記者，《大公報》記者周瑜瑞就如實地記錄了當地百姓對八路軍軍紀、醫院和學校的讚揚，還有自己內心對八路軍的推崇。而中央電臺記者潘啓元則寫下了《延安神話：膚施命名的傳說》[2]等報導。值得一提的是，潘啓元作為中央電臺的專職記者和播音員，不僅在戰後

1　1945 年 10 月 13 日蔣介石發給陸軍總司令何應欽的密電。

2　潘啓元：《延安神話：膚施命名的傳說》，《覺群週報》，1947 年第 43～44 期。

參與了公審原汪僞宣傳部長林柏生，提供林柏生在電臺的各種演講詞作爲罪證等事務[1]，還親自報導 1948 年的全運會，並在《覺群週報》《週末觀察》等刊物發表採寫報導的文章屬於廣播記者中的佼佼者。但與絕大多數以通訊社和報刊新聞爲來源的電臺新聞從業者相比，類似潘啓元這樣的依舊是鳳毛麟角，形不成主流。

1946 至 1949 年期間，中央臺的新聞來源又有所增加，除了主要播發中央社消息外，包括美國新聞處、國民黨中央宣傳部、行政院新聞局等發布的消息也有時也由中央臺發布。中央臺的新聞播音，必須照文稿說話，那時沒有著作權觀念，哪家報紙登載的新聞，廣播電臺可以拿來用。始終未能培育出獨立的廣播記者隊伍，更少獨家新聞的發布。抗戰勝利後，鑒於國共內戰的爆發，中央臺廣播記者潘啓元乘虛而入，竭力主張搞「本臺消息」，「並主動諸纓，親自參加採訪，先後擔任過軍事委員會戰地服務團團員、後勤部政訓員，熟悉軍旅生活。這在中央臺內是不多的。於是乎，他幾度忽東忽西，走南闖北，逐戰火而轉移，搞起戰地報導來。」[2]

也正是因爲廣播新聞的弱勢地位，使得廣播記者在全國記者中受到輕視。據潘啓元回憶，抗戰勝利後，他在南京中央廣播電臺跑新聞，申請加入南京記者公會，幾番力爭公會才勉強同意，他也因此成了全國廣播記者加入記者公會的第一人。南京民本廣播電台臺長胡炯心說，內政部職業分類，廣播列入「娛樂」，他才知道自己是個跑馬賣藝的[3]。

在國民黨發動全面內戰後，國民黨電臺使出各種造謠和抹黑解放區的招數：

一是利用相同的頻率和呼號，冒充解放區電臺做反宣傳。1946 年 11 月，中共中央發出關於暫棄延安的指示；1947 年春，國民黨對陝北發動「重點進攻」，3 月 19 日，中共中央撤離延安，陝北新華廣播電臺隨後停播。但國民黨廣播電臺很快用同一頻率播音。據當時的人民日報社電務科高飛回憶，3 月 30 日，陝北臺沒有正常播音，「突然一個較強信號在陝北臺頻率上出現，接著一個男人假裝女腔，聲似鬼嚎，叫道：『這裡是陝北廣播電臺……把我的兩條

1 《鄧逆祖禹在京公審，林逆柏生定廿五日開審》，《申報》，1946 年 5 月 15 日第 1 版。

2 汪學起、是翰生編著：《第四戰線：國民黨中央廣播電臺掇拾》，中國文史出版社，1988 年版，第 196 頁。

3 王鼎鈞：《投身廣播，見證一頁古早史》，選自《文學江湖回憶錄四部曲之四：文學江湖》，臺灣爾雅出版社，2009 年版，第 56 頁。

小腿都跑酸了……』」[1]很明顯是國民黨廣播在作亂。

二是借解放區知名人士之口抹黑解放區。如 1948 年 4 月，在西府隴東戰役中，聞名遐邇的解放區勞動模範吳滿有不幸被俘。胡宗南把吳滿有送到南京，要他在 9 月 26 日南京中央臺發表廣播講話。吳滿有自稱自己受了共產黨「欺騙」，希望大家「團結戡亂」。吳滿有識字不多，這種遣詞造句顯然是國民黨當局事先準備的講稿教給他念的。

新聞宣傳必須以事實爲基礎。1948 年後，國民黨在統治全面潰敗，共產黨解放區卻日益擴大。面對日益失控的局面，國民黨對共產黨的廣播言論愈發恐懼。1948 年元旦，國民黨「華北剿匪總部」發布《取締民眾收聽共產黨廣播並辦理收音機登記的代電》[2]6 月，國民黨的新聞宣傳更是圖窮匕見，由國防部政工局擬訂了污蔑共產黨的實施辦法，要求國民黨中宣部、行政院新聞局通令各地媒體，在提到共產黨時，一律稱爲「匪黨」，「共軍一律稱爲匪軍，共匪一律稱爲毛匪，匪區一律稱爲匪佔領區。」[3]在國內媒體中大肆宣傳的同時，要求行政院新聞局自設電臺，每日經常電致國外，普遍宣傳，行政院新聞局還「每日編纂各種廣播稿，與美國各地電臺接洽，借臺廣播。」[4]但此時已是言者諄諄，聽者藐藐，黨國廣播行將崩潰已是有目共睹。在 1948 年底的淮海戰役中，面對不利局勢，國民黨當局爲了鼓舞國軍士氣不惜製造假新聞，大肆宣傳「固鎮大捷」「徐州大捷」。事情敗露後，震怒的蔣介石自此寧信「敵臺」不信己臺，當他聽見電臺中仍一遍遍播出國民「雙捷」消息時，竟然失態地砸壞了一臺電子管收音機。爲瞭解前方戰況，蔣介石「每天總是先收聽中共電臺的廣播，然後才收聽國民黨中央社的新聞廣播。」[5]

國民黨統治和其廣播宣傳之失盡民心，從物理學家吳有訓先生身上也可窺見一二。1948 年 5 月，正在美國加利福尼亞大學訪問的中央研究院院士吳有訓先生，一連接到幾封蔣介石從國內發來的加急電報，而且措辭一封比一

1　高飛：《臨時新華總社電訊工作梗概》，選自蕭風主編：《太行新聞回憶選輯（1937～1949）》，人民日報出版社，1998 年版。

2　《「華北剿匪總司令部」取締民眾收聽共產黨廣播並辦理收音機登記的代電》，北京市檔案局，檔號 J001-001-01188。

3　《國防部政工局訂定污蔑中共名稱的實施辦法》，《中華民國史檔案資料彙編》（第五輯第三編・文化），第 35 頁。

4　《剿匪總動員宣傳計劃綱要》，《中華民國史檔案資料彙編》，（第 5 輯第 3 編・文化），第 7 頁。

5　王慶順：《淮海戰役中「國軍雙捷」內幕》，《文史天地》，2016 年第 9 期。

封嚴厲，要求他盡快回國。迫於無奈，吳有訓只好於 10 月打點行裝匆忙登船返國。甫一到京，蔣介石就迫不及待讓他再度出任中央大學校長。在當晚收聽國民黨中央電臺時，吳有訓聽到女播音員正字正腔圓地播送著一則尋人啓事：「吳有訓先生，你在哪裏？聽到廣播後請你馬上啓程赴廈門，那裡有人接你……」這則尋人啓事一連播送了好幾遍，而且之後的每一天都能聽到這段播音，一直持續到 1949 年 10 月 17 日廈門被攻破爲止，播送了近 5 個月共計 146 天。然而，146 天的電波召喚也沒有挽回他對在其治下生活了 53 載的政府的信心。最終，他決定留在大陸而沒有跟國民黨撤往臺灣。

（二）對外廣播

抗戰勝利後，國民黨中宣部很快確立了對外廣播的重點是美國，中心是反共。[1]因爲抗戰時期中國政府受到了美國的大力幫助，戰後國民黨政府還想繼續依靠美國，一是從事戰後重建，二是打擊甚至消滅共產黨力量。因此，國民黨中宣部國際宣傳處從 1946 年 3 月到 1947 年 7 月期間，平均每月在紐約無線電廣播電臺及廣播網播送節目 7 次。同時向英國 BBC 派出專人演講[2]。1946 年 12 月，國民黨中宣部國際宣傳處開會，決議對外廣播的工作交由廣播事業管理處統籌負責。[3]

相比抗戰時期的對外廣播而言，由於戰後蔣介石政府的主要精力放在了對付國內共產黨勢力上，其對外廣播的投入和節目數量都有明顯減少，國際影響力也隨之下降。1946 年，美國哥倫比亞廣播公司東亞部主任宣稱：「中國在廣播界地位每況愈下，中國的播音界一點不供給他們材料，他們只有取消關於中國消息的廣播」。[4]當時，代表全澳洲最大商業廣播網的廣播通訊員高登氏（Gorden）借來華之機，曾發表講話，希望引起中國有關當局關注，然而當局竟「乃漠視之」，令高氏發出感慨「如果像埃及、土耳其等此等國家尚能源源供給廣播材料，中國爲何不能？」[5]

---

1 《國民黨中央宣傳部國際宣傳處工作報告》，中國第二歷史檔案館編：《中華民國史檔案資料彙編》（第五輯第三編・文化），第 41～42 頁。
2 《國民黨中央宣傳部國際宣傳處工作報告》，中國第二歷史檔案館編：《中華民國史檔案資料彙編》（第五輯第三編・文化），第 45 頁。
3 《國民黨中央宣傳部國際宣傳處工作報告》，中國第二歷史檔案館編：《中華民國史檔案資料彙編》（第五輯第三編・文化），第 40 頁。
4 《澳新聞廣播員向中國廣播界挑戰》，《電影與播音》，1946 年第 5 卷第 8、9 期。
5 《澳新聞廣播員向中國廣播界挑戰》，《電影與播音》，1946 年第 5 卷第 8、9 期。

1947年底，連國民黨政府都已經認識到，「兩年以來，國際輿論對我政府時肆抨擊，美國輿論界除少數報紙雜誌以外，無論左傾右傾，或東部西部，幾異口同聲誣我政府爲不民主，貪污與無能。尤堪注意者，攻擊我最烈之評論，並非出自駐華記者，乃係若干評論專家根據海外傳聞以及本國官員之報告，橫加責難。凡此現象之產生，共匪宣傳固爲其主要原因，而我積極具體宣傳資料之貧乏，亦不能辭其咎，糾正之道，端賴加緊積極性之宣傳，以事實爲言論之比照，庶可逐漸更改國內外對我政府之觀感。」[1]

1948年11月21日，美國廣播公司約請宋美齡發表對美廣播演講，解釋中國的現局。在廣播中坦言正與「共匪做生死的搏鬥」而「無法分身」的宋美齡承認，國民黨軍隊之所以漸趨下風，戰局大逆轉，共產黨「狡詐狠厲的宣傳」在其中起了很大作用[2]：

> 不論宣傳的技巧如何，事實終勝於雄辯。共匪一再宣傳的主題，不外說政府『壓迫』人民，共匪則爲『解放者』。但中國人民對匪徒殘暴的本性的反感，已足嚴厲駁斥此種宣傳的虛妄。[3]

上述自相矛盾的表述說明國民黨廣播宣傳的失敗。而蔣介石更是在國民黨高層會議上公開表達對這種宣傳現狀的不滿，認爲「中央廣播電臺的節目，毫無選擇，完全沒有新聞的價值，人家當然不願意收聽。」[4]

第二節　短暫復興的民營廣播

抗戰勝利初期，隨著各城市的工商業復蘇，民營廣播再度蓬勃發展，廣播中兒童教育、科學常識和雄壯的音樂給人一種積極向上的印象。但時隔不久，一些商業電臺即故態復萌，有的播放大量低級庸俗的節目，有的不經審批即自行開設電臺，不僅嚴重干擾了正規電臺的生計，也降低了民營電臺的信譽，並爲此受到政府的數次整肅。民營廣播的生存環境日益惡化。

一、民營廣播的短暫復興

與戰前一樣，工商業發達、人口集中、電力資源充足的大中城市是民營

1　《蔣夫人對美廣播聲明我戡亂決心》，《外交部週報》，1948年第101期。
2　《蔣夫人對美廣播聲明我戡亂決心》，《外交部週報》，1948年第101期。
3　《蔣夫人對美廣播聲明我戡亂決心》，《外交部週報》，1948年第101期。
4　蔣中正：《當前時局之檢討與本黨重要之決策》（1947），《先總統蔣公思想言論總集》（卷二十二、演講），第189頁。

廣播的滋生和繁衍之地。上海、天津、蘇州、寧波等沿海城市的民營電臺數量最多，亂播亂放的情況也最嚴重。

抗戰一結束，上海廣播業再度活躍，許多電臺不經申請即開播節目，但政府卻直到 1946 年 3 月才允許民營電臺限期登記核准，同時對混亂不堪的電波空間展開治理和整頓。遵命登記的電臺 106 家。[1] 8 月，上海電信局一舉取締了大量私設電臺，「一時無線電的聽眾們頓覺清淨不少，平時擾雜不堪的隔音已一掃無餘，一般人都以為茲後的廣播界一定可以走上正軌了。不想時隔不久，新的電臺又似雨後春筍般地設立起來，而並不通過電訊局，即使電訊局去干涉，亦是來一個不理睬，好在都有相當的後門，不怕封門」[2]。「所有從前取締的電臺竟然全部掛了一塊招牌又恢復播音了，因此電波又是凌亂狀態。……至於電臺方面實足有六十家之多，而 KC 亦有四十餘根之多」。[3] 上海空中電波之烏煙瘴氣比取締之前更甚。究其根源，正如上文所述，官辦電臺帶頭違法亂紀，民營廣播只是「趁火打劫」，並非這一亂象的主因。但在歷次「取締」行動中，損失最大的還是沒有任何背景的民營電臺，而那些背景強硬的非法電臺，卻總是在整理行動不久即很快以各種名義復播。

1946 年 9 月 8 日，歷盡劫波的戰前上海市九家老民營電臺，包括大中華、大陸、元昌、鶴鳴、東方、華美、亞美、麟記、福音等同時復播。開播當日，上海市民營無線電播音業同業公會整理委員會常務委員張元賢發表廣播演講，表示要「負起吾等之使命，聯合廣播界同業腳踏實地地幹去，本宣揚文化，普及社會教育輔助工商發展之宗旨。」[4] 歷史證明，即使是忠實貫徹政府各項指令，認眞履行廣播宣教職能，「腳踏實地」做事，民營電臺要想在跟官辦廣播的不公平競爭中勝出，實在是難於上青天。

1946 年，天津有四家民營電臺先後開播：1946 年 11 月 10 日，華聲廣播電臺開播，呼號 XLMA，電力 500 瓦，臺長舒季衡；11 月 12 日，「中國廣播電臺」開播，呼號曾先後使用 XLMC 和 XPCA 兩個，電力 500 瓦，由國防部中美電機廠廠長樓兆綿夫婦開辦，內設總務部、廣告部、服務部、修理部、

1 郁秉堅：《上海各廣播電臺管理狀況》，《影音月刊》，第 7 卷第 2 期，1948 年版。

2 冰熙：《寫在取締電臺之前》，《東南日報》（1946 年 12 月 28 日），轉引自《舊中國的上海廣播事業》，第 650 頁。

3 《如此整理電波》，《新夜報》，1946 年 12 月 24 日，轉引自《舊中國的上海廣播事業》，第 649 頁。

4 張元賢：《民營廣播電臺於抗戰期間之經過情形》，《勝利無線電》，1946 年第 4 期。

播音部和工務部，節目注重服務性；12 月 15 日，天津中行貿易公司附設的中行廣播電臺開播，呼號曾先後使用 XTCHL、XEMC，電力 500 瓦，是中行公司爲擴大影響並試圖通過經營商業廣告獲利而設的，臺長陳樹銘，副臺長凌廷章負實際責任；12 月 28 日，世界電臺（「天津市文化廣播電臺」）開播，呼號 XNBA，電力 200 瓦，社長范子文。1947 年又新增 6 家，分別是：1947 年元旦開播的「世界新聞廣播社」電臺；1947 年 1 月 3 日開播的友聲廣播電臺，呼號 XPBA，電力 200 瓦，1948 年停播，未能獲得政府的執照；3 月開播的宇宙廣播電臺，呼號 XTYC，電力 200 瓦，年底停播，未能獲得執照；同月開播的青聯廣播電臺，電力 200 瓦，開播幾月後因無執照被查封；6 月開播的天聲廣播電臺，電力 500 瓦播出數次仍未能領到執照後停播；9 月開播的青年廣播電臺，電力 500 瓦，由三青團與原天聲廣播電臺合辦，1948 年 6 月 10 日因仍未領到執照被查封。1948 年 7 月，天津鐘鏡廣播電臺開播，電力 200 瓦，由天津迪明無線電行和野玫瑰無線電行合辦，年底因未領到執照而停播。

在蘇州，除了老字號的「久大」廣播電臺迅速復播外，還先後新辦了七家民營的廣播電臺：1945 年 9 月，《明報》廣播電臺開播，由蘇州《明報》社社長張叔良創辦，呼號 XDNS，臺址在蘇州西中市德馨里 7 號。1946 年 1 月 1 日，文化廣播電臺開播，呼號 XCSS，功率 50 瓦，後增加爲 100 瓦，臺址位於蘇州官巷 36 號，由吳鑒生、潘仲彬、潘辛叔、余叔雄四人投資合辦。3 月，江南廣播電臺試播，由吳洵創辦，呼號 XVOK，功率 50 瓦，臺址位於蘇州北局青年會樓上。另一家利康廣播電臺也於同月試播，功率 50 瓦，臺址位於蘇州北局新市場，創辦人宋湛清。5 月 1 日，力行廣播電臺試播，呼號 XQSL，功率 100 瓦，臺址位於蘇州察院場中央飯店，由張振翼、沈學源創辦。該臺與《力行日報》掛鈎，電臺機器設備由張振翼提供，廣告收入對半拆賬。試播期間主要節目有《講故事》《評彈》《滑稽》《中西唱片》等。同月，張壽鵬、鄭師勤籌辦的黎明廣播電臺在呼號和頻率均未確定的情況下，就把發射機於自上海運至蘇州並打算播音。由於抗戰勝利後交通部只准蘇州成立一座民營電臺，並已批准了「新中國廣播電臺」，因此上述六家民營電臺均屬於未經批准的「非法」營運，於 1946 年 9 月 11 日被當地電信局查封。唯一「合法」的「新中國廣播電臺」1946 年 4 月初由張辛成（張步增）申請籌辦，4 月 13 日交通部批准並發給廣字第 2 號許可證，功率 150 瓦，但卻因領取許可證後 4 個月沒有建成，且兩次改遷臺址等違章事項，於當年 9 月 21 日被交通部弔銷許可證，電臺尚未播音即被查封。

在無錫，1946 年 5 月，方天煒創辦的錫音廣播電臺正式播音，呼號 XLAV，功率 100 瓦，臺址在無錫北大街懋綸綢布莊三樓，發射機設在周山浜三支路 8 號，是抗戰勝利後無錫唯一經交通部批准成立的民營電臺，於 1946 年 4 月獲交通部頒發民營廣字第 1 號建臺許可證，同年 12 月 10 日發給民字第 6 號播音執照。該臺開始時由方天煒與良友無線電機社談昌煒聯合經營，由談昌煒提供機器設備。次年 5 月，因發生經濟糾紛，談昌煒將發射機收回，電臺停播。後來方天煒自己購置發射機，並將功率增為 200 瓦繼續播音。電臺每天播音 14 小時，設有《錫報新聞》《社會服務》《教育節目》、平劇、歌曲、彈詞、雜曲、故事等節目。與此同時，戰前即已經播音的國泰廣播電臺也迅速復業，並多次向交通部申領執照，卻始終未獲批准。1946 年 4 月，另一家民營電臺——吉士廣播電臺開始播音，呼號 XQTS，功率 50 瓦。電臺由無錫吉士照相館創辦，負責人張德馨，臺址在無錫中山路 277 號，辦有《早晨音樂》《佛學》《朱子家訓》《錫報新聞》《醫學常識》《法律講座》《家庭常識》《婦女常識》《兒童節目》《英語教授》等節目，每天播音 4 次，共 10 小時，播音室設在照相館內的亭子間裏，四周用玻璃罩起來，又稱「玻璃電臺」，供人參觀，以此招徠顧客，擴大營業。吉士電臺曾多次申請核發播音執照，交通部以無錫只准設立一座民營電臺，並已批准錫音電臺成立為由，未予批准。1946 年 12 月，凱聲廣播電臺開播，功率 100 瓦，臺址在無錫北大街 23 號，由無錫九綸綢布莊創辦，負責人陳企峰。電臺每天播音兩次，共 11 小時，節目有新聞、《家庭及文藝講座》、彈詞、滑稽、平劇等。與上述兩家電臺一樣，凱聲臺也曾多次向交通部申請領取熱照，未獲批准。最後，無錫電信侷限定該臺與國泰、凱聲三臺共用 1150 千赫一個頻率輪流播音，後一直維持到 1949 年 4 月 23 日無錫解放前夕。

浙江省地處東南沿海，工業基礎較好，現代化城市和工商業金融機構較多，30 年代即湧現了一批民營的廣播電臺。抗戰結束後，杭州、寧波、嘉興、溫州、湖州、紹興等地先後又有 20 座民營電臺成立。但這些電臺「大都規模很小，發射功率多為 50 瓦至 100 瓦，小的僅 12 瓦，只在電臺所在地及其附近才能收聽到廣播，其中大部分廣播電臺存在的時間極短，有的在辦臺當年甚或當月就停播了。」[1]1947 年 5 月 5 日開播的杭州大華廣播電臺由在浙

1 浙江省新聞志編纂委員會編：《浙江省新聞志》，浙江人民出版社，2007 年版，第 336 頁。

江廣播電臺任職的傳音科科長、工程師王興蔚和工務員杜錫道、唐昂等合辦，總功率 75 瓦。該臺宣稱其宗旨是「興辦電化教育，經營廣告業務，謀求社會立足之地和保障經濟來源」[1]，辦有《無線電常識》《醫藥常識》和流行歌曲、戲曲等節目。在寧波，1946 年成立的民營電臺有「寧鐘」、「寧聲」、「寧波」三家，1947 年又有「泰山」電臺成立。寧鐘廣播電臺由曾經營無線電料行的臺主趙寧鐘開辦，1946 年 5 月開播，起初發射功率 50 瓦，後擴大到 200 瓦，是當時幾家電臺中發射功率最大的一家。臺長兼工程師趙寧鐘是浙江餘姚人，上海大同大學數理系畢業，開辦電臺時約 35 歲，發射機器是他自己安裝的。由於趙寧鐘的一位親戚是當時國民黨行政院的秘書長，後臺較硬，他開辦的電臺是寧波唯一得到交通部註冊批准的。寧鐘臺開辦後的最興旺時期，每天播音時間在十六、七個小時左右。寧聲廣播電臺是一座家庭電臺，由電臺經理全平及其家人創辦並主持，1946 年 4 月 1 日開播，發射功率 15 瓦，是幾家電臺中功率最小的。電臺起初定名爲「寧波廣播臺」，後因與另一寧波電臺重名而改稱「寧聲廣播電臺」。因爲沒有經過當局正式註冊批准，因此無呼號。寧聲電臺全盛時期播音時間一天在十五、六個小時。寧波廣播電臺籌設於 1940 年春，後因寧波被日本侵略軍侵佔而未能開播，抗戰勝利後於 1946 年 6 月 3 日復業。這家電臺是民營合資開辦的，發射功率爲 25 瓦，成員共有六人，除臺長、工程師外，還有二名播音員，一名廣告員和一名女傭。泰山廣播電臺開播於 1947 年底，發射功率 200 瓦。因未獲批准，電臺試播不久便被主管的國民黨鄞縣電信局查封。此外，嘉興市利聞廣播電臺也在抗戰後很快恢復播音。

國府首都南京抗戰前已有中央廣播電臺和南京短波兩個大功率電臺，沒有民營電臺。1946 年 5 月 5 日成立的益世廣播電臺是南京市區內出現的首家民營電臺，也是戰後國內第一家獲得政府執照的民營電臺。電臺設立的目的，「是爲配合抗戰前唯一的宗教新聞事業《益世報》，作新聞報導、宣傳福音、配合政府宣導政令、推行社會福利、喚醒國人認識眞理愈顯主榮，是當時我國天主教唯一的宗教機構。」[2]益世電臺的發起人之一梁林蔭本是汪僞時期南京中央電臺的播音員，日本投降後留在中央電臺繼續工作。因不滿受到從重慶「還都」的同僚歧視，遂邀集一些電臺留用人員，「以天津《益世報》駐南京記者陸復初爲媒介，找到了原重慶《益世報》社長、天主教神父楊慕時。

1　《浙江省新聞志》，第 343 頁。
2　參見益世廣播電台網站：《益世廣播電台・公司沿革》。

雙方談妥，以《益世報》名義，在南京合股開辦益世廣播電臺。梁林蔭和電臺同仁負責資金、器材、技術、播音，《益世報》方面以鐵管巷房產入股作臺址。最後，搬出天主教紅衣大主教于斌的名義申報國民政府交通部批准。」[1]電臺於 5 月 8 日正式播音，呼號 XPBK，功率 200 瓦。臺長楊慕時，副臺長由陸復初掛名，董事長于斌。

由於有宗教背景，加上于斌主教的社會影響力和《益世報》支持，益世電臺不像一般的民營電臺那樣財力拮据。它有新的樓房，電臺設備較爲精良，工作人員素質普遍較高，節目內容也較爲充實，加之一場內戰使許多人精神上失去皈依，轉而向宗教尋求寄託，因而這座電臺擁有較多的聽眾。1948 年秋，該臺仍勁頭十足地擴充電力，另裝 500 瓦發射機。1949 年春，新機器開始試播。但隨著解放戰爭的推進，1949 年 3 月，益世電臺匆忙南遷，後輾轉在臺灣復播。

之後南京又相繼成立了「建業」、「青年」、「金陵」和「首都」等四家民營的廣播電臺。建業廣播電臺是 1946 年春由南京瑞記無線電行老闆吳瑞鴻籌建，同年 10 月經交通部核准並發給播音執照，年底播音。電臺呼號 XLAX，功率 200 瓦，臺址在南京中正路 527 號（現建康路），由吳瑞鴻自任臺長。1948 年 3 月，該臺與南京工商會聯合成立建業廣播電臺股份有限公司，由南京市工商會會長穆華軒任董事長，《東方通訊社》和《交通服務社》社長朱光正任總經理，自此該臺成爲南京市工商會的特約廣播電臺。青年廣播電臺，1946 年春由蘭緒人、盧崇烈籌建，同年底正式播音，呼號 XLAZ，功率 100 瓦，臺址位於南京延齡巷 79 號。金陵廣播電臺於 1946 年底開始播音，呼號 XLAW，功率 200 瓦，臺址在南京建康路 318 號，負責人陸振華。首都廣播電臺由朱品三、鄭達善、楊子韶創辦，1946 年 10 月由交通部核准並發給民字第 4 號播音執照，1947 年 1 月 1 日正式播音，呼號 XLAY，功率 100 瓦，臺址位於南京延齡巷 40 號。

在重慶，交通部規定只能設立三座民營電臺。最早領得交通部執照的是「谷聲廣播電臺」，於 1947 年 5 月 8 日正式開播，發射功率 150 瓦，每日播音 10 小時以上。經營業務以商業廣告爲主，除金融市場行情和商品廣告外，還播放川戲、京劇和歌曲唱片、新聞節目和國民黨中央社及重慶各報消息，並辦有《重慶掌故》《聽眾點播》《無線電常識問答》等節目，此外還定時轉

1 汪學起、是翰生編著：《第四戰線——國民黨中央廣播電臺掇拾》，第 194 頁。

播「美國之音」的華語節目。其次是「陪都」電臺和「萬國」電臺。陪都廣播電臺開播於 1947 年 10 月 10 日，由重慶恒義興百貨行開辦，功率 300 瓦，每日播音八九小時，設新聞、評論、歌曲、曲藝、川戲、京劇等節目。萬國廣播電臺開播於 1948 年 5 月 30 日，功率 300 瓦，後增爲 750 瓦，每日播音 10 小時以上，辦有廣告、新聞、評論、歌曲、曲藝、川戲、京劇等節目。

戰後北平先後成立了七家「民營」身份的廣播電臺，分別是「勝利廣播電臺」、「國華廣播電臺」、「中國廣播電臺」、「華聲廣播電臺」、「民生廣播電臺」、「北辰廣播電臺」和「聯合廣播電臺」，可說是民營廣播發展最興盛的時期。北平也因此成爲當時中國北方民營電臺數量最多的城市。勝利廣播電臺是 1945 年 9 月經國民黨保定綏靖公署軍人張惠眞呈請第十一戰區政治部批准設立的，臺址在內二區北溝沿甲 49 號，1946 年 1 月開播，呼號 XLIB，發射功率 100 瓦。該臺宣稱「秉承第十一戰區政治部之意旨，以宣揚黨義，傳播政令，提高文化水準，注重國民教育爲目標，並代本市（北平）黨政軍各機關宣傳政聞、公布法令及播送各項文告。」[1]國華廣播電臺開播於 1946 年 10 月，呼號 XPKH，發射功率 100 瓦，臺址位於內一區東單帥府園。1948 年 7 月又改稱軍友廣播電臺，負責人爲國震宇。中國廣播電臺開播於 1946 年 11 月，呼號 XPCK。該臺設有一、二兩個分臺，發射功率分別爲 500 瓦和 200 瓦，臺址位於外二區前觀音寺。其創辦人和主持人多有軍統背景，如董事長樓兆元和監事長馬漢三均爲軍統份子。華聲廣播電臺成立於 1946 年 12 月，呼號 XPAG，發射功率 100 瓦。臺址位於內一區八面槽椿樹胡同，臺長張芷江。民生廣播電臺於 1947 年 9 月開辦，臺址位於內三區馬市大街，呼號 XPMS，董事長樓兆元，經理朱熙元，副經理葉丹秋，後改由秦豐川擔任。北辰廣播電臺開播於 1947 年 9 月，呼號 XPPC。聯合廣播電臺開播於 1947 年 10 月，呼號 XPAY。

雲南省抗戰前沒有民營電臺，1946 年後僅昆明市就成立了十多家。1946 年 6 月開播的亞明廣播電臺是昆明市最早的一家民營電臺，由亞明電料行經理葉學明創辦，功率 150 瓦，節目以商業廣告爲主。由於沒有經營執照，開播三月後被雲南電信局查封。1947 年 2 月開播的昆明市政府廣播電臺名爲政府電臺，實際爲無線電愛好者何韶昌開設，開播不久即因入不敷出而轉賣他

1 《社家志・新聞出版廣播電視卷・廣播電視志》，社家出版社，2006 年版，第 24 頁。

人。大觀報廣播電臺於 1948 年底成立，功率 15 瓦，雖然是以《大觀報》社的名義創辦，實際由褚鴻斌私人經營，除新聞、唱片、戲曲節目外，還大量播放商業廣告。正義報正義之聲廣播電臺是《正義報》社出資數百元，由西南聯合大學和雲南大學的張世富、萬淮等 8 人創辦，1949 年元旦開播。雙方合同規定《正義報》社除供給新聞稿件外，還負責電臺的房租和水電費，其他開支從電臺的廣告收入解決。電臺呼號 XLVK，電力 20 瓦，宗旨是「播送當日發生的消息，報導商場重要動態，提倡空中社會教育，供給市民正當娛樂。」每日播音 9 小時 30 分，節目有新聞、《兒童樂園》《家庭生活》《衛生常識》《空中雜誌》《空中學校》《小音樂會》《商業常識》以及平劇、滇劇、西洋音樂、現代歌曲等，有時還舉辦特別文藝節目。同年 7 月因經費困難停播。1949 年 1 月 10 日試播的中央日報廣播電臺，由國民黨昆明《中央日報》社與亞明電料行合夥創辦，功率 300 瓦，呼號 BEF15。籌備期間，雙方簽訂合同，宣傳按照國民黨《中央日報》的口徑，播送該報的新聞和社論，廣告收入的 30%歸報社，70%歸電臺。該臺辦有新聞、時論介紹、商情、無線電問題、衛生常識等節目。1949 年 4 月開播的民聲廣播電臺由無線電愛好者趙超塵自己設計裝配，功率 15 瓦，節目有新聞、戲曲、古典音樂、故事、廣告、無線電常識信箱等，同年 9 月被國民黨當局查封。一個月後，由國民黨中央政治大學學生馬崇寬等人創辦的民眾之聲廣播電臺開播，功率 100 瓦，辦有新聞、音樂、戲曲等節目，同年 9 月被當局查封。在此前後，昆明市還有掃蕩報廣播電臺、朝報廣播電臺、小時報廣播電臺以及社會之聲廣播電臺等民營電臺，存在的時間都較短。

湖北省武漢市戰後申請開辦電臺的有八家，但只有「華中」、「正聲」和「江漢」三家獲批。華中廣播電臺 1947 年 9 月籌辦，次年 11 月試播，1949 年 3 月 12 日正式播音，呼號 BEL34，功率 200 瓦，臺址位於漢口明星路同豐里，臺長潘採俠。電臺宗旨是「宣傳廣告，振興市面，提倡正當娛樂」，主要靠集資和廣告收入維持。正聲廣播電臺，登記民營，亦稱特殊電臺，由正聲無線廣播股份有限公司籌建於 1947 年 7 月，同年 10 月 13 日試播，15 日正式播音，呼號 XLOA，功率 200 瓦，臺址設在漢口黃興路。電臺宗旨是「宣傳三民主義，推廣文化，發展商業」。1949 年 2 月停播。江漢廣播電臺，1947 年批准試播，1949 年停播。由中國業餘無線電協會主辦，發射功率 200 瓦，呼號 BEL33，臺址位於漢口友益街，負責人鄭光祖。

在遼寧，瀋陽華音廣播電臺於 1947 年 3 月 16 日開播，呼號 XNHB，電力 50 瓦，節目除商業廣告外，還有新聞、兒童教育和文藝節目。但由於瀋陽經濟凋敝，廣告業務不景氣，加上市內經常停電，電臺於同年 5 月 13 日停播。營口市青年廣播電臺於 1947 年 10 月播音，幾個月後停業。

在山東，1946 年 2 月 8 日，「山東無線電行廣播電臺」在青島動工興建，同年 4 月 1 日建成播音，臺址位於青島市觀海二路 68 號，呼號 XIMD，發射功率 100 瓦，主要播送商業廣告，還轉播國民黨中央廣播電臺的《簡明新聞》和《時事評述》。1949 年 6 月青島解放後停播。

在內陸省份江西，1946 年初，南昌市基督教青年會主辦的基督教青年會業餘廣播電臺建成開播。電臺的發射功率 100 瓦，主要播送音樂、戲曲等節目，供市民消遣娛樂。1949 年初，該臺停播。

抗戰勝利初期，我國境內仍有幾座外國人所設的商業電臺，如上海東方廣播電臺（美籍）、大美廣播電臺（美籍）、國泰廣播電臺（法籍）等。1946 年 9 月，國民政府通過《取締外人在華設立廣播電臺決議案》，要求取締外國在華廣播電臺。但實際上美商廣播電臺卻繼續播音直到新中國成立前夕才絕跡。

總體上看，抗戰勝利後，民營廣播廣播事業相抗較戰前已經有了很大發展，民營電臺的分布區域更加廣泛，電臺的數目也有所增加，但仍存在結構和比例嚴重失調等問題：大城市如上海、天津、北平和沿海省區如江蘇、浙江等地，民營電臺匯聚，廣播收音機用戶較多；而在內陸的廣大地區，不要說新疆、西藏、青海、甘肅、蒙古、貴州、寧夏等省區沒有一家民營的廣播電臺，就是陝西、河南、山西等內地省份，也沒有民營的廣播電臺。

從內部組織和外部關係看，戰後民營電臺的資本構成較戰前更爲複雜，一些電臺的實際身份介於公營與私營之間，性質很難界定。其中一個重要的原因是，政府對每個城市的廣播電臺都有嚴格限額，致使民營電臺申請執照的難度加大，沒有官方背景就很難拿到執照；即使有幸申請到執照，也難與官方勢力抗衡，於是出現了官商勾結，彼此滲透的現象。民營電臺藉此尋到政治靠山，政治權力則順勢滲透到民營廣播領地。

一種是名爲民營，實際卻有官方背景。如 1947 年 5 月開播的廣州時代電臺，雖然標明「私營」，實爲國民黨中央通訊社公務人員岳中權拉後臺做靠山辦的，因此每晚的播音節目中，都有來自中央通訊社的五分鐘新聞電訊稿。

還有標注民營的革新臺，實際主辦部門是廣州市黨部，風行臺的後臺則是國民政府交通部電訊臨察科。再如 1947 年 5 月開播的杭州市大華廣播電臺，其資本方爲在浙江廣播電臺任職的傳音科科長、工程師王興蔚和工務員杜錫道、唐昂等，雖然其辦臺宗旨確立爲「興辦電化教育，經營廣告業務，謀求社會立足之地和保障經濟來源」[1]，實際卻充當了官方喉舌。而 1947 年 8 月 15 日開播的上海公建廣播電臺，負責人淞滬警備司令部稽查處處長陶一珊和電信監察科科長胡振庸均是地位顯赫的公職人員。

天津戰後成立的幾家商業電臺也沒有一個是純民營的。這些電臺「有的屬於軍統，有的屬於中統，有的屬於國民黨軍閥或其他特務組織。其名曰商業廣播電臺，但多是以商業電臺的名義爲掩護，而爲特務組織搜集情報和進行其他的罪惡活動，這是當時幾個民營電臺的特點。」2如華聲電台臺長舒季衡曾在國民黨海軍及商輪任報務員，1937 年冬在武漢參加了國民黨的黨團組織復興社特務處，先後在漢口湖北站電臺、長沙軍統局電訊總臺、浙江站電訊股工作。1941 年初，軍統局派舒季衡到天津建立獨立潛伏電臺，舒任臺長，其妻子徐愛蓮任譯電和交通。1946 年 10 月間，國民黨政府以保密局特務控制的民營方式創辦了由舒季衡負責的天津華聲廣播電臺，另招收股東 20 餘人，募集股金法幣 8000 萬元。而「中國廣播電臺」的負責人樓兆綿與北平「中國廣播電臺」臺長樓兆元是親兄弟。樓兆綿 1924 年畢業於浙江公立工業專門學校電機工程科（即今浙江大學），隨後在諸暨、餘杭等地的國民黨黨部工作，擔任縣委委員、執行委員等職。1931 年左右自費到美國留學，在波士頓市的哈佛大學學習電機工程專業知識，獲得碩士學位及博士學位。1935 年學成歸國後，作爲一名專業技術人員任職於國民黨軍統部門。抗戰勝利後全家在上海短暫休整了一段時間，不久到天津市軍統處工作，曾任天津中美無線電機廠廠長，主要從事無線電電器件的設計研究及維修等，授國民黨少將軍銜，同時兼任北洋大學（天津大學前身）電機系教授，主講《無線電工程》等課程。1946 年春，接收日商東京芝浦天津分廠，改稱軍委會天津無線電廠，爲軍統局製造各種型號的無線電收發報機，供特務組織使用。該廠的技術員多係留用的日本人，樓兆綿任廠長。同年冬，樓兆綿又招募部分商股，更名爲中美無線電廠，公開對外營業，並在該廠營業部樓上附設一座中國廣播電臺，

1 浙江省新聞志編纂委員會編：《浙江省新聞志》，第 336 頁。
2 王木：《華聲廣播電臺及其背景》，《天津廣播電視史料》，1993 年第 2 期。

由樓妻阮一成任經理。

北平國華廣播電臺 1948 年後改稱軍友廣播電臺，與國民黨政府國防部也有著千絲萬縷的關係。北平和平解放前夕，軍友電臺出動廣播車在街頭進行煽動性宣傳，妄圖破壞中國人民解放軍進城。1949 年 1 月 31 日北平和平解放後，該臺作爲私營電臺被保留，但由於仍堅持播送「充滿毒素的節目和欺騙人的廣告」，於 1949 年 10 月被北京市軍管會查封。「中國廣播電臺」的創辦者樓兆元也是國民黨軍統人員，1949 年 10 月 25 日被北京市軍管會查封。而昆明戰後成立的十多家民營商業性廣播電臺，一般都與政府、報社或者社團掛鈎，情況更爲複雜。

國民黨當局也樂見公職人員創辦「民營」電臺，甚至以民營爲名，行官辦之實，意在混淆輿論，加強對民間輿論的控制。1948 年 3 月，國民政府行政院新聞局副局長曾虛白寫信給行政院新聞局上海辦事處處長魏景蒙，指出，「本局爲加強民間宣傳計，決在滬設立三百瓦特電力之廣播電臺一座，是項電臺將以民營爲掩護，俾易收效。」並要求在完全保密的情況下進行。

値得一提的是，抗戰勝利後，在上海，由中國共產黨地下組織創辦的中聯廣播電臺於 1946 年 3 月 10 日舉行開幕典禮並正式播音。這是當時唯一由中共地下組織創辦，以民營商業電臺名義爲掩護的廣播電臺。

一種是名爲官辦，實際卻是民營。抗戰勝利，廣播事業一時又獲得極大發展。不過由於國內政局複雜多變，政府對民營電臺又多方鉗制，不少民營電臺爲了便利工作，都尋找政府、軍隊做靠山。如廣州的勝利臺、新聞臺和新生臺，雖然「開播呼號爲公，實際都是私人經營」[1]。1947 年開播的勝利電臺原是夫妻電臺，丈夫劉貽康主管技術廣告，妻子做播音員兼做收支，起初雇了三個工人，開業後卻因無執照被電監科強制停業。於是丈夫用送大禮、給紅股的辦法，買通了省府某要員，不到半個月，就以「廣東廣播電臺」名稱復業，還掛上了公營的牌照。[2]新聞電臺也是如此。它是由廣州行轅電監科科長林郁民與梁永濟等人合資創辦。但在經理林郁民取得民營執照後，竟私自用於開辦個人獨資的風行電臺，又利用職務之便，取得公營執照，「機務組方面也只好接受了公營的名義『廣州行轅新聞廣播電臺』。所以，儘管

1　廣東廣播電視志編委會編：《廣東廣播電視志》，廣東人民出版社，1996 年版，第 58 頁。

2　廣東廣播電視志編委會編：《廣東廣播電視志》，廣東人民出版社，1996 年版，第 58 頁。

電臺名義上是公營，實質上和其他民營的、純粹以盈利爲目的的廣播電臺毫無二致。廣州新聞廣播電臺所得的優惠只不過是在稅租、水電上占些便宜而已。」[1]由於電臺總量受限，「於是一些電臺商人另找門路，託庇於國民黨的黨政機關，以『軍營』、『公營』爲招牌，每月向有關機關交納『背景費』，實質上仍是以商業盈利爲目的的民營臺。」[2]如上海華興廣播電臺負責人許勁先於 1933 年 3 月 6 日以華興公司名義，登記開播華興電臺，1941 年 12 月被日軍封閉。抗戰勝利後，許勁先重整旗鼓準備復業，卻始終難以領到執照。1947 年 4 月，國民黨軍統上海站第二情報組組長黃特向其兜售播音電臺許可證，成交後遂假借黃的名義對外廣播，名爲「中堅天聲」軍營電臺，故有國防部軍事電臺之說。但該臺實係許勁先獨資，經濟來源靠廣告費收入，按月付給黃特名義費。

還有一種情況，就是戰前爲民營的，此時卻改爲公營。如江蘇省立教育學院廣播電臺。抗戰勝利後，1946 年夏天，江蘇省立教育學院在無錫復課，並恢復電化教育專修科。爲便利開展學生實習和進行電化教育，該院向國民政府交通部呈文，申請恢復電臺播音。交通部根據當年 2 月 14 日公布實施的《廣播無線電臺設置規則》相關規定，無錫只能設立一座民營電臺，並已批准錫音電臺成立，教育學院恢復電臺播音的申請未獲批准。後來，該院請求教育部進行疏通，交通部於是同意該院按照公營電臺辦法成立，並由江蘇省政府出面申請。這樣，江蘇教育學院電臺就以江蘇省政府特設無錫廣播電臺的名稱被批准成立，交通部發給了播音執照。

電臺由抗戰前的民營性質變爲公營性質後，雖然在節目中將江蘇省政府政令列入了日常廣播的內容，但實際仍由該院電化教育專修科主任陳汀聲負責。陳汀聲帶領專修科全班學生利用抗戰前保存下來的部分機件，又補充了一些器材，經數月裝置，於 1947 年 10 月安裝竣工並正式播音。[3]

這一時期，一些城市還出現過時有時無，絕不報告電臺名稱和呼號的「秘密電臺」，借廣播推銷假冒僞劣的產品，以謀取不正當利益，這無疑更加損害了民營電臺形象，並爲政府的干涉和控制提供了口實。[4]

---

1 招宗勁：《民國時期廣播事業在廣州的發展》，《歷史教學》，2008 年第 6 期。
2 趙凱主編：《上海廣播電視志》，上海社會科學院出版社，1999 年版，第 113 頁。
3 此處主要參考《江蘇省志·廣播電視志》，江蘇古籍出版社，2000 年版。
4 《請勿購買秘密電臺報告之「滑頭肥皂」》，《大聲無線電半月刊》，第 3 期。

表：1948 年 11 月交通部電信總局統計的全國民營廣播電臺情況

城　市	電臺名稱	臺　　址
上海	福音廣播電臺 中華廣播電臺	虎丘路 128 號
	自由廣播電臺 金都廣播電臺	中正中路 533 號
	新運廣播電臺	中正南二路 112 號
	亞美廣播電臺 麟記廣播電臺	成都北路 470 號
	東方廣播電臺 華美廣播電臺	西藏中路 120 號
	元昌廣播電臺 鶴鳴廣播電臺	順昌路 170 弄 7 號
	亞洲廣播電臺	進賢路 234 號
	民聲廣播電臺	威海路 313 號
	大陸廣播電臺 大中華廣播電臺	北京東路 851 號
	合眾廣播電臺	吳江路 23 弄 12 號
	大美廣播電臺	中正中路 347 號
	合作廣播電臺	南京西路 830 號
	九九廣播電臺	永年路 149 弄 13 號
	新聲廣播電臺	西藏南路 161 弄 486 號
	新滬廣播電臺	中正東路 564 號中南飯店
	建成廣播電臺	西藏路 195 弄 4 號
	中國文化廣播電臺	福州路 679 號
	大中國廣播電臺	直隸路 250 號
	大同廣播電臺	壽寧路 71 弄 5 號
江蘇	久福廣播電臺	常熟道南街九號
	錫音廣播電臺	無錫北大街 30 號懋綸綢莊
山東	山東廣播電臺	青島觀海二路 69 號
重慶	陪都廣播電臺	重慶青年路 30 號
	谷聲廣播電臺	重慶民權路華華公司大樓
	美國廣播電臺	重慶上清寺街 180 號

湖北	正聲廣播電臺	漢口巴黎街天福里一號四樓
	江漢廣播電臺	漢口友益街 63 號
廣東	風行廣播電臺	廣州中華北路 87 號
	革新廣播電臺	廣州米市街 60 號
	時代廣播電臺	廣州國泰大戲院
	華電廣播電臺	南海佛山
	華南廣播電臺	廣東深圳
北平	中國廣播電臺	北平前外觀音寺街 88 號
	民生廣播電臺	北平王府井大街 74 號
	華聲廣播電臺	北平內一樁街胡同 15 號
浙江	大華廣播電臺	杭州自由路
天津	華聲廣播電臺	天津羅斯福路壽德大樓
	中行廣播電臺	天津大沽路 151 號
	中國廣播電臺	天津羅斯福路 251 號

二、民營電臺的新聞與時評

抗戰勝利後，民營電臺仍未獲得新聞報導之獨立地位，一般電臺的基本操作就是從報紙新聞中裁剪報導。但與此同時，迎合聽眾的趣味，在上海等地的廣播電臺中，滑稽界迎來歷史上的最好時期，大量內地演員集中到上海，一時間人才濟濟，無論是演員陣容還是演唱內容都有很大發展。上海滑稽戲名家筱快樂就因從 1946 年 10 月 14 日起每天在遠東電臺和勝利電臺播唱「怪現象」而聲譽鵲起。[1]他演唱的「怪現象」全部取材於《申報》《新聞報》《大公報》等報刊新聞，但又不時加入即興的評說，因此這種嬉笑怒罵的內容顯然已超出了傳統「滑稽」的範疇，而進入了時評的行列。

在談到創辦這一節目的初衷時，筱快樂曾經坦言：

> 恢復播音生活以來，眼看到社會如此情形，貪官污吏造成民不聊生的局面，四月前，我們改變作風，專唱社會雜聞，勸導奸商貪

1 筱快樂（1917～1982）原名朱良，江蘇蘇州人。先拜仲心笑爲師，因仲正與劉快樂搭檔，遂取藝名筱快樂。後感到仲名望不大，便改投劉山門下，又稱張冶兒爲師。1946 年組成筱快樂劇團並自任班主，主要在電臺播音。在電臺播音時，他報廣告，說唱則由時笑芳、小劉春山等擔任。1946 年，筱快樂因在上海一些電臺播唱「社會怪現象」而聲譽鵲起。上海解放前夕，他追隨國民黨市黨部與各劇種一些演員上電臺「慰勞國軍」。解放後曾被上海市軍管會逮捕，1950 年去香港演出，後轉道至臺灣經商。

> 官。我們始終站在民眾的立場上作正義的呼聲。」「我們才疏學淺，對於社會一切自知沒有深刻的認識，所以我們唱的資料完全拿報紙及一切輿論作根據，我們願意跟在新聞記者及輿論後面搖旗吶喊，新聞記者的文章或許是深刻的。我們的唱詞是通俗的，比較容易深入民間，報上沒有記載的，我們絕對不唱。諸位聽眾，若愛好『怪現象』，請打電話來，我們要比一比，究竟愛護怪現象的電話多，還是自來火洋燭換來的參議員票數多。[1]

時人評價筱快樂的滑稽，「像文學上的雜感，繪畫上的漫畫，音樂上的歌謠，多少還是一柄利刃。從社會的黴爛層發出的天然沼氣，經他舌頭一點水，炸開來，通過麥克風，傳到小市民的耳鼓裏，多少起了點共鳴」。他曾這樣唱評社會「怪現象」——

> 要曉得，勝利國家大中華，勿應當有怪現象，四萬萬多好百姓，一片期望化汪洋，歡笑變冤命，大家橫一橫，渾水裏摸魚，清竹淘屎坑，笑煞美國人，愛國同胞看得肚皮漲，滿目瘡痍一片黑，弄得不堪設想，希望快點來覺悟，埋頭苦幹學好樣，肅清大奸商，打倒怪現象，中國將來有立場。[2]

像他這樣直言抨擊社會的黑暗腐敗，自然受到被批評者的忌恨，差點招致殺身之禍。

1947 年春夏之交，上海地區發生嚴重的糧食危機，米價扶搖直上，市民叫苦連天。筱快樂在華興電臺多次指名道姓，痛罵本市糧商萬墨林囤積居奇，是食人而肥的「米蛀蟲」。當時萬墨林開的萬昌米號是上海灘最大的米號之一。筱快樂的這一比喻，契合了上海市民憤懣不平的心理，引發了聽眾的廣泛共鳴，卻惹惱了他所譏諷的上海糧商。萬墨林的朋友們向他警告說，「儂敢再罵墨林哥，阿拉要請儂吃生活」。筱快樂把這一消息在電臺播出後，受到了聽眾的同情和支持。作爲報復，萬墨林的朋友們結隊搗毀了電臺和筱快樂居所，還毆打了筱快樂妻子。潘漢年曾撰文評價這一事件說：「『廣播』是一項職業，既爲職業，當然藉此有所收入，維持生活，爲了廣播滑稽而遭受意外，不僅失業，還要遭受更慘的遭遇，這種風波，照理應該『不難平息』。如我輩一味鼓動筱快樂『滑稽』下去，結果大致是不太滑稽。」[3]

1　姚芳藻：《筱快樂與陸克明的廣播爭吵》，載《勝利無線電》，1946 年第 6 期。
2　姚芳藻：《筱快樂與陸克明的廣播爭吵》，載《勝利無線電》，1946 年第 6 期。
3　潘漢年：《筱快樂前車之鑒》，1946 年 10 月 29 日《聯合日報晚刊》（署名莿溪）。

筱快樂當時正處在事業的頂峰，連中央廣播事業管理處所屬上海廣播電臺都爲其專闢六檔節目，並特意將 22336 號電話無條件贈與快樂劇團。「上海電臺如此犧牲堪稱浩大，而筱快樂劇團則受益匪淺焉。」[1]打人事件一出，輿論大嘩。杜月笙只好命人前往慰問筱快樂一家，負責傷者的醫藥費，全部損失，優予賠償。但事情並未就此完結，淞滬警備司令部還依據筱快樂所廣播的「經營私運，壟斷市場，操縱米價高漲」的罪名，拘押了自動投案的萬墨林。

筱快樂在電臺節目中指斥江山，針砭時事，所引發的輿論風潮還不止此一端。1948 年，上海物價驟漲，公用事業加價，生活指數調整，私立學校的教職工卻得不到政府的補助。爲此，上海市長和教育局長決定向學生徵收部分費用以救助教師。但筱快樂等滑稽演員卻針對這事，「連日在電臺空氣中無的放矢，惡言謾罵，侮辱私校，摧殘教育，牴觸播音法規，莫此爲甚。」[2]最後上海電信局致函淞滬警備司令部、中央廣播事業管理處上海分臺和上海民營廣播電臺商業同業公會，要求「立即制裁，予以懲辦，以儆不法，」並要求民營電臺商業同業公會所屬各臺今後對滑稽遊唱節目應「隨時嚴加管理，免肇事端」。[3]廣播的社會影響力和播音員的號召力之大，從筱快樂身上不難窺見一斑。

與此同時，抗戰期間即以講鬼故事聞名的湯筆花，也因在上海各電臺深夜講「活鬼」——也就是社會黑幕而受到聽眾追捧，被認爲是投了聽眾之所好。湯筆花曾撰文剖白心跡：「其實我何嘗喜歡講鬼，不過借鬼警人，試問張開眼睛瞧瞧，那一件事情給我們瞧得上眼，人間盡多著鬼戲，鬼鬼祟祟，鬼頭鬼腦，帶著人的假面具而演著鬼戲，我希望我不講鬼，更希望活人呢不要做鬼戲，向光明的前途邁進。」[4]因湯筆花推薦而在電臺節目中走紅的朱瘦竹，也成爲戰後廣播電臺講故事的名家。

南京的一些民營電臺新聞節目也頗有特色。天主教的益世電臺始終關心時局，明言支持國民黨政府，在節目設置上也體現出強烈的政治傾向，不僅設有《時事評論》節目，還每日轉播「美國之音」的新聞和評論節目。每當

1 《上海電臺犧牲浩大，快樂劇團得益匪淺》，《大省無線電半月刊半月刊》，第 2 期。
2 《上海電信局關於播送滑稽遊唱節目應嚴加管理的公函（1948 年 11 月 29 日）》，《舊中國的上海廣播事業》，第 730 頁。
3 《上海電信局關於播送滑稽遊唱節目應嚴加管理的公函（1948 年 11 月 29 日）》，《舊中國的上海廣播事業》，第 730 頁。
4 湯筆花：《廣播雜談》，《勝利無線電》，1946 年第 10 期。

蔣介石政府有重大決策出臺，益世電臺總是明確站在支持政府的一邊。此外，益世電臺還設置經濟、交通等節目，每天有 10 檔新聞類節目（週四和週六各增加一檔），體裁包括消息、時事評論、各地通訊、特寫等，報導的範圍涵蓋了國際、國內、地方、本市。除了綜合性的新聞之外，還按不同題材設置了專門的新聞版塊，包括外交、娛樂、教育、交通、經濟等，可說是除宗教外，還以新聞和輿論立身的廣播電臺。

抗戰勝利了，各種天災人禍卻不因戰爭的結束而遠離。民營電臺一如既往，積極參與播音募捐和慈善救濟，搭建起民間社會守望相助的一個平臺。1946 年，國民政府擬恢復監獄中罪犯的被服供給制度，但由於物價飛漲，經費困難，不能按規定的標準供給，致使缺衣少被者日增。新聞媒體中時有監獄中凍餓而死的犯人報導，最後不得不提倡自備，予以緩解衣被不足。上海監獄只得通過報紙、電臺向社會各界呼籲捐助棉衣褲。以凱旋電臺爲首的上海民營電臺一方面通過廣播大聲呼籲救助，另一方面則身體力行，捐衣捐物。從 1946 年 11 月至 1948 年 10 月上海各界向部轄上海監獄捐助囚服情況表中可以看出，凱旋電臺和筱快樂劇團都做了很大貢獻：[1]

時　間	單位或個人	捐助物品名稱及數量
1947 年 12 月 1 日	上海聯合凱旋電臺	棉衣褲 100 套
1948 年 1 月 20 日	筱快樂劇團義演募捐	棉衣褲 143 套、棉被 110 條
1948 年 3 月 26 日	筱快樂劇團義演募捐	棉衣褲 105 套、棉被 61 條

其他社會團體在發起募捐活動時，也常借民營電臺擴大影響。1946 年底，經上海市政會議通過，上海市冬令救濟委員會成立。之後的兩年間，爲籌募冬令救濟捐款，該委員會都在上海的民營電臺廣播勸募，收效甚著。1948 年春，蘇北邳縣發生嚴重災荒，上海佛教界人士聞訊分頭募集賑款，並組織了蘇北邳縣急賑委員會，推選屈映光、黃涵之任正副主任委員，竇存我、胡松年居士和海山、忠實、皖峰等法師爲查訪委員，並由查訪委員攜帶募得的賑款，前往邳縣災區，查明災情，將賑款發放給災民。上海市佛教青年會通過廣播發動全體會員踴躍參加賑災活動，捐獻的錢物前往邳縣災區，救濟災民。「本會自去年十月起，爲蘇北邳縣災民呼籲募賑，至今年四月十六日止，亦以災情慘重，需款至巨且急，發起聯合滬市各佛教慈善團體，成立邳縣賑災

1　上海市地方志辦公室網站。http://www.shtong.gov.cn/node2/node2245/node73095/node73103/node73144/userobject1ai86219.html

委員會，……復於五月二日，假座民聲電臺，請滬十大法師六大寺院，輪流說法誦經，自上午九時起迄午夜十二時止，全日廣播，各界捐款踴躍，情緒至爲熱烈。」[1]

同年 12 月 19 日、20 日，上海佛教界借公建電臺爲四川龍興舍利塔重建募捐，募捐廣播中不僅包括佛教法師、居士的演講，還邀請演藝界演員演播勸募話劇和講因果故事。「上海各佛教團體及諸大法師居士發起募建四川龍興舍利塔勸募廣播。於卅七年（1948 年）十二月十九、二十日假座公建電臺先後由興慈，圓瑛，寬道，道根，續可慧參，慧舟，慧當，清定諸法師暨陳共採，屈映光，李思浩，胡厚甫，鍾慧成等居士演講開示，並由李燕燕、李燕飛播勸募話劇，湯筆花、方正先生講因果故事。」[2]此次募捐除了收到捐款金約十四萬元外，還有信徒捐助藏經全部及各種經書佛像，也有的捐贈金飾、皮衣、字畫。

1949 年 2 月 25 日，上海市教育局爲救濟清寒學生，成立了獎學金空中勸募委員會，由上海電臺、亞美麟記電臺和新新公司的凱旋電臺舉行廣播，全市各公民營廣播電臺一起轉播，這次勸募廣播聲勢浩大，動員了各界人士 2000 多人。同年春，因戰爭和天災而無家可歸的難童大批湧進上海。爲關懷這些像漫畫家張樂平筆下的孤兒「三毛」一樣的窮苦兒童，募集兒童福利基金，從 4 月 4 日到 9 日，由中國福利基金委出面舉辦了「三毛畫展」和「三毛樂園會」。這次大型活動是中國福利基金會主席宋慶齡通過馮亦代和他的夫人鄭安娜與張樂平聯繫、商談後決定的。爲了配合這一募捐活動，上海廣播電臺商業同業公會作了許多準備工作，事先致電各會員電臺，要求各民營電臺義務宣傳中國富麗基金會舉辦三毛樂園會的消息，事先電臺作了大量的義務廣告，畫展當天，上海多家民營廣播電臺現場直播了這場特別節目，並用國語、粵語和滬語播出。有位話劇演員出於對三毛的同情，還義務擔任了會場和電臺的播音員。[3]

類似這樣的活動，既爲民營廣播電臺贏得了聲譽，也爲其爭取了大量聽眾，可說是一舉兩得。

趕走了外來的侵略者，本應迎來一個和平建國時期。但在隨後的國共兩

1 《佛教集團播音勸賑》，《弘化月刊》，第 84 期，第 13 卷。
2 《募建東方第一大塔》，《覺訊月刊》，第 25 期，第 14 版。
3 丁景唐：《張樂平筆下的上海灘眾生相》，《世紀》，2005 年第 3 期。

黨生死對決中，時代的主題已不再是發展民生，而是「誰主沉浮」。民營電臺在這種政治夾縫中更加舉步維艱。尤其是解放戰爭的最後階段，國民黨軍隊面臨全線潰退，國統區許多城市陸續宣布進入「戰時」非常狀態，對民營電臺的管制更加嚴厲。1949 年 4 月 4 日，上海市淞滬警備司令部出臺《廣播電臺管製辦法》；4 月 25 日，上海警備司令部通令各民營電臺，稱上海已進入軍事狀態，爲適應戰時體制，限令市內半數電臺停播。經過自行協商後，大美電臺、中華自由電臺、大中華電臺、大陸電臺、東方電臺、華美電臺、合作電臺、九九電臺、合眾電臺和民聲電臺停播，繼續播音的只剩下福音、新滬、亞美、麟記、元昌、鶴鳴等 13 家。5 月 16 日，淞滬警備司令部命令各臺播音時間自即日起延長至午夜零時 50 分，延長時間內一律轉播重慶國際廣播電臺新聞消息；23 日，淞滬警備司令部徵用亞美、麟記、聯合、凱旋四家電臺爲空軍總部導航。幾天後，上海解放。

在政局紛擾的近代中國，誰都無法置身政治之外，民營電臺亦復如是。民營廣播本身即是依附於國民黨政府的一個存在，按照國民黨政府交通部、廣播事業指導委員會頒布的各項法令，民營電臺的政治立場必須與執政黨和政府保持高度一致，否則就會面臨懲處。因此，民營電臺要想正常營業，就必需向執政者輸誠。而當新生的人民政權掌握這些民營電臺棲身的城市時，作爲「舊」社會、「舊」勢力的一部分，民營電臺受到人民政權的管制和改造也就成爲歷史的必然。

第三節　臺灣「光復」後的新聞廣播

日本戰敗後，其深耕數十年的臺灣也被迫歸還中國。1945 年 8 月 29 日，蔣介石任命陳儀爲「臺灣省行政長官」，並於 9 月 1 日在重慶宣布成立「臺灣行政長官公署」與「臺灣警備總部」，同時命陳儀兼任「臺灣警備司令」。10 月 25 日，中日在臺北公會堂（今臺北中山堂）舉行中國戰區臺灣省受降典禮，由中方代表陳儀宣讀受降書，日方代表安藤利吉親自在該受降書上簽字，日本在臺各文武機關造冊向中方各相關單位辦理移交，另並安排 17 萬日軍及 30 萬日僑撤離臺灣，完成臺灣回歸中國的歷史程序。同日，國民政府派林忠接收臺灣放送協會，並改組其爲臺灣廣播協會，隸屬國民黨中央執行委員會中央廣播事業管理處，下轄臺灣臺、臺中、臺南、嘉義、高雄和花蓮六個電臺與九座發射臺。臺灣廣播業由此進入一個新的時期。

一、「光復」後的臺灣新聞廣播

日本佔領期間，臺灣禁用漢語文字，推行日本語言，日語被當成「國語」，也是當時廣播的「主態語言」。臺灣光復初期，從語言上去「皇民化」，恢復「祖國化」成爲國府廣播的首要任務。1945 年 12 月 31 日，臺灣行政長官陳儀通過廣播，向全島發布《民國 35 年（1946）度工作要領》，強調自己「希望於一年內，全省教員學生，大概能說國語，通國文、懂國史。學校既然是中國的學校，應該不要再說日本話、再用日本課本。」[1]1946 年 2 月 16 日，陳儀再度發表廣播講話，重申對於國文必須「剛性的推行，不能稍有柔性」，認爲惟其如此才能增加效率。同年 4 月 2 日，臺灣省行政長官公署教育處設立「臺灣省國語推行委員會」，大力推行普通話，建立國語標準，對臺灣的本土語言予以壓制，利用廣播大力推行國音示範，「獨尊國語」的局面逐漸形成。爲了更好地讓普通民眾熟悉該標準，廣播電臺還進行了長期地發音示範。據《國語運動簡史》記載：「爲了使學習國語的大眾有標準可依，同時匡正其不當發音，1946 年 5 月 1 日開始，齊鐵恨每天 7 點在電臺進行國語讀音示範朗讀民眾國語讀本、國語會話、國民學校國語、常識、歷史、各種課本等。學校的教師也從廣播中現聽、現學、現教，使廣大學生也能及時學到標準的國音。[2]很多人借助收音機中的國語播音進行自學，逐漸達到用國語和官員自由交談的水準。[3]。國語廣播新聞也成爲臺灣廣播的主導性語言，這對恢復國家認同是至爲重要的。

但與對大陸的治理一樣，臺灣人民苦苦盼望的國民政府，並沒有給他們帶來期望中的美好生活。人民對國民黨政府的態度逐漸由歡迎變爲失望，最後成爲仇恨。這種仇恨的情緒，由一件偶然的事情，點燃了全島人民的反抗怒火。1947 年 2 月在臺北，因爲取締私煙衝突，引發全島性抗議陳儀的「二二八」事件。臺北市民罷工、罷課、罷市，包圍行政長官公署、警察局、日產處理委員會、電臺等機關，放火燒掉臺北專賣分局，甚至開始搶劫軍用倉

1 陳儀：《民國年度工作要領——年除夕廣播》，收入臺灣省行政長官公署宣傳委員會編，《陳長官治臺言論集》第一輯，臺北臺灣省行政長官公署宣傳委員會，1946 年版，第 46 頁。

2 隋欣卉：《臺灣光復初期的國語運動與國語文學（1945～1948）》，福建師範大學 2011 博士學位論文。

3 許雪姬：《臺灣光復初期的語文問題——以二二八事件前後爲例》，《史聯雜誌》，1991 年第 19 期。

庫，釋放獄中囚犯，與軍警不斷發生流血衝突。起義民眾還通過臺北公園內的電臺向全省廣播，控訴軍警的暴行，號召人民起來反抗，驅逐各地官吏。各地民眾聞風而動，群起響應，圍攻所在地機關、部門。無線電廣播的超強動員力，在這次事件中得到了淋漓盡致的展示。中共中央得知這一事件後，也通過陝北的電臺發表廣播，表示支持臺灣人民的反抗鬥爭。

在平息這一暴動的過程中，國民黨政府也非常注意使用廣播。1947 年 3 月 17 日，蔣介石發表《中央處理臺灣事件原則告全省同胞書》的廣播講話，公開承諾臺灣各縣市長提前民選，儘量錄用本地人士、本省和外省同級人員待遇一樣等。事件才得以慢慢平息。

二、國民黨政府遷臺後的廣播格局

作爲黨營事業的一部分，國民黨廣播與國民黨是一榮俱榮，一損俱損。隨著國民黨在大陸軍事和政治的整體潰敗，1949 年春，中央臺已經將強力中波段波機各一部運送臺灣。最後，中央廣播電臺搶運了 1625 箱廣播器材，另有原定上海進口改運基隆提貨的 260 箱，還有外匯 75000 餘美金，倉促遷臺。[1]

1949 年，國民黨政府遷臺。黨政機構帶著許多廣播設備遷臺後，廣播業務劃歸「中央廣播事業管理處」管轄，隨著政府來臺的除了軍中廣播電臺、空軍之聲外，還有一些民營的廣播電臺，包括益世、民本、鳳鳴、正聲等電臺，亦陸續復播，臺灣廣播業進入官辦和民營並存的二元體制時期。

1949 年 9 月，在臺中市病榻之上的陳果夫，聽聞張道藩將出任「中國廣播公司」首任董事長後，在信中再次表明了對廣播的重視和對政府政策的檢討：

> 「人家一天天的進步，我們一天天的落後，怎使人提得起精神？如果國家拿了一兩師軍隊的經費，來裝備和給養廣播，盡夠做宣傳之用。中央的人，不明現代宣傳工具與方法，不能利用此優良工具，以致宣傳失效，軍事政治亦隨之失敗……要認清利用廣播做宣傳與教育，是最省錢最有效，尤其在中國沒有統一，以後還要迎頭趕上的時候。」[2]

這種喟歎，無疑是對國民黨大陸廣播宣傳失敗的定性。

1　吳道一：《中廣四十年》，第 428 頁。
2　《陳果夫先生全集》（第一冊・教育文化），臺北出版，1952 年版。

第五章　民國南京政府後期的解放區新聞廣播業（1945～1949）

與國統區廣播的大起大落相反，抗戰勝利後，除 1947 年到 1948 年的短暫時時間外，共產黨領導的解放區廣播從一座電臺發展到幾十座，辦臺地點也從延安擴展到全國，經歷了一個從勝利走向勝利的過程。這些電臺配合中共中央的政治、經濟和軍事目標，使用統一的「新華廣播電臺」名號，播發了大量取自新華社和各解放區報刊的消息、評論和毛澤東等中央領導專爲電臺寫的廣播稿，是當時中國共產黨對外傳播（包括國統區、國外）的主渠道。

第一節　解放區廣播的恢復與發展

1945 年 8 月 14 日晚，解放區的首府延安也收到了國統區廣播傳來的日本投降消息。新華社把唯一的一臺收音機擺放在窗臺上，很多人都跑到窗前的山坡上，收聽了這次激動人心的廣播。當晚的國民黨中央電臺則罕見地改變日常廣播節目編排，反覆廣播以蔣介石名義發表的「命令」，要求解放區抗日軍隊「就地待命」，而讓僞軍去受降並維持治安。對於延安的新聞工作者尤其是具有跨區傳播優勢的廣播電臺而言，進一步揭露國民黨假和平、眞反共的面目，讓外界聽到延安眞實的聲音，瞭解解放區眞實的狀況，成爲戰後報刊和廣播面臨的首要任務。爲此中共中央決定延安臺應盡快復播。接到任務後，九分隊的技術人員連續奮戰了幾個晝夜，終於使延安臺順利恢復了正常廣播。不僅如此，隨著解放區的日益擴大，共產黨領導的廣播電臺的數量和規模也有了顯著增加。

一、從延安到全國：解放區廣播電臺的增加

在延安臺加緊準備復播的同時，共產黨領導下的抗日根據地軍民在向日僞軍隊發動的強大反攻中，先後收復了張家口、邯鄲、焦作、煙台、威海等一大批中小城市。在收復張家口、煙臺後，還順利接收了日僞廣播電臺的設備，並建立了關內的第二座共產黨領導的人民廣播電臺——張家口新華廣播電臺。

1945 年 8 月中旬，朱德總司令連續發布了幾道進軍命令，令解放區軍隊迅速收繳日僞軍武裝，實施全線大反攻。八路軍晉察冀軍區決定攻佔張家口，於 8 月 20 日發起攻擊，23 日佔領張家口。隨部隊前進的冀察冀軍區前線記者林明同志於當晚接管了原日僞機關使用的廣播電臺，其中有 10 千瓦短波發射機和 500 瓦中波發射機各一部。24 日，張家口新華廣播電臺開始播音，呼號 XGNC（開始爲 XGCA），主任爲哈文光，播音科科長是丁一嵐，每天分早、中、晚三次播音。電臺起初隸屬新華社冀察支社，9 月中旬後改由晉察冀日報社領導。1946 年 10 月，國民黨軍隊進犯張家口，八路軍主動撤出，張家口臺也在 10 月 10 日完成最後一次《告全國同胞書》播音任務後轉移到阜平山區，改名爲晉察冀新華廣播電臺，後於 1947 年元旦起恢復播音。1948 年 5 月，毛澤東、周恩來、任弼時等和中共中央機關從陝北轉移到河北平山縣西柏坡附近。爲了加強陝北的廣播宣傳，中共中央決定，晉察冀新華廣播電臺併入陝北新華廣播電臺（原延安新華廣播電臺），全部工作人員和設備遷到西柏坡附近。至此，晉察冀新華廣播電臺光榮地完成了它的使命，全臺工作人員於 1948 年 7 月 1 日遷到西柏坡附近的封城村，同陝北新華廣播電臺勝利會師。

在東北，1945 年 8 月 8 日，根據蘇、英、美雅爾塔會議的協定，蘇聯百萬紅軍向東北的日本關東軍發起突然攻擊。在蘇聯境內培訓的東北抗日聯軍隨蘇聯紅軍一起進發東北，參加解放東北和內蒙的戰鬥。與此同時，根據延安總部命令，八路軍冀熱遼部隊挺進東北、熱河，以配合蘇聯紅軍作戰，消滅日僞武裝和日僞漢奸勢力，接管敵僞城市，建立人民政權。8 月底，日本關東軍主力被殲滅後，哈爾濱、齊齊哈爾、吉林、長春、瀋陽、大連、承德等一批大中城市被蘇聯紅軍佔領。東北解放區最初的一批廣播電臺就是在上述背景下先後建立起來的。當時僅在黑龍江省就相繼建立起四座共產黨領導的人民廣播電臺。

哈爾濱廣播電臺是共產黨領導的東北解放區第一座廣播電臺。1945 年 8 月 18 日，蘇聯紅軍進入哈爾濱，20 日接管了原日僞哈爾濱中央放送局。當時這一機構內部有三部發射機。蘇軍將其中一部用於軍事導航，一部由城防司令部使用，轉播莫斯科的廣播節目，並對哈爾濱市蘇僑進行宣傳。另將一部一千瓦發射機交由在蘇軍中工作的東北抗聯幹部劉亞樓負責。劉亞樓當天即接收了廣播電臺，親自領導電臺工作，安排和審定廣播節目，並口授了第一篇廣播稿的要點，於當晚播出，8 月底，劉亞樓指定該臺由中共東北委員會委員、中共松江地區委員會負責人李兆麟領導，後由省政府任命趙乃禾擔任臺長，具體負責電臺的各項業務。此後該臺由中共濱江工委直接領導。

1945 年末 1946 年初，經蘇軍同意，國民黨政府委派的「接收大員」來到哈爾濱，正式接收了濱江省和哈爾濱市政府。當時按東北局決定，除少部分人以公開黨員身份活動外，中國共產黨組織已轉入地下。李兆麟辭去濱江省副省長職務，專任中國共產黨的辦事機關、哈爾濱市中蘇友好協會會長。從此，哈爾濱處於三種政治力量左右之下，鬥爭形勢錯綜複雜。國民黨的「接收大員」曾多次企圖奪取哈爾濱廣播電臺，但一直未能得逞。1946 年 3 月 9 日，李兆麟將軍被國民黨特務暗殺。4 月，蘇聯紅軍撤出哈爾濱，其所徵用的原哈爾濱中央放送局三千瓦廣播設備也被運回蘇聯。4 月 28 日，隨著東北民主聯軍解放哈爾濱，5 月中旬哈爾並廣播電臺又被中共中央東北局接管。5 月 28 日，中共中央東北局鑒於當時形勢，指示哈爾濱電臺於當晚 8 點停止廣播，並將設備拆遷轉移至佳木斯，經過緊張籌備後，改名爲東北新華廣播電臺，於 9 月 23 日開始廣播。

繼哈爾濱廣播電臺之後，1945 年內陸續播音的還有長春、瀋陽、通化、本溪、鞍山、營口、安東、吉林和大連等地的廣播電臺。這些廣播電臺的共同特點是，由於國民黨反動派不斷擴大內戰，東北地區戰局變化頻繁，隨著戰爭形勢的發展，它們都曾幾經轉移，多次更名遷址，並一度停止播音，直到解放戰爭在東北地區取得決定性勝利之後才漸趨穩定。

在華北，解放戰爭初期很快建立了三座廣播電臺，分別是延安新華廣播電臺（陝北新華廣播電臺）、晉察冀臺（原張家口臺，在今河北省阜平縣境內）和邯鄲臺（今河北省涉縣境內）。陝北臺是解放區廣播的中心，各臺除自辦節目外，均轉播陝北臺的主要節目。一個初具規模的解放區廣播宣傳網正在逐步形成。

共產黨的廣播電臺除陝北臺外，規模和影響最大的為邯鄲新華廣播電臺和東北新華廣播電臺。

邯鄲新華廣播電臺，呼號 XGHT，1946 年 9 月 1 日開始播音，隸屬中共晉冀魯豫中央局宣傳部領導。該臺籌建於 1946 年初。在此之前，有一架載有兩部美製無線電導航臺的國民黨空軍運輸機誤落在焦作，被解放區軍民繳獲。晉冀魯豫中央局和軍區決定把這兩部導航臺改裝為廣播發射機，在晉冀魯豫解放區建立一座廣播電臺。軍區三處副處長王士光主持了改裝工作。該臺原擬建在峰峰礦區，後因國民黨軍進犯，離戰場較近，不易保障安全，於 6 月間轉移到太行山東麓的涉縣沙河村，距邯鄲市約 90 公里，是晉冀魯豫解放區的腹心地帶，同時又毗鄰太行山，群山環抱，地形隱蔽。在臺長常振玉、機務科長祝敬迓的帶領下，三處的工人和村民奮戰兩個多月，終於完成了改裝和建臺的任務。電臺使用一部短波機、一部中波機，播音室和機房都在窯洞內，使用汽車引擎燒木炭解決了電力供應問題。25 米高的發射天線是利用杉木杆子架設起來的。

邯鄲新華電臺的開播，是解放區的一件大事。當時中共太嶽區黨委發來的賀電表示：

> 「你光榮地代表三千萬人民的意志和呼聲，反對獨夫蔣介石進行內戰，反對美國帝國主義武裝干涉中國內政；人民有了你，可以把英勇自衛的鬥爭，民主建設的宏功偉績傳播到全中國全世界。你誕生了，你是人民最忠實可靠的人，人民會在你的號召下組織起來行動起來，爭取祖國的獨立和平民主！」[1]

1947 年 3 月初，邯鄲臺正式組建編輯部，負責人為蕭風。編播人員有顧文華、田蔚及柏立等。邯鄲臺使用兩部發射機，有中波短波兩種波長，每天中午、晚上各播音一次，除轉播延安臺節目外，自辦節目有向人民解放軍廣播、對國民黨軍廣播、國內外新聞、本區新聞報導以及文藝節目等。

東北新華廣播電臺的呼號是 XNMR，1946 年 9 月 23 日開始播音，隸屬中共中央東北局宣傳部領導。東北臺是利用原哈爾濱廣播電臺的設備，在佳木斯籌建起來的，發射功率為 1 千瓦（後擴大為 3 千瓦），每天早、中、晚播音 3 次，總計 7 個半小時，是當時解放區廣播電臺中播音時間最長的。自辦的節目有《國際新聞》《國內新聞》《東北新聞》《時事評述》《名人講演》《人

---

1 《慶祝邯鄲新華廣播電臺開幕　賀詞一束》，《人民日報》，1946 年 9 月 1 日。

民呼聲》《解放區介紹》以及文藝節目等。該台臺長趙乃禾，副臺長馬皓，主要編播人員有楊明遠、史康、姒永晶、徐邁等。東北臺的宗旨是當好「東北人民自己的喉舌」。在東北局宣傳部的直接領導下，圍繞建立鞏固的東北根據地的戰略部署，東北臺以新聞、通迅、評論等多種形式，充分報導了東北廣大人民群眾進行土地改革、剿匪反霸、發展生產、參軍參戰、支持前線等活動，影響所及，可達長春、瀋陽、天津、北平、邯鄲等廣大地區。除新聞節目外，東北臺的廣播講演和文藝節目也很有特色。佳木斯當時是東北解放區軍政領導機關的所在地，又是合江省省會，一時名人薈萃，爲東北臺開辦《名人講演》節目提供了有利條件。應邀在東北臺發表過講演的有合江省主席、抗聯將領李延祿，著名作家蕭軍，教育家董純才，戲曲家張庚，作曲家塞克、呂驥、馬可等，其中李延祿的講演《爲保衛祖國而鬥爭》和蕭軍的《我回東北的觀感》，在聽眾中留下了深刻的印象。此外，據有關材料記載，東北臺於1946 年 10 月間播出的廣播劇《我們寧死不當亡國奴》，是解放區廣播電臺播出的第一個廣播劇。

1948 年春，東北新華廣播電臺遷回哈爾濱。5 月 28 日哈爾濱市 50 週年紀念日那天正式播音，呼號 XNMR，短波波長 51 公尺，5880 千周；中波波長 284.4 公尺，1055 千周；開始曲爲「開路先鋒」歌。該臺播音時間上海夏令標準時間及用波長如下：（一）12 點至 14 點，用中波對哈市廣播；（二）16：30 分至 18 點，用中短波英語對國內外廣播；（三）19 點至 23：30，用中短波對解放區及蔣管區廣播。其間 19 點至 21 點爲轉播陝北新華廣播電臺節目。[1]對內廣播方面，以《東北新聞》《對國民黨軍廣播》和講演節目最有特色；外語廣播方面相繼開辦英語、日語節目，同時還開辦了廣州話廣播。

1948 年上半年，人民解放軍在東北戰場全面轉入反攻，許多中小城市相繼解放，全東北的解放指日可待。中共中央東北局爲了統一領導、統一管理全區的廣播事業，於 7 月 7 日在哈爾濱召開了東北地區各廣播電臺聯席會議。會議由東北台臺長羅清主持，參加會議的有安東、齊齊哈爾、延吉、吉林、海龍、通化、牡丹江等電臺的七位臺長。兩天後，東北局作出了《關於統一廣播電臺的決定》。規定從此全東北解放區各電臺，統一屬東北新華廣播電臺領導管理（包括供給）。

東北臺（總臺）的成立，標誌著東北解放區廣播事業的發展進入了一個

1　《東北新華廣播電臺　五月廿八日起正式播音》，《人民日報》，1948 年 6 月 1 日版。

新的階段。它不僅擔負著對東北地區的宣傳任務，同時還擔負著對東北地區廣播事業的管理任務。這在解放區廣播歷史上也是具有首創意義的。在東北局宣傳部的直接領導下，東北臺（總臺）於 8 月間大力宣傳了在哈爾濱召開的中國第六屆全國勞動大會。同年秋冬，又配合遼瀋戰役的進行，開展了多種方式的宣傳活動，對於分化瓦解東北戰場上國民黨軍的戰鬥意志起了重大作用。

11 月 2 日，瀋陽解放。東北臺（總臺）副臺長朱明於 4 日接收了國民黨在瀋陽的廣播電臺，並利用其設備辦起了瀋陽新華廣播電臺（市臺）。12 月 25 日起，東北臺（總臺）遷至瀋陽繼續播音。原瀋陽新華臺（市臺）停止播音。

東北臺（總臺）遷至瀋陽後，適應新的形勢需要，廣播節目作了部分調整，1949 年 3 月 1 日起把中波、短波分開，同時恢復了瀋陽新華臺（市臺）。先後停辦了《對國民黨軍廣播》、英語、日語、廣州話廣播等節目，同時增辦了面向東北地區及瀋陽市的廣播節目，如《職工時間》《輪迴節目》《瀋市節目》《幹部學習講座》《俄語講座》和《兒童節目》等。

1949 年 5 月 1 日起，東北臺（總臺）改名爲瀋陽新華廣播電臺，原瀋陽新華廣播電臺改稱瀋陽人民廣播電臺；9 月 10 日起，瀋陽新華臺又改稱爲瀋陽人民廣播電臺，原瀋陽人民廣播電臺（市臺）停播。

華東解放區的第一座廣播電臺——華東新華廣播電臺於 1948 年 5 月起在山東五蓮縣農村開始籌建，後又遷至臨朐縣的程家莊。同年 9 月 12 日起試驗播音，呼號 XNEC，除轉播陝北臺節目外，並有對華東地區的自辦廣播節目。華東臺由中共中央華東局宣傳部領導，華東臺管委會主任是周新武，副主任苗力沉。

華東臺試播時，適逢濟南戰役進行。整個戰役共進行了 9 天，華東臺專門舉辦了對濟南的廣播，內容有《華東緊急動員令》，前線戰報，對濟南前線的國民黨軍勸降廣播等。9 月 24 日下午濟南全部解放，陝北臺於當晚即播出了這一捷報。但國民黨廣播遲至 28 日始承認濟南「失守」。同年 11 月，淮海戰役打響。華東臺又配合開展宣傳攻勢。當時被俘的國民黨原山東省主席王耀武等曾在華東臺對淮海戰場國民黨軍發表過廣播講話。華東臺正式播音後，開辦有對華東戰場國民黨軍廣播，對華東人民解放軍廣播，對南京、上海、杭州、福州、臺灣等地的廣播節目等。

1949 年 1 月，華東局決定除繼續堅持華東臺播出的人員外，其餘干部按三套班子配備，準備渡江後接管上海、南京、杭州三地的國民黨廣播電臺。2 月華東臺的人員和設備陸續遷移到濟南繼續播音。3 月 20 日，準備南下的人員分批離開濟南。

西北解放區的第一座廣播電臺——西北新華廣播電臺於 1948 年 12 月開始在延安籌建，1949 年元旦試播，1 月 5 日正式廣播。西北臺屬中共中央西北局宣傳部領導。1947 年 3 月，人民解放軍主動撤出延安後，經過一年多的輾轉作戰，相繼取得了青化砭、羊馬河、蟠龍、沙家店、宜川等戰役的勝利，並於 1948 年 4 月 21 日收復了延安。新建的西北臺編輯部設在清涼山，播音室和發射機房設在鳳凰山。西北臺當時是新華社西北總分社的組成部分，臺長由金照兼任，編輯部主任是武英。西北局在關於西北臺的指示中，規定該臺的主要任務是向西北待解放地區和西北的國民黨軍進行宣傳，爭取早日解放大西北。新華總社在給西北分社的指示中要求，西北臺除轉播陝北臺節目外，自編的節目應包括如下內容：爭取陝、甘、寧、綏、川等省市人民，分化瓦解前線的國民黨軍，爲陝北人民解放軍服務。5 月 20 日，西安解放。6 月 1 日起，西北臺遷至西安繼續播音，6 日起改名爲西安新華廣播電臺，7 月 1 日起，又改名爲西安人民廣播電臺，但其任務仍爲面向西北地區廣播。

除上述 3 座中心臺外，1948 年 11 月至 1949 年 2 月間陸續建立的新解放區廣播電臺還有：（1）濟南特別市新華廣播電臺：1948 年 11 月 8 日開始播音，係利用接管的國民黨原山東廣播電臺的設備建立起來的，臺長黎韋。1949 年 6 月 13 日起改名爲濟南新華廣播電臺，同年 6 月 20 日起又改稱濟南人民廣播電臺。（2）天津新華廣播電臺：1949 年 1 月 15 日，天津解放的當天晚上即開始播音，同年 5 月 18 日改名爲天津人民廣播電臺。建臺初期由天津日報社委會領導，社委會下設廣播部，部主任由朱九思兼任。從報社分出後不久由魯荻任臺長。（3）徐州新華廣播電臺：1949 年 2 月 1 日開始播音，是今江蘇省境內（當時徐州屬山東省管轄）第一座人民廣播電臺。（4）北平新華廣播電臺：1949 年 1 月 31 日，北平和平解放。由新華總社派出的有關人員接管了國民黨北平廣播電臺。2 月 2 日，北平新華廣播電臺開始播音。該臺由以徐邁進爲主任的管理委員會領導。（5）中原新華廣播電臺：1949 年 2 月 13 日在鄭州開始播音。由中共中央中原局領導。同年 5 月武漢解放前夕，該臺即停止播音。

1949年4月23日，南京解放。第二天，南京的廣播電臺奉命轉播北平新華臺的全部節目。5月6日，人民解放軍南京市軍官會文教委員會派李強、陸亘一兩人接管了原國民黨在南京的中央臺及國防部所屬的軍中廣播電臺。從18號起，利用上述兩臺設備建立的南京人民廣播電臺開始播音。

在此之前，在江蘇省境內先後建立起南通新華社廣播電臺（3月20日開始播音，7月8日改名爲南通電臺），無錫廣播電臺（4月23日無錫解放後繼續播音，9月1日無錫人民廣播電臺正式成立），常州人民廣播電臺（4月27日開始試播，10月1日正式播音）和蘇州新華廣播電臺（5月15日開始播音，9月1日起改名爲蘇州人民廣播電臺）。

5月27日，我國最大的城市上海解放。同日中國人民解放軍上海市軍管會接管了國民黨上海廣播電臺。晚上，上海人民廣播電臺開始播音；設在濟南的華東新華電臺停止播音。9月1日起，上海人民廣播電臺開始承擔向華東地區廣播的任務，臺長周新武，副臺長苗力沉。

人民解放軍南下之後，相繼開始播音的大中城市廣播電臺還有：（1）武漢新華廣播電臺：原中原新華廣播電臺的南下幹部接管國民黨漢口廣播電臺後建立，5月23日起開始播音，8月1日起改名爲武漢人民廣播電臺。（2）浙江新華廣播電臺：杭州解放後，利用接管的廣播設備建立，5月25日開始播音，6月9日改名爲杭州人民廣播電臺。（3）南昌新華廣播電臺：南昌解放後，利用接管的廣播設備建立，5月25日開始播音，6月3日起改名爲南昌人民廣播電臺。（4）福州人民廣播電臺：8月24日開始播音，係利用接管的原國民黨福建廣播電臺建立的。

在西部地區，人民解放軍在挺進大西北的戰鬥中，先後解放了甘肅、青海等廣大地區，並先後建立了蘭州人民廣播電臺（9月7日開始播音）和西寧人民廣播電臺（9月14日開始播音）。

中華人民共和國成立前夕，據1949年9月統計，全國各地人民廣播電臺近40座，一個遍布全國的人民廣播網初步形成。

二、延安新華廣播電臺的三次轉移

自1947年3月中旬至1948年5月下旬的一年多時間裏，延安臺隨著解放戰爭形勢的發展，曾有過三次隨軍轉移。

1947年3月13日，美軍駐延安觀察團撤出不久，國民黨的飛機就開始轟炸延安，其重點轟炸的目標之一，就是鹽店子山頭上延安新華廣播電臺的發射機房和播音室。在一片轟炸聲中，延安臺的播音、機務人員堅守崗位，直到次日中午播音完畢。當天晚上起，延安臺即秘密轉移到陝北子長縣的好坪溝村繼續播音。18 日傍晚，人民解放軍最後撤出延安。在此前後，毛澤東、周恩來、朱德曾先後和新華社社長廖承志、中央軍委三局局長王諍談過關於保障無線電廣播不中斷的問題。19 日，國民黨軍隊佔領延安後，國民黨的中央臺大肆宣傳，似乎共產黨和人民解放軍從此再也不存在了。但次日晚，廣大聽眾卻仍能從收音機中聽到延安臺廣播的聲音：「我們老早公布過，中共中央機關仍在陝北，全部人員無一例外，都是安全的。蔣介石要來打擊『中共』首腦機關，他的兵力可惜還太少了！」[1]第二天起，延安新華廣播電臺改名爲陝北新華廣播電臺繼續播音。

陝北新華廣播電臺的繼續播音，意味著共產黨力量的保存和發展，也引起國民黨當局尤其是胡宗南的強烈不安。在胡宗南軍隊在佔領延安後，到處搜索延安臺。然而陝北臺的聲音卻繼續在空中傳播：「西北人民解放軍一部，經一個多小時的戰鬥，在青化砭消滅了胡宗南的三十一旅，旅長李紀雲以下四千人全部活捉，無一漏網。這次戰鬥離蔣胡軍侵佔延安只有六天。」[2]儘管國民黨中央社有時報導說延安臺已被「焚毀」，有時猜測延安臺的新臺址，但西方通訊社卻對這一現象進行了相對客觀的報導。如美聯社 3 月 19 日的電訊說：「延安電臺……相信已搬到一個秘密地方去，大概是在延安以北的陝北山中。」[3]1947 年 5 月 15 日，蔣介石在面對國民黨軍官訓練團第二期全體學員的訓話中也特別強調說：「過去共匪佔有延安的時候，外國新聞記者常去訪問，甚至有的國家政府還派遣聯絡員。現在共匪的老巢延安被國軍收復之後，匪軍的首腦部就無所寄託，只能隨處流竄。即使他們還有廣播宣傳，但是任何人都不能和他發生聯繫。如此就絕對不能建立中心的力量了。所以我們可以說，無都市即無政治基礎，無交通就無政治動脈。」[4]無論是從外電還是從蔣介石的反應看，延安廣播的意義，不僅在於向外界宣示共產

1 東生：《陝北新華廣播電臺，XNCR，在歷史的轉折關頭》，《人民日報》，1981 年 3 月 17 日版。

2 東生：《陝北新華廣播電臺，XNCR，在歷史的轉折關頭》，《人民日報》，1981 年 3 月 17 日版。

3 轉引自趙玉明主編：《中國廣播電視通史》，第 107～108 頁。

4 蔣中正：《匪情之分析與剿匪作戰綱要》，《先總統蔣公思想言論總集》（卷二十二，演講），第 113～114 頁。

黨解放軍的存在，更在於，即使無都市，無交通，延安廣播依然昭示了一種強有力的政治基礎和政治動脈的撼人力量。

在陝北戰局日趨緊張之際，1947 年 3 月初，晉冀魯豫解放區接到中共中央的緊急來電：立即籌建一座新的廣播電臺，準備必要時立即接替陝北的廣播。晉冀魯豫解放區地處中原地帶，太行山脈縱貫境內。早在抗日戰爭初期，劉伯承、鄧小平率領的八路軍就來到這裡，建立起抗日根據地。經過 10 年左右的慘淡經營，晉冀魯豫解放區日益鞏固。1946 年初，中共中央晉冀魯豫分局決定：由晉冀魯豫軍區通訊三處將繳獲敵軍的兩部導航機改裝爲兩臺廣播發射機，並成立「邯鄲新華廣播電臺」，臺址設在涉縣沙河村。1946 年 9 月 1 日正式播音。當時，邯鄲臺共使用兩部發射機，一部是短波機，一部是中波機。接到籌建新臺的通知後，晉冀魯豫軍區三處處長林偉、副處長王士光、邯鄲台臺長常振玉等商定，把短波機稍加調試，改變波長（延安臺波長是 40 米，邯鄲臺的波長是 49.2 米），隨時做好接替延安廣播的準備。同時，爲了保證邯鄲臺播音的需要，把中波機也改裝成短波機。在王士光的主持下，無線電技術人員密切配合，很快地完成了改裝發射機、加大發射功率、架設天線等一系列任務。

接替陝北廣播需要的編播人員是從晉冀魯豫解放區的一些文教單位迅速調集的。陝北臺編輯部與邯鄲臺編輯部一起設在西戍村。這裡距沙河村只有兩公里左右。在邯鄲臺編輯部主任蕭風、副主任顧文華的主持下，編播人員開始了緊張的工作。有的根據抄收來的消息練習編寫「新華社陝北某某日電」的電訊稿；有的按時收聽延安（陝北）臺的廣播，試著編寫口播稿；女播音員則模仿延安（陝北）臺播音的聲調和語氣，認眞地反覆試播。3 月 29 日晚上，準備接替陝北廣播的人員忽然聽不到來自陝北的聲音了。爲了不中斷陝北臺的聲音，常振玉立即決定播出《兄妹開荒》的唱片，然後反復呼叫「陝北新華廣播電臺，XNCR……」並重播了青化砭大捷的消息。第二天起，根據陝北來電，正式接替了陝北廣播。

陝北臺開始順利在太行繼續播音，使國民黨當局企圖摧毀陝北廣播的陰謀再次破產。後來，他們又調派無線電測向隊四處偵察陝北臺新址所在地，但最終都未能得逞。陝北臺在太行的播音一直持續到 1948 年 5 月 22 日。同月陝北臺跟隨新華總社北上河北平山，並從 5 月 23 日起在平山縣西柏坡村播音。到 1949 年 3 月 25 日遷進北平止，陝北臺在平山前後工作了十個月的時間。

三、解放區電臺新聞廣播的內容與形式

解放戰爭時期，延安臺和各地陸續成立的新華廣播臺節目，主要是緊密配合解放區軍事鬥爭的形勢，前期主要宣傳了我黨爭取和平、反對內戰的方針，後期一方面揭露國民黨假和平、眞內戰的反動面目，一方面鼓勵解放區和國統區的軍民積極行動起來，爲爭取全國的最後勝利而努力。其新聞節目一般有「國內外大事、綜合新聞報導、時論和通訊、時事政治講述、解放區介紹、八路軍介紹」[1]以及邊區新聞、本市新聞、記錄新聞等。

1945 年 8 月接手的張家口新華廣播電臺，撤出張家口後改稱晉察冀新華電臺，1947 年 9 月恢復播音後，在晉察冀中央局宣傳部長周揚的領導下，每天以中、短波兩部發射機播送早、中、晚 3 次節目，主要內容有新聞、評論、時事解說、百科知識、政策法令講座、廣播講演以及各種文藝節目等。起初主要是播送張家口市軍政機關的布告和命令，以逐步安定社會秩序，以後逐漸增加了國內外要聞和本市新聞，如「晉察冀時事」、「石家莊新聞」以及一些文藝節目。不久，又開始轉播延安臺的節目。1946 年 7 月 15 日起又增設英語節目。遠在菲律賓出版的《華僑導報》曾對此作了專門報導。

1946 年 9 月 1 號開播的邯鄲臺在播放一年後開始對節目進行改革，將重點放在「晉冀魯豫解放區戰爭、土改、生產、支前和城市建設等新聞、通訊和綜合報導」[2]。具體如下：

> 7：30～9：30，向南線人民解放軍廣播（新聞、評論、通訊、綜合報導、部隊教育及軍屬家信等，全部供記錄，編印油印報用）
>
> 16：30～17：00，對蔣軍廣播
>
> 17：00～20：00，轉播 XNCR 播音
>
> 20：00～21：30，包括國內外重要新聞、南線和本區新聞、評論、通訊或綜合報導、簡明新聞[3]

上述自辦節目中最有特色的是「對南線人民解放軍廣播節目」。這個節

1　《解放區幾個主要的廣播電臺》（1946 年 9 月），《解放日報》，1946 年 9 月 5 日版。

2　《解放區廣播電臺介紹》（1948.3），原載新華總社《本周業務一覽》第一至第五期，1948 年二三月間，轉引自邯鄲人民廣播電臺編印內部資料：《邯鄲新華廣播電臺暨陝北新華廣播電臺在太行時期歷史資料彙編》，2006 年版，第 30 頁。

3　《解放區廣播電臺介紹》（1948.3），原載新華總社《本周業務一覽》第一至第五期，1948 年二三月間，轉引自邯鄲人民廣播電臺編印內部資料：《邯鄲新華廣播電臺暨陝北新華廣播電臺在太行時期歷史資料彙編》，2006 年版，第 30 頁。

目開辦於 1947 年 8 月 1 日。當時，劉伯承、鄧小平率部強渡黃河，挺進大別山，後方郵遞信報跟不上，前方作戰環境又不適於出版報紙，晚間廣播的時間又逢部隊行軍，不方便收聽。在這種情況下，邯鄲臺特別增添早上節目 1～2 個小時，內容包括國內外時事、前方戰況、後方參軍、支前、生產建設和文化教育等。南下部隊機關指定專人按時抄收，然後油印發至連隊，鼓舞前線解放軍指戰員的鬥志。從 1948 年元旦起，邯鄲臺又開始用記錄速度播送軍屬家信，10 個月的時間共播送了近兩千件。僅 7 月份就播送軍屬家信 513 封。[1]前方的指戰員反映，他們和邯鄲臺建立了深厚的感情。完成宣傳任務之外，邯鄲臺還十分注意及時總結編播工作的經驗，在編輯工作方面，邯鄲臺提出稿件要注意口語化和簡練。關於播音的要求，邯鄲臺提出要做到熟練、穩當、有感情、抑揚頓挫和快慢適當。

東北地區的第一座新華廣播電臺哈爾濱臺在短暫的 9 個多月期間，在錯綜複雜的政治形勢下，堅決把爭取更多的群眾團結在中國共產黨的周圍作爲宣傳的根本方針。該臺適應當時的形勢，採取多種多樣的宣傳方式，取得了很好的宣傳效果。除日常的新聞報導、講座節目、文藝節目外，經常以轉播群眾大會的方式來宣傳中國共產黨的和平、民主、團結的主張，反對國民黨當局內戰、獨裁、分裂的行徑。1946 年 3 月，國民黨特務暗殺了李兆麟將軍，激起廣大群眾的無比憤怒。哈爾濱臺舉辦的悼念李兆麟特輯廣播節目，在社會上引起了強烈反響。

延安臺試播期間，得知張家口已獲解放，經過與張家口新華廣播電臺通話，瞭解到該臺有條件轉播延安臺的廣播。不久，9 月 11 日，延安《解放日報》宣布：延安廣播電臺即日起開始「中國國語廣播」，呼號仍爲 XNCR，波長 40 米，7500 千周。隨後，重慶《新華日報》、晉綏《抗戰日報》《冀魯豫日報》等也陸續報導了延安臺開始播音的消息。

延安臺恢復廣播後，每天播音兩次，中午、晚上各一次，每次一小時。從這時起延安臺有了開始曲，起初爲《漁光曲》，後改爲《兄妹開荒》。主要節目有「時事新聞」：報導國內外重大消息；「解放區消息」：介紹民主政權的建設、軍隊活動和人民生活的情形；「解放區介紹」：介紹全國各地解放區的情況，解放區的各項政策和建設的成績；「言論」：播送延安《解放日報》的評論、國內外的輿論介紹等。此外還有「通訊和故事」「記錄新聞」以及一些

1 《邯鄲新華廣播電臺七月份播送軍屬家信共五百一十三封》，《人民日報》，1948 年 8 月 27 日版。

文藝節目。延安臺一發聲就反復播出了朱德總司令發布的七次緊急命令、他給日本侵華軍總司令官岡村寧次發布的命令，以及八路軍挺進敵佔區不斷收復失地的消息。同時還針對國民黨當局污蔑八路軍恢復失地是所謂「唐突和非法之行動」等謬論，播出了毛澤東爲新華社寫的評論《蔣介石在挑動內戰》《評蔣介石發言人談話》，號召全國人民團結起來，壯大自己的力量，制止內戰的發生。

1946 年 1 月，政治協商會議在重慶開會期間，延安臺根據新華社和《解放日報》發表的消息和評論，揭露了國民黨當局宣傳的首先「軍隊國家化」，然後再「政治民主化」的主張，積極宣傳了中國共產黨提出的正確主張，即，第一，軍隊國家化的原則是國家民主化和軍隊民主化；第二，什麼時候中國有了一個新民主主義的聯合政府，解放區的軍隊就交給它，但是一切國民黨的軍隊也必須同時交給它。延安廣播的宣傳既戳穿了國民黨當局的陰謀詭計，同時也批評了某些中間集團的幻想。在政協決議公布以後，延安臺積極開展了維護和貫徹政協決議的宣傳活動。同時用國民黨當局在美帝國主義支持下血腥鎮壓民主運動、不斷把士兵和軍用物資送到內戰前線、屢次破壞《停戰令》、侵犯和進攻解放區的大量事實，揭露了美蔣反動派極力破壞政協決議，積極準備打內戰的罪惡活動。尤其是當 1946 年 6 月 26 日蔣介石大舉進攻解放區，全面內戰開始後，毛澤東於 6 月 30 日特意寫信給時任新華社代社長兼總編輯的餘光生，要「從現在起，凡各地蔣軍向我進攻之消息，均請發表，並廣播；因蔣口頭說停戰，實際在作戰，我應發表新聞予以揭穿。」[1]

除了運用新聞、通訊等形式介紹解放區外，延安臺還專門舉辦了《解放區介紹》《解放區政策》和《解放區建設》三個專題節目。這三個節目向全國聽眾播出了一系列專稿，從不同角度介紹了陝甘寧、晉察冀、晉冀魯豫、蘇南、浙西、皖中等 11 個解放區創建和發展的經過，此外還介紹了解放區人民的權利、「三三」制政策和人民軍隊以及經濟文化建設等，用具體生動的事例宣傳中國共產黨的各項政策和主張，向國民黨統治區的人民描繪出了未來新中國的藍圖，藉以鼓舞他們爭取民主自由的鬥爭。所有這些，都是從國統區廣播電臺聽不到的。

延安《解放日報》、重慶《新華日報》和其他解放區的報刊都經常刊登延

1　黎欣：《紀念延安時期新聞事業的傑出領導人余先生》，《新聞戰線》，2009 年第 1 期。

安臺節目表，介紹延安臺的重要節目，發表延安臺的廣播稿。延安臺的廣播再加上解放區其他廣播電臺的轉播，使中國共產黨的聲音傳得越來越遠。在戰爭的艱苦條件下，陝北新華廣播臺作爲繼延安新華廣播電臺之後中共中央對外發聲的喉舌，發揮的新聞宣傳作用尤爲突出。在 1947 年 9 月該臺成立兩週年之際，陝北新華廣播電臺又增加了一小時節目，基本都是新聞和宣傳內容。

該臺 1947 年 9 月的播音節目單如下：[1]

18：00～18：30 放下武器蔣軍軍官介紹及書信等

18：30～19：00 新聞

19：00～19：20 評論（包括每週軍事述評及國際述評）

19：20～19：45 通訊、故事、綜合報導等（每星期日特設「星期文藝」，介紹解放區作品、歌謠及文藝活動等）

19：45～20：00 簡明新聞

20：00～20：40 記錄新聞

20：40～21：00 英語新聞

隨之更改播出時間和延長播音內容的邯鄲新華廣播電臺，也「革新節目，加強地方性，增加五十分鐘本解放區的報導。」[2]

19：00～20：30 專給人民解放軍前線部隊廣播紀錄新聞；

17：00～17：30 報告節目，重要新聞；

17：30～18：00 評論、綜合報導、解放軍官的介紹、家信和作品；

18：00～20：00 轉播陝北新華廣播電臺的各種節目（九月五日起，轉播到二十一點爲止）

20：00～20：30（九月五日起，二十一點到二十一點三十分）晉冀魯豫解放區新聞；

20：30～20：50（九月五日起，二十一點半到二十一點五十分）晉冀魯豫解放區報導；

20：50～21：00（九月五日起，二十一點五十分到二十二點）

1 《新華廣播電臺增加播音時間，紀念該臺成立兩週年》，《人民日報》，1947 年 9 月 3 日版。

2 《邯鄲新華廣播電臺　增加本區新聞廣播》《人民日報》，1947 年 9 月 3 日版。

簡明新聞。

對於行軍作戰的廣大解放軍官兵來講，收音機是戰時收聽新聞的重要媒介。然而在艱苦的條件下，這些都是很難做到的。《人民日報》1947 年 11 月的一份報導顯示，當時收聽解放區新華廣播是很多戰士的剛需：

> 來到大別山後，解放軍某部，一個分遣出去單獨活動作戰的大隊，在半個月當中，因爲行軍作戰頻繁，很長時間，沒收聽到新華社的廣播，指戰員們都很著急。一天，他們從一個游擊偵察部隊，得到一張油印的「時事新聞」，上面登著：「人民解放軍大舉反攻」的新華社社論。全體幹部立即貪婪的讀了又讀，並立即給每個連隊抄了一份，傳閱討論。
>
> 晉冀魯豫解放區的戰士們，最感興趣的一次廣播，就是中秋節由邯鄲廣播電臺廣播的：涉縣北關軍屬李舒梅寫給他丈夫賀金柱的家信。他們聽到了自己的家鄉，如何快樂的過中秋節，特別當聽到大家稱讚殺敵英雄和紡花英雄紅花配綠葉的一段話，每個人都愉快的談個不休，直到他們把廣播詞能一字不漏的背出來。
>
> 當解放永年的新聞，從廣播節目中預告出來時，某部的宣教幹事，立刻把警衛連的永年籍戰士，都叫來聽廣播。戰士們聽到收復了自己的家鄉，把鐵磨頭匪部全部消滅了，莫不歡欣鼓舞，又蹦又跳，從此他們經常要求排長指導員給他們讀新聞。
>
> 有一次珠江部的一個大隊經過某鎮時，宣傳科長發現牆上貼了張新出版的廣播新聞，他想把它揭下來，到部隊裏傳播，但貼得很牢，他只好抄下幾條重要新聞，再去趕部隊。第二天他趕回部隊去，一連在好幾個連隊裏作了時事報告，受到熱烈的歡迎。
>
> 沒有收音機的機關，晚上總是常常接到電話說：「今晚收到新華社廣播了什麼重要新聞。」出戰的部隊，一靠近機關，即使住在二十里以外，也常連夜派通信員帶著信來說：「我們部隊好多天沒聽到廣播了，多給我們捎幾份新聞吧。」[1]

在新解放的一些有條件設置收音機的城市和國統區，延安廣播都擁有較多聽眾。據當時的材料，從東北到廣東，從四川到上海，不少地方都可以聽到延安臺的廣播。在 1947 年 11 月陳毅同志的一次講話中就談到，當時華北

1 斐玫：《新華廣播在前線》，《人民日報》，1947 年 11 月 15 日版。

野戰軍擁有 180 部收音機，幾乎每個幹部都收聽延安臺的口頭廣播。[1]在一些新解放的城市如張家口、宣化、邢臺、長治、焦作、淮陰等地，還利用群眾集會的場合，組織群眾集體收聽延安廣播。在國統區的中國共產黨代表團、重慶《新華日報》館及其辦事處人員，把每天收聽延安廣播當作重要任務來執行。延安臺通過全國各地的八路軍辦事處、《新華日報》館、新華社分社等機構，廣泛聯繫各地的廣大聽眾，擴大廣播宣傳的影響。另據 1946 年 7 月至 8 月間統計，延安臺播出的 89 篇文章，有 34 篇是上海、重慶、南京、北平、昆明等地以及國外各地的民主人士寫的。在此期間，延安臺還播出過上海失業青年和國民黨軍隊士兵寫的向社會的公開信。上述講話和文章，說出了在國民黨統治區不能說或者不敢說的話，受到了國民黨地區聽眾的注意和歡迎。延安臺的記錄新聞，經常被上海、南京、重慶、昆明、西安等地的進步報紙採用。遠在新加坡、菲律賓出版的愛國華僑辦的報紙上，也可以看到根據延安廣播刊登的重要消息和評論。1946 年 6 月全面內戰爆發前夕，國民黨空軍上尉飛行員劉善本第一個駕駛飛機起義來到延安。劉善本就是由於經常收聽延安廣播，提高了思想覺悟，決心退出內戰而飛來解放區的。到延安以後，他受到了毛澤東、朱德的接見，並多次到延安臺發表廣播講演，號召國民黨空軍官兵反對內戰，站到人民方面來。在參觀延安臺的時候，他對延安臺工作人員的艱苦奮鬥的精神深感欽佩。而針對延安臺播出的國民黨軍數次侵犯解放區的新聞，國民黨當局不得不一再「駁斥」，可見當時延安臺播音在國統區的影響力。[2]

從 1946 年 7 月人民解放戰爭開始到 1948 年 6 月爲止的兩年中，第一年表現爲國民黨軍的進攻和人民解放軍的防禦。從第二年起，人民解放軍轉入戰備進攻，戰爭形勢急轉直下，人民解放戰爭開始走向全國的勝利。與此同時，國民黨統治區內的人民革命運動蓬勃發展，出現了第二條戰線的鬥爭。這兩年中，以延安（陝北）臺爲代表的解放區廣播根據解放戰爭形勢的發展以及中國共產黨的戰備方針和軍事原則，把宣傳重點確定爲集中一切力量，

1 《陳毅同志談新聞宣傳工作》（一九四七年十一月二十六日），原載新華總社《本周業務一覽》第三期，一九四八年三月七日，轉引自邯鄲人民廣播電臺編印內部資料：《邯鄲新華廣播電臺暨陝北新華廣播電臺在太行時期歷史資料彙編》，2006 年版，第 12 頁。

2 參見《路總部發言人駁斥延安廣播》，《申報》，1946 年 5 月 12 日版；《平行轅發言人駁斥延安廣播》，《申報》，1946 年 8 月 3 日版。

加強軍事宣傳和政治宣傳，全面配合人民解放戰爭，動員和鼓舞解放區軍民和國民黨統治區廣大人民起來粉碎國民黨反動派的軍事進攻，爭取人民革命鬥爭的偉大勝利。

這個時期，廣播宣傳的對象不僅是國民黨統治區的人民和國民黨軍隊的官兵，同時也兼顧了解放區軍民的需要。

第一，根據解放戰爭形勢的發展，發表有關戰局的評論文章和報導人民解放軍取得的勝利戰績。

1946 年 6 月 26 日全面內戰爆發不久，毛澤東寫信給新華社代社長兼總編輯餘光生，要求「從現時起，凡各地蔣軍向我進攻之消息，均請發表，並廣播；因蔣口頭說停戰，實際在作戰，我應發表新聞予以揭穿。」從這時開始，延安臺在廣播中大量報導國民黨軍在美帝國主義支持下不斷侵犯解放區的事實，同時也報導了解放區軍民奮起自衛反抗的勝利消息。10 月 3 日，從中原解放區率領 120 師 359 旅勝利突圍到達延安的王震將軍應邀在延安臺發表了《人民的軍隊是不可戰勝的》廣播演講。

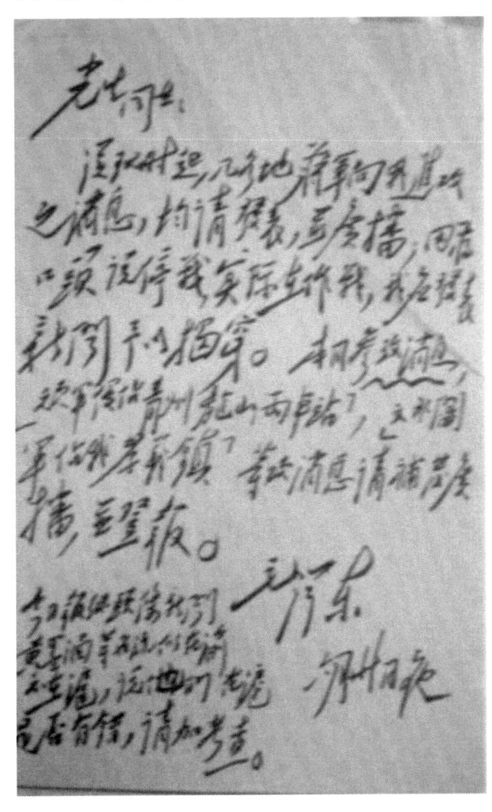
光同志：
从现时起，凡各地蒋军向我进攻之消息，均请发表，并广播，因蒋口头说停战实际在作战，我应发表新闻予以揭穿。
毛泽东

圖 5-1　毛澤東給新華社代社長兼總編輯余光生的親筆信

根據中共中央制定的戰略方針，延安臺通過評論文章指出，國民黨軍隊雖然在兵力上佔有暫時的優勢，但它的根本弱點是不可克服的，總的趨勢是：我軍必勝，敵軍必敗。中國共產黨領導下英勇的人民解放軍，不但必需打敗蔣介石，而且一定能夠打敗蔣介石。

解放軍轉入戰略反攻之際，1947 年 9 月 12 日，陝北臺打破慣例，連續 4 天反覆播出了新華社社論《人民解放軍大舉反攻》。13 日，范長江率領的新華社「四大隊」對新聞廣播提出建議：「應十分強調『打倒蔣介石』口號，提議中不要再強調『再打兩年』；大反攻新聞應以《四路大軍揮戈南下》一條爲主，重點不在占永坪那條，新聞系定一所寫不應改掉；如此重要時機，百年難逢，請考慮變更節目兩三天，把俘虜名單等暫時取消，先播一切大反攻戰報，次播社論，再播重大反攻戰報，最後記錄新聞。蔣正開四中全會，要在這兩天用我們的廣播把他們的精神打得粉碎。」香港《華商報》以《陝北中央臺宣布大反攻已展開》爲題，在第一版頭條位置加以報導。10 月，陝北臺播出了《中國人民解放軍宣言》和「打倒蔣介石，解放全中國」的口號。

第二，動員和組織解放區人民進行土改運動，支持解放戰爭。

延安（陝北）臺和其他廣播電臺及時播送了中國共產黨和地方政府的指示、文告和前線的勝利消息，報導了解放區人民開展土地改革運動、積極支持前線的活動。如 1948 年山西土改運動的過程中，毛澤東就曾親自改稿，要求廣播電臺播出《山西淳縣兩個區是怎樣進行平分土地的》，以指導其他地方的土改運動。在解放區土改工作宣傳中，由於許多地方的土改工作出現了左的傾向，廣播宣傳中也不可避免地出現了片面宣傳「依靠貧雇，打倒地主」「發放農貸給貧雇」等內容，而忽視了「聯合中農」等宣傳。解放區的廣播，成爲南下解放軍指戰員和後方人民群眾獲得消息的重要來源。

第三，開辦《對國民黨軍廣播》節目，直接配合軍事鬥爭，從政治上分化瓦解敵軍。

對國民黨軍的廣播內容，早在延安時期就開始了。1946 年 7 月，駕機起義的劉善本就曾對國民黨空軍官兵發表過題爲《趕快退出內戰漩渦》的廣播演講。但是沒有固定的節目名稱和時間。1947 年 1 月 20 日起，延安臺開始逐日播送放下武器、脫離內戰的國民黨軍官名單。9 月 5 日起，正式開辦《對蔣軍廣播》節目（後改名爲《對國民黨軍廣播》節目），每天半小時。邯鄲臺、東北臺等也都舉辦過類似的節目。這類節目以國民黨軍官兵爲主要對象，向他們宣傳中國共產黨和人民解放軍對時局主張以及對待放下武器官兵的寬大政策，如實地報導解放戰爭的發展形勢，揭露國民黨反動派的造謠欺騙，同時向他們曉以大義，指明出路，號召他們放下武器投誠起義。因爲國民黨不禁止其空軍士兵收聽共產黨的廣播，目的是爲了雙方戰事中可以做個對比。因此，張家口和邯鄲新華廣播電臺當時還特別播出了一些針對國民黨空軍的消息、演說，尤其是優待空軍俘虜的新聞和空軍將領的演講，以勸服國民黨軍事人員走到人民的陣營中來。

《對國民黨軍廣播》節目中，除了新聞、評論以外，還有的放矢地採用了以下多種多樣的宣傳方法，諸如播送放下武器軍官名單、釋放戰俘名單和放下武器的國民黨軍官的書信；向被人民解放軍圍困的敵軍播送講話、警告、命令等，敦促他們盡快放下武器投向人民方面來；介紹被俘虜的國民黨軍官在解放區受到的人道主義待遇和他們學習、生活的情況。該節目在國民黨軍隊特別是空軍中擁有不少聽眾。繼劉善本之後又有多起國民黨軍空軍人員駕機起義來到解放區。實踐證明，《對國民黨軍廣播》節目在分化瓦解敵軍的作戰意志方面起了很大的作用。

毛澤東也對這個節目傾注了巨大心血，僅在淮海戰役期間，他就爲陝北新華廣播電臺的《對國民黨軍廣播》專門撰寫了三篇講話稿。第一篇是《人民解放軍總部向黃維兵團的廣播講話》，1948 年 11 月 27 日播出。淮海戰役第一階段，陝北新華廣播電臺展開了對黃百韜兵團的政治攻勢，播送了一系列勸降廣播。其中重要廣播稿都是送給毛主席審閱修改後播出的。而在第二階段開始後，11 月 27 日，陝北新華廣播電臺一位負責對國民黨軍廣播節目的編輯同志，以人民解放軍總部的名義寫了一篇向黃維兵團的廣播講話稿送審。毛澤東對這篇稿子逐句作了修改，幾乎沒有留下原文中一句完整的話。這已不能說是原作者所作，因此可看作毛主席寫的一篇廣播稿。第二篇是《劉伯承陳毅兩將軍向黃維兵團的廣播講話》，是和第一篇在同一天播出的。毛主席改好第一篇之後，又加寫了這篇廣播講話。兩篇稿子接連廣播了好幾天，當時還被編輯部同志作爲對國民黨軍廣播範文學習。第三篇是《敦促杜聿明等投降書》，1948 年 12 月 17 日首次播出，也接連重複廣播了好幾天。這篇廣播稿是以中原人民解放軍和華東人民解放軍兩個司令部的名義，向國民黨軍「杜聿明將軍、邱清泉將軍、李彌將軍和邱李兩兵團諸位軍長師長團長」廣播的毛主席親自寫的廣播講話稿有以上三篇，經他審改發出的廣播講話稿就很多了。[1]

第四，聲援和促進國民黨統治區的愛國民主運動，推動第二條戰線鬥爭的開展。

解放區的廣播通過新聞報導、名人講演、組織特別節目，廣泛地宣傳了國民黨統治地區聲勢浩大的愛國民主運動。1946 年 9 月 23 日起，國民黨地區各大城市舉行「要求美軍撤出中國運動周」活動。10 月，延安臺邀請廖承志、馬海德等人發表廣播演講，支持國民黨地區掀起的工人罷工、農民反抗徵兵徵糧、學生反飢餓反內戰反迫害的鬥爭等，延安（陝北）臺都曾反復加以報導。

1948 年 2 月，毛澤東起草的中共中央黨內指示《糾正土地改革宣傳中的「左」傾錯誤》中，在評價太行時期新華社和陝北臺的宣傳工作的時候指出：「過去幾個月的宣傳工作，正確地反映和指導了戰爭、土地改革、整黨、生產、支持前線這些偉大鬥爭，幫助了這些鬥爭取得了偉大成績，並且在宣傳工作中占主要成分，這是必須首先承認的。但是也必須看到一些錯誤缺點。其特點就是過左。其中有些是完全違背馬克思列寧主義原則立場和完全脫離中央路線的。」[2]這裡指出的宣傳工作的錯誤和缺點，主要是指土地改革宣傳中不加選擇、沒有分析地傳播了許多包含「左」傾錯誤偏向的不健全的通訊和文章。指示還點名批評了陝北臺。在中共中央和毛澤東指出上述「左」傾錯誤的嚴重性以後，陝北臺檢查了從 1947 年 10 月到 1948 年 2 月間的 100 多篇廣播稿，對土改、新解放城市、老解放區的工商業，政權建設和整黨等方面宣傳中反映出來的「左」傾錯誤作了分析和檢討，並且重新研究和確定了關於土改宣傳的方針和措施。

第五，加強廣播的國際宣傳。

1947 年 9 月 11 日，陝北新華電臺在漢語普通話廣播結束後，開播了一個 20 分鐘的英語廣播節目，第一天就播送了「人民軍隊收復 10 個陝北城市」「胡宗南在陝北的 36 個師被殲滅」「從封建主義制度下解放出來的東北自由農民」以及「游擊隊志願人民軍隊的作用日益增大」等消息。[3]英語節目一

1 溫濟澤：《瓦解敵人軍心的「重型炮彈」——淮海戰役中毛主席廣播稿播發親歷》，《秘書工作》，2012 年第 6 期。

2 《毛澤東選集》（第四卷），人民出版社，1965 年版，第 281～284 頁。

3 魏琳：《一篇英語廣播稿引起的回憶》，《邯鄲新華廣播電臺暨陝北新華廣播電臺在太行時期歷史資料彙編》，邯鄲人民廣播電臺內部編印出版，第 2901291 頁。

直堅持播音到電臺遷入北平。

圖 5-2　陝北新華廣播電臺的第一位英語播音員魏琳

1948 年 7 月，人民解放戰爭進入第三個年頭。這時候，軍事戰線上的勝利更爲迅速，各個解放區隨之急劇擴大，並且逐步連成一片。8 月間，華北人民政府成立。9 月，中共中央在河北平山縣西柏坡召開了一次政治局會議。這次重要會議檢查和總結了人民解放戰爭開始以來的勝利成果，規定了從根本上打倒國民黨反動統治，奪取全國勝利的偉大任務，並且從軍事、政治、經濟等各個方面作了具體部署。會後，人民解放軍的作戰和各解放區的工作開始嚴格按照中共中央的統一規劃，向著奪取全國勝利的總目標前進。

陝北臺和其他解放區廣播電臺圍繞著上述總目標，從 1948 年秋至 1949 年春主要進行了以下幾方面的宣傳：[1]

第一，配合三大戰役，開展分化瓦解國民黨軍的廣播攻勢。

1948 年秋冬，人民解放軍相繼發動了遼瀋、淮海、平津三大戰役。在三大戰役迅猛開展的過程中，陝北臺和東北臺、華東臺等解放區廣播電臺迅速報導人民解放軍的戰績，全面反映戰場實況，及時評述戰局發展。除了採用新聞、評論、通訊等節目外，還加強了以分化瓦解國民黨軍官兵戰鬥意志爲目的的《對國民黨軍廣播》節目，直接配合了人民解放軍在前線的作戰。遼

1　參見趙玉明主編：《中國廣播電視通史》，中國傳媒大學出版社，2004 年版。

瀋戰役開始之前，1948 年 5 月，東北局宣傳部和東北軍區政治部聯合發出《關於組織對敵軍廣播的通知》。不久，東北臺開始舉辦《對國民黨軍廣播》節目。1948 年秋天起，配合前線作戰，東北臺曾播出過中國共產黨、人民解放軍、東北行政委員會等黨政軍機關發布的政令、布告、公開信，東北軍區副司令員呂正操、東北行政委員會副主任高崇民、民主人士李德全等對國民黨軍軍官的講話以及放下武器的國民黨軍將領鄭庭笈、范漢傑、鄭明新等對被包圍的國民黨軍官兵的講話和書信等。困守長春的國民黨東北「剿總」副司令鄭洞國率部投誠後，國民黨廣播電臺竟造謠說鄭已「為國捐軀」，並為他開了追悼會。不久，鄭洞國在東北臺發表廣播講話，揭穿了國民黨製造的謠言，並勸告盤距瀋陽、錦州的國民黨軍將領放下武器，棄暗投明。也是在這次戰爭中，由於解放軍廣播的眞實準確，連蔣介石都是先聽解放區廣播，再聽中央社發布的消息，還不止一次地當著衛士的面說，「中央社的新聞不足為信，而中共電臺的新聞卻很值得參考。」[1]

在平津戰役中，陝北臺配合人民解放軍的行動，連續、反覆地播出了《中國人民解放軍平津前線司令部布告》《中國人民解放軍東北野戰軍司令員林彪、政委羅榮桓告華北國民黨軍將領書》以及從濟南、遼瀋、淮海戰場上不斷傳來的勝利消息，同時還陸續播出了一批放下武器的國民黨軍將領敦促困守天津、北平的國民黨軍官兵立即投降的書信。1949 年 1 月 31 日，陝北臺鄭重向全國和全世界宣告：北平和平解放。至此，遼瀋、淮海、平津三大戰役勝利結束。

第二，揭露國民黨反動派的「和平攻勢」，號召全國人民將革命進行到底。

在取得三大戰役的偉大勝利之際，陝北臺廣播宣傳的重點轉向揭露美帝國主義、國民黨反動派製造的「和平」騙局，號召全黨、全軍、全國人民將革命進行到底，堅決、徹底、乾淨、全部地消滅一切反動勢力，在全國範圍內推翻國民黨的反動統治，建立一個新的人民民主的共和國。

從 1948 年下半年起，美國為了幫助國民黨當局取得喘息的時間，就從各方面策動國共兩黨重新「和談」，妄圖以「和平攻勢」來挽救國民黨的軍事潰敗。9 月 3 日，陝北臺廣播了《新華社奉命駁斥「和謠」》的消息，揭露了美帝國主義企圖以和平的假面具欺騙中國人民的眞相。年底，陝北臺又廣播了

1 王慶順：《淮海戰役中「國軍雙捷」內幕》，《文史天地》，2016 年第 9 期。

毛澤東爲新華社寫的 1949 年新年獻詞《將革命進行到底》。隨後針對蔣介石發表的「求和」聲明，陝北臺於 1949 年 1 月 14 日廣播了毛澤東的《關於時局的聲明》，提出了實現眞和平的 8 項條件。爲了闡明眞和平的意義和條件，陝北臺連續廣播了毛澤東撰寫的《中共發言人就和談問題發表談話》《四分五裂的反動派爲什麼還要空喊「全面和平」？》《國民黨反動派由「呼籲和平」變爲呼籲戰爭》和《評國民黨對戰爭責任問題的幾種答案》等一系列重要消息和評論，戳穿了蔣介石利用和平談判作掩護、企圖保存反革命實力的陰謀，同時也掃清了資產階級右翼分子散佈「和談」言論造成的不良政治影響。

第三，宣傳中共中央紀念「五一」節口號，推動新政協運動的開展。

爲了準備迎接全國勝利的到來，根據毛澤東的提議，中共中央在遷至河北平山前夕的 1948 年 4 月 30 日，發布紀念「五一」國際勞動節的口號，其第五條提出：「各民主黨派、各人民團體、各社會賢達迅速召開政治協商會議，討論並實現召集人民代表大會，成立民主聯合政府。」[1]中共中央在九月會議的通知中，又提出「準備在 1949 年召集一切民主黨派、人民團體和無黨派民主人士的代表們開會，成立中華人民共和國臨時中央政府。」陝北臺廣播將「五一」勞動節的口號及召集政治協商會議的口號播出後，引起了強烈的反響。民盟、民革和其他民主黨派的負責人紛紛通電全國，熱烈響應中共中央關於召開新政協的號召。

1949 年 3 月 23 日，陝北臺廣播了中共七屆二中全會公報。公報提出，在全國勝利的局面下，黨的工作重點必須由鄉村轉移到城市。公報宣布了在全國勝利以後，黨在政治、經濟等方面的基本政策，以及使中國由農業國轉變爲工業國，由新民主主義國家轉變爲社會主義國家的總的任務和主要途徑。公報還宣布，全會批准了由中國共產黨發起，並協同各民主黨派、人民團體及民主人士召開而沒有反動分子參加的政治協商會議及成立民主聯合政府的建議。26，即陝北臺遷進北平的第二天，根據中共中央的指示，通過北平新華廣播電臺通知南京方面派出代表，到北平舉行和平談判。中共中央派周恩來、林伯渠、林彪、葉劍英、李維漢（後又加派聶榮臻）爲和平代表，以周恩來爲首席代表。國民黨李宗仁政府派張治中、邵力子、黃紹竑、章士釗、李蒸，劉斐爲談判代表，以張治中爲首席代表。4 月 1 日，國共雙方代表開始在北平談判。15 日，雙方代表擬定了《國內和平協定草案》的「最後

1　《中共中央發布　紀念「五一」勞動節口號》，《人民日報》，1948 年 5 月 2 日。

修正案」，全文共八條二十四款，是以中國共產黨提出的八項條件為基礎商定的。中共代表宣布以 4 月 20 日為最後簽字的日期。但南京政府竟然決意頑抗到底，拒絕在協議上簽字。

4 月 21 日，北平新華廣播電臺開始反復播出毛澤東主席、朱德總司令發布的《向全國進軍的命令》，要求中國人民解放軍全體指戰員「奮勇前進，堅決、徹底、乾淨、全部地殲滅中國境內一切抵抗的國民黨反動派，解放全國人民，保衛中國領土主權的獨立和完整」。同一天，人民解放軍百萬大軍分作西、中、東三路，在長達 500 餘公里的戰線上強渡長江，直指國民黨統治中心——南京。次日，北平新華臺播出了毛澤東撰寫的《我三十萬大軍勝利南渡長江》《人民解放軍橫渡長江》兩篇重大消息。[1]

自 4 月至 6 月下旬，人民解放軍在為期兩個月的渡江戰役中，先後解放了南京、杭州、武漢、上海、南昌等一批大中城市以及江蘇、浙江、安徽、福建、江西、湖北等省的廣大地區。北平新華臺先後播出了毛澤東撰寫或修改的《南京國民黨反動派政府宣告滅亡》《祝上海解放》等新華社消息、社論。[2]很多對國民黨廣播的稿件，都是經中央領導同志審改過的。為了口語化、通俗化，一些領導同志不僅審閱，而且還要審聽，嚴格注意通俗口語，念得順口，聽得順耳，運用廣大群眾所熟悉的，或雖不熟悉但能聽得懂的、生動活潑的語言。

總體上看，抗戰勝利後，在各新華廣播電臺的節目中，《對國民黨軍廣播》的影響極大，是戰爭中後期國統區軍民的一個重要消息來源。從 1946 年 12 月 20 日起，延安新華廣播電臺每天廣播各個戰場上放下武器的蔣軍軍官名單，介紹起義的、投降的和被俘的蔣軍軍官的姓名、部別、職別、籍貫、年齡、放下武器地點、家屬通訊地址等，並報導他們來到解放區後的生活情形。有時也廣播在各個戰場上犧牲的蔣軍軍官名單，和告訴他們家屬的指定地點領回屍體的通知。

同樣是在這一節目中，陝北新華廣播電臺還揭露了國民黨軍隊利用流動廣播電臺冒充延安臺的卑劣伎倆和國民黨中央臺的造謠行徑，最後滿懷信心地宣布：「今後隨著人民解放軍反攻的勝利，解放區的播音事業一定會更進一步的發展。代表中國人民的呼聲，在祖國乃至全世界的天空，一定會越來越

1 均已收入《毛澤東新聞工作文選》。
2 均已收入《毛澤東新聞工作文選》。

響的。」[1]

華東地區的對國民黨軍廣播也取得了奇效。1948 年，中共華東局各領導機關進駐諸城、五蓮、臨朐一帶後，爲支持前線配合部隊的大反攻，華東局決定在此建立廣播電臺，向華東地區加強宣傳工作。陳毅同志對此十分重視，他曾說：「關於對敵鬥爭的宣傳，我們的報紙能傳到蔣管區的很少，但我們的廣播作用很大，因爲百分之九十九是眞實的。敵人很注意我們的廣播，平時他們故意干擾，一到播送俘虜名單或家信時，他們就靜心收聽。」根據這一講話精神，組織部從四面八方調集技術編播幹部，集合在臨朐縣小村程家莊著手籌備，建設起一座廣播電臺。

華東臺在解放濟南戰役期間，最快發布戰地新聞，受到全國關注。先後還播了《華東緊急動員令》《約法七章》、國民黨軍吳化文率軍起義，國民黨將領瞿守義勸王耀武投降信件等，尤其是「打到濟南府，活捉王耀武」的口號經過反復廣播後，大大鼓勵了解放區軍民的鬥志，《濟南全部解放》的新聞最早播報，震動了全國。

華東臺還注意總結過去對敵廣播的經驗，敵人關注我方廣播內容，除戰地新聞和社論、重要文告之外，戰俘名單公布時都抄錄下來逐級上報，這從繳獲的文件中已得到證實；另外就是家信，有戰俘寫給國統區家屬，報告自己生活情況，也有家屬寫信來尋找親人的；而最有震撼力的是被俘軍官親自到電台廣播中的講話，由本人寫稿，親自播講，講得都是大家最關心的問題，這種現身說法最眞實也最能打動聽眾。許多投誠歸來的官兵都談到：他們根本不相信國民黨的中央社，稱之爲造謠社，而人民的廣播內容眞實可靠，對他們有深遠的影響。在這次宣傳攻勢中，電臺組織了一場空前的戰役，聯合軍區聯絡部，找到一批蔣家被俘軍官現身說法做廣播講話。說它空前，一是講話人數眾多，先後共有 19 人次，輪流登上廣播講臺；二是蔣軍級別高，包括國民黨第二綏靖區中將司令兼山東保安司令、山東省政府主席王耀武，國民黨第 96 軍軍長陳金城，第 12 軍軍長霍守義以及羅車裏、晏子風，李玉和、劉玉玲等等。三是時間跨度長，從 11 月 14 日講到 23 日，長達 9 天之久。有的講話還由陝北臺、邯鄲臺同時轉播，並把講稿隨時插播，形成了覆蓋全國的廣播網，其影響所及遍及全國各地。如王耀武的《向蔣先生進一言》講話

1　《陝北新華廣播電臺二週年告聽眾》，《解放區廣播歷史資料選編》，北京廣播學院新聞系編，中國廣播電視出版社，1985 年版，第 79 頁。

中就說：

> 我是前國民黨政府山東省政府主席兼第二綏靖區司令官王耀武，今天借這麼一個機會向各位做簡短的報告。首先我想說明這次濟南失敗的原因，守濟南的軍隊有10萬之眾，有關作戰的物資也不爲不多，市郊工事經兩年來不斷的修築不爲不堅，但是僅8天時間的戰鬥，就被完全消滅了，就是吳化文不起義也是很快地被殲滅了。這又是什麼緣故呢？因爲國軍沒有理想信仰，反人民、反大眾，加以解放軍英勇爲人民大眾的犧牲精神及優越的技能，實令人欽佩。所謂得民者昌，失民者亡，所以很迅速地將戰鬥結束了。其次，我要貢獻蔣先生一點意見。在北伐和抗戰中你有一時期與共產黨合作，所以得到成功。但是你堅持獨裁，完全爲四大家族利益打算，因此，兵聯禍結，全國無一片乾淨土。爲了取得軍事上經濟上的外援，不惜與美帝國主義訂立了那麼多的辱國條約，斷送子子孫孫的幸福。以現在的局勢看，國民黨的失敗已經注定，還要做最後掙扎是多少不智。最好命令全國國民黨的軍隊，立即向人民解放軍實行無條件投降，使全國立即恢復和平，國家民族多保存一點元氣。[1]

總計12分鐘的講話經陝北和邯鄲電臺轉播後，傳播到四面八方。在歷時九天的演講中，被俘軍官輪流廣播，有時一個人，也有兩三人在同一天廣播。繼王耀武之後，第二天是王耀武、陳金城、霍守義，第三天是陳金城、羅辛理、晏子風，第四天是霍守義、尹錫和，第五天是王耀武、李玉和、劉士玲，第六天是由王耀武講給黃伯韜的一封信，羅辛理講給邱書硯的一封信，第八天是陳金城、李玉和，第九天是王耀武、陳金城、羅辛理。如此密集地由被俘將領作廣播講話，可謂盛況空前。其中，以王耀武的地位最高，講話次數最多，影響也最大。他的廣播講話甚至驚動了蔣介石本人，據蔣介石的侍衛長回憶，他曾親見蔣介石氣得一腳踢翻了收音機。[2]蔣軍軍官文強被俘後，到了山東解放區的軍官教導團，第一次見到王耀武正在井邊打水，眼見四周沒有人，王問文強，你跟國防部的人很接近，我被俘後，共產黨叫我在電臺上講了幾句話，不知道南京方面有什麼反映？文強回答：有反映，蔣介石聽到

1 周新武：《被俘蔣軍將領王耀武五次廣播〈向蔣先生進一言〉》www.xsjn4a.cn/post.html?id=5b04e350fa9b8b099e655326

2 溫相：《蔣介石親信愛將王耀武傳奇》，團結出版社，2013年版，第39頁。

你的廣播當場把收音機砸了，罵你是軟骨頭。當時在華東臺工作日誌上也有明確記載：華東局宣傳部副部長匡亞明告知電臺，有被俘的蔣軍軍官家屬，自南京來山東探親，告知蔣介石聽到王耀武廣播講話後，氣得摔碎了收音機。說明王耀武的廣播講話是對蔣家王朝的沉重打擊，在各個階層引起了連鎖反應。[1]

圖 5-3　米谷漫畫《蠢貨！快把收音機沒收。》

這一時期，記錄新聞成爲一種特殊的戰鬥武器。以 1948 年 5 月 29 日晚播出的「土地改革工作和整黨工作的指示」爲例。毛澤東親筆指使叫不要播錯一個字。當晚齊越[2]和錢家楣、邱源三人播音，當播出記錄新聞時，不僅逐

1　米谷創作的漫畫：《蠢貨，快把收音機沒收》刊登在 1948 年的《群眾》第 2 卷第 43 期，反映出國民黨政府對於廣播眞相的恐懼和防範。

2　齊越（1922～1993），河北高陽人，中國共產黨領導的人民廣播事業第一位男性播音員，也是新中國廣播事業的奠基人之一，曾在開國大典中從事現場播音工作，還曾播出過《縣委書記的榜樣：焦裕祿》等經典名篇。他還是新中國播音教育的奠基人，多年主持北京廣播學院（現中國傳媒大學）的播音專業，培養了敬一丹等著名播音員。

2　丁一嵐（1921～1998），1945 年 10 月開始從事播音事業，曾任陝北新華廣播電臺播音組組長，中央人民廣播電臺播出部主任、北京人民廣播電台臺長和中國國際廣播電台臺長等職，1949 年 10 月 1 日與齊越一起在天安門廣場參加了開國大典的直播儀式。

段播出，中間加標點，最後還要全文播一遍供校對。到 1948 年，陝北新華廣播電臺每天播發「一萬兩三千字的稿子，其中一半來自文播稿，一般要自己編寫。」[1]

四、解放區新聞廣播業務探索

各地新華廣播電臺的新聞稿件，絕大部分來自新華社，少部分爲中共中央領導包括毛澤東等人的專稿。一些名人被邀請到電臺做實時性演講時，節目內容也有較爲嚴格的事先檢查。

在戰爭狀態下，黨對新聞稿件的播出環節極爲重視，不僅播錯字需要檢討，拿出整改具體辦法，有時基於戰場的需要，對新聞的時效性也要求極高。1947 年 6 月間，新華社語言廣播部（即陝北臺編輯部）寫了《XNCR 陝北階段工作的簡單總結》和《對改進語言廣播的幾點意見》兩份材料。這兩份材料回顧了延安（陝北）臺近兩年來的發展情況，實事求是地總結了工作中的成績、經驗和缺點，同時著重從宣傳對象、宣傳內容、播音時間、節目設置、組織機構和幹部培養等方面提出了一些具體可行的改進意見，報請新華社社委會決定後貫徹執行。

1947 年 7 月中旬，中共中央宣傳部部長陸定一從陝北寫信給新華社社長廖承志，希望新華社建立起好的宣傳作風，並以此影響整個解放區的新聞工作。信中指出：「在新聞工作方面爲人民服務的極其負責的態度，就是不馬虎、不苟且，拿出精製品來。」爲了提高宣傳質量，新華總社和陝北臺的重要新聞和評論，初稿寫出後經常用密電發回太行，然後才廣播出去。毛澤東等在轉戰陝北途中，隨軍攜帶有乾電池收音機，在繁忙工作之餘，經常收聽陝北臺的廣播。對於陝北臺女播音員憎愛分明的播音風格，毛澤東曾經給予高度讚揚。此後，「憎愛分明」就成了中共領導下的人民廣播的一個重要播音風格。

中共中央領導機關遷到河北平山西柏坡村後，陝北臺編輯部曾一度設在郜家莊，不久即與新華總社一起遷至西柏坡附近，先後設在陳家峪、韓家峪和通家口三處。發射機房和播音室起初在張胡莊，後又遷至窟窿峰。張胡莊距離編輯部約 20 公里，窟窿峰距編輯部則約 40 公里，中間還隔著滹沱河。一般情況下每天的廣播稿件於前一天下午編好，當天上午由通信員騎馬送到

1 趙玉明：《陝北新華廣播電臺編播往來書信選注》（1948 年 5 月至 9 月），《新聞研究資料》總第 19 輯，中國社會科學出版社，1983 年 5 月版。

播音室，傍晚首次播出。當解放戰爭的重大戰役緊張進行，戰場上人民解放軍捷報頻傳，騎馬送稿往往趕不上當晚播出。這時候，編輯部就利用電話傳稿，由播音員記錄，再經核對無誤後，立即由陝北臺播出。1948 年 9 月 24 日晚，在當天節目已全部播出剛剛關機之際，陝北臺打破慣例，重新開機，及時播出電話傳來的「號外」消息——山東人民解放軍於當天下午 5 點全部解放濟南。前線人民解放軍指戰員聞訊後深受鼓舞。

在平山，陝北臺的建設有了很大發展，對於確保繁重宣傳任務的順利完成起了積極的作用。主要表現在以下幾個方面：

第一，編播隊伍逐步充實。除了太行時期的編播人員陸續北上到達平山外，1948 年 7 月，晉察冀新華廣播電臺撤銷，該臺負責人黎韋帶領柳萌、丁一嵐、江炎等從阜平來到平山，參加了陝北臺的編播工作。年底，一些新進入解放區的青年人又加入到陝北臺編播人員的行列。到 1949 年春天陝北臺遷進北平前夕，已有編播人員三四十人。

第二，編播制度日趨完善。陝北臺在平山開始播音前夕，編輯部就編播工作中一系列問題做出了決定，以便接替太行的工作，使之有條不紊地進行。決定中除了明確規定每天發稿字數、人員分工、稿件編審時間等外，還特別規定每天要寫工作日記，每週要作一次稿件總結，同時編輯要輪流收聽每天的播音，並作記錄，供改進播音工作參考。在這之後，又陸續制訂《播音手續》《編稿發稿工作細則》《口播清樣送審辦法》等制度。比如 1948 年 6 月 18 日黃昏，人民解放軍開始向開封城發起總攻。當時人民解放軍開封前線司令部政治部發布了向國民黨軍政人員和市民的文告，需要在 19 日安排播出。當時的節目表是 17 點對國民黨軍廣播，19 點記錄新聞。本應在 17 點播的，卻延遲至 19 點記錄新聞播，這就要求向上級解釋說明。

此外，當時的陝北臺，非常注意收聽國民黨中央電臺（XGOA）、莫斯科廣播電臺、美國之音廣播電臺（VOA）和英國廣播公司電臺（BBC）的新聞，隨時提交收聽情況彙報。也就是說，當時的陝北臺不僅是中共的喉舌，還是他們接收外部重要消息的耳目。該臺尤其重視蘇聯廣播，每日收聽莫斯科電臺的節目，對於蘇聯和各國共產黨的重要決議等，新華廣播電臺都會擇機加以翻譯並轉播。

而此時的人民解放軍總部也已經開始嘗試設立廣播「發言人」。

解放戰爭時期，人民廣播開始通過社會招考選拔播音員，並對播音員選拔評價有了明確的規定。在《東北日報》1948 年 9 月 9 日刊載的《東北新華廣播電臺招考廣播員啓事》中，明確規定了播音員應具備的基本條件，要求「甲，能說標準國語，且口齒流利；乙，有中等以上文化水平；丙，年齡在25 歲以內無室內之累，男女均可。丁，參加革命工作一年以上，或現在高中以上學校學習，歷史清白。」[1]這一標準，基本反映了解放區廣播播音員的要求，也就是歷史清白，政治可靠，要有一定的政治水平；能操流利的國語，音色清晰；相當於初中以上的文化程度和文藝修養。這一時期注重從政治和業務兩個方面對播音員進行評價和培養，並且在實踐中形成了監聽這一播音主持評價工作機制。

第三，毛澤東等中央領導人親自參與廣播工作。據不完全統計，毛澤東僅爲延安臺和陝北新華廣播電臺起草並播出的稿件就有六七十篇。[2]其中有些署了他的名字，有的則以其他名義發表。

第二節　各大城市解放後的廣播政策

1948 年底，隨著國共戰場的力量對比發生變化，迎接新生的共和國的任務擺在黨的廣播工作者面前。10 月，新華總社召開了關內廣播電臺會議。會議討論並議決的問題有：全國性的短波廣播統一由陝北臺負責。各地短波電臺的建設採取少而精原則，除在西北地區建一座短波臺（即西北新華廣播電臺）外，只恢復被接收的國民黨的短波臺，不另建新的短波臺。關內的各短波電臺必須一律轉播陝北臺的短波廣播，藉以構成單一的全國聯播網。全國性的中波廣播由新華總社廣播管理部負責籌建。此項廣播每天可播音 3 次。早晨、中午節目以新聞和娛樂爲主；晚間節目分爲前後兩個部分：前一部分對新解放城市廣播，時間爲 18 點至 21 點，內容有轉播陝北臺的短波廣播和娛樂節目、輪迴節目等。後一部分爲對待解放區廣播，時間爲 23 點半至 24 點，使之在半小時內即可瞭解當天的全部節目的主要內容。邯鄲新華廣播電臺應準備接收華北地區國民黨城市的廣播電臺，華東臺應準備接收華東地區國民黨城市廣播電臺。爲準備接收敵臺，各地應調集一批幹部至廣播管理部接受訓練。接收敵臺後，應盡速恢復播音。

1　北京廣播學院新聞系主編《中國廣播史料選輯》（第五輯），1983 年 4 月編印，第 207 頁。

2　溫濟澤：《毛澤東爲陝北新華廣播電臺寫的廣播稿》，北京廣播學院新聞系編選《中國人民廣播回憶錄》（第四集），中國廣播電視出版社，1995 年版，第 1 頁。

在此前後，新華總社的領導機構也作了調整。總社管理委員會負責處理全社性的行政及一般問題，由社長廖承志負責。另外成立一個編委會，由總編輯胡喬木負責，處理宣傳方針、編輯業務及領導各總分社。編委會下設第一編委會，領導文字廣播工作，由胡喬木負責；第二編委會領導口語廣播、英語廣播，由廖承志負責。爲了加強對語言廣播工作的領導，新華總社成立了廣播管理部，由廖承志兼部長，梅益爲副部長，下設一個口播編輯部，由溫濟澤負責，一個英語播音編輯部，由沈建圖[1]負責，同時開始籌建中央廣播事業管理處，以便逐步建立全國性的廣播管理機構。1949 年 3 月，毛澤東在中共七屆二中全會上的報告中明確指出，在城市工作中，「通訊社報紙廣播電臺的工作，都是圍繞著生產建設這一個中心工作並爲這個中心工作服務的。」上述重要講話以及這個時期中共中央《關於宣傳工作中請示與報告制度的決定》等，都是作好迎接新的歷史任務的重要指導性文件。

一、「軍管」時期的廣播業及新聞節目

1948 年 11 月，中共中央做出《對新解放城市的原廣播電臺及其人員政策的決定》，指出中國人民解放軍軍事管制委員會將全部接收國民黨政府、軍隊及黨部管理的廣播電臺，然後迅速利用其設備，建立人民廣播電臺，並播送入城法令、布告、城市政策等，同時按時轉播陝北臺的節目。對原有廣播電臺技術方面的從業人員，則根據各人的實際情況，分別做出妥善安排。天津人民廣播電臺、張家口人民廣播電臺、唐山人民廣播電臺、長春人民廣播電臺、齊齊哈爾廣播電臺、濟南人民廣播電臺等一大批新建的人民電臺，都是在接管原國民黨電臺設備基礎上創辦起來的。

《對新解放城市的原廣播電臺及其人員政策的決定》指出，在軍事管制期間，廣播電臺一律歸軍管會統一管理，並需按照相關規定辦理登記手續，經批准後始得廣播。其中，「背景是國民黨、或其某一派系所經營，查明有據，專門進行反共、反蘇、反人民之宣傳者，沒收之。」純粹係私人營業性質，靠商業廣播及音樂娛樂以維持者，可暫准繼續營業，但需在軍管會管理之下，廣播節目須經軍管會審查，並需轉播新華臺節目，且不得有反對人民

1　沈建圖（1915～1955），原籍廣東梅縣，新加坡歸國華僑，新華社第一任對外新聞編輯部主任。曾任太行區《新華日報》（華北版）英文電訊編譯。1944 年 9 月新華社英文廣播正式開播後，英播部工作由副社長吳文燾負責，編輯只有沈建圖和陳庶兩個人。1945 年 10 月任英播組組長。1946 年 5 月任英播部主編。

解放軍及人民政府之任何宣傳。凡外國資本及外國人經營的廣播電臺，均應停止廣播。私人經營的短波廣播電臺，一律停止廣播。對於原有的廣播從業人員，中共中央分三種情況予以區別對待，總的原則是「舊」的廣播員和編輯人員基本不用。只有「歷史上經調查確無甚問題，而表現比較進步者，可經訓練後個別使用」。「舊」的技術人員也需分別加以甄別後錄用，「舊」藝術人員，或其他靠廣播電臺售賣節目爲生之人物，「如音樂隊員、說書、鼓詞、教英文、俄文講座之廣播講師等，可分別瞭解其情況後，照常錄用或雇請之。舊事務人員，倘其歷史清楚，而對廣播臺之業務有幫助者錄用，其餘遣散。」

《對新解放城市的原廣播電臺及其人員的政策決定》最後強調：「新中國之廣播事業，應歸國家經營，禁止私人經營。在確定國營時，對某些私人經營之廣播電臺及其器材，可由國家付給適當之代價購買之。」這一規定的出臺，意味著允許民營電臺的暫時存在只是一種權宜之計。它將在人民政權穩固後，按照既定的路線改由國家經營。

1949 年 1 月 31 日，北平和平解放。當天下午，作爲首批進城文職人員的范長江率領全體接管北平新聞機構的人員，隨中國人民解放軍前線司令部的先頭部隊入城。隨即北平市委宣傳部廣播管理委員會負責人徐邁進、軍管代表李伍帶著編輯、播音員齊越、楊兆麟等人，接管了國民黨的北平廣播電臺，並立即籌辦北平新華廣播電臺。2 月 2 日上午 11 時 40 分，北平新華廣播電臺開播。3 月 25 日，中共中央由西柏坡遷進北平。同一天，新華總社和陝北新華廣播電臺也由平山北上來到北平。從這一天起，陝北臺改名爲北平新華廣播電臺，並開始具有對全國廣播的中央臺的性質，原北平新華廣播電臺則改名爲北平人民廣播電臺（後又改稱爲北平新華臺的第二臺）作爲北平市臺。

北平新華電台

（1）29.24公尺（10200千週）
（2）30.8公尺（9730千週）
（3）33.2公尺（9040千週）
（4）40公尺（7500千週）
（5）24公尺（7100千週）
（6）468.7公尺（640千週（

第一台播音時間（九月一日起實行）

（第一次播音）
5.00—5.15　開始曲　音樂
5.15—5.30　日語新聞

（第二次播音）
7.00—7.15　開始曲　西樂
7.15—7.30　報告今天節目　對時
7.30—7.45　第一次普通話新聞
7.45—8.00　廈門話新聞
8.00—8.15　潮州話新聞
8.15—8.30　廣州話新聞
8.30—9.00　文藝節目
（只限星期及假日）

（第三次播音）
12.00—12.15　開始曲　國樂
12.15—12.30　報告中午及晚上節目
（對時）
12.30—12.45　第二次普通話新聞
12.45—13.00　平劇

（第四次播音）
13.30—13.45　開始曲　報告對野戰軍記錄新聞提要
13.45—16.30　對野戰軍記錄新聞
16.30—17.45　開始曲　音樂

（第五次播音）
17.45—18.00　日語新聞
18.00—18.15　報告晚上節目
18.15—18.30　輪迴節目
（職工週二五青年三六婦女一四）
18.30—19.00　第一次文藝節目新曲藝
19.00—19.15　社會科學或自然科學常識
19.15—19.30　雜曲
19.30—19.45　廈門話新聞

圖 5-4　1949 年《上海無線電》第 2 期刊載的北平新華廣播電臺節目表

4 月 23 日午夜，人民解放軍佔領南京。24 日，北平新華廣播電臺播出了《南京解放，國民黨反動統治宣告滅亡》的消息，表示，「在發起渡江作戰後三天時間內，人民解放軍便攻佔這一全中國第一個大城，這說明解放軍威力的強大，國民黨軍一觸即潰，已經無法進行有組織的抵抗。」[1]

6 月 5 日，中共中央發出通知，將原新華總社語言廣播部擴充爲中央廣播事業管理處，負責全國廣播事業的管理和領導工作，廖承志任處長，李強任副處長。中央廣播事業管理處與新華總社爲平行組織，同受中共中央宣傳部領導。各中央局所屬廣播電臺，受各該中央局宣傳部與中央廣播事業管理處雙重領導。各地廣播電臺與中央廣播事業管理處的關係，與各地新華總分社、分社與新華總社關係相同。

1　北平新華廣播電臺：《南京解放，國民黨反動統治宣告滅亡》，《中國廣播作品選析》，新華出版社，1989 年版，第 1 頁。

同年9月，中共中央發出《關於對舊廣播人員政策的補充指示》，修正了以前「舊廣播員一般不用」的規定。「現查舊廣播員，僅作普通技術性的播音工作，政治上反動的不多，而有些在播音技術上則很熟練，我們亦無法大批代替。故舊廣播員經甄別除政治上確屬反動不用外，其餘仍可在我們的負責管理教育下留用，這對我們沒有壞處。」[1]

1949年9月21日至30日，中國人民政治協商會議在北京召開。會議通過的《共同綱領》第49條，寫上了「發展人民的廣播事業」。作爲新中國的建國綱領，《共同綱領》用「人民」這一政治概念替代了以前的「國營」、「公營」、「民營」等經濟學領域的概念，喻示了民營廣播即將在中國大陸消亡的必然性。

此時，在新政權已經建立的城市，民營電臺均已被「私營電臺」的概念所置換。對此，1949年6月20日上海市軍管會召集新聞出版界第一次座談會時，文管會副主任范長江曾解釋說：「關於民營這一觀點，在國民黨反動派統治時期，有些私營的文化出版事業單位，是曾經在不同程度上代表人民，應該稱爲『民』營，或屬於『民間』的，但在人民政權下，政權的本身是代表人民的，這裡只有公營和私營之分，不再是『官方』與『民間』的區別。」[2]一字之改，就把本屬於經濟範疇的概念與政治意識形態強行嫁接，把民營電臺歸到了「另類」行列，實質也爲民營廣播的改造敷設了前提和依據。

1949年1月15日，隨著天津城垣被攻克，天津回到了人民解放軍手中。天津市是第一個解放的北方大城市，民營傳媒業極爲發達。天津市處理民營電臺的做法，在當時具有一定的示範意義。

早在天津解放前夕，天津市軍事管制委員會已在據天津不遠的勝芳鎮成立。人民解放軍進城後，軍管會即通知市內所有民營報紙一律停辦，民營電臺一律停播。對此，中央嚴厲批評了天津軍管會叫停所有民營報紙的做法，同時也肯定了其停播電臺的決定。中央在1月17日的電報中指出，「廣播事業，原則上應歸國營。目前大城市中私人經營的廣播電臺，雖可允其暫時營業，但必先查明其背景，以免爲潛伏的敵人所利用，在調查期間，應停止其營業。天津各私營廣播電臺，聞均有特務機關的背景，望予縝密調查，在獲

1 《解放區廣播歷史資料選編》（1940～1949），中國廣播電視出版社，1985年版，第342頁。

2 《文匯報》，1949年6月21日。

得確實結果後，再考慮是否准予復業。」[1] 2 月 28 日，中共中央給天津市委下達處理辦法，同意天津市接管原七所私營電臺中的四所，准許剩餘的三所繼續由私人經營，同時對私營電臺提出明確要求：必須向市人民政府或天津廣播事業管理處登記，並詳細彙報其資本來源、波長、播送節目、工作人員及播音員之籍貫履歷等；經審查批准後，方得營業，且只許用中波廣播；必須向人民政府領取執照，每半年更換一次，即每屆半年繳銷舊執照，領取新執照；必須轉播陝北新華廣播電臺晚間 19 點 30 分至 20 點的新聞節目，並轉播天津新華廣播電臺的本市新聞節目，不得有自行編撰之新聞節目；除播送音樂唱片及聘請藝人演播等外，並可以播送純屬商業性質之廣告，但不得有任何其他性質的廣告（如尋人、函件等）；凡市人民政府禁止之音樂或唱片，私營廣播電臺不得播送。在軍管期間，私營廣播電臺之一切播送，軍管會或市政府得派軍事代表到場監督。指示還強調，私營廣播電臺倘利用廣播臺設備做任何市人民政府批准節目範圍以外活動時，當視其情節之輕重處分之。

3 月，天津市軍管會宣布，三家私營的文化廣播電臺（世界新聞廣播社）、青聯廣播電臺和華聲廣播電臺被軍管會接管：

> 查文化廣播電臺係國民黨中央調查統計局所經營，一貫做反革命的特務活動。青聯廣播電臺係國民黨軍事調查統計局所屬天津區保密組出資經營，雖已停播兩年，但仍爲該局特務活動機關。華聲廣播電臺係軍統局人員經營。除做反革命宣傳外，尚協助僞天津警備司令部政工處作偵查工作，並爲軍統局外圍反動團體忠義普濟社進行反人民活動。[2]

同月，中國廣播電臺也被查封。[3]

北平解放前夕，舊廣播電臺的負責人多已逃離。2 月，軍中之聲、七十二電臺、勝利、北辰、華聲等五家電臺被接管，城內只剩私營廣播電臺 4 家。中共北平市委關於如何進行接管北平工作的通告第四項第七款提出，對私營廣播電臺一律實行軍管。但軍管會在北平解放初期按系統接管的任務很重，力量不足，所以對私營廣播電臺除責令其轉播新華廣播電臺的政治新聞外，

1　孫旭培：《解放初期對舊新聞事業的接收和改造》，《新聞研究資料》，1988 年第 3 期。

2　《天津接管三家廣播電臺》，《人民日報》，1949 年 3 月 27 日版。

3　1950 年 8 月，天津最後一家民營廣播電臺中行貿易公司附設的中行電臺經產業作價處理，與天津人民廣播電臺合併。天津，這座最早解放的北方大城市，「爲全國觀瞻所繫」，民營廣播的歷史至此終結。

對其自己編排的娛樂節目並未過多干涉。[1]5月5日，《人民日報》刊登《改造私營廣播電臺》的社評，指出「解放後的北平，某些私營廣播電臺仍然整日播送淫蕩色情歌曲，引起人民的不滿，一致認爲如此惡劣現象在人民城市裏不應允許存在。這種意見，我們完全贊成。」文章強調，「他們要求私營廣播電臺進行必要的改革，靡靡之音應該停止而代之以人民大眾的雄壯聲音，人民的城市只能發出人民的呼聲。」該文還要求加強對私營廣播電臺的監督和領導，「要告訴這些私營廣播電臺應該播送的節目，規定一些廣播內容，幫助他們解決一些困難，教育他們以新民主主義的道理，使他們懂得新舊社會的根本區別，懂得應該發揚什麼，反對什麼，從而進一步改進播送工作。」9月27日，「北平」改稱「北京」。29日，《北京市軍事管制委員會關於北京市私營廣播電臺管理暫行辦法》出臺。

《辦法》要求，本市私營廣播電臺一律按照上述辦法向軍事管制委員會申請登記，外國人一律不准設立電臺。上述辦法還規定，私營電臺在申請登記時，應填寫包括電臺負責人、主要工作人員及播音員的姓名、籍貫、住址、履歷及其過去的政治經歷，黨派關係及現在的政治態度，電臺的經濟來源及營業賬目，播音時間及節目等事項；私營電臺只准用中波機，電力不得超過250瓦，播音波長由軍管會規定；不得進行反人民民主事業的宣傳；每天必須轉播北京新華廣播電臺的新聞節目，在軍事管制期間，不得播送自行編寫的新聞節目；私營廣播電臺可在法令限制範圍內播送純商業性廣告；一概不得用外語播送講演及新聞；不得播送軍管會及人民政府已行禁止之含有毒素的音樂、戲劇及歌曲等；各臺的播音節目表須事先呈報軍管會得到批准；其廣播的原稿，須事後送軍管會備案；在軍事管制期間，軍管會「於必須時得派員到私營廣播電臺檢查其有無違法情形」。

1949年4月23日，南京解放。次日清晨，原國民黨中央廣播電臺用「南京廣播電臺」的呼號播出了南京解放的消息。同日中國人民解放軍南京軍事管制委員會成立。此前，益世電臺已匆匆南遷，建業、青年、金陵和首都廣播電臺也已停播。南京解放後，首都電臺與金陵電臺、建業電臺曾申請恢復播音，但未獲南京市軍管會批准。南京市的民營廣播至此劃上了句號。

5月25日，中國人民解放軍攻入上海蘇州河以南地區。此時的國民黨上海電臺，已由進城的解放軍戰士把守值勤。當天，上海電臺和民營的凱旋電

1 張壽頤：《北平解放初期接管報社和廣播電臺紀實》，《北京黨史》，1989年第1期。

臺、中華自由電臺等都報導了「上海解放」的消息。27 日，周新武[1]等 27 名解放軍幹部乘車到大西路 7 號上海廣播電臺，召集電臺全體人員宣讀上海市軍事管制委員會主任陳毅、副主任粟裕簽署的命令：「上海廣播電臺為國民黨宣傳機關，茲任命周新武為本會接收專員，代表本會前往辦理接管事宜」。當晚，參與接管的播音員夏之平、蘇珮以「上海人民廣播電臺」呼號向全市人民廣播，先由夏之平播出以中國人民解放軍總司令朱德、副總司令彭德懷名義發布的布告，接著蘇珮播出了上海人民廣播電臺的第一次新聞。

圖 5-5　上海解放前的中央廣播事業管理處上海廣播電臺

上海是當時國內最大的工商業城市，各項文化事業也高度繁榮。毛澤東曾特別強調指出，「進上海是中國革命過一個難關，它帶有全黨全世界性質。」[2]為此，中共中央對上海的各項接收工作做了充分準備，在上海解放當天就宣布成立軍事管制委員會，下設文化教育事業管理委員會（以下簡稱

1　周新武（1916～2000），河南息縣人。北平中國大學肄業。1935 年 12 月加入中國共產主義青年團，1936 年 5 月由團轉入中國共產黨。1948 年起從事廣播事業，主持創辦了華東新華廣播電臺並任管理委員會主任。建國後歷任上海市軍事管制委員會新聞出版處處長，華東新聞出版局副局長、局長，華東、上海人民廣播電台臺長，中央廣播事業局副局長，北京廣播學院院長。

2　中國人民解放軍上海警備區中共上海市委黨史資料徵集委員會編：《上海戰役》，學林出版社，1989 年版，第 330 頁。

「文管會」），負責包括廣播電臺在內的文教單位接收和改造工作，由熟悉上海情況的夏衍、錢俊瑞、范長江、唐守愚、戴伯韜負責。考慮到上海文化教育機構和著名人士多，爲了實現順利接管，同時團結好文化界人士，文化教育管理委員會由軍管會主任和市長陳毅親自擔任主任。這在其他城市的接管過程中是沒有的。

此時，原來停播的民營電臺紛紛復播，一些新辦的民營電臺也趁機採用獨立周波播出，上海廣播界一時又呈繁榮景象。在此背景下，6 月 13 日，上海市軍管會頒布《上海市私營廣播電臺暫行管制條例》，要求本市私營廣播電臺凡在條例頒布之日繼續播音者，皆須於本月 25 日前向文管會新聞出版處做出詳細書面報告，以備參考。報告內容包括電臺名稱、地點、電話號碼；電臺組織情形，現任總負責人姓名、學歷、社會職業、政治背景及參加社會活動情形；創立沿革（包括創辦宗旨、創辦時間、地點、經費來源、曾領何種津貼、創辦後演變情形及原因、創辦以來的重大歷史事件）；創辦人及過去歷屆負責人姓名、學歷、社會職業及政治背景、參加社會活動情形；機器情況：電臺的波長、周率、動力、輸出電力、何處出品、如何得來、使用年代；現在經費來源，每月營業收入及支出狀況；臺內現有人數、姓名、職別、簡歷；每天播音時間、播音節目、播音內容和各種節目在時間上所佔百分比；與國民黨廣播事業管理處及與私營廣播電臺同業公會的關係等。《條例》還要求，各民營電臺每天廣播的節目及內容，必須於次日向上海市軍管會文化教育管理委員會新聞出版處作書面報告，並必須轉播文管會指定節目。「非得本會許可，不得有任何自播之政治性節目，如新聞評論、政治性講演及通訊等。」條例還特別強調，各民營電臺不得有反對人民政府、反對人民解放軍及任何反共、反人民、反對世界民主運動的反宣傳與敗壞風俗之節目；不得與其他電臺進行通話聯絡，亦不得使用短波；凡欲新創設或復業的私營廣播電臺，必先向本會文化教育管理委員會新聞出版處登記並獲得許可後，始得創設或復業。

上海解放初期，尚存私營廣播電臺 23 座。經軍管會審核登記，除中國文化電臺查明原係國民黨「公營電臺」未予登記，奉令停播外，其餘 22 座准予登記，繼續播音。它們是大美、亞洲、福音、新滬、金都、鶴鳴、中華自由、民聲、亞美、麟記、大中華、大陸、東方、華美、合眾、九九、元昌、建成、新聲、大同、大中國和滬聲電臺。在上海市軍管會看來，上述電臺並非都是純粹的民營性質，而是各自存在不同的問題。在這些電臺中，有的「名義上是私營，實際有國民黨黨政軍憲警和特務機構政治背景的」，如新滬電臺就屬於中統的新滬通訊社，合作電臺則屬於國民政府全國合作社物品供銷處；還有的電臺名義上是私營，實際卻「與帝國主義勢力有關」，如大美電臺與美國新聞處有關，福音電臺與美國基督教會有關。[1]即便如此，上海市軍管會對本市的私營電臺還是採取了較爲溫和的漸進式改造方法。本著「穩打穩紮，寧慢勿亂」的方針，軍管會「用爭取方式減少刺激、穩定情緒，避免不必要的不合作，轉而對人民政權信任，直接間接幫助宣傳。」[2]

1949 年 6 月 29 日，在南京西路的華美酒樓，文管會新聞出版處舉辦了第一次私營廣播電臺和上海劇藝界負責人茶話會。建成電臺陸錦榮、民聲電臺葛正心、亞美麟記電臺蘇祖國、元昌電臺張元賢等幾家私營電臺的負責人和上海的一些劇藝家、播音員共 50 餘人受邀參加。在會上，范長江和夏衍代表上海軍管會闡明了政府對私營電臺的立場、方針和態度。范長江說，「私營廣播電臺，財產爲私人所有，其性質與私營報紙工廠相同，人民政府本『公私兼顧』的政策，是要予以保護的；但其作用卻與私營工商業不同，它是宣傳鬥爭的最銳利工具，多數國家均爲政府所控制，不准私營，新民主主義的社會裏，因爲它已經存在，是要予以照顧的。解放後人民政府曾公布私營廣播電臺暫行管理條例，但許多電臺沒有遵守，查其現象，有下列四點」: 一是『亂談政治』。如毛主席傳，像說評書那樣，不夠嚴肅，也不能起教育作用；如解答問題時，對攤販說「你們組織起來開個公司」，簡直是「信口開河」。總之，這現象是違背了「不得有政治性節目」的規定。二是黃色節目，「宣傳迷信腐化墮落的」節目。比如白光演唱的《假正經》仍在播送；還有一些電臺播出算命看相的宣傳，或大講神怪故事，以吸引『落後』的群眾，都是不對的。三是『廣告誇大不夠眞實』，如反動書籍、投機書籍和壞藥品的廣告不詳予審核，就代廣播，也是錯誤的。[3]范長江強調，在以後的播音中，私營電臺的工作原則應是採用進步的文藝節目，所需材料可由軍管會文藝處供給。就消極方面說，舊材料中不爲帝國主義、封建主義、官僚資本主義作宣傳的，也可

1　馮浩：《偶憶上海私營廣播電臺改造的過程》，《當代中國廣播電視回憶錄》（一），中國廣播電視出版社，1994 年版，第 304 頁。

2　《上海市軍事管制委員會文化教育管理委員會新聞出版處廣播室關於廣播電臺管制工作的報告》（1950 年 3 月 10 日），《舊中國的上海廣播事業》，第 779 頁。

3　《上海文管會招待播音界》，《解放區廣播歷史資料選編》，第 361～363 頁。

採用；應多播自然科學和文化教育方面的節目，如講解理化常識、教讀俄文英文等，都是可以教育廣大群眾的；廣告方面，正當的可以廣播，凡爲帝國主義、國民黨反動派作宣傳的，欺騙的不能採用；凡帝國主義及國民黨反動派電臺的，不可轉播，北平等處人民電臺的節目，歡迎轉播，除特定節目外，並不強迫。最後范長江強調，「電臺對廣大人民有教育作用和宣傳作用，希望大家能注意軍管會的法令，慎重處理節目，共同爲建設新上海、新中國而服務。」[1]夏衍說，人民政府並不想控制私營廣播電臺，目前的方針只是消極地要求廣播節目「對於人民沒有害，在空氣中多供給無毒的食糧。由於過去對政治不關心不瞭解造成的錯誤是可以諒解的，今後應竭力糾正，最好不談政治，並應提高警覺性，知道文化工作者的一言一語可對廣大人民發生影響，嗣後最好彼此不斷接觸和交換意見，大家能打成一片。」[2]范長江、夏衍都有在大城市生活和工作的經歷，對上海的情形較爲熟悉，對上海一些私營電臺的「越軌」行爲，沒有像北京、天津等地那樣粗暴地一棍子打死，而是採取了較爲溫和的「口頭教育」和訓示。但上述講話對私營電臺經營者的思想衝擊也是可想而知的。此後這樣的活動每週舉行一次，各私營電臺以頻率爲序，輪流擔任召集人。僅 1949 年就召開了 12 次。

第一次邀請出席廣播界座談會的人員是經文管會慎重選擇的。最先受到邀請的，是對人民政權抱有強烈歸屬願望的積極分子。如建成電臺老闆陸錦榮之所以排在受邀者首位，就是因爲軍管會發出《上海市私營廣播電臺暫行管制條例》後，一些電臺經過會商，只提交了簡單的表格，經軍管會指出不足後才又提交補充說明，而建成電臺卻「將與僞兩路黨部之關係經過和盤托出」[3]，贏得了軍管會的信任。至於那些「政治面目不清」，對軍管會不夠坦白者，則「暫時保留不請他們參加，這樣他們感覺到自己坦白的程度不同，享受的政治待遇也就不同，使他們自動地呈報材料。」[4]

在此氛圍下，受到邀請者就意味著政治「過關」，也即被新生的人民政權接納。「各到會的人都踊躍發言，綜合大意爲請求人民政府幫助私營電臺

1 《上海文管會招待播音界》，《解放區廣播歷史資料選編》，第 362 頁。
2 《上海文管會招待播音界》，《解放區廣播歷史資料選編》，第 362 頁。
3 《上海市軍事管制文員會文化教育管理委員會新聞出版處廣播室關於廣播電臺管制工作的報告》（1950 年 3 月 10 日），《舊中國的上海廣播事業》，第 779 頁。
4 《上海市軍事管制文員會文化教育管理委員會新聞出版處廣播室關於廣播電臺管制工作的報告》（1950 年 3 月 10 日），《舊中國的上海廣播事業》，第 780 頁。

發展，對於播音員及廣播的廣告予以檢查，認爲合格者發給『派司』，解決和幫助播音員學習、勞資等問題。」[1]一時未被邀請者，則紛紛要求參加。亞洲電臺老闆張壽椿由於電信局檔案上提到他曾得到過蔣介石的獎狀和獎章，所以在初期的座談會中沒有受到邀請。後來張壽椿主動拿出獎狀獎章，向軍管會交代說是在抗戰時期花費鉅資購買了一副鎮海炮臺的軍事地圖，獻給了當地政府獲的獎，目的出於愛國的熱忱，和蔣介石政權的勾結應有所區別。軍管會瞭解到事件原委後，批准亞洲電臺參加了會議。最後被邀請參加座談的，是國民黨政府時期最受重視的基督教福音電臺和背景複雜的大美電臺。

鑒於華東地區是中國私營電臺最密集的地區，建國前夕尚有 27 處（包括上海 22 處，寧波 3 處，杭州 1 處，青島 1 處），1949 年 8 月 10 日，中央廣播事業管理處與中宣部聯合發出成立華東廣播事業管理處的指示，意在管理並領導華東各地人民廣播電臺，並負責華東各地私營廣播電臺和收音機的調查、登記、配售等事項。《指示》強調，「爲加強上海人民臺之力量，應有計劃地爭取和逐步改造某些私營臺，使之成爲人民臺之外圍臺，來有計劃地和最落後的不堪造就的廣播臺做鬥爭，直至其停閉。」[2]

《指示》對私營廣播電臺的管理提出了七項具體規定：

（一）華東各地私營臺由華東廣播事業管理處統一管理，但關於登記及日常管理工作，應由各該城市人民政府或公安局出面執行。

（二）現有私營臺應實行登記。凡屬特務主辦或迄今仍在播送反動言論之廣播電臺，即予封閉之。凡屬私人經營，而迄今言論並無乖謬者，准予登記。原則上，上海私營電臺之處理，應較平津略寬，以適應上海之複雜情況。但應注意以再不增設新私營臺爲原則，其辦法是不准再增設新臺（其他各地也如此）。

（三）所有私營臺在登記獲准後，均需領取登記證，該登記證每半年更換一次。

（四）應規定私營臺必須轉播北平新華臺或人民臺一定的節目。其必須轉播之節目由華東管理處另定之。上海私營臺可以有自

1　《上海文管會招待播音界》，《解放區廣播歷史資料選編》，第 362～363 頁。
2　《中共中央宣傳部及中央廣播事業管理處關於成立華東廣播事業管理處的指示》（1949 年 8 月 10 日）《解放區廣播歷史資料選編》（1940～1949），第 54 頁。

編的新聞、講座等節目，但應事先（每週）將節目表呈報管理處得到批准。其新聞、講座等稿件應事後送管理處備案。

（五）私營臺一概不得用外國語播送講演及新聞等（教授外國語文的講座除外）。

（六）私營臺波長只准用900千周至1600千周之間的中波。

（七）上海現存之佛教及基督教私營臺暫時可不加干涉，如該臺前來請求登記，可予准允，但如發現其宣傳反共反人民反蘇等反動言論，則應依法處置之。[1]

依照上述原則，對私營電臺爲增加收入擅自更換頻率，不經審批即播音的做法，上海市軍管會在初期都沒有出面干涉。但在逐步走上正軌後，軍管會即要求八月底前恢復到解放前原狀。軍管會還組織全體播音員，學習了《新民主主義論》《實踐論》《爲人民服務》等毛主席著作。

二、民營電臺節目內容的變化

在新的人民政權看來，民營電臺播放的大多數節目，包括相聲、評書、舊劇清唱和一些「流行歌曲」，內容不是宣傳封建道德，就是污穢的色情歌曲，甚至連「最不正派的色情狂的歌曲小調也搬了出來」，是十分落後和低級趣味的，甚至是十分「下流」的。特別是像北平民聲電臺那樣，天天播送什麼《相見不怕晚》《等待你回來》《候郎曲》等「無聊」歌曲，對社會教育的影響很惡劣。而一般私營電臺偏好的「迷信淫亂的舊戲」以及和它相似的東西，如「大鼓、蓮花落、單弦、評書以及流行歌曲等」，裏面「提倡淫亂思想、表揚封建等是很多的。」「尤其是流行歌曲，差不多都是郎呀妹呀的唱個不停，十分難聽。」[2]而很多廣告節目，包括什麼《御製》《仁丹》之類，也都包含著「毒素」，是應該嚴厲禁止的。對此《人民日報》曾發表社論，要求各地私營電臺不要再「傳播封建與污穢的東西」，而是應「增加對市民有益的政治文化教育節目。」[3]這些過去私營電臺中常見的節目內容和形式，受到如此嚴厲的點名批評，說明對其整改是遲早的事情。

各私營電臺也在努力順應著時代的要求。上海解放後第三天，上海市廣

1 《中共中央宣傳部及中央廣播事業管理處關於成立華東廣播事業管理處的指示》（1949年8月10日）。

2 戈矛：《廣播電臺應多播新曲》，《人民日報》，1949年4月20日。

3 《北平私營廣播電臺靡靡之音毒害人民》，《人民日報》，1949年5月5日。

播電臺商業同業公會即發布通告，「現値解放時期，各會員應迎合大時代，挑選播送有意義之民歌及詞稿，對於黃色毒素靡靡之音勿再播送。」[1]爲此，「大多數電臺一反舊習，歌唱節目多爲《碼頭工人歌》《揚子江暴風雨》以及《大路歌》等比較進步的歌曲。」但這類歌曲對上海及附近聽眾的吸引力不強，因爲私營電臺的聽眾大都是城市的中小資產階級小市民，「政治水平不高」，聽廣播的趣味也側重在地方戲等遊藝節目，要接受上述充滿階級意識的進步歌曲，還需要一個長期的教育和提高過程。

一些私營電臺還組織播出了具有較強政治性和教育性的節目，如農業講座、無線電知識、簿記會計、京劇研究、醫藥衛生、兒童園地、圖文、外語、社會服務（答覆來信、新聞報告、生活常識）、家庭講座（剪裁、烹飪、縫紉）等，但因人員少，編輯水平低，節目機械乏味，聽眾不領情。聽眾少了，電臺的廣告收入自然減低。於是沒過多久，私營電臺又故態復萌，《郎呀郎》的「黃色歌曲又來了。」上海《解放日報》於 6 月 11 日刊發讀者來信《不要廣播下流音樂》，要求主管機關予以糾正，並希望各私營電臺加以改變。6 月 17 日，同業公會再次要求各會員電臺「深自檢討，勿再播唱，免遭物議，是爲至要。」[2]

6 月 29 日，在上海市政府的領導下，以上海人民廣播電臺爲主陣地，大多數私營電臺都積極參與了當天的大型宣傳活動，轉播了北平（北京）新華廣播電臺、中央人民廣播電臺的重要節目，還播出了慰問人民解放軍、勸購公債以及爲反轟炸捐款救濟被炸同胞等節目。在軍管會的統一組織下，各民營電臺都抽調人員，分攤費用，有的甚至從早上一直忙到深夜，播出的節目受到了聽眾熱烈歡迎。7 月 22 日，響應上海市工商界普遍發起慰勞人民解放軍的活動，廣播電臺商業同業公會理事會決議，特擬具慰勞報告詞一份，要求各會員電臺勤予報告，以便讓市民更多地瞭解慰勞的意義。

北京的私營電臺也積極響應人民政府的號召，在各項公共事務中盡力。1949 年 9 月 10 日，北京市公安局開始整理本市交通秩序。民生、軍友、華聲、中國等私營電臺爲配合整理交通工作，也於當天起分別在各電臺廣播市府布告、市公安局通告、交通規則和交通常識等。曲藝公會藝人侯一塵等也積極編製有關整理交通的鼓詞，並分別在電臺及雜耍場演唱。[3]

1　《舊中國的上海廣播事業》，第 764 頁。
2　《舊中國的上海廣播事業》，第 765 頁。
3　《整理交通秩序，昨起展開廣泛宣傳》，《人民日報》，1949 年 9 月 11 日第 4 版。

寧波解放後，三家私營電臺順應形勢，在節目設置上也作了一些改進。寧鐘電臺開設了時事講座、經濟商情、教唱歌曲等節目。其中的政治性講座、新聞內容都是採取讀報方式。寧聲電臺的節目設置比例調整爲廣告 5%，歌曲 10%，戲曲 20%，新聞 20%，地方曲藝 15%，其他 30%。寧波電臺每週六還邀請當地醫生播出醫藥問答節目。

在私營電臺的業主中，除極個別外，絕大多數都是向新政權積極靠攏的。他們小心翼翼地跟著時代，節目設置也有相應的改進。但商業電臺以盈利爲旨歸的本質和宗教電臺以宗教傳播爲皈依的特點，卻與人民政權的總體目標相違背，也與「解放區的天」難以兼容。一般來說，私營商業電臺的節目以文藝娛樂爲主，依靠廣告收入維持營業。但私營電臺不同於一般的私營工商業，它是屬於意識形態的範疇，靠節目的內容和形式吸引聽眾而盈利。私人資本家開辦的廣播電臺中，不可避免地要宣揚資產階級的世界觀、人生觀和價值觀，而對工農的生活和趣味卻相對隔膜，與共產黨和人民政府提倡的無產階級的新思想和新作風尤其是階級鬥爭等觀念存在較大差距。加之，私營電臺爲了吸引聽眾，舊習難改，仍大量播出虛假廣告和「低級下流」的娛樂節目，「危害」社會經濟秩序和正常的文化生活。在主政者看來，這些「無影無形的毒素，在敵僞時代作爲麻醉的工具，在蔣幫盤踞的年頭裏，配合著美國帝國主義，資本家，色情瘋狂淫蕩地傳播著的黃色歌曲，在我們上海，在我們祖國遼闊的天空中到處飛揚，這種毒素，最大的媒介物便是廣播電臺，它曾經滲透到無數小市民，工人，職業青年，甚至知識分子的心理，我們的市民，工人，職業青年，知識分子本身不是不向上的，可是，這一個恐怖的毒害，它霸佔了我們的天空。」[1]這種對「舊社會」廣播的嚴重政治定性，主要指向的就是私營電臺。不僅如此，一些私營電臺的頻率還干擾了人民臺的正常播音。凡此種種，都表明對私營電臺的改造勢在必行。

第三節　迎接全國解放的廣播新聞宣傳

作爲建立一個新的國家進程的一部分，人民廣播事業在接收國民黨電臺、合併民營電臺的同時，積極發揮輿論宣傳的主陣地作用，迅速實現了從

1　宗群：《別放鬆了空氣中的解放工作》，《文匯報》，1949 年 6 月 25 日，轉引自《解放區廣播歷史資料選編》，第 364 頁。

戰時宣傳到建國宣傳的轉型。

一、配合黨的各項政策的新聞宣傳

爲了提高口播的宣傳質量，從 1949 年元旦起，陝北新華電臺開始編印《新華廣播稿》，每天四到八頁不等，大約一萬字左右，凡陝北臺每天編發的消息、通訊、評論和專稿，包括廣播講演稿和《對國民黨軍廣播》節目的放下武器的國民黨軍官名單及書信等，均被一一收編入冊。《新華廣播稿》的定期編印，爲我們留下了寶貴的一手播音資料。

隨著北平的解放，1949 年 1 月 31 日，中國共產黨北平市軍事管制委員會接管了國民黨北平廣播電臺，並於當日晚間播出了北平宣布解放、電臺奉人民解放軍北平市軍事管制委員會命令，立即停止廣播，等待接管的消息。同時宣布從 2 月 2 日上午起北平新華廣播電臺使用本臺原來的波段播音。2 月 2 日上午，北平新華廣播電臺開始播音。當時，解放戰爭還在進行中，北平新華廣播電臺雖然也有北平新聞的內容，但戰報、被俘國民黨軍官名單和共產黨新政權發布的布告與法令等佔了大部分播音時間。3 月 25 日中共中央由西柏坡遷進北平後，新華總社和陝北新華廣播電臺也於同日由平山北上來到北平。從這一天起，陝北臺改名爲北平新華廣播電臺，並開始具有對全國廣播的中央臺性質。原北平新華廣播電臺則改名爲北平人民廣播電臺（不久又改稱爲北平新華臺的第二臺），作爲北平市臺，繼續面向全市聽眾廣播。

4 月 21 日，解放軍渡過長江。23 日，時任新華社副總編輯、北平新華廣播電臺編輯部第一部長梅益指示齊越在廣播裏直接對南京廣播電臺呼叫。在接到南京電臺的回應後，齊越命令從即日起南京臺全部轉播北平新華廣播電臺的節目。至此，國民黨在南京的中央廣播電臺走入歷史。

爲了適應廣播事業日趨擴大的需要，中共中央於 6 月 5 日發出通知，要求將原新華總社廣播部擴充爲中央廣播事業管理處，管理並領導全國廣播事業，由廖承志任處長，李強任副處長。通知還指出，中央廣播事業管理處與新華總社爲平行組織，同受中共中央宣傳部的領導；各中央局所屬廣播電臺，今後應受各中央局宣傳部與中央廣播事業管理處之兩方面領導。各地廣播電臺與中央廣播事業管理處之關係，與各地新華總分社、分社與新華總社之關係相同。陝北臺由鄉村遷進城市和中央廣播事業管理處的成立，標誌著人民廣播事業的發展開始了一個新的階段。從此，廣播事業脫離新華社成爲單獨的宣傳系統，與人民日報社、新華通訊社並列爲中央三大新聞機關。

圖 5-6　播音員齊越

在廖承志主持下，中央廣播事業管理處在存在的近四個月時間裏，遵照中共中央的有關指示和決定，爲統一領導和管理全國的廣播事業做了大量工作，包括制定地方廣播電臺的設置原則、管理辦法以及有關事項的規定等。如關於短波電臺的設立問題，規定除北平新華臺外，各地方臺均以使用中波臺爲宜。關於廣播電臺的名稱問題，規定除作爲全國中央臺的北平新華廣播臺外，各地廣播臺一律統稱某地人民廣播電臺。8 月 10 日又發出指示，要求成立華東廣播事業管理處，管理並領導華東各地區人民廣播電臺，管理華東各地私營廣播電臺和管理華東各地收音機的調查、登記、配售等事項。還規定各地方臺從 6 月 20 日起每晚 20：30 至 21：30 須轉播北平新華臺的新聞、綜合報導、評論和國際事件節目。針對個別地方臺播出了一些不應廣播的地方消息，中宣部與中央廣播事業管理處於 6 月 9 日聯合發出的《關於地方廣播審查問題的指示》，規定各地方臺廣播的地方新聞尤其是記錄新聞，「第一，必須經中央局、分局或市委負責審查」；「第二，其中特別重要的問題，影響及於全國者，必須事先向宣傳部或新華總社請示，或待總社與北平新華廣播電臺廣播後再發」。另外還編輯出版了人民廣播史上的第一份業務刊物《廣播資料》。該刊從 7 月起先後共出刊三期，除刊登了中央廣播事業管理處的有關指示和通知等外，特別有意義的是把列寧關於無線電廣播的論述介紹給中國讀者。

在北平新華廣播電臺承擔起中央級廣播電臺宣傳任務之初，其每天播音的時間爲只有 5 小時。但隨著全國解放的臨近，進城後不久，1949 年 6 月

16 日，新華社發布了北平新華廣播電臺的節目表，裏面有每天四次的「普通話新聞」，可見人民廣播電臺剛剛進城就有了擔負起利用電臺進行全民性的普通話規範意識。從 6 月 20 日起，北平新華臺每晚 8：30～9：30 又開辦了新聞、綜合報導、評論、國際時事等節目，供全國各地廣播電臺轉播。同日，繼英語廣播之後，又開辦了日語節目和廣州話、潮州話及廈門話節目，此外還分別與中華全國總工會、中國新民主主義青年團、中華全國民主青年聯合會、中華全國學生聯合會、中華全國婦女聯合會合作舉辦職工、青年、婦女輪迴節目。這是一種對象性節目，目的在於使廣播的內容適合不同對象的需要。9 月 1 日起，北平人民廣播電臺與北平新華廣播電臺合併，更名爲北平新華廣播電臺第二臺，原北平新華廣播電臺爲第一臺。[1]北平新華臺每天播音增加到 5 次共計 13 小時，比剛進城的時候增加了一倍多。

6 月 20 日晚 19：50，北平新華廣播電臺首次播送新的政治協商會議籌備會開幕典禮上周恩來副主席的開幕詞和毛澤東主席、朱德總司令、李濟深先生、沈鈞儒先生、郭沫若先生、陳叔通先生、陳嘉庚先生等七人的講話錄音片；連續播送 4 天。[2]這是全國聽眾第一次從廣播中聽到共產黨領袖毛澤東的聲音。30 日晚又首次播出了毛澤爲紀念中國共產黨誕生 28 週年而寫的《論人民民主專政》一文。該文全面地總結了中國革命鬥爭的歷史經驗，闡明了中華人民共和國的政權性質及其對內對外的基本政策。7 月 1 日 19：50～20：10，朱德總司令在北平新華臺發表了紀念「七一」黨的生日的對全國廣播講演。7 月 7 日播出了朱德總司令的紀念「七七」廣播演說和重播了新政治協商會議籌備會常務委員會副主任周恩來宣讀的新政治協商會議籌備會各黨派各團體爲紀念「七七」抗日戰爭十二週年宣言錄音。[3]

9 月 21 日晚 7 點整，中國人民政治協商會議第一屆全體會議在北平中南海懷仁堂隆重開幕。會議通過了中華人民共和國首都設於北平市同時更名爲北京市。北平新華廣播電臺和各地廣播電臺均以這次會議爲中心，進行了全面的、系統的宣傳。北平新華臺的宣傳報導注意發揮了廣播宣傳迅速及時、感染力強的特點，除了大量採編新聞稿件外，還採用講話錄音、實況廣播、

---

1 《北平人民廣播電臺與北平新華廣播電臺合併，改名北平新華廣播電臺第二臺》，《人民日報》，1949 年 8 月 27 日版。

2 《北平新華廣播電臺，今起播新政協籌備會上的講話錄音》，《人民日報》，1949 年 6 月 20 日第一版。

3 《北平新華廣播電臺今晚節目》《人民日報》，1949 年 7 月 7 日版。

錄音報導等形式對大會作了充分、有力的報導，在全國億萬聽眾中引起了強烈的反響。當天晚上 8 點半北平新華臺在第三次新聞節目裏報導了大會開幕的消息，並且預告：「本臺從今天起，將逐日播送會議進行的各項消息和各重要報告和講話的錄音。」[1]9 點 15 分，北平新華臺即播出了毛澤東開幕詞的講話錄音（即《中國人民站起來了》一文）。爲了突出宣傳全國各族人民團結一致建設新中國的堅強信念，北平新華臺對與會各黨派、團體、地方、部隊代表和特邀代表的絕大多數發言以及會議的重要報告都一律錄音播出，據不完全統計，多達 90 人次以上。

北平新華臺還嘗試利用實況廣播的形式，向全國人民眞實、生動、具體地報導了會議通過《共同綱領》和其他文件以及國都、紀元、國歌、國旗四項議案的情景。27 日，會議通過了《共同綱領》。《共同綱領》第 49 條規定，「保護報導眞實新聞的自由。禁止用新聞以進行誹謗，破壞國家人民利益和煽動世界戰爭。發展人民廣播事業。」[2]會議還通過了中華人民共和國首者設於北平市，同時更名爲北京。在歷時 10 天的連續宣傳中，北平新華臺詳盡地報導了會議的進程、國內外的反應，同時在輪迴節目、文藝節目中也都配合會議的進行開辦了一系列專題性節目。各類節目圍繞著第一屆政協會議，形成了一個空前規模的宣傳高潮。

二、「開國大典」的實況報導和全國轉播

隨著中國人民政治協商會議第一屆全體會議確定北平爲中華人民共和國首都並更名爲北京，晚間的北平新華廣播電臺也更名爲北京新華廣播電臺。

10 月 1 日下午 3 點，中華人民共和國開國大典在北京天安門廣場隆重舉行，現場有中國人民政協全體代表和首都各工廠職工、各學校學生、各機關人員等 30 萬人。經過周密部署，在梅益的現場主持下，北京新華臺作了實況廣播，各地人民廣播電臺同時轉播。[3]這是中國共產黨領導的廣播事業史上第一次大規模的全國性實況廣播。

直播開始，毛澤東主席的聲音「中華人民共和國中央人民政府今天成立了！」通過廣播傳向四面八方。在毛澤東主席宣讀完《中央人民政府公告》後，廣場閱兵式開始。朱德總司令任檢閱司令員、聶榮臻將軍任閱兵總指揮

1　趙玉明：《中國廣播電視通史》，中國廣播影視出版社，2014 年版，第 157 頁。
2　《中國人民政治協商會議共同綱領》
3　《北京新華廣播電臺今天全部轉播》，《人民日報》，1940 年 10 月 1 日版。

的人民解放軍陸、海、空三軍部隊檢閱和天安門廣場群眾遊行等的情景，都通過中央電臺一一播送。整個開國大典的實況廣播持續了 6 個多小時，至晚上 9 點 25 分宣告圓滿結束。這場由播音員齊越、丁一嵐[1]在天安門城樓西側朗讀廣播稿的現場直播，吸引了海內外無數聽眾駐足聆聽。

圖 5-7　毛澤東在開國大典上宣布中華人民共和國中央人民政府成立的消息

1949 年 12 月 5 日，北京新華廣播電臺正式定名為「中央人民廣播電臺」，成為名副其實的中共中央和中央人民政府以及中國人民的喉舌。[2]從西柏坡到北平，只有 370 公里，但由「陝北新華廣播電臺」變為「中央人民廣播電臺」所標誌的，卻是從偏居一隅的山野到城市中心成為國家之聲的跨越。

在延安新華廣播電臺和陝北新華廣播電臺時期，電臺報時用的是「上海

1　丁一嵐（1921～1998），1945 年 10 月開始從事播音事業，曾任陝北新華廣播電臺播音組組長，中央人民廣播電臺播出部主任、北京人民廣播電臺臺長和中國國際廣播電臺臺長等職，1949 年 10 月 1 日與齊越一起在天安門廣場參加了開國大典的直播儀式。

2　《中央、北京人民廣播電臺廣播要目》，《人民日報》，1949 年 12 月 5 日版。

時間」。國民黨廣播電臺用的是「中原標準時間」。[1]新生的中華人民共和國成立後，經全國人民代表大會批准，各廣播電臺的報時統一改用「北京時間」。[2]

「北京時間」與全國廣播事業體系的重建，標誌著一個新時代的開啓。

1 1912年，民國中央氣象局將中國劃分爲五個時區：崑崙時區（GMT+5：30）、新藏時區（GMT+6）、隴蜀時區（GMT+7）、中原標準時區（GMT+8）和長白時區（GMT+8：30）。1939年，這些時區經當時內政部的標準時間會議批准。中原標準時間與現在的北京時間稱呼不同，但時間一致。1949 年中華人民共和國成立後，這些時區在中國大陸地區不再採用。

2 《「北京時間」始於建國後，國民黨曾用「中原時間」》，《內蒙古日報》，2015 年 3 月 12 日版。

結　語

民國時期新聞廣播業從萌芽到發展壯大，在新聞品質上雖然無法與報刊抗衡，但在傳播效果上，後期廣播的影響力遠高於報刊。正是看到這一媒介優勢，包括蔣介石、汪精衛、陳果夫等國民黨的政治人物才爭相利用廣播發表演講，爭取民眾，凝聚人心。過去絕大多數人都未見過的國家最高領導人，此時足不出戶便能聆聽他的聲音。借助廣播，時事新聞離民眾更近了，中國與世界的連結更緊密了。

與報紙閱讀需要一定的知識門檻不同，廣播可說是老少咸宜，文盲或視力不好都不受限制。誠如國民黨廣播界元老、曾任中央台臺長的吳道一所言，中國幅員廣闊，各地方言眾多，這是廣播不能達到大多數民眾的一大障礙；文盲眾多，文字效力及不到大多的民眾，這又是報紙發揮其充分效力的一大障礙。要劃除這兩大障礙，莫過於普及國語與掃除文盲。而要達到這一目標，廣播尤其是統一國語播報的新聞廣播成了政府層面的最佳選擇。以南京中央電臺、延安新華廣播電臺爲代表的新聞報告員字正腔圓的新聞播音，對於國語傳播起到了無可替代的作用。而國民黨中央臺新聞報告男播音員梁棲、女播音員劉若熙及延安新華電臺的錢家楣、齊越等，也是民國時期收音機聽眾耳熟能詳的聲音。

但細究民國 20 多年間的新聞廣播之路又不難發現，當時的節目大多是基於宣教目標而不是純粹的新聞鵠的；新聞信息主要來自於報刊和通訊社，電臺自己的獨立性不強，始終未能擺脫寄生型和依附性狀態，更沒有像歐美國家那樣，形成具有影響力的廣播記者和新聞報告員或現場新聞的報導者。無線電廣播，無論是表面怎樣紅火，都掩蓋不了一個不堪的事實：它更多扮演了新聞的傳播者，而不是新聞的生產者。廣播的新聞品質和節目數量未盡人意，未能發育成爲受人尊敬、相對獨立的新聞媒體。它的意義主要在於傳播方式的變更，整個民國，新聞廣播都處在黎明時分，微微的晨光還照不亮太遠的路。之所以如此，主要是執政者對廣播媒體的價值判斷和由此進行的制度設置框定的。

葉聖陶先生認爲，一切所謂「文明利器」，其價值都不存在於本身，而存在於其對社會的影響。這可以從兩個方面看：一、他被操持在誰的手裏，二、他被怎樣地利用著。[1]

民國南京政府成立後，在國民政府主政者的認知中，官辦廣播就是「宣傳之利器」；民營電臺則是「輔助教育的工具」。即使如陳果夫、陸鏗等重要人物，已認識到廣播的新聞特性，但執政者始終強調的都是廣播的宣傳教化作用。事實證明，執政者對廣播媒體的屬性與功能之認知和人爲定位以及依此營建的媒介體系，大大阻礙了廣播作爲新聞媒體發揮作用的速度。

由於認定其宣傳價值高於新聞價值，南京國民黨當局對廣播事業的信息監管也極爲嚴厲。作爲中央廣播事業管理處下屬的機構，起初，國民黨中央臺的新聞主要由中央通訊社提供。當年廣播任務簡單，各地建立電臺，一律派工程師做臺長，工程師建廠房，裝機器，豎天線，雇兩個年輕的女孩子，買一批唱片，訂幾份報刊雜誌，就可以開播，對工程的投資高，對節目的投資低。當時的中廣公司海外組組長陳恩成強調，中國廣播事事都可以移用西洋現成的東西，惟有播出內容必須自己設計，語言風格必須自己形成，節目人才必須自己培養。當時的中央廣播電臺，只有技術、傳音和事務三科，可見對節目內容的輕視。

而從國民黨中央電臺和延安新華廣播的機構設置，也不難看出對新聞內容的高度管控。在國民黨廣播業逐漸成建制後，國民黨政府明確要求廣播電臺中關於時評、討論政見、發表宣言、批評政黨或團體的內容均須將呈交上去，經相關負責人核驗和批准後方可播講。這種核稿制度的設置，使得電臺工作人員處在完全被動等待的狀態，一些本該早點發布的新聞，有時因轉交送審的關係無法趕上，只能留待後面播出，使廣播新聞時效性大打折扣。而在當時局勢下，「除了軍事動態消息外，有關抗日反共字樣的新聞，亦因時機未熟有所顧忌而諱言。直到抗戰軍興，遷都重慶後，核稿制度隨之廢止，

1 葉聖陶：《文明利器》，《申報・自由談》，1932 年 12 月 23 日。

但仍專用中央社稿，以免再蹈覆轍」[1]。1939 年 2 月，隸屬中廣處的國際廣播電臺在重慶開播。1940 年 1 月後交由中宣部國際宣傳處管轄，以「中國之聲」（Voice of China，即 VOC）的名義從事對外宣傳，其新聞稿直接由中宣部國際宣傳處傳音科提供，不到半年後國際廣播電臺劃歸回到中廣處，但稿件仍由國宣處傳音科提供。

再看中國共產黨領導下的延安新華廣播。延安延安新華廣播電臺衝破重重阻力，克服了外人難以想像的困難，於 1940 年 12 月 31 日開播。電臺隸屬新華社口語廣播部，新聞和評論稿件均由新華社提供，電臺編輯負責修改爲適應播出的口語稿，沒有廣播記者。此後陸續成立的人民廣播電臺，有的隸屬當地宣傳部領導，雖然也有自辦節目，主要由本臺編輯製作，卻沒有專職記者。直到 1949 年 6 月，經中共中央決定，廣播事業才脫離新華社領導，成立了專門的廣播事業管理機構。但從中華人民共和國成立後胡喬木「廣播要學會自己走路」這句指示，就不難體會廣播仍然缺乏本該具有的獨立性，處在報紙的學徒和通訊社的傳聲筒地位。

中國雖然也有民營廣播，但是政府始終未曾賦予其新聞報導權。這與對民營報刊的管理也極爲不同。政府不僅限制民營電臺的功率必須在 500 瓦以內，還限制其向外擴張，要求其只能以服務本地聽眾爲主。這也導致了民營電臺只能以盈利爲導向，大量的娛樂節目充斥其中。不僅降低了民營電臺的品味，也使大多電臺的聲譽受損，在民眾中的聲譽不高。沒有時效性的硬新聞，尤其是沒有獨家的硬新聞，便無法眞正發揮廣播媒體優勢。沒有過硬的廣播記者隊伍及新聞發布網絡，也就沒有了廣播記者說話的權力。

除了政府的強力管控，廣播業自身發展的窘境難以破除，也限制了廣播新聞的影響力。廣播需要的是一個全盤的發展，電臺的建立和傳輸信號只是一個方面，只有到達用戶，才可以實現眞正的傳播效應。其中、電力傳輸、收音機普及等都是廣播電臺無法一力完成的，卻是對廣播業發展至爲關鍵的。實際上，直到 1949 年，收音機用戶基本侷限在大城市，甚至差不多已經成了大都市市民生活的日常必需品。因爲只有在在大都市才有穩定的交流電源，有林立的本地電臺，聽眾只要插上插頭，拖一根長線，就能享受到這一現代文明的利器。但中國土地遼闊、人口普遍貧困以及百分之八十以上居於

1　吳道一：《中廣四十年（十）從此不敢增新聞》，臺北「中國廣播公司」，1968 年版，第 36 頁。

偏遠農村的現實，卻使廣播收音機的推廣工作困難重重。在鄉村，一方面是由於鄉村的電力水平不足，一架在城市收聽效果良好的收音機，拿到鄉村就不行，是因爲電力不穩定，天電干擾等各種因素，[1]無法順暢地接受廣播的傳輸內容。

戰爭推動了廣播的發展，也提升了廣播的地位，使廣播在當時成爲無可置疑的強勢媒體。

究竟是何原因，導致中國廣播業的政治控制始終嚴厲，新聞廣播一直被作爲上層動員的最得力工具？這既應歸結於廣播的傳媒特性，更應看當時的社會和政治環境。「由歷史視角考察，眾所周知，在近代中國瀕臨國家與民族危機的特殊歷史境遇中，在『救亡圖存』的時代主題下，包括各種文藝形式如漫畫、音樂、詩歌等等無不變異爲『救亡圖存』的工具，成爲『推翻清王朝的鬥爭武器』和『抨擊舊文學的批判武器』，成爲對敵戰鬥的匕首投槍，從而形成文化和政治的兩重性功能擔當。與時政要聞緊密相關的新聞，更難脫於此。於此時代背景下產生的國民黨與中國共產黨，自然都秉承了這一取向。在此取向之下，中國共產黨一直堅持『宣傳鼓動是思想意識方面的活動，舉凡一切理論、主張、教育、文化、文藝等等均屬於宣傳鼓動活動的範圍。』於此，新聞學西方話語中的諸多理論框架在中國的運用或許力不從心，但是，這就是『中國特色』，這就是一個不可忽視和改變的歷史與現實。」[2]

實際上，在戰爭特殊狀態下，對廣播業的管制和對收聽者的監控也是一種世界現象，尤其是在法西斯的德國和日本。許多專著和論文中都提到了這一點[3]，這也顯示出廣播業在特殊情況下的情報功能。可見戰爭狀態不僅激發了無線電廣播業的雙向傳播潛能，使世界各國尤其是交戰雙方的廣播事業獲得突飛猛進的發展，更使各方加強了廣播收音機的管控。這種在空中放大自己聲音、消滅甚至干擾對方聲音的做法，既人爲促進廣播業的規模擴張，又在另一角度限制了其更好更快的發展——說到底，在限制聽眾的大環境下，是談不上廣播業眞正發展的。

總之，相比西方國家新聞廣播的成就，民國時期的新聞廣播起步並不晚，

1 《鄉村收音機特輯》，《電世界》，1949 年第 3 卷第 9 期。

2 侯松濤：《中國當代新聞史料的比較與研讀——以抗美援朝運動史料爲例》，原載《中共歷史與理論研究》，2006 年第 1 輯，社科文獻出版社，2006 年版。

3 如〔英〕尼古拉斯·斯塔加特著，宋世峰譯：《德國人的戰爭：1939～1945 年納粹統治下的全民意志》，民主與建設出版社，2017 年版等。

卻在本應起飛時遭遇觀念與制度的雙重瓶頸，未能獲得本該大有前途的新聞話語權，失去了寶貴的發展良機。也正因此，不會「自己走路」才成爲新中國成立初期廣播業面對的一個突出問題。

引用文獻

一、中文書目

1. 王崇植、惲震：《無線電與中國》，文瑞印書館，1931 年版。
2. 曾覺之譯：《無線電廣播的文化教育作用·總報告》（Le Role Intellectuel et Educatif de La Radiodiffusion）世界文化合作中國文化協會籌備委員會 1936 年編。
3. 任白濤：《綜合新聞學》，商務印書館，1941 年版。
4. 彭樂善：《廣播戰》，（重慶）中國編譯出版社，中華民國三十二年（1943）版。
5. 蔣中正：《中國之命運》，（重慶）正中書局，1943 年版。
6. 王一之：《綜合宣傳學》，國民圖書出版社，民國三十三年（1944）版。
7. 國民黨行政院新聞局編印：《廣播事業》，1947 年版。
8. 陳果夫：《陳果夫先生全集》（第一冊·教育文化），臺灣近代中國出版社，1952 年初版，1991 年影印再版。
9. 北京廣播學院新聞系編：《中國人民廣播史資料（上）》，北京廣播學院出版社，1961 年版。
10. 吳道一：《中廣四十年》，（臺灣）中國廣播公司，1968 年版。
11. 中國社會科學院新聞研究所編：《新聞研究資料》1～30 輯。
12. 〔美〕埃德加·斯諾：《西行漫記》，董樂山譯，生活·讀書·新知三聯書店，1979 年版。
13. 【蘇】C.A.達林著，侯均初等譯：《中國回憶錄 1921～1927》，中國社會科學出版社，1981 年版。
14. 肖恩·麥克布萊德等著：《多種聲音，一個世界：交流與社會，現狀和展望》，中國對外翻譯出版公司、教科文組織出版辦公室，1981 年版。

15. 【美】埃德溫·埃默里、邁克爾·埃默里著，蘇金琥等譯：《美國新聞史：報業和政治、經濟和社會潮流的關係》，新華出版社，1982 年版。
16. 上海檔案館、北京廣播學院、上海市廣播電視局合編：《舊中國的上海廣播事業》，檔案出版社、中國廣播電視出版社，1985 年版。
17. 中央人民廣播電臺研究室、北京廣播學院新聞系編：《解放區廣播歷史資料選編》（1940～1949），中國廣播電視出版社，1985 年版。
18. 汪學起、是翰生編：《第四戰線——國民黨中央廣播電臺掇實》，中國文史出版社，1988 年版。
19. 〔美〕費正清主編：《劍橋中華民國史（1912～1949）》（上、下），中國社會科學出版社，1994 年版。
20. 北京廣播學院新聞系編選：《中國人民廣播回憶錄》（第四集），中國廣播電視出版社，1995 年版。
21. 四川省地方志編纂委員會：《四川省志·廣播電視志》，四川科學技術出版社，1996 年版。
22. 吳縵、曹璐：《新聞廣播研究》，北京廣播學院出版社，1997 年版。
23. 陸鏗：《陸鏗回憶與懺悔錄》，臺灣時報文化出版企業股份有限公司，1997 年版。
24. 中國第二歷史檔案館編：《中華民國史檔案資料彙編·第五輯·第二編　文化一》，江蘇鳳凰出版社，1999 年版。
25. 中國第二歷史檔案館編：《中華民國史檔案資料彙編·第五輯·第三編　文化》，江蘇鳳凰出版社，1999 年版。
26. 李海生、張敏：《民國兩兄弟陳果夫與陳立夫》，上海人民出版社，2000 年版。
27. 趙玉明：《中國廣播電視通史》（上卷），北京廣播學院出版社，2000 年版。
28. 邯鄲人民廣播電臺編印內部資料：《邯鄲新華廣播電臺暨陝北新華廣播電臺在太行時期歷史資料彙編》，2006 年版。
29. 趙玉明主編：《中國現代廣播史料選編》，汕頭大學出版社，2007 年版。
30. 北京市地方志編纂委員會編：《北京志·新聞出版廣播電視卷·廣播電視志》，北京出版社，2006 年版。
31. 趙玉明、艾紅紅：《中國廣播電視史教程》，中國廣播電視出版社，2008 年版。
32. 趙玉明：《趙玉明文集》三卷本，中國廣播影視出版社，2014 年版。
33. 趙玉明、艾紅紅、劉書峰：《新修地方志早期廣播史料彙編》（上下冊），中國廣播影視出版社，2015 年版。

34. 艾紅紅：《中國宗教廣播史》，臺灣花木蘭文化出版社，2014 年版。
35. 劉繼忠：《新聞與訓政——國統區新聞事業研究（1927～1937）》（上）、（下），臺灣花木蘭文化出版社，2014 年版。
36. 趙玉明：《日本侵華廣播史料選編》，中國廣播電視出版社，2015 年版。
37. 艾紅紅：《中國民營廣播史》，臺灣花木蘭文化出版社，2016 年版。

二、外文書目

1. Michael A. Krysko：*American Radio in China: International Encounters with Technology and Communications*, 1919～41（Palgrave Studies in the History）Palgrave Macmillan, 2011.
2. Irene Kuhn：*Assigned to Adventure*, London : George G. Harrap; First Edition edizione1938.
3. Mitchell Stephens:*A History of News: From the Drum to the Satellite* Viking Adult; First Edition edition , 1988.

三、網　站

1. 上海市地方志辦公室——專志——上海新聞志&上海廣播電視志，
http://shtong.gov.cn/Newsite/node2/node2245/node4522/index.html，
http://shtong.gov.cn/Newsite/node2/node2245/node4510/index.html
2. 「天津檔案網，在家看檔案」
http://www.tjdag.gov.cn/tjdag/page/search/ retrieve Mg/js-3.jsp
3. （日本）亞洲歷史資料中心
http://www.jacar.go.jp/chinese/ http://www.cadal. zju.edu.cn/index
4. （臺灣）中正文教基金會 http://www.ccfd.org.tw/CADAL
數字圖書館，http:// www.cadal.zju.edu.cn/index

四、報　刊

1.《解放日報》
2.《大公報》部分影印件
3.《中央日報》
4.《廣播日報》

五、數據庫資源

1.《申報》數據庫
2. 晚清、民國期刊數據庫
3. 大成老舊刊數據庫

後 記

本書稿係國家社科基金2013年度重大項目（第二批）「中華民國新聞史」（項目編號：13&ZD154）《民國新聞專題史研究叢書》10個分冊之一。筆者多年耕耘廣播史，在從事相關研究的過程中，發現民國廣播業研究雖已取得較多成果，但仍大有文章可做，如新聞廣播就是一個前人未曾探究的領域。此次將這一課題納入國家社科重大項目「中華民國新聞史」專題史之列，體現了課題規劃者對民國新聞史研究總體進程的精準把握。這次承蒙本項目首席專家、南京師範大學博士生導師倪延年教授，邀請來承擔這一子課題，不但一償夙願，也由此結識一眾同道好友，可謂一舉多得，幸甚！

在設計和運行整個課題的過程中，倪教授一再強調各專題的原創性和獨特性，還在歷次會議中與各子課題負責人反覆商討每卷的篇章結構，共同分析階段性問題。本書部分章節的設置和對一些問題的深入探討，即吸收了倪教授及其他子課題負責人的建議。在此謹對課題組全體成員表達最誠摯的謝意！

書稿的撰寫工作暫時告一段落。此時掩卷沉思，未免生出不少感歎：一歎光陰易逝，倏忽已過五年。然而課題組同仁五年奮戰結下的深厚友誼，卻不會隨課題的結項而終止。二歎「學無止境」，對相關問題的研究越深入，越發現自己以前忽視或未知的東西太多，戰戰兢兢、如履薄冰之感越深重。囿於時間和精力，迄今爲止，筆者對散存於國內各檔案館的廣播檔案還未能充分利用，對日本、臺灣等地的民國時期廣播資料也未能盡入斛中，這是我一直以來的巨大遺憾，也是今後需努力補足的地方。正因此，書稿的一些地方還有待進一步深化和完善，一些地方甚或由於資料的不全或作者自身侷限而可能導致不準確，期待有緣閱讀的方家多多批評指正。

艾紅紅

2018年11月10日